이상한 만곡彎曲을 걸어간 사내의 이야기

이 도서의 국립중앙도서관 출판시도서목록(CIP)은 e-CIP홈페이지
(http://www.nl.go.kr/cip.php)에서 이용하실 수 있습니다.
(CIP제어번호 : CIP2008003935)

이상한 만곡(彎曲)을 걸어간 사내의 이야기

민경현 소설집

실천문학사

그대가 나의 前作을 읽지 않았다면,
이 한 권의 책은 시간 낭비일 뿐이다.

차례

복화술 듣는 저녁 | 9

서북능선 | 47

이상한 만곡(彎曲)을 걸어간 사내의 이야기 (말하는 벽 2부) | 87

그가 잠들 때까지의 서사시 | 143

만복사 트릴로지 | 173

그대의 남루한 평화를 위하여 | 219

무명씨(無名氏)를 위한 밤인사 (말하는 벽 3부 外篇) | 265

불의 꽃 타는 길 | 317

해설_홍기돈 | 355

독자의 말_이진영 | 378

복화술 듣는 저녁

아무것도 서툴 것이 없었다. 소년은 고요히 쌓이는 먼지처럼 천천히 그의 상상을 손끝으로 모아들였다. 그것은 다시 검은 연필심을 타고 노트 위로 흩어졌다. 사각사각 연필심이 종이를 긁는 소리는 가까이서 들을수록 기분이 좋았다. 그는 왼쪽 귀 가까이 노트를 당겨놓고 그림을 그렸다.

그러고 보니 그가 이 도시를 떠나지 않은 지도 제법 세월이 된 모양이다. 하루 이맘때면 길 뒤의 시장 건너 성당에서 종소리가 들리고 그 뒤로 잠시 후면 천변 너머 철길 둑으로 덜컹덜컹 밤기차가 지나갈 것이다. 徐는 서향한 창을 통해 석양이 지는 것을 바라보며 이 도시에서 너무 오래 머물렀다는 생각을 했다. 그의 천성을 미루어볼 때 어울리지 않는 경우랄 수 있었다.

이석은 황혼으로 물드는 徐의 얼굴로부터 고개를 돌려 실내를 둘러보았다. 말이 좋아 아틀리에이지 입시미술학원에 딸린 내실은 추레하기 짝이 없었다. 퀴퀴하게 찌든 홀아비 냄새에다가 물감을 희석하는 테레빈유 냄새까지 겹쳐 방 안의 공기는 불쾌감을 자아냈다.

하지만 이석은 徐의 방에서 나는 그런 냄새에 오히려 친근감을 느꼈다. 이런 폐쇄적인 곳에서는 그 나름에 어울리는 상상력이 나래를 펴는 법이다. 창턱에 가지런히 놓인 갖가지 모양의 희석제 병들은 석양을 받아 여러 가지 빛깔로 빛나고 있었다. 병들의 투명한 모습을 바라보고 있으면 미묘한 행복이 느껴졌다. 참다못해 그는 병마개를 따고 냄새를 맡아보았다. 병 속에는 액체를 닮아 일렁이는 꿈 같은 것이 들어 있을 것 같았다. 휘발성이 강한 꿈들이었다. 그 꿈을 캔버스에 옮기면 곧 徐가 즐겨 그리는 반추상의 이미지가 살아날 것이다.

"유화를 그려본 지 얼마나 됐어요?"

그렇게 묻는 徐의 질문은 이석의 마음속을 읽고 있는 것 같았다.

"왜? 나한테서 먹물 냄새가 그렇게 심하게 나나?"

이석은 싱긋 웃으며 반문했다. 徐는 고개를 끄덕였다.

"형이 바라던 바잖아요. 선생님께서도……."

徐가 말끝을 흐렸다. 그 이유가 이석 때문인지 선생 때문인지 확실치 않았다. 스승인 이소(爾小) 선생은 아직도 이석에게 문기(文氣)가 부족한 것을 걱정하였다. 그리고 그것은 천성에 관련된 문제이기 때문에 더 이석을 괴롭게 하는 건지도 모르겠다.

"피차 마찬가지지. 너도 묵향이 그립지 않던?"

徐는 무심코 고개를 가로저었다. 그러면서도 그는 그렇게 부정하고 있는 게 진실인지 스스로 의문이 들었다. 그 한 가지 의문이 현재 그의 삶을 이렇게 불투명한 모습으로 이끌고 있다는 것만은 분명한 사실이었다. 그리고 그 때문에 선배 이석이 그의 앞에 나타난 것이기도 하였다.

누추한 작업실에 비해 창밖의 석양은 아름다워 가히 화가의 창이라 할 만했다. 작업실은 도심이 끝나는 변두리에 자리 잡고 있었다. 소도시 특유의 번잡하고 무질서하게 발달한 번화가의 모습이 어느 지점에서 벼락같이 끊어지면서 그 너머는 곧장 촘촘한 슬레이트 지붕들이 펼쳐져 있었다. 그리고 모든 지붕들은 지금 각각 밝기가 다른 금빛으로 찬란하게 물들어 있었다. 그 너머 작은 강을 따라 철도가 지나고 있었다. 철도는 우아한 곡선을 이루며 창문 위에 절묘한 구도를 그리고 있었다. 그 휘우듬한 구도를 따라 때마침 멀리 지나는 기차에서 기적이 울렸다. 아뜩한 테레빈유의 향수가 묻어 있는 소리였다. 무언가 가슴에 녹아드는 것이 느껴지는 묵직한 잔향에 한숨이 나올 듯싶었다.

"처박혀 있기는 좋은 곳이로군. 그런데 여기 얼마나 눌러 있었던 거야?"

이석은 창밖을 바라보며 중얼거리듯 물었다. 徐는 늘어지게 소파 뒤로 고개를 젖히며 석고보드 천장을 바라보았다. 빗물이 스며 군데군데 누렇게 변색이 된 천장이었다. 이곳에서 그는 영양실조로 두 번을 쓰러졌고 연탄가스 중독으로 한 번 사경을 헤맨 이력을 기록하고 있었다. 천장의 추진 얼룩무늬를 바라보며 徐가 대답했다.

"비가 오면 어디다 양동이를 받쳐야 할지를 알 만큼 눌러 있었죠."

*

徐가 남은 인생을 무엇을 하고 살 것인가를 결정해야 했던 것은 열세 살이 되던 해 겨울이었다. 당시 그는 아무것도 몰랐지만 그 편이 훨씬 홀가분했다는 것을 그보다 훨씬 늙어버리고 나서야 알게 되었다. 막막한 처지였음에도 열세 살 적엔 그런 사실조차 그다지 심각하지 않았다. 그에게 열세 살은 축복도 아니었고 저주도 아니었다. 아마 굳이 그 무엇이어야 한다고 하면, 늙어버린 그는 이렇게 말할 것이다.

"그것은 변화였어. 살아 있는 것인지 처음으로 몸뚱이를 비틀어본, 예측할 수 없는 돌연변이 벌레의 꿈틀거림 같은 거 말이지."

더 나은 종(種)일 수도 있고 혹은 괴물일 수도 있었다. 그 무엇도 될 수 있는 변종이 그의 내면 어디에선가 부화하기 시작했던 거였다. 그 괴물은 다른 이름으로 영혼이라 불렸다.

열세 살의 어느 겨울날, 아마 그는 모든 것을 집어치워야겠다고 마음먹고 집을 떠났던 것 같다. 그리고 얼마나 걸었는지 모르지만 적어도 그날 밤 그는 다시 자기 집으로 되돌아와 잠들어 있었다. 열세 살 소년에게 아마도 세상은 그렇게 크지 않았던 모양이다. 오히려 어머니의 장례를 치르고 난 판잣집이 소년에겐 더 크게 느껴졌을 법하였다.

불행히도 열세 살의 그는 모든 것을 집어치우지는 못했지만, 다행히도 세상은 열세 살의 그를 집어치운 것처럼 보였다. 밖에는 눈이 쌓였고 집 안엔 먼지가 쌓여갔다. 먼지가 쌓이는 걸 볼 수는 없었지만 그런 고요한 평화가 소년에게 감성을 길러주었다. 세밀하고 소리 없이 존재하는 것을 느끼는 은유의 감각 말이다. 그것이야말로 그의 돌연변이 영혼의 특성이라 할 만했다. 겨우내 주인집 아줌마와 교회 사람들 몇몇이 서너 번 들여다본 것을 빼곤 아무도 그 먼지 쌓인 평화를 깨뜨리지 못했다. 정말이지 그때의 평화는 더디게 지속되었다. 스스로도 몰랐지만 일생을 두고 그는 가슴 깊이 감춰둔 먼지 쌓인 평화를 깨뜨릴까 봐 마음을 졸이며 지냈다. 하여 그는 끝없이 기다릴 줄 아는 습성을 갖추었다. 그 습성은 훗날 그를 방랑의 길로 안내하였다. 방랑자란 가없는 내면의 끄트머리까지 가고자 하는 사람을 가리키는 말이다. 가다가다 지치면 주저앉아 고뇌하고, 그러다 또 문득 일어서 가기를 반복하는 편집증. 머물지 못하는 영혼만이 평화를 그리워하는 법이다.

  그해 겨울 그는 줄곧 방을 떠나지 않았다. 겨우내 헝클어진 국방색 담요 위에 뺨을 대고 엎드려 그는 소년지에 그려진 공룡과 외계인 그림을 들여다보며 지냈다. 차가운 방바닥에 엎드려 있는 한 적어도 그에게 공룡이 사라졌다는 것은 거짓말이었다. 오래지 않아 각 은하계를 대표하는 외계인의 특징을 남김없이 외울 수 있게 되었지만 과월호 소년지는 조금도 지루하지 않았다. 그 무렵 그가 원하는 것은 오로지 소년지 신간호였다. 새달엔 뱀자리 성단에 사는 외계인에 대한 기사가 실릴 예정이었다. 그러나 겨울이 다 가도록 누구도 신간호를 사다주는 사람은 없었다. 아마 뱀자리 성단의 외계인이 직접 방문을 열고 들어서길 기다리는 편이 더 실현 가능성이 있는 희망이었을지도 모른다.

소년은 마침내 그 가망 없는 공허를 직접 그려보기로 작정했다. 그것이 시작이었다. 참을 수 없는 갈망! 고요한 평화 속에, 눈 쌓이는 소리까지 들릴 만큼 평화로운 밤에, 문득 문이 열리며 낯선 외계인이라도 찾아왔으면 싶은 절망이 그의 그림에 대한 열정의 시작이었다.

아무것도 서둘 것이 없었다. 소년은 고요히 쌓이는 먼지처럼 천천히 그의 상상을 손끝으로 모아들였다. 그것은 다시 검은 연필심을 타고 노트 위로 흩어졌다. 사각사각 연필심이 종이를 긁는 소리는 가까이서 들을수록 기분이 좋았다. 그는 왼쪽 귀 가까이 노트를 당겨놓고 그림을 그렸다. 그리고 그런 포즈는 곧 그의 습관이 되었다.

먼지가 쌓이듯 노트는 차곡차곡 늘어갔다. 밤이면 담요 위에 뺨을 대고 엎드려 소년은 한 장씩 한 장씩 제가 그린 노트를 넘겨 보다 잠이 들었다. 그의 꿈은 생시보다 더 춥고 더 배가 고팠다. 그래도 소년은 기다렸다. 막연했지만 기다리고 또 기다렸다. 아니, 오히려 막연함을 즐기는 것에 가까웠다. 그 즐거움의 이름이 고독이라는 사실까지는 소년이 미처 알지 못하였지만 말이다.

여하튼 그는 가능한 것을 기다리지 않았다. 때문에 어느 날 오후 정말 오랜만에 방문이 열렸을 때 희미한 잔광 속에 삐딱하게 서 있는 사람이 그의 아버지라는 사실은 그에게 별로 놀랍지는 않았다. 왜냐하면 그에게도 아버지란 존재가 있다는 것은 가능한 사실이었기 때문이다.

본능적으로 소년은 처음 보는 그 얼굴이 아버지라는 사실을 직감했다. 아버지는 잠시 방 안을 둘러보았다. 실은 무엇을 본다기보다 소년의 눈길을 피하는 동작이었다. 곧이어 아버지는 덥석 소년의 손을 잡아끌었다. 아버지의 손은 거칠고 차가웠다. 기형적으로 두툼한 손가락 마디들, 딱딱하게 갈라진 굳은살이 주는 느낌은 낯설었다. 그 차갑고 표정 없는 손에 끌려가면서 소년은 아버지란 사람은 어느 은하에서 왔을까를 생각했다. 마지막으로 소년은 고개를 돌려 뒤를 돌아보았다. 그러나 어둡고 헝클어진 방에서 그가 무엇을 보려 했는지는 스스로도 알 수 없었다. 먼지 쌓인 미련이 방 안에 가득했다.

짧은 겨울 해가 저물녘, 그들 부자는 어느 시골의 커다란 분지 속에 자리 잡은 천주교 시설에 다다랐다. 성당 뒤뜰에는 녹슨 철탑이 있었고 그 꼭대기엔 무척이나 오래되었을 시커먼 종이 하나 매달려 있었다. 검칙칙하게 녹이 앉은 그 종을 보는 순간 그는 더럭 겁이 솟았다. 들리지도 않는 종소리에 소년의 내면에 고여 있던 평화가 출렁이는 것을 느꼈다. 그때서야 소년은 집을 떠나왔다는 사실을 깨달았다. 뒤를 돌아보면 먼지 쌓인 평화가 은하수만큼 멀어져 있을 거였다. 비로소 그는 본능적으로 반항을 했다. 벽돌 건물의 문이 열리고 무표정한 수녀들의 얼굴이 나타났을 때 소년은 마침내 있는 힘을 다해 고함을 쳤다. 미친 듯 소리를 지르는 것만이 그가 할 수 있는 모든 것이었기에 그는 숨이 막히도록 비명을 질렀다.

소년의 손을 잡아끌어 시설 안으로 들어서려던 아버지의 표정이 비틀어졌다. 그는 곧 아들의 뒷덜미를 질질 잡아끌었다. 시커먼 철탑 아래 이르러 아버지는 두말하지 않고 소년의 뺨을 연거푸 갈겼다.

흙바닥에 쓰러진 소년은 몸을 웅크리고 벌벌 떨었다. 아버지는 담배를 피워 물고 한동안 주위를 두리번거렸다. 바닥에는 소년의 가방 속 노트들이 흩어져 있었다. 아버지는 그중 하나를 주워 책장을 넘겼다.

"젠장, 너 그림 하나는 진짜 죽여주는구나!"

아버지는 그렇게 말하고 한 권의 노트를 둘둘 말아 주머니에 쑤셔 넣었다. 그리고 그는 뒤도 돌아보지 않고 떠났다. 땅거미를 따라 언덕배기 아래로 길게 늘어진 아버지의 그림자, 그것이 그가 경험한 유일한 오이디푸스의 상처였다. 그 상처는 별로 깊지 않았다. 본질적으로 그는 인류라는 금형기(金型機)가 무한반복적으로 찍어내는 무수한 오이디푸스 중 하나는 아니었기 때문이다. 그만큼 그는 '아버지'라는 생래적 상처에서 자유로웠다. 기독교적으로 말하면 원죄에 대한 죄의식이 전혀 없다는 설명이 가능했다.

그러한 죄의식 없는 자유가 아마 그 육중한 색깔의 벽돌집 기독교 시설 안에 갇히는 것을 본능적으로 두렵게 하였는지도 모를 일이다. 아무튼 그의 무죄한 자유는 그 엄격한 성당의 천장 아래서 충돌을 일으킬 수밖에 없었다.

그의 사춘기가 마치 물이 흐르듯 신성모독으로 이어진 것은 때문에 당연한 일이었다. 그러나 사실 〈십자가에 매달린 포르노 스타〉식의 낙서 같은 패러디 그림 따위가 그 성당의 지붕을 뒤흔드는 그런 엄청난 사건이랄 수는 없었다. 누구나 그쯤은 반항을 하며 산다. 중요한 것은 그가 삼위일체란 저 높은 하늘과 이 낮은 땅, 그리고 심지어는 뱀자리 성단 같은 곳에도 모두 임하여 계실 수 있는 진리라고 믿었다는 사실이었다. 손바닥에 못 박힌 상처를 가지고 있는 예수와 찬바람에 저민 살성을 가진 아버지의 손은 그에게 동일한 가치였다. 다시 말하자면 예수나 아버지나 외계인은 모두 그에게 비슷한 가치, 즉 무의미에 지나지 않았다는 뜻이기도 했다.

그가 그린 무수한 신성모독의 음화(淫畵)에 시설의 교직자들은 치를 떨었고 반대로 원생들은 소리 없는 환호성을 질렀다. 그들의 호오(好惡)를 떠나 모두가 공통으로 느끼는 감정이 있었다. 그것은 원장 신부가 눈을 질끈 감으며 내뱉은 한마디 탄식으로 대표될 수 있었다.

"정말 끔찍하게 죄스러운 그림이로군!"

원장 신부는 그 그림에 손을 대는 것만으로도 그 속의 죄악이 옮기라도 한다는 듯 손수건으로 손을 닦았다. 그러면서도 신부 자신마저 자꾸 그림으로 끌리는 눈길을 어쩔 수 없었다. 그것이 그 그림이 가진 진정한 죄악이었다.

한 장의 음화가 발각될 때마다 그는 복지관 뒷동산으로 내쫓겼다. 뒷산 기슭은 원생들이 키우는 베니호마레 차나무밭이었다. 그는 무수하게 찻잎을 따는 벌을 받았다. 시간이 갈수록 그가 따야 하는 찻잎의 양은 늘어갔다. 찻잎을 따는 그의 손놀림도 덩달아 능숙해져갔지만 그가 따야 할 분량은 언제나 채워지지 않았다. 그는 차를 따는 일보다 차나무 이랑 사이에 숨어 그림을 그리는 일을 더 좋아했다. 차나무밭에는 자주 안개가 꼈다. 특히 초봄의 이른 아침과 늦은 저녁이면 저만치 신부들의 숙소인 프란체스코관의 동백꽃이 보일 듯 말 듯 안개가 짙었다. 그런 아름다운 날이면 그는 희부연 동백숲 사이로 혼령처럼 흔들리는 성모상을 스케치하곤 했다.

뒷동산이 야트막히 마루를 이루는 자리에는 철조망이 가로놓여 있었다. 그 너머는 성당의 또 다른 복지시설인 자애원으로 심신장애인을 수용하는 행려병동이었다. 여름이 올 무렵이면 아기 손바닥만큼 커진 찻잎은 억세고 맛이 없어졌다. 대신에 차나무 사이의 이랑에는 충분히 그늘이 드리워져 숨어 낮잠을 자기에 더없이 안성맞춤이었다. 철조망 너머는 바야흐로 잔디밭이 연녹빛으로 물들어갔고 그 끄트머리에는 하얀 회벽의 수용시설이 비길 데 없이 깨끗한 배색을 이루고 서 있었다. 스케치북을 던져놓고 찻잎 아래 누우면 잔디밭에서 묻어난 풀빛 바람이 스멀스멀 그의 영혼으로 번져갔다. 그는 젊고 싱싱해지고 있었다. 팔랑팔랑 스케치북 넘어가는 소리를 들으며 빠져드는 백일몽은 어느새 그를 예술가로 길러내고 있었다.

이상한 기척에 그는 언뜻 잠을 깨고 실눈을 뜨고 허공을 바라보았다. 자애원 뒤쪽으로 지는 해를 받아 누군가의 그림자가 그의 얼굴을 가리고 있었다. 철조망 사이로 손을 들이밀고 그의 스케치북을 넘겨보고 있는 것은 어느 소녀였다. 나이가 얼마였는진 모르지만 짧게 깎은 머리가 원래 나이보다 그녀를 더 앳돼 보이게 만드는 것만큼은 분명했다.

그와 눈이 마주치자 소녀의 얼굴에 언뜻 수줍은 미소가 스쳤다. 그리고 느닷없이 그녀는 스케치북 한 장을 부욱 뜯어내는 것이었다. 그것은 자애원 앞뜰에 놓여 있는, 두 팔을 밑으로 늘어뜨리고 손을 앞으로 펼친 자세로 보는 이를 맞이하는 예수상을 그린 스케치였다. 뜯어낸 그림을 들고 소녀는 태연하게 풀밭을 가로질러 사라지는 것이었다.

다음 날에도 그들은 철조망을 사이에 두고 만났다. 소녀는 또 그의 스케치북을 넘겨보았다. 가게에서 사탕을 고르는 아이처럼 소녀는 기대와 호기심이 가득 담긴 눈으로 그의 작품을 넘겨보고 있었다. 그는 그런 소녀를 스케치하기 시작했다. 화판 곁에 왼쪽 귀를 바짝 붙인 자세로 그는 열정적으로 소녀를 그렸다.

"가만히 좀 있어봐!"

이리저리 꿈지락거리는 소녀를 향해 그렇게 말했을 때, 불현듯 소녀는 커다란 눈으로 그를 쏘아보기 시작했다. 돌변한 그녀의 눈길은 이루 말할 수 없는 것들로 이글거리고 있었다. 엄청난 두려움과 증오가 활활 타오르는 눈빛은 그러나 곧 소녀의 눈동자에서 흐지부지 사라졌다. 이윽고 소녀는 활활 옷을 벗어젖히기 시작하였다. 어느새 발가벗은 소녀는 태연한 눈동자로 그를 바라보고 있었다. 당황한 그가 어쩔 줄 모르는 사이 그녀는 키득키득 웃음을 삼키더니 철조망 사이로 손을 뻗어 그가 그리고 있던 자신의 초상을 와락 움켜쥐고 달아나는 것이었다. 푸른 풀밭을 하얀 나신으로 뛰어가던 소녀의 잔상은 그가 도저히 잊을 수 없는 영상이 되었다.

그것으로서 그도 진정한 예술가의 뇌수에만 찍히는 낙인을 얻었다. 그리고 그 뜨거운 불도장은 언젠가는 통째로 그의 영혼을 불사르고 말 것이다. 그 신록의 계절 내내 그는 그런 예감 때문에 잠을 이루지 못하였다.

다음 날 소녀는 어떤 할아버지의 손을 잡고 산마루 철조망 앞에 나와 그를 기다리고 있었다. 그 망령 든 노인은 어제 그가 그렸던 소녀의 초상을 자꾸만 손가락질해 보이는 거였다. 그는 곧 노인의 초상화를 그리기 시작하였다. 소녀와 할아버지는 함께 철조망 사이로 코를 쑤셔 박고 그가 하는 작업을 뚫어져라 쳐다보기 시작하였다.

그가 고작 몇 개의 윤곽선을 그렸을 무렵 소녀는 벌써 팔을 뻗어 스케치를 낚아채려 하였다. 그는 다시 소리를 질렀다.

"가만히 좀 있어!"

그러자 거짓말처럼 소녀는 어제와 똑같은 반응을 보이기 시작하였다. 활딱활딱 옷을 벗어던진 소녀는 목석같은 모습으로 뻣뻣이 굳어 있었다. 그는 철조망을 사이에 두고 벌거벗은 소녀와 그 곁에 세상 어느 것에도 관심 없는 표정으로 히죽히죽 웃고 있는 넋 나간 노인의 무의미한 얼굴을 번갈아 바라보았다. 잠시 후 소녀는 또다시 그의 작업을 낚아채서 풀밭 너머로 훨훨 달아나고 말았다. 소녀가 허물처럼 벗어둔 옷과 웃고 있는 노인만이 멀뚱히 남아 있었다. 노인은 그가 초상을 그려줄 때까지 꼼짝하지 않을 것이었다.

그가 그린 초상은 곧바로 행려시설 내의 히트작이 되었다. 초상화는 그네들 특유의 집단편집증에 가까운 열기로 많은 수용자들이 하나씩 갖고 싶어하는 기념물이 되었다. 그들은 반드시 따라야 하는 절차처럼 소녀의 손을 잡고 동산 위의 철조망 앞으로 나섰다. 그는 그들 모두를 마다하지 않고 일일이, 그리고 정성껏 초상화를 그려주었다. 그가 너무도 정성을 쏟아 그려준 나머지 수용자들이 받은 초상화에는 언제나 철조망까지 뚜렷이 그려져 있었다. 그것은 일종의 낙관(落款)과 같았다. 그것은 그의 영혼의 눈동자에 뚜렷이 걸린 장애물이었기에 그는 거짓을 그릴 수 없었던 거였다. 여하튼 수용자들에게 초상화는 인기절정이었다.

초상화에 대한 그들의 반응은 정말 종잡을 수 없었다. 그렇게 갖고 싶어하던 물건이었음에도 대부분의 수용자들이 제대로 간수할 리가 없었다. 어떤 이는 초상화를 부여잡고 엉엉 울음을 터뜨려 그 자리에서 작품을 눈물범벅으로 망쳐놓는가 하면, 어떤 이는 연처럼 펄럭이며 가지고 놀다가 찢어뜨리기도 하였다. 그리고 어떤 이는 정말 고이 접어 가슴에 품어 간직하는 축도 없지는 않았다.

그날은 그해의 장마가 시작된 초여름의 하루였다. 외출에서 돌아오던 그는 자애원 정문을 나서 비를 맞으며 걸어가는 사람들의 행렬을 보았다. 그는 그 행려병자들의 얼굴을 하나하나 또렷이 기억할 수 있었다. 산모퉁이를 돌아가면 병원이었고 그에 딸린 화장(火葬)시설이 있었다. 그것은 장송행렬이었다. 그들은 정말 음울한 장송곡처럼 기우뚱기우뚱 걷고 있었다. 그 행렬의 맨 앞에 누군가의 손에 들려가는 영정을 보았을 때, 그는 알 수 없는 충격에 뻣뻣이 몸이 굳어버리는 경험을 했다. 그것은 제 손으로 그려준 초상이었다. 초상화의 정면을 가로지른 철조망이 유달리 또렷하게 보였다.

그 광경을 보는 순간부터 그는 자기가 그린 것이 순전히 죽음의 이미지였다는 망상에서 떨쳐날 수가 없었다. 그날 이후로 땅속 깊은 곳에서 울려오는 환청이 끊이질 않았다.

'네가 4B 연필로 무슨 짓을 하였느냐!'

장맛비는 며칠을 두고 계속되었다. 그가 누워 있는 2층 침대에서는 뒷동산의 산마루가 고스란히 보였다. 비가 오는 내내 며칠을 두고 산마루 철조망 앞에는 소녀가 누군가의 손을 잡고 그를 기다리고 있었다. 그는 창틀 너머에 숨어 그녀를 바라보았다. 얼마쯤 뒤면 누군가 우산을 받쳐 들고 나타나 그들을 데리고 사라지곤 하였다. 그래도 그다음 날이면 소녀는 꼭 누군가의 손을 잡고 그 언덕에 서 있는 것이었다. 그는 그녀가 사라질 때까지 이불을 뒤집어쓰고 꼼짝도 하지 않았다.

그가 자기 손으로 그린 '죽음의 얼굴'을 두려워한 것은 아니었다. 물론 죽음이란 어두운 상상은 젊은 그에게 아직 생경할 수밖에 없기는 했지만 한편으로는 죽음이 살아남은 자의 삶을 변화시키는 고통을 어린 나이에 겪어본 것도 사실이었다. 하지만 비단 그런 이유 때문에 그가 소녀를 피하고 있는 것만은 아니었다. 그 스스로도 그 이유를 알기 위해 계속해서 번민하고 있었다. 뒤척이며 흘려보낸 수많은 새벽에도 불구하고 그는 해답을 얻지 못하였다. 날이 갈수록 또렷해지는 건 그의 미적 시야의 한가운데를 가로막고 있는 철조망뿐이었다.

소녀는 장마철 내내 동산 위에 나타났다. 비안개에 가려 산마루가 보이지 않을 때면 안개 속에 지체아 소녀 특유의 천진한 웃음이 차나무밭 도처에 울려 퍼지는 듯한 착각이 들었다. 한낮이 되면 그는 침대맡에 더욱 깊숙이 숨어 그녀가 나타나기를 기다렸다. 비 오는 오후는 견딜 수 없이 쓸쓸했다. 오래도록 그녀가 나타나지 않으면 그의 불안은 더 심해지곤 했다. 무엇에 대해 불안을 느끼는지도 모르는 불안일수록 더 혼란스러운 법이다. 그런 불안이 심해지다 보면 급기야 그는 자리를 차고 일어서 차나무 동산으로 후닥닥 뛰어갔다. 연해 철조망을 따라 오락가락하며 그녀가 허물처럼 벗어놓고 갔을지도 모를 옷가지를 찾아 헤매곤 하였다.

정작 장마는 끝났지만 소녀는 더는 산마루에 모습을 나타내지 않았다. 그는 자기가 그린 죽음들이 밤마다 자기를 찾아오는 환상에 시달렸다. 그는 자기 그림이 살아 있다는 것을 누구보다 절감하고 있었다. 다만 그것은 완전히 생생한 죽음의 초상이 아니라 절반쯤 되다 만 그런 지체아를 닮은 죽음의 모습이었다. 철조망을 염포처럼 둘둘 감고 그의 꿈속을 떠다니는 환영은 조금씩 그를 여위게 만들었다. 그는 고열에 시달렸고 미친 사람처럼 헛소리를 해댔다.

닷새를 앓고 난 뒤 그는 풀 먹인 빨래처럼 창백한 얼굴을 하고 차나무 동산에 서 있었다. 늦은 저녁해가 자애원 뒤뜰의 감나무에 걸려 있었다. 나뭇가지 그림자가 산발한 모습으로 길게 풀밭 위에 누웠다. 그 뒤로 펼쳐진 하늘은 온통 불안한 핏빛으로 물들어 있었다. 더위를 숙지근히 식혀주는 저녁바람에 쓰르라미 소리가 맵게 실려오고 있었다. 한나절을 기다렸지만 소녀는 나타나지 않았다. 그는 지쳤고 돌아갈 생각을 했다.

그때 차나무 사이에서 몇몇의 사람들이 뛰쳐나와 그의 앞을 가로막았다. 시설에 자원봉사를 나온 이웃 도시의 대학생 청년들이었다. 그들은 분노로 딱딱하게 굳은 얼굴을 하고 손에는 모두 몽둥이 따위를 움켜쥐고 있었다.

"걔한테 더러운 짓을 한 게 너지?"

느닷없이 몽둥이세례를 받으면서도 그는 그들이 무엇 때문에 분노한지 까닭을 알지 못하였다. 그러나 이윽고 그들이 그의 앞에 내던진 스케치북 속의 그림을 보자 그는 확연히 무슨 일이 있었는지를 짐작할 수 있었다. 그림은 소녀가 벗어 던지고 간 옷가지를 스케치한 그 자신의 소묘였던 것이다.

"이 더러운 새꺄. 그러잖아도 그 여자앤 고향에서 짐승 같은 놈들한테 그 짓을 당하던 끝에 여기로 보내진 거라구!"

누군가 그의 얼굴을 짓밟으며 그에게 악다구니를 질렀다. 그는 대꾸하지 않았다. 지체아 소녀를 임신시킨 게 자신이 아니란 사실이 별로 긴요한 진실이라는 생각이 들지 않았다. 정말 중요한 건 자기가 살고 있는 우주가 이미 그런 더러운 진실로 흠뻑 적셔진 세계라는 사실이었다.

*

신이 무의미한 삶에게는 악마도 무의미한 법이다. 그렇다면 그에게 진정 의미가 있는 것은 무엇이었을까? 그것은 徐로서도 알지 못했다. 그 '의미 있는 것'에 대하여 최초로 그에게 이야기를 꺼낸 것이 그가 사랑했던 무수한 여인 중 하나였다. 그녀라고 해서 유달리 가슴에 남은 것은 따로 없지만 그녀가 들려준 그 한마디 말은 슬로모션을 보는 것처럼 여지껏 생생하기 짝이 없었다.

"어쩌면 당신은 외롭고 싶지 않아 그림을 그렸을지도 모르죠. 하지만 당신이 그린 그림은 너무도 먼 곳을 넘겨다본 풍경화였어요. 당신은 영원히 그곳에 갈 수 없다는 운명을 그린 거라구요. 당신 그림 속 철조망은 그런 당신의 운명의 상징인 거예요. 갇혀 있는 건 그림 속의 인물이 아니에요. 그들이 갇혀 있는 당신을 보고 있는 거라니까요!"

따라서 그는 그림을 그릴수록 외로워질 운명이라는 것이었다. 여인의 판단은 옳았다. 그는 제 그림의 시야 한가운데를 가로막고 있는 철조망을 걷어치울 수 없었다. 아니 걷어치워야 할 이유를 느끼지 못하였던 것이다.

그 철조망이 꼭 붓과 물감으로 그려진 것은 아니었다. 그의 그림을 보고 느끼는 모든 감상자들이 하나같이 토로하는, 가슴에 구멍이 뚫린 것 같은 노스탤지어가 곧 그것이었다. 그가 비록 뜰 앞의 감나무를 그렸을지라도 아무도 그 나무에서 감을 딸 수 있을 것이라는 상상을 하지 못하였다. 존재할 듯 말 듯 안타까운 세계, 그러나 존재하지 않는다면 너무도 허무할 것 같은 세계의 풍경. 그것이 젊은 시절 그가 그린 그림의 모든 아우라였다. 그의 그림을 본 사람들은 모두 그 서글픈 낭만에 가슴이 젖도록 그를 사랑하게 되었다. 그 슬픔이란 신도 악마도 어쩌지 못하는 중간지대의 순결에 대한 인간의 모성애였다.

늦깎이로 미대를 마친 후 그는 본성이 시키는 바를 충실히 따라서 살았다. 그는 어디건 먼지가 쌓인 고요한 곳이면 마음 편히 화구가방을 내려놓았다. 거기서 그는 스케치북 위에 스러지는 목탄처럼 혼신을 비벼대며 창작에 몰두했다. 그러다 그 음울한 평화에 햇살이 들면 미련 없이 보따리를 꾸렸다.

그런 徐가 이소 선생의 문하가 된 것은 별난 인연이었다. 이소 선생이 그를 첫눈에 알아본 일은 가히 화단의 전설처럼 회자되는 일화였다.

선생이 그를 처음 마주친 것은 친척 조카가 운영하는 화실에 우연히 들른 일로 시작되었다. 당시 徐는 그곳에서 임시 강사로 잠시 머무르고 있는 객식구의 하나였다. 실내를 둘러보던 선생은 그가 작업하고 있던 이젤을 한동안 바라보고 이렇게 중얼거렸다.

"〈차나무 동산〉이었던가……."

〈차나무 동산〉이란 연전에 徐가 미전에 출품하였던 반추상 작품의 제목이었다. 그 작품이 아무리 선(選)에 들었다 한들, 이소 선생 같은 한국화단의 태두가 수년이 지나서까지 그 작품명을 기억하고 있다는 것은 뜻밖의 사실이었다. 더욱이 선생이 미전의 심사를 본 것도 아니었고 나아가 그 작가와 일면식은커녕 이름 석 자도 제대로 기억하고 있지 않은 처지였다는 걸 감안하면 실로 유별난 일이었다. 그런 선생이 이제 막 색을 입히기 시작한 것에 불과한 미완의 캔버스만을 보고 그것이 한 사람의 필치란 것을 정확히 간파해낸 것이었다.

호사가들이 떠들어대듯 도가 통한 사람들 사이의 교감 같은 것이라고 볼 수도 있었다. 하지만 엄밀하게 말하자면, 선생은 〈차나무 동산〉이란 작품을 엄연히 당신의 소우주 속의 하나의 차원으로 받아들이고 있었던 것이다. 이소 선생은 언젠가 그 독특한 철조망으로 친친 감긴 산마루에서 그 작가를 만날 것이라 기다리고 있었던 것이다. 그리고 마침내 그때가 이르렀을 때 선생은 당연하다는 말투로, 徐에게 당신을 따라나서라고 했다. 徐는 다소 어안이 벙벙한 얼굴을 하고 노대가의 제자가 되었다.

선생의 고택은 일 년 내내 정적에 쌓여 있었다. 선생이 거하는 사랑채인 은수재(隱樹齋)는 그중에서도 더욱 크고 무겁게 가라앉아 있었다. 네모반듯한 그 사모지붕 아래 들어서는 순간 사람들은 세상이 온통 무채색의 수묵화로 변해버리는 것을 경험하곤 했다. 누백 년을 이어온 반벌(班閥)의 내력 때문이 아니라도 회벽에 비해 유난히 검은빛이 도는 기둥이나 서까래부터가 묵직하게 가라앉은 느낌을 주는 그 집에서 사람들은 어떤 '중심'을 감지하게 되었다. 그것은 세상을 한 꺼풀 벗겨내고 그 진피(眞皮) 속으로 들어서는 생경함이었다. 그리고 그런 느낌이 곧 그 집의 주인이 뿜어내는 끝없는 인력(引力) 때문이라는 것을 알게 되면 사람들은 비로소 벅찬 기운을 느끼고 두려움에 빠져들었다.

그것은 전혀 다른 세계의 경험이라기보다는 여태까지 당연하게 누리고 살았던 세계가 '착시'이며 그 본질은 뜻밖의 색다른 것일지도 모른다는 위태로운 폭로 같은 감정이랄 수 있었다. 사람들은 곧 그 집의 하얀 벽과 거무튀튀한 기둥의 색깔에서 한기를 느꼈다. 그리고 이내 그 흑백과 농담(濃淡)의 세계에 압도되었다. 실내 또한 역시 거무스름한 먹감나무 세간살이뿐으로 역시 색채라곤 없었다. 은수재 고택은 이소라는 수묵 거장의 기운을 고스란히 닮은 집이었다.

말하자면 그 지붕 아래 세계는 한 폭의 화선지와도 같았다. 모든 것이 희미하거나 뚜렷한 것으로만 이루어진 농담의 세계였다. 그 검칙칙한 추녀 밑에만 들면 바깥세상조차 온통 뭉치고 번지거나 메마르고 젖은 먹빛으로만 이해되어야 했다. 그것이 이소 선생이 강조하는바, 일념을 이룬 자의 눈이 곧 붓이 되는 경지였다.

徐 역시 동일한 경험을 했다. 세상의 껍질을 떼어내고 그 속살을 들여다보는 순간을 느꼈던 것이다. 그것이 바로 수묵이 정점으로 삼는 일획(一劃)의 느낌이었다. 그 일획이란 기운생동(氣運生動)의 찰나였고 그것은 곧 어떤 힘을 비로소 세상에 풀어놓는 행위였다. 그것은 천지만물로 펼쳐지기 이전의 창조의 정수를 감지하는 순간이었고 곧바로 가없는 폭발과 같은 충격과 쾌감이 뒤따랐다.

하루를 시작하는 아침이면 그 지붕 밑에서 이소 선생과 함께 화폭을 펴고 마주 앉았다. 선생과 徐 그리고 맏제자 격인 이석이란 선배, 그렇게 세 사람이 사랑채 식구의 전부였다.

이석은 徐가 작품과 이름만으로 알고 있던 화가였다. 그는 무뚝뚝하고 말이 없는 편이었는데, 그런 성격 그대로 묵묵히 하루 종일 이소 선생의 수발을 들었다. 아침에 둘러앉아서도 그는 별도로 화폭을 펴지 않고 그저 선생 곁에서 먹을 갈기만 했다. 하루 종일 고작 몇 점의 글씨나 난을 치는 선생이나 그 곁의 이석을 보고 있노라면 두 사람 모두 그 집의 벽에 걸어놓은 족자 속의 인물 같다는 느낌이 들었다.

그러나 이석이란 이름은 이미 화단에 혜성 같은 빛을 뿌린 존재였다. 그가 펼치는 독특한 세계는 정교하고도 힘이 있었다. 徐 또한 예전부터 그의 작품을 주목해서 보고 있던 차였다. 그러나 그런 선입견을 모두 떨쳐버리고서라도 이석이란 사람은 참으로 힘찬 열정을 지닌 인물이었다.

만난 지 얼마 지나지 않은 때부터 이석이란 사람의 예술혼은 직관적으로 徐의 가슴에 다가왔다. 그가 지닌 예술혼이란 바람과 혹은 불처럼 부정형(不定形)의 것이지만 필경은 무언가를 뒤흔들고 불태우고 또 번지게 하는 힘이었다. 그런 사람에겐 특유의 냄새가 나기 마련이었다. 흡사 아침이 되어 재와 그을음만 남은, 밤사이 불 피운 흔적에서 나는 그런 구수하고도 아련한 냄새 같은 것 말이다. 그리고 그런 냄새는 사람으로 하여금 고향을 떠나온 곤고함을 깨닫게 했다. 실낙원(失樂園)의 아픔이 곪아서 생긴 노스탤지어의 냄새였다. 그와 같은 예술혼은 어딜 가나 동그라미를 먼저 그리는 법이다. 그곳이 그가 불을 피울 곳이고 그곳이 그의 바람이 맴돌 곳이다. 그곳이 그의 집이고 그의 캔버스였다. 그는 언제나 열심히 걸어야 했다. 정처가 없음에도 말이다. 그는 그렇게 죽어라고 높은 곳까지 올라가 눈썹 위에 손을 갖다 붙이고, 가는 실눈을 뜬 채 또다시 자기의 혼불을 지를 곳을 노려보았다. 화폭 위의 그가 그린 선에는 그렇게 바라본 산릉선의 꿈틀거림 같은 에너지가 흐르고 있었다. 그런 힘은 아무도, 절대로 흉내 낼 수 없는 생기로 흐르고 또 넘쳤다. 그리고 때가 되면 그는 바람처럼 떠날 것이다. 연기만이, 그 매캐한 흔적만이 그를 알아본 사람의 눈에 눈물을 흐르게 할 것이다.

그럼에도 이석은 그런 바람 타는 심미안의 눈을 질끈 감은 채 이 집에서 깊이 몸을 웅크리고 있는 것이었다. 徐는 그런 사실을 본능적으로 깨닫고 있었고 지대한 호기심을 가지고 지켜보고 있었다. 그가 언제 어디로 떠날지가 궁금한 것이 아니라 그가 왜 이소 선생이라는 엄청난 압력을 견디고 사는지 알 수 없었던 것이다.

실제로 그 집의 지붕 아래서 받는 긴장감은 굉장한 것이었다. 그 긴장감이란 앞서도 언급한 저 처음을 여는 '일획(一劃)'에서 오는 것이었다. 그 일획이란 뭉치고 또 뭉쳐진 힘이었다. 흡사 블랙홀이 무한한 중력으로 온갖 빛을 빨아들이듯 그렇게 천지만물의 기운을 모아들여 거대한 압력의 덩어리를 이루는 작업이 곧 그 '일획'이었다. 선생은 그 일획을 창조의 순간으로 소중하고도 소중히 쓰라고 말했다.

그런 가르침을 듣고 당신 앞에서 쉬 붓질이 나갈 수가 없는 것은 당연한 노릇이었다. 아침마다 선생과 마주 앉는 시간이 반복될수록 그 일획의 긴장은 고뇌로 바뀌어갔다. 선생은 그의 고뇌 따위에 대해선 일언반구도 위로를 주지 않았다. 위로는 아무런 해결이 되지 못했다. 이소 선생 당신부터가 평생을 이 지붕 아래서 혼신을 다해 그런 고뇌를 버티며 살아온 장본이었다. 선생이 가르친 것이 있다면, 홀로 고뇌할 줄 아는 예술혼일 것이다. 이 지붕 아래서 그것만이 유일한 길이요 진리였다.

精氣爲物 游魂爲變 (『周易』, 繫辭上傳)

"정기는 사물을 이루고, 떠도는 혼은 변화를 이룬다는 뜻이다. 글씨는 태워버리거라."

어느 날 아침 선문답하듯 그렇게 『주역』의 한 구절을 던져놓고 선생은 자리를 떴다. 그는 뒤란으로 가서 선생의 글씨를 태웠다. 호로록 순식간에 타들어가는 필도(筆道)는 그렇지만 그에게 깨우침이 아니라 외로움을 주었다.

선생이 수묵으로만 표현될 수 있는 진수를 전하고 싶어한다는 것은 그도 알았다. 하지만 수묵이란, 이소 선생처럼 평생을 낡은 집에 버티고 앉아 그 자리를 우주의 중심축으로 만들겠다는 미학이었다. 우주를 가르는 일획을 절차탁마하는 그치지 않는 영원한 긴장, 그 고독한 혼이 수묵의 본질이었다.

그런 끊어질 것 같은 팽팽한 긴장감에 비례하여 徐는 시간이 갈수록 그의 먼지 쌓인 평화에 대한 향수로 미쳐버릴 것 같았다. 그는 차츰 무기력증에 빠져들었다. 그럴 수밖에 없는 것이 이제 붓을 드는 일은 천지를 떠받드는 것처럼 어마어마한 중압감이 되어버린 거였다. 그는 청마루 한 귀퉁이에 기대서 거짓말처럼 투명한 하늘을 향해 담배 연기만 뿜어댔다.

*

그날 저녁 하늘 색은 참으로 아름다웠다. 공들여 반죽한 세룰리안블루 물감을 수제(手製)종이 위에 옅게 풀어놓은 화판처럼 못내 그윽하게 가슴을 물들였다. 기왓담 위로는 설익은 방울감이 별보다 총총했고 그 너머로 안채의 굴뚝에선 군불을 때는 연기가 암암하게 하늘로 번지고 있었다. 음울하도록 아름다운 모색(暮色)에 알 수 없는 그리움이 그를 나른하게 만들었다. 그러나 선배 이석의 얼굴을 보기 전까지 그는 자기가 그렇게 멀리 와 있다는 생각을 하지는 못했다.

언제나 이맘때쯤이면 이석은 선생이 태우라 시킨 그림과 글씨를 들고 뒤꼍으로 나오곤 했다. 그날도 그는 굴뚝 앞에서 불타 사라지기 전 선생의 작품을 우두커니 바라보고 서 있었다. 이따금 풍로 속의 불티가 될 때마다 그의 옆얼굴의 각진 윤곽이 도드라지게 빛났다. 평범해 보이는 얼굴이었지만 불빛에 반사된 뺨과 그보다 더 이글거리는 이석의 눈동자를 보는 순간 徐는 흠칫 소름이 돋는 것을 느꼈다. 그는 슬그머니 스케치북을 끌어당겼다. 그리고 빠른 속도로 이석이란 사람과 그가 등지고 있는 푸른 우주를 드로잉하기 시작했다.

스케치가 진척되어갈수록 徐는 제 그림 속에 드러나는 한 마리 야수의 모습에 당혹감을 느꼈다. 그것은 곧 이석이란 인물이 감추고 있는 야성의 그림자였다. 스케치 속 이석은 야수의 눈을 하고 처연하게 불길을 바라보고 있었다.

이석은 그의 화풍만큼이나 특이한 이력을 가진 화가였다. 처음에 그는 단청을 그리던 금어(金魚)로 붓을 잡기 시작하였다. 어린 시절부터 그를 키운 이가 당대 제일의 불모(佛母―불상을 그리는 사람)로 숭앙받는 노화승(老畵僧)이었다.

이소 선생과 노사(老師)는 실로 화단의 살아 있는 전설이었다. 각기 수묵과 채색을 대표하는 한국화의 거대한 두 물줄기이면서 일제강점기 젊은 나이의 동경 유학생 시절까지 거슬러 올라가는 두 거두의 라이벌 관계는 많은 화제와 억측을 지닌 화단의 신화로 자리매김되었다. 따라서 최근까지 노사의 상좌로 있던 이석이 이소 선생의 문하에 들었다는 자체가 주목을 끄는 사건이었다.

그러나 이소 선생과 노사와 이석, 세 사람 사이의 삼각형의 역학은 풍문으로 떠다니는 이상의 무엇이 있을 것이었다. 그런 느낌은 평소 이소 선생이 이석을 대하는 태도를 보면 알 수 있었다. 당신 자신이 단 한마디 그런 표현을 입 밖에 낸 적은 없었지만 선생은 무한한 감정을 억누른 채 이석을 대하고 있었다. 그것이 사랑인지, 애증인지, 회한인지는 알 수 없지만 선생에겐 마치 돌아온 탕아를 대하는 아비처럼 지극한 데가 있었다.

그날, 그렇게 상처 입은 야수처럼 뒤란의 아궁이를 서성이던 이석은 불쑥 그날 밤부터 자기 방에 처박혀 한 폭의 그림에 매달리기 시작하였다. 얼마 후 徐는 그가 그리고 있는 것이 뜻밖에 비천상(飛天像)이란 걸 알았다. 수묵의 신화인 이소 선생의 문하에서 수제자 격인 그가 굶주린 야수 같은 눈동자를 불태우며 매달리고 있는 그림이 온갖 빛깔로 번뜩이는 채색 불화라니. 선생은 붓을 쥘 땐 벼루를 뚫고도 남음이 있는 힘으로 쥐라고 입버릇처럼 말했다. 이석은 그 경지를 위해 돌아서 피눈물을 쏟던 사람이었다. 그런 그가 수묵의 정신과 대척점이라 할 탱화에 매달리고 있었다.

그가 탱화에 몰두해 있는 그 며칠간 徐는 이소 선생과 단둘이 앉아 수묵을 쳤다. 선생은 뛰쳐나간 탕아가 돌아오길 기다리는 아비처럼 가만히 눈을 감고 있었다. 그렇게 며칠이 지난 어느 날 선생은 불현듯 무심한 목소리로 徐에게 이렇게 말했다.

"석이는 무얼 하고 있다더냐? 그림이 다 되었으면 이만 건너오라고 해라."

徐가 이석의 방문을 열었을 때 먼저 고약한 냄새가 코를 찔러왔다. 화폭에 채색을 점착시키는 아교풀 냄새였다. 이석은 엎드린 것도 아니고 구부린 것도 아닌 이상한 자세로 잠에 곯아떨어져 있었다. 며칠 밤을 혼신을 기울인 탓에 혼절하듯 잠에 빠진 그는 제가 그린 그림에 절이라도 올리고 있는 것 같았다. 아닌 게아니라 당장 徐의 눈에는 이석의 모습 따윈 들어오지 않았다. 방 가운데 하얗게 빛나는 비천상은 소름 끼치게 아름다웠다. 탱화는 옛날 방식 그대로 지극히 원초적인 채색을 사용하였고 원근법도 무시한 평면적 구도를 취하고 있었다. 그럼에도 불구하고 화폭에 그려진, 남자도 아니고 여자도 아닌 신인(神人)은 검은 하늘을 배경으로 구름에 싸여 제목 그대로 비천(飛天)하고 있었다. 그림이 놓인 방바닥은 비천상의 이미지 때문에 깊숙한 우주로 푹 꺼진 듯 여겨졌다. 비천상은 사라질 듯 말 듯 희미하게 채색이 되어 볼수록 안타까운 마음이 깊어지는 이미지를 자아내고 있었다. 살짝 찢겨 올라간 비천상의 눈초리는 감상자의 눈길을 순진무구하게 휘어잡는 힘이 깃들어 있었다. 그 눈길에 부딪힌 사람의 혼백도 곧 그렇게 알 수 없는 하늘로 끌려갈 것이었다.

徐는 스스로 무슨 생각을 하고 있는지 알 수 없었다. 어느 순간 그는 화폭을 당기고 있는 나무틀의 노끈을 풀어내고 있었다. 곁에서 잠들어 있는 이석의 존재는 전혀 염두에 두지 않았다. 팽팽하게 화폭을 당겨 묶은 노끈은 여간해서 풀어지지 않았다. 그는 손톱이 갈라지는 것도 모른 채 그 많은 매듭을 일일이 다 풀어냈다. 그러면서도 정작 스스로도 왜 비천도를 취하려 하는지 알 수 없었다. 아무튼 그는 그림을 가슴에 품은 그길로 이소 선생의 고택으로부터 소리 없이 달아나고 말았다.

*

"형은 느끼지 못했을지 모르지만 선생께서 형을 볼 때 그 눈길에는…… 음, 뭐랄까요, 마치 값진 도자기를 깨질세라 보듬고 있는 것 같은 애틋함이 담겨 있었어요. 그리고 언제나 그 안에 어떤 소중한 것을 담아둘까 궁리하시는 것 같았죠."

徐의 이야기에 이석은 껄껄 웃었다.

"그게 샘이 나서 뛰쳐나온 거야?"

徐는 멋쩍게 웃으며 보일 듯 말 듯 고개를 가로저었다. 웃음 끝에 그는 힐끔 이석을 바라보더니 자리에서 일어나 캐비닛을 열었다. 그 안에 되는대로 쌓여 있는 상자 중 하나에서 무언가를 꺼냈다. 그가 꺼낸 것은 곱게 보자기에 싸놓은 두루마리였다. 족자는 문제의 비천상이었다.

그러나 이석은 보자기를 펼쳐볼 생각도 하지 않았다. 그가 궁금해하는 것은 멋대로 들고 달아난 한 장의 그림으로는 설명할 수 없는 徐의 속마음이었다. 그러나 徐는 입을 열 것 같지 않았다. 그는 창밖, 어두워지는 도시의 외곽으로 눈길을 돌려버렸다. 그의 표정인즉 이석을 외면하는 것이 아니라 세상으로부터 고개를 틀어버린 것 같았다. 한참을 기다리다가 이석이 입을 열었다.

"내가 처음 은수재에 들어갈 땐 장마가 한창이었어. 몇 날 며칠을 비가 내렸지. 뒤란의 비자나무숲으로 비안개가 뽀얗게 피는 것이, 처음엔 남들이 말하듯 한 폭의 그림 속으로 들어선 것 같은 신비로운 느낌에 휩싸였지. 근데 실은 그게 그렇게 간단한 문제는 아니었어. 곧 나는 내가 전혀 다른 세계에 들어섰다는 걸 깨닫게 되었지. 말하자면 다른 차원 속으로 빠져버린 것 같은 혼란을 느낀 거지. 3차원의 공간에 살던 내가 불현듯 2차원의 평면 같은 곳에 갇혀버린 느낌이랄까. 선생님께선 그에 관해서 내게 아무런 언질도 주지 않으셨지. 너도 알잖아, 선생님 성격을……."

"……"

"그래. 난 그것이 일종의 입장료라고 생각했어. 고요한 혼란과 어두운 고뇌로 치러야 하는 입문식이라고 생각했지. 온갖 색을 섞어놓은 수묵의 검은 혼돈으로 들어서는 입문의식 말이야. 시간이 지날수록 아주 조금씩 어떤 느낌이 들기 시작했어."

"……"

"그 느낌이란 건 곧 조물주가 채색으로 세상 만물을 펼쳐놓았다고 한다면 바로 그 조물주의 머릿속은 수묵으로 되어 있을 것 같다는 느낌이었지."

그때 비로소 徐는 어눌하지만 차가운 목소리로 이렇게 토를 달았다.

"그렇지만 자신에게 수묵으로 물들일 수 없는 영역이 있다는 건 누구보다 형 스스로가 잘 알고 있지 않나요? 비천도가 그걸 증명하는 거라고요."

"난 한번도 내 속까지 수묵으로 적실 수 있다고 상상해본 적은 없어. 그럴 능력도 마음도 없고 또한 그런 사실은 선생님께서도 너무 잘 아시는 바야. 선생님께선 내가 떠나온 낙원이 수묵으로 이루어진 세계가 아니란 걸 잘 아시기 때문이지. 조금 달리 말해볼까? 당신의 영정을 그릴 사람이 있다면 적어도 그건 내가 아닐 거란 사실은 선생님이나 나나 너무 당연시하고 있는 진실이란 말이지."

이석은 부릅뜬 눈으로 徐를 바라보았다. 徐는 그 순간 이석의 눈길이 이소 선생의 그것과 너무 닮았다는 생각이 들었다. 徐의 눈동자가 크게 출렁였다. 그는 몸이 떨려오는 걸 느꼈다. 예전 철조망을 두른 죽음의 초상을 그리던 기억이 되살아났다. 기이한 점은 그때를 회상하자, 그때는 그렇게 두려웠던 일이 지금에 와서는 자기가 떠맡지 않으면 안 되었던 일인 듯 긍정할 여지가 있다는 점이었다. 그는 무엇이 자기를 변화시켰는지 알 수 없어 두려움을 느꼈다.

그가 이석의 비천도를 들고 달아났던 일은 그림에서 느낀 아름다움 때문은 아니었다. 그는 그 아름다움 곁에서 혼절하듯 잠에 빠진 이석의 지친 평화에 철저한 동감을 느꼈을 뿐이다. 그는 제게도 그렇게 먼지 쌓인 평화로 돌아가야 할 길이 있다고 느꼈고 그렇게 생각되는 곳을 향해 뒤도 돌아보지 않고 달려갔던 거였다. 그러나 실은 은수재 고택의 문을 나서는 순간부터 그 길이 공허하리란 직감을 떨칠 수는 없었다. 환상을 향한 걸음이었다. 저기 지평선만 넘으면 평화로운 고향일 거라는 식의 환상 말이다. 그의 향수는 신기루처럼, 다가가면 갈수록 멀어졌고 결국 그를 지치게 하였다. 그가 환상이란 것을 깨닫고 몸서리치고 있을 즈음 불현듯 이석이 화실의 문을 밀어젖히고 들어선 거였다. 그는 이석의 방문이 운명일지도 모른다고 생각했다. 물론 그를 보낸 이는 이소 선생일 것이다. 언젠가 선생이 이석을 불러오라며 그에게 했던 말이 생각났다. 선생은 그런 비슷한 말로 이석으로 하여금 그를 데려오라고 명하였을 것이다.

'그놈은 무얼 한다더냐? 신기루를 좇다 지쳤으면 그만 돌아오라고 해라.'

무심한 목소리로 머릿속을 울리는 당신의 말투에 그는 부르르 소름이 돋았다. 선생의 목소리가 언젠가 그의 뇌수를 울린 또 다른 환청과 너무도 닮았다는 생각이 들었기 때문이었다.

'네가 4B 연필로 무슨 짓을 하였느냐!'

그는 벌떡 자리를 차고 일어나 창가를 향해 걸어갔다. 이석은 그를 물끄러미 바라보았다. 徐의 얼굴은 초췌했다. 옆으로 보이는 그의 얼굴은 흐린 형광등빛과 창밖의 어둠으로 정확히 반분되어 있었다. 그는 데생 속의 석고상처럼 굳어 보였다. 실로 그는 누군가의 데드마스크처럼 공허한 평화를 얼굴 가득 띠고 있었다. 그것은 누구의 죽음이어도 좋았다. 이석은 고요한 목소리로 이렇게 말했다.

"선생님께서 언젠간 내가 돌아가야 할 세계가 있다는 걸 아신다면, 반면에 네가 돌아와야 할 세계가 당신이란 것도 알고 계실 테지. 그런 말씀으로써 당신께서 내겐 안타까운 사랑을 보이시지만 너에겐 한번도 흔들리지 않는 무심함을 가지고 계신 데 대한 설명이 될까 몰라."

그의 판단이 옳을 것이다. 이소 선생에게 이석은 멀리서 날아온 피안의 꽃 같았지만 徐는 당신의 썩어가는 몸 위에 싹을 틔운 익숙한 풀꽃과 같은 존재였다. 전자는 아름답지만 꿈처럼 만져지지 않는 낭만이었고 후자는 까마득할 것 같아도 언젠가는 반드시 이룩되는 진리였다. 죽음처럼 말이다. 그것은 하나의 삶과 또 하나의 삶이 교차되는 진리의 방식이었다. 이소 선생 같은 선비는 오로지 진리 외에는 좇을 줄 모르는 법이다. 어느 날인가는 선생은 느닷없이 이석에게 이렇게 말했다.

"그 아이는 나보다 훨씬 용감해야 할 게다. 정말 용감해서 제아무리 높다란 추상의 사다리를 타고 올라가는 것도 겁을 내지 않을 게야. 하지만 세상 누구일지라도 두려움을 느끼는 높이란 있기 마련. 그 두려움이 사람에게 제가 어디쯤 와 있는지를 깨닫게 해주는 법이란 걸 너무 늦게 알지 않았음 좋으련만……."

어느덧 선생은 책상다리를 풀고 한쪽 무릎을 굽혀 그 위에 팔꿈치를 괴고 다시 팔로 턱을 받치고 앉아 있었다. 항상 당신의 정좌한 모습에만 익숙해 있던 이석에게 대청 기둥에 기대 낮잠에 빠진 촌로처럼 흘게 늦은 얼굴을 하고 있는 선생의 모습은 뜻밖이었다. 선생은 진종일 마주하고 있던 사군자에 진력난 표정을 짓고 있었다. 붓을 놓은 선생의 손에 순식간에 저승꽃이 다닥다닥 피어난 것 같았다.

물끄러미 먼산바라기를 하고 있던 선생이 한순간 큰 숨을 쉬고 일어섰다. 그리고 큰 붓을 내오라 일렀다. 붓뿌리가 두 뼘엔 찰 것 같은 두툼한 붓을 비틀어 움켜쥐고 넓적한 거북벼루 가득 먹을 적신 선생은 순식간에 여덟 자 큰 폭 화선지 위로 달려들었다. 찰나 선생은 뜻 그대로 붓을 뿌리듯이(潑墨) 휘두르며 방 안을 누비기 시작했다. 갈묵(渴墨)의 팍팍하게 마른 선이 몇 개 엇갈리며 미묘한 추상의 선이 생겨났다. 굵직하면서도 생생하기 비길 데 없는 묵선은 당장이라도 종이를 찢고 공중으로 솟구칠 것 같았다. 흡사 가물어 마른 땅을 거대한 괭이로 힘껏 파헤쳐놓은 것 같은 꿈틀꿈틀하는 힘이 종이 위에 숨을 쉬기 시작하였다.

그럼에도 큰 종이 위를 누비는 선생의 모습은 한 마리 새와 같았다. 오로지 붓끝에 의지해 공중에 떠다니는 듯한 당신의 걸음새는 꼭 물새가 호수 위를 딛고 날아간 자리에 이는 파문처럼 사뿐하기 그지없었다.

시간이 지나 선생은 당신이 그린 종이 위의 굵은 선들 한가운데 갇혀 있었다. 선생은 수많은 산등성이가 겹친 산맥의 꼭대기에 올라 있는 것처럼 보였다. 아닌게아니라 거친 숨소리를 토하며 배꼽숨을 들이쉬는 선생은 가마득한 꼭대기에서 왜바람을 버티고 있는 모습과 같았다. 당신은 폭풍 같은 목소리로 이렇게 말했다.

"정말이지 나는 두려워 도무지 그 높은 꼭대기에서 어떻게 내려와야 할지 엄두를 낼 수 없었다. 하늘도 내가 푸르게 하였고 산도 내가 솟게 하였고 바람도 내가 일으켰다마는, 자기 우주에 자기를 가두는 어리석음은 어찌할 겐고……."

선생은 묵직한 붓을 큰 칼처럼 두 손에 움켜쥐고 바닥을 흘겨보고 있었다. 마지막 먹물이 붓끝을 타고 뚝뚝 떨어지는 양이 칼끝을 타고 핏물이 떨어지는 것 같았다. 선생은 어느새 처연한 얼굴이 되어 당신의 맨발이 먹물에 물드는 것을 바라보고 있었다.

"가서 녀석을 데려오너라."

*

徐는 무엇이 힘에 겨운 듯 이마를 유리창에 붙이고 뜨거운 김을 토해내고 있었다. 김이 서린 창밖으로 드문드문 보이는 외등은 먼 길을 가리키는 이정표처럼 아슴했다. 이석은 더 이상 해줄 이야기가 없다는 생각이 들었다. 그는 가방 속에 고이 접어 온 선생의 그림을 徐의 이젤 위에 올려놓았다. 하고는 조용히 화실의 문을 열고 나섰다.

침침한 계단에 울리는 자기 발소리처럼 음울한 메아리도 없었다. 노대가가 정말 보고 싶어하는 것이야말로 자기의 죽음일 것이다. 그것은 그의 일생이 고락에 겨웠던 만큼 지극히 평화로

울 터였다. 선생은 그 평화로운 일획을 제 손으로 그을 수 없음이 못내 안타깝기 그지없을 것이다. 당신은 일생 붓으로 검고 흰 것을 그렸다. 그것은 검고 흰 것으로 돌아가는 우주였다. 이 소라는 사람은 처음 붓을 쥔 순간부터 쉼 없이 그렇게 우주를 돌려야 하는 운명이었다. 그 운명 앞에 왜 하필 나인가,라는 의문은 성립할 수 없었다. 우주는 일순간도 멈출 수 없는 것이기 때문이다. 이제 그는 그 위대한 노역에서 자기를 풀어줄 이를 애타게 기다리고 있었다.

어느덧 徐는 항상 그림을 그릴 때면 취하는 자세대로 왼쪽 귀를 창틀 가까이 가져다 붙이고 창문을 캔버스인 양 상상의 그림을 그리기 시작하였다. 그는 창문 속 풍경화 속에 철길을 따라 흔들흔들 멀어지는 이석의 모습을 그려 넣었다. 기적 소리처럼 가물가물 멀어지는 그 사람은 자기로 하여금 또다시 죽음을 떠맡으라는 소식을 전하고 가는 숨 가쁜 전령과도 같았다. 徐는 자기도 모르게 절레절레 고개를 흔들었다. 낳아준 아비가 없는데 죽일 아비가 있다는 것은 아무리 생각해도 딜레마였다. 모를 일이었다. 사람들은 왜 자기를 도살자라 부르지 않고 예술가라 부르는지 모를 일이었다.

창문의 풍경화 속에서 점점 어둠에 파묻혀가는 이석은 그런 의문 따윈 아랑곳없다는 듯이 철길의 침목을 징검다리처럼 밟으며 총총 멀어져가고 있었다.

(『작가세계』 2005년 겨울호)

서북능선

바람에 날리는 그녀의 머리카락이 자꾸 내 뺨을 간질였다. 우리를 쓸고 간 바람은 빙원을 타고 가며 점점 큰 회오리바람이 되어 멀어졌다. 그 바람이 부서지는 서북능선의 낭떠러지는 희끗희끗 눈을 뒤집어쓰고 있었다.

1

 그곳이 우리가 가볼 수 있는 세상의 끝이었다. 그 산 어디에도 세상의 끝이라는 증거는 없었지만 그때의 산행 이후 우리는 서로가 어떤 경계를 넘겨다보았다는 것을 암묵적으로 인정할 수밖에 없었다. 말하자면 그 산은 우리들에겐 일종의 묵시록이었던 것이다.
 에피파니(epiphany), 그래, 그런 단어를 끌어다 붙일 수도 있을 것이다. 다만 그때의 에피파니가 어떤 신성한 것의 출현이나 계시라기보다는 우리들 속에 깃들어 있던 어떤 존재가, 괴물이, 그 소리도 형체도 없는 연기와 같은 마성이 처음으로 모습을 드러낸 순간이었다고 해두어야 할 것 같다. 그 마성이 우리를 괴롭혔는가? 그 괴물이 우리를 검은 나락으로 몰아갔는가? 아니었다. 그 마성의 출현에도 우리는 똑같이 다음 날을 살았다. 그 말은 달리 말하면 우리가 이미 날 때부터 괴물이었다는 뜻이기도 했다. 우리가 깨달았던 것은 바로 괴물로서의 자기였다. 그런 사실이 우리로 하여금 침묵하며 살 수밖에 없게 하였다.

　우리는 괴물의 형상을 한 제 영혼에 당혹했지만 그것은 역설적으로 우리가 막연히 꿈꾸던 신성하고 존엄한 것에 대한 갈망과 좌절을 드러내주는 계기이기도 했다. 따라서 그때의 산행은 분명히 하나의 에피파니였다고 해도 무방할 것이다.

　우리가 침묵할수록 그 산의 울음소리는 더 깊고 강렬하게 우리의 뇌수에 파고들었다. 우리 중 누구도 그 산의 울음소리를 잊을 수는 없을 것이다. 산이 울부짖는 소리는 마치 거대한 괴수가 잃어버린 새끼를 찾아 헤매는 부르짖음처럼 들렸다. 우리는 모두 그 소리에 사로잡혀 있었다. 괴물 같은 산은 연거푸 우리를 향해 어미다운 울음을 내지르고 있었다. 우리에게 그 소리는 분명히 묵시의 질타, 침묵의 현현이었던 것이다.

*

　산속의 정적은 어둠보다 깊었다. 텐트 위로 떨어지는 눈송이 소리까지 고스란히 들리는 그런 고요함이 이 밤 내내 나를 짓누르고 있었다. 잠은 오지 않았다. 낮에 뚫어야 할 긴 루트를 생각해서라도 푹 자두어야 할 테지만 마음과는 달리 밤이 깊어갈수록 머릿속은 찬물로 닦아낸 듯 맑아지기만 했다. 전형적인 불면의 증세였다.

　다시 한 번 산이 울었다. 다섯번째였다. 그 소리를 일일이 세고 있을 만큼 내 신경은 곤두서 있었던 것이다. 결국 나는 침낭의 지퍼를 열고 일어나 앉았다. 그 순간 왜 한숨이 나왔는지 모르겠다. 어둠 속으로 희미하게 입김이 퍼져나갔다. 내가 들썩인 탓에 천장에 달아놓은 램프가 흔들리며 텐트 속의 어지러운 풍경을 군데군데 비추었다. 시야가 조각조각 파편으로 부서졌다.

산이 우는 소리의 여운은 한없이 길게 끌렸다. 테드(Ted)가 사랑한 것은 그렇게 땅속 깊숙이 스며드는 저음이었다. 그가 말하길, 그 저음의 매력이란 마치 저항할 수 없는 거대한 힘이 혼백의 머리채를 휘어잡고 지옥 밑바닥까지 끌고 가는 듯한 인력이라는 것이었다.

그 소리의 정체란 바로 캠프 곁의 빙하호수 위로 빙하가 떨어져 내리는 낙빙의 소리였다. 그 소리는 정말이지 지독한 저음이었다. 우레와 비슷하게 들리기도 하지만 그보다는 훨씬 긴 여운을 갖는 소리였다. 거대한 낙빙이 호수의 심연을 때리는 그런 최저음이었고 그 저음은 서서히 산 거죽을 타고 퍼져나가다 마침내 온 산등성이를 쥐고 흔드는 전율이 되어 멀어지는 것이었다.

낮이면 산정에서 흘러내린 빙하가 호수 위에 희게 부서지는 장면은 장관이긴 했지만 이상하게도 밤에 듣는 그런 원초적인 공포감은 없었다. 정말이지 밤에 홀로 깨어 듣는 그 저음의 진동이란 땅 밑의 어떤 알 수 없는 힘이 낮은 포효를 지르며 혼을 쑤욱 잡아끄는 것 같은 두려운 마력이 있었다.

그런 공포스런 진동과 끝 간 데 모르게 어둡고 고요한 이 서북능선의 밤을 유달리 좋아하던 테드는 실로 괴이한 녀석이었다.

그의 표현에 따르면 그것은 척도의 문제라는 것이다. 말하자면 그 공포에 찬 소리는 산이 들려주는 일종의 말과 같은 것인데 우리가 그것을 알아듣지 못하고 두려움을 느끼는 것은 그것을 사람의 언어로 이해하려들기 때문이라는 것이었다. 사람의 척도가 아닌, 수천수만 년을 지속, 반복해온 빙하의 결빙과 흙과 바람의 퇴적과 풍화와 같은 것들이 만들어낸 언어였기 때문에 당연히 무언가 다른 이해의 노력이 필요하다는 것이었다. 마치 예언자의 이마에 숨어 있는 제3의 눈과 같은, 기이한 감각을 너희가 알겠느냐는 식의 주장이었다.

하긴 낮에 보는 빙하호의 푸른 빛깔만 해도 도무지 사람의 언어나 심미안으로는 설명하기 힘든 것이었다. 젊은 우리가 이 거대한 산에서 느낀 무한한 매력이란 바로 그런 이해할 수 없는 것에 대한 동경밖엔 아무것도 아니었다.

과연 테드는 저 광대무변한 산맥의 말을 이해할 제3의 청각을 가지고 있었을까? 아마도 그건 아닐 것이다. 모름지기 그 진동을 이해하지 못해 가장 안타까워하던 것이 테드 자신이었을 것이다. 그렇지만 적어도 그가 끝내 그 산맥의 말을 듣기 위해 마지막 산행을 감행한 것은 분명한 사실일 것이다.

그의 실종을 두고 남들이 말하듯, 그가 죽을 자리를 찾아 서북능선을 올랐다고는 믿고 싶지 않았다. 그런 무모한 산행을 시도한 연유에 대해서만큼은 나는 깊이 생각하지 않기로 결심하고 있었다. 그가 스스로를 포기한 지는 너무도 오래전이었다. 그의 절망은 이제 낡아빠진 옛이야기가 되어버렸다. 나는 그 진부한 이야기 속에 어른거리는 내 자신의 그림자만으로도 진절머리가 날 지경이었다.

그럼에도 그가 결국은 서북능선에서 실종되었다는 소식을 들었을 때 나는 가슴을 치받고 올라오는 회한에 남모르는 울음을 삼켰다. 결국 테드는 역설적이게도 삶의 끄트머리로 떠밀려난 끝에 마침내 저 산과 바람과 빙원의 말을 알아듣게 되었을 것이란 생각이 들었다. 그는 그 순간의 격정과 환희로 인해 몸을 떨며 죽어갔을 것이란 사실에 가슴 미어지는 회한을 느꼈다.

그의 마지막 종적이 발견되었다는 소식을 들었을 때 나는 참을 수 없는 호기심이 들었다. 그가 어떤 얼굴로 죽었을지 보고 싶어 견딜 수가 없었다. 평소 이기심으로 항상 딱딱하게 굳어 있던 그의 얼굴이 어떻게 얼어붙었는지? 애증으로 점철된 그의 삶의 마지막은 어떠하였는지? 그런 허튼 호기심 때문에 나는 창고 깊숙한 곳에 거미줄을 뒤어쓰고 있던 배낭을 꺼냈던 것이다. 이번 산행은 전적으로 테드의 시체를 찾기 위한 것이었다.

*

S는 별다른 이유도 없이 이따금 멈춰 서서 하늘을 바라보곤 했다. 숨을 고르는 것도 아니었고 루트를 확인하는 것도 아닌, 그저 그만의 버릇 같은 것이었다. 고글과 발라클라바 탓에 정작 그의 얼굴은 알아볼 수 없었지만 왠지 그의 표정은 고글에 비친 하늘만큼 투명할 것 같았다.

그다지 말이 없는 사람이었지만 내 기억 속에 그의 목소리는 꽤나 생생하게 남아 있는 편이었다. '슬랙(Slack)!', '온—빌레이

(On-belay)!' 하는 식의 짧은 명령들로만 기억되는 사내. 그 밖의 일상적 대화에서도 그는 항상 짧고 투박한 어투를 사용했다.

"트랑고에서 밑으로 둘이나 매달린 로프를 잘라버리고 살아온 나야."

그가 그런 말을 되뇌는 것은 공갈도 아니고 회한도 아니었다. 그저 그만의 입버릇 같은 것으로, 정상에 올라 기쁘다거나 혹은 데운 위스키가 맛있다는 식의 그 나름의 표현에 지나지 않았다. 처음 들었을 땐 몹시 거북하게 들렸지만 S와 함께 산에서 보낸 경험이 쌓일수록 그것이 그의 진실이고 그의 전부였다는 확신이 깊어졌다. 마치 씹던 껌을 뱉어내는 듯한 자기에 대한 거리낌 없는 표현 그대로, 그는 다른 대원들에게 짧고 명료한 명령으로만 존재했다. 그 이상도 그 이하도 아닌 그 무뚝뚝한 한마디에서 느끼는 그에 대한 우리의 깊은 신뢰는 딱히 이유가 있는 것은 아니었다. 거벽에 매달려 있는 한 그는 절대적이었고 그의 감각과 직관에 따라서만 우리의 팔다리는 움직였다.

정상에 설 때면 그는 입을 맞춘 엄지손가락을 정상보다 더 높은 허공을 향해 우뚝 치켜세웠다. 그의 왼손 엄지는 뭉툭하게 마디가 잘려나가 있었다. 그것이 그의 독특한 'Berg Heil!(정상에서의 인사말)'이었다.

그러고는 S는 이내 특유의 무표정으로 되돌아갔다. 사실 무표정이라기보다는 어딘지 표정 한구석이 씻겨나간 것 같은 모호한 얼굴이라고 해야 할 것이다. 그런 모호한 눈길로 먼 곳을 넘겨다보는 그의 얼굴에서 우리는 그만의 세계를 방해하지 말아야 할 것 같은 금기를 느끼곤 했다.

긴 협곡 사이의 통로를 빠져나와 급경사의 돌비탈을 타 넘자 S는 다시 한 번 그렇게 멈춰 서서 먼 곳을 응시했다. 우리는 황야의 초입에 이르러 있었다. 첩첩산중에 불현듯 나타나는 뜻밖의 고원은 올 때마다 우리의 발길을 얼어붙게 만들었다.

"여기가 세상의 끝인가 보지."

그렇게 뇌까린 것은 테드였다. 처음 이곳에 왔을 때도 그는 비슷한 말을 했었다. 평소 필요 이상으로 수사적인 그의 말투를 별로 좋아하지 않던 나였지만, 그 순간만큼은 그의 표현이 그럴듯하다고 느꼈기 때문에 분명히 기억하고 있었다.

"재수없게시리……."

남수는 일부러 큰 소리로 뱉어낸 가래침을 양쪽 등산화 바닥으로 쓱쓱 문질러 재수땜을 했다. 사실 재수 운운하는 것이 미신이라고만 할 수 없었다. 이번으로 이미 세번째 도전인 것이다. 두 번의 실패 끝에 다짐하고 나선 산행이었다. 두 번 다 많은 아쉬움이 남는 산행이었다. 특히 막판 300피트를 남겨둔 렛지에서 되돌아서야 했던 것은 남수의 말대로라면 산신령의 심술로밖에는 핑계를 댈 수 없었다.

빙하가 물러가며 깎아놓은 널찍한 들판은 사람이 일부러 다듬어도 그렇게 될 수 없을 만큼 평평했다. 좌우로 만년설을 얹은 뾰족한 피너클을 기둥 삼아 자리한 평원의 입구는 아닌게아니라 어떤 새로운 세계로 들어가는 문처럼 우리를 긴장시켰다.

그 입구에 서면 언제나 바람이 불었다. 계절을 가리지 않고 불어대는 바람은 저 멀리 황무지 끝의 아득한 만년설을 타고 쓸려오는 차디찬 바람이었다. 특히나 여름에는 그 바람 탓에 전혀 다른 세계로 들어선다는 느낌에 더욱 실감이 갔다.

수목한계선을 넘어선 탓에 한 점 푸르름도 없는 풍경이었지만 홍수 때 어디에선가 떠밀려온 것인지 앙상한 고목이 잿빛으로 뒹굴고 있었다.

"뼈다귀만 남은 빙하의 기억 같단 말이지."

테드의 말마따나 형해 같은 이미지를 풍기는 그 고목은 언젠가 푸르렀던 시절에 대한 바싹 마른 회상처럼 우리의 마음을 스산하게 만들었다. 그 황량한 지평선 너머 희붐한 구름 사이로 우리가 목표한 서북능선의 윤곽이 보였다.

그때 우리는 정말 아무것도 보이지 않는 세상의 끝으로 발길을 내딛는 사람처럼 무거운 얼굴을 하고 서 있었다. 불길한 예감이었다고 한다면 그것은 너무 결과론적인 판단일 테지만, 아무튼 그 순간 우리는 모종의 벅찬 것에 다가간다는 긴장과 흥분에 굳어 있던 것만은 사실이었다.

S는 재킷의 지퍼를 코끝까지 여몄다. 하고 우리를 향하여 가볍게 턱짓을 해 보이고는 성큼성큼 앞장서 걷기 시작하였다. 우리도 곧 그의 뒤를 따랐다. 발밑으로 잘각잘각 발걸음 소리가 울렸다. 빙퇴석이 밟혀 부서지는 소리였다. 흡사 면도칼로 유리를 긁는 소리처럼 신경을 자극하는 그런 소리였다.

2

한번 흔들리기 시작한 천장의 램프는 시계추처럼 멈추지 않고 마냥 맴돌았다. 사이키 조명처럼 불안을 느끼게 하는 그런 불빛이었다.

야영을 할 때마다 나는 항상 세상의 모서리에 처한 것 같은 긴장을 떨칠 수 없었다. 야생에 노출되어 있다는 생각 때문이었을까. 바람 소리, 빗소리 따위는 물론이고 삼나무의 바늘잎 하나 떨어지는 소리까지도 생생하게 들렸다. 하물며 대지의 심부에서 퍼져 나오는 산의 울음소리까지 진동하는 바에야……

나는 손을 뻗어 흔들리는 램프를 고정시켰다. 일부러 그런 것은 아니었건만 불빛은 공교롭게 옆자리 그녀의 얼굴께를 정면으로 가리키게 되었다. 그러잖아도 얼굴 전체를 침낭깃으로 덮고 있던 미셸(Michelle)은 그 흐릿한 불빛도 거슬린다는 듯 내게 등을 보이며 돌아누웠다. 잠 못 들고 있기는 그녀 역시 마찬가지였다.

나는 가만히 그녀의 침낭깃을 여미어주었다. 그녀의 얼굴은 보이지 않았고 헝클어진 머리칼의 성성한 윤곽만이 언뜻 비쳤다. 절대로 그러지 말아야지, 몇 번씩 다짐을 했건만 무심결에 내 손길은 그녀의 머리칼을 향하여 다가가고 있었다.

무엇이 내 손끝을 떨리게 하였을까. 이루지 못한 옛사랑에 대한 회억 때문이었을까. 죽은 친구의 미망인에 대한 금기 같은 것이었을까. 그마저 아니면 돌아오지 않을 우리의 푸르른 날에 대한 절망 때문이었을까. 무엇이 됐건 끝내 그녀의 머리카락을 손가락 끝에 놓고 애절한 촉감을 느끼고 싶어하는 내 자신의 손끝이 나는 저주스러웠던 것이다.

 울지 마라. 나는 너무도 간절하게 그녀의 귀에다 속삭여보고 싶었다. 그녀를 달래주려는 것이 아니라 진동하는 나의 감정을 달래주고 싶었다. 그러나 나는 끝내 그것을 행동에 옮기지는 못하였다. 나는 알고 있었다. 머리칼에 닿은 가녀린 내 손길이 얼마나 그녀를 힘들게 할 것인지 충분히 짐작하고 있었다. 그녀가 들릴 듯 말 듯 흐느끼기 시작했을 때 나는 다시 한숨을 쉬었다.

 미셸은 좀 더 격하게 흐느끼기 시작했다. 나는 손을 옮겨 그녀의 어깨를 살며시 움켜쥐었다. 두터운 침낭과 파카에도 불구하고 달걀 하나의 크기밖에 되지 않을 작고 동그란 그녀의 어깨에서 나는 아주 단단한 추억의 몽우리를 느낄 수 있었다. 젊은 날, 그녀의 살결에서나 느낄 수 있었던 싱그러운 탄력처럼, 생생히 살아 있는 추억의 촉감에 나는 몸서리가 날 것 같았다.

 너무도 탐이 나서 힘껏 움켜쥐고 싶지만 그러면 터져버릴 것 같은 위험한 추억. 아주 오래전, 그녀가 '우리 모두의 연인'이었을 때도 그런 느낌은 분명했다. 싱그런 라임열매처럼 풋풋한 향기로 가득 차 있지만 그 유혹을 견디지 못해 덥석 베어 문다면 결국엔 견딜 수 없는 씁쓸함에 인상을 찡그리게 되는 역설적 매력.

 여름이면 산행 때마다 어디고 호수만 보면 우리는 벌거벗고 뛰어들기를 주저하지 않았다. 젊고 설익은 그녀의 나신은 가리는 것이 더 부끄러울 것처럼 밝고, 희고 또 투명했다. 푸른 전나무숲의 그림자가 잠긴 비췻빛 빙하호 속에 꿈틀거리던 그 찬란한 보색대비를 나는 영원히 잊을 수 없었다. 여울을 뚫고 솟아오르는 그녀의 성싱함이란 물고기보다 더 기운찬 것이었다.

그렇게 선명한 추억은 오래 묵을수록 더 단단하게 뭉치는 법인가 보다. 내가 그 격정적인 추억을 이기지 못하고 그녀의 어깨를 힘주어 움켜잡았을 때 그녀 역시 마치 절정에 오른 여인처럼 거친 흐느낌을 터뜨렸다.

나는 힘껏 그녀의 머리채를 휘어잡았다. 그리고 우악스레 그녀의 얼굴을 내 쪽으로 돌렸다. 눈물로 번들거리는 그녀의 표정은 회억으로 불붙은 내 눈동자에 한껏 겁을 집어먹고 있었다. 심장이 튀어나올 것 같은 박동을 느끼며, 그것을 견디기 위해 나는 어금니를 악물어야 했다. 마치 불꽃에라도 입맞춤하듯 조심스레 그녀의 입술에 다가갔다. 파도처럼 일렁이던 그녀의 눈동자가 감기는 것이 보였다.

그러나 불꽃처럼 뜨거울 줄 알았던 그녀의 입술은 뜻밖에 차갑기 그지없었다. 그저 차가운 것이 아니라 마치 칼날에 닿는 것 같은 섬뜩함에 나는 흠칫 입술을 떼고 말았다.

숨을 멈추고 일어선 나를 바라보는 그녀의 눈동자 역시 순식간에 얼음처럼 차고 투명하게 식어 있었다. 나는 마치 낯선 사람의 존재를 확인하듯 그녀의 눈가에 얼룩진 물기를 손가락으로 더듬어보았다. 그때 그녀가 침낭 속에서 손을 꺼내 내 손을 덮었다. 내 손은 차가왔고 그녀의 손은 따스했다. 그러나 그런

온도의 차이보다 더 내 가슴에 날카롭게 와 닿는 것은 그녀의 손바닥에 남아 있는 깊고 또렷한 상처였다. 내 손바닥에도 그녀의 것과 똑같은 상처가 있었다.

테카나카의 북벽에서 볼트가 풀리면서 굴러떨어지던 선두의 테드를 붙들기 위해 나와 남수 그리고 그녀는 죽을힘을 다해 로프를 붙잡았다. 무섭게 떨어지는 테드의 몸뚱이와 그만큼 가속이 붙어 빨려가는 로프 탓에 우리는 모두 손에 쥐고 있던 어셴더를 놓치고 말았다. 그러나 반사적으로, 또 필사적으로 우리는 맨손으로 로프에 매달렸다. 로프에 쏠리면서 우리 셋의 손바닥은 종잇장처럼 찢겨나갔다. 하켄이 하나 더 빠지면서 가속이 붙는 바람에, 마찰에 의한 열기로 로프는 불덩이처럼 뜨거웠지만 우리 중 누구도 로프를 놓지 않았다. 마지막 하켄이 빠지면 우리까지 추락할 터였지만 우리는 오로지 줄을 붙들어야 한다는 생각 외엔 아무것도 떠올리지 못하고 있었다. 떨어지는 테드보다 더 무섭게 비명을 질러대던 미셸. 그리고 그 비명을 견디지 못해 악문 이를 더 악다물어야 했던 나와 남수.

그날 이후 미셸과 남수 그리고 나, 우리 셋은 종종 손바닥을 나란히 대어보곤 했다. 그러면 6개의 손바닥에 일직선으로 연결된 흉터가 또렷이 보였다. 그 상처를 볼 때마다 우리는 이 세상의 어떤 훈장보다 더 뜨거운 자부심을 느꼈다. 우리 모두는 그것을 푸르게 아름다웠던 시절을 상징하는 화인(火印)으로 간직하고 있었다.

지금 그녀는 바로 그 상처로 내 손을 어루만지고 있는 거였다. 우리가 헤어지고 나서 실로 칠 년 만의 일이었다. 그녀의 손바닥 상처가 까슬하게 스칠 때마다 내 손등엔 불꽃이 훑고 지나는 느낌이 들었다. 나는 손바닥을 돌려 그녀와 손을 마주 잡았다. 불꽃같은, 그 이름 붙일 수 없는 뜨겁디뜨거운 기억이 우리의 상처를 타고 흘렀다. 그녀는 내 손을 잡아끌어 자신의 얼굴을 덮었다. 마치 추위에 얼어붙은 얼굴을 그 추억으로 녹이려는 듯한 애틋한 움직임이었다.

나는 그녀의 얼굴을 쓰다듬고 또 쓰다듬었다. 그것은 더 이상 애무가 아니었다. 내 가슴에 물결치던 것은 육욕의 흥분이 아니라 그 뜨거움의 이름을 알지 못하는 데서 오는 안타까움이었다.

그때 다시 산이 울었다. 얼음 낀 호수 위로 떨어진 낙빙은 천지를 쪼개는 소리를 내며 뇌수 깊숙한 곳까지 진동시켰다. 찰나 나는 이름 모를 제3의 두려움을 느끼고 무의식적으로 몸을 사렸다. 그 새로운 두려움이란 실로 산 밑의 무언가가 마침내 나의 혼백을 소환하는 것 같은 공포심이었다. 축축한 바닥에 끌리는 녹슨 쇠사슬 같은, 오래 묵은 저음의 위력이 텐트 바닥으로부터 내 몸뚱이를 타고 전율처럼 지나갔다. 도저히 피할 수 없는 위력이었음에도 나는 궁지에 몰린 어리석은 짐승처럼 두 팔로 머리를 감싸 쥐고 미셸의 품에 웅크렸다. 그녀와 나는 온 산과 더불어 떨고 있었다.

얼마나 지났을까. 이윽고 그 소리가 완전히 가라앉았을 때 나는 슬그머니 고개를 들었다. 텐트 속은 지극히 평온했다. 여전히 어두웠고 아무 일도 일어나지 않은, 영원히 아침이란 오지 않을 것 같은 그런 어둠이 텐트 안에 가득했다. 어느새 미셸은 아무 일도 없던 것처럼 모로 돌아누워 있었다. 그녀의 숨소리는 좀 전의 격정은 꿈이었다는 듯 고르게 들렸다.

흔들리던 램프는 진동을 멈추고 한곳을 비추고 있었다. 불빛이 떨어지는 자리에 바로 테드의 수첩이 놓여 있었다. 그것이었다. 바로 이 밤의 불면의 원인은 그 수첩이었던 것이다. 나를 불안케 하는 것은 미셸에 대한 욕망도 아니고 서북능선에 대한 도전도 아니었다. 바로 테드가 육필로 남긴 그 기록이었던 것이다.

나는 두려운 마음을 어쩌지 못하면서도 다시금 그 수첩을 향해 손을 뻗었다. 공포란 바로 그런 것이다. 피해야 하는 줄 알면서도 피하지 못하고 다시 찾게 되는 인력인 것이다. 나는 외경이 가득한 눈으로 테드의 글씨를 읽어내려갔다.

세월이 지나면 언젠가 저 낙빙 소리에서 평화를 느낄 것으로 알았다. 때문에 일부러 에둘러 피해온 길이었건만 다시 찾은 이 산의 울음은 여전히 두렵디두려운 굉음이었다. 그 떨림이 내 몸을 타고 흐를 때마다 나는 내 죄악의 이름이 하나씩 불리는 것 같은 끔찍한 호출을 경험하였다. 이 순간의 처절한 쾌감을 어찌할 것인가?

그쯤에서 나는 그만 두 눈을 질끈 감고 말았다.

3

 밤이면 S가 피우는 마리화나로 인해 텐트 안은 고약한 연기에 잠기곤 했다. 우리는 아무도 약이나 담배를 하지는 않았지만 그가 피워대는 마리화나에 대해선 그러려니 하고 넘어갔다. 바이올린 줄처럼 팽팽하게 당겨져 있는 S의 영혼엔 어떤 식으로든 이완이 필요할 것이라고 우리는 무언중에 수긍하고 있었다.
 더할 수 없이 무심해 보이던 S였음에도 구릿빛 안색 너머로 해쓱하게 비치는 그의 내면의 창백함을 감추지는 못했다. 그의 창백한 내면은 치기 어린 우리를 매료시키기에 충분한 우수였다. 하지만 그가 지닌 진정한 고독의 깊이는 단지 낭만적이고 모험적인 데만 국한된 것이 아니었다는 데 문제가 있었다.
 뜻밖의 사실이지만, 나는 그가 한 번도 산에서 만족을 느끼지 못한 산악인이라는 사실을 알고 있었다. 도대체 프로 산악인이 산에서 만족을 느끼지 못한다면 그의 행복은 어디에 있단 말인가. 그것이 궁극적으로 S를 둘러싼 난해한 선문답이었을 것이다.
 그의 가이드를 받아 올랐던 여러 고산 정상에 설 때마다 나는 그의 표정이 야수처럼 출렁이는 것을 보았다. 그는 끊임없이 정상 너머의 세계를 넘겨다보고 있었던 것이다. 그러니까 정상에서 우리가 발밑의 산굽이를 내려다보며 환호하고 있을 때 그는 비로소 거기서 시작되는 허무에 번민하고 있었던 것이다. 그것처럼 허망한 절규가 또 어디에 있을까. 정상의 바람을 타고 머리카락을 흩날리고 있는 그를 보면 영락없이 달을 보고 우짖는 한 마리 늑대가 떠올랐다.

그와 우리가 영원히 친해질 수 없었던 까닭은 바로 그의 형이상학적 야성이 우리가 느낄 수 있는 세상 바깥을 헤매고 있다는 데서 오는 괴리감 때문이었을 것이다.

누구보다 미셸에게 그런 괴리감은 커다란 의문부호였다. 왜냐하면 그녀처럼 사랑이란 에너지로 심장이 뛰는 여인에게, S와 같이, 현세의 삶이란 영혼이 벗어놓은 낡은 옷과 같은 것이란 식의 표표한 야성은 정말 낯선 캐릭터였던 것이다.

누구건 단 한 번이라도 그녀와 더불어 산행을 해본 자라면 그녀를 사랑할 수밖에 없으리라고 젊은 우리는 믿고 있었다. 누구라도 함께 바위를 탄 사람이라면 그녀는 기꺼이 사랑을 베풀었다. 그것이 그녀의 천성이었다. 때문에 테드와 남수와 나, 우리 셋은 그녀의 사랑을 공유하는 데 아무런 거리낌이 없었다. 그런 미셸이 유독 S에게는 사랑을 베풀지 못하여 가슴을 졸이고 있었다. 미셸은 이렇게 고백한 적이 있었다.

"이상하지! 너희들 모두에게는 내가 온몸으로 안기고 싶은 바위처럼 흥분이 느껴지는데 S에게만은 한번 매달리면 올라가지도 내려가지도 못할 아득한 낭떠러지 같은 절망만이 느껴지거든. 그런데 그가 바위를 타는 모습을 볼 때마다 나는 왜 극도의 자극을 느끼는 걸까?"

적절한 표현이었다. 가장 어려운 크럭스에서 느끼는 절체절명의 흥분된 쾌락과 절망의 경계는 그 절벽에 매달려보지 않은 사람에게는 설명할 수 없는 것이었다. 그것은 말 그대로 종이 한 장 차이에 불과하지만 그 간발의 차이가 생과 사의 갈림길이 되는 것이며, 그 미묘한 차이의 간극은 그러니까 매달려 있는 사람에게는 하늘과 땅의 간극보다 큰 것이었다. 따라서 S와 우리가 아무리 같은 로프에 생명줄을 걸고 있다고 해도 궁극적으로 그와 우리는 다른 운명을 향해 안간힘을 쓰고 있던 셈이었다. 우리는 결국 종(種)이 달랐던 것이다.

실제로 차가운 바위벽에 매달려 있는 그를 보면 미셸의 말에 고개가 끄덕여졌다. 바위를 오르는 그의 동작에서 나는 사람의 몸이 그렇게 아름다울 수 있다는 것에 탄성이 나오곤 했다. 햇살 좋은 날 웃통을 벗어젖히고 클라이밍을 하는 그의 모습을 보고 있노라면 그의 몸이 바위의 결 속으로 서서히 스며드는 것 같은 느낌이 들었다. 그러다 어느 순간이 되면 사람이 꿈틀거리는 것이 아니라 불현듯 바위가 살아나, 바윗살 속의 힘줄이 꿈틀거리는 것 같은 착시를 느끼곤 했다. 문자 그대로 혼연일체였다. 신기루 같은 아름다움이었다. 흡사 발레리노가 음악과 완전히 하나가 된 끝에 마침내 무용수는 없어지고 그의 움직임이 온전히 선율로 화한 경지와 같은 것이었다.

따라서 우리가 그를 앞세워 산에 오르는 것은 어찌 보면 그의 아름다움에 취한 때문이라고 해도 좋을 것이다. 그렇기에 침침한 텐트 속에서 대마 연기에 취한 그의 아득한 눈자위로부터 절제 없이 쏟아져 내리는 절망감은 더욱더 우리에게는 정체 모를 슬픔이었는지도 모른다.

우리는 그를 동경하고 따랐지만 그를 속속들이 사랑하지는 못하였다. 미셸은 자신이 사랑하지 못하는 사람이 있다는 것에 대해 가슴 아파하고 있었다. 그리고 우리는 외경과 질투를 동시에 느꼈다.

황무지를 빠져나온 그날 밤에도 텐트 속은 그렇게 마리화나 연기로 그득했다. 텐트가 아니라 연기로 된 돔 속에 갇혀 있는 느낌이 들었다. 우리는 절반쯤 침낭에 파묻혀 가스랜턴을 중심으로 둥글게 자리를 잡고 있었다. 진홍빛으로 타고 있는 랜턴의 심지를 S는 절반쯤 흐려진 눈으로 응시하고 있었다.

쉬는 때면 항상 장비를 점검하던 테드가 갑자기 닦고 있던 프랜드를 팽개치고 나섰다. 그는 나와 미셸과 남수의 손을 잡아끄는 것이었다. 우리 세 사람의 손바닥을 나란히 놓아 흉터가 일렬이 되게 하고는 테드는 느닷없이 S에게 이렇게 물었다.

"이 흉터에 대해서 전에 들은 적이 있지? 둘이나 매달린 로프를 잘라냈다고 떠벌리는 S 너에겐 우리의 이 흉터들이 어떻게 보일지 나는 전부터 궁금했거든. 사실 그건 정말 찰나의 순간에 불과하잖아. 그 짧은 순간에 끊을 것이냐 말 것이냐를 판단한다는 게 과연 가능할까? 아마 반사적이라고 해야겠지. 그 말은 곧 평소 그런 순간이 오면 생각 따위는 허락하지 않고 곧바로 칼을 꺼내 잘라버려야 한다고 무의식적으로 수도 없이 되뇌었던 때문이 아니었을까?"

말하자면 S의 행위는 냉철한 이성적 판단이 아니라 잠재적이고 강압적인 자기 세뇌에 따른, 듣기에 따라선 무의식적 살인이라고도 들릴 수 있는 비난이었다. 그에 대해 반문을 한 것은 그러나 S가 아니라 미셸이었다.

"그럼 우리가 너를 위해 죽자 살자 로프에 매달린 것은 어떻게 설명되는 거지? 네 말대로라면 그것도 똑같이 무의식적인 강압이지 않았을까? 너에 대한 우정이나 휴머니즘과는 딱히 상관이 없는……."

테드는 찢어진 눈길로 힐끔 미셸을 흘겨보았다. 그러나 이내 다시 S쪽으로 눈길을 돌렸다. 절반쯤 풀려서 도무지 깊이를 헤아릴 수 없는 S의 눈자위 속으로 테드의 집요한 눈길이 빨려 들어가고 있었다. 차츰 S의 얼굴엔 약기운이 퍼지는 것처럼 게게 풀린 미소가 퍼지고 있었다.

오래도록 노려보고 있던 테드가 느닷없이 정강이에 찬 등산용 나이프를 꺼내 들었다. 미셸이 가볍게 놀랐다. 테드는 냉담한 표정으로 칼끝을 S를 향해 겨누었다. 그리고 칼등의 톱니 부분을 엄지손가락으로 슬쩍 튕겨보였다.

"이 톱니의 용도는 오직 하나야. 로프를 잘라내라고 만들어놓은 거지."

텐트 안의 분위기는 테드의 과장된 목소리에 비례하여 싸늘하게 식어버렸다. 잠시 침묵이 흘렀다. 그 침묵은 생각보다 오래 이어졌다. 마리화나 냄새가 그날따라 더 역겹게 느껴졌고 실내의 공기는 숨 쉬기 갑갑할 지경이 되어버렸다. 마침내 S가 입을 열었다. 가래에 목이 막힌 탓인지 그의 목소리는 고양이의 신음처럼 새되게 갈라졌다.

"그래…… 트랑고에서 둘을 잘라버리고……."

그의 말꼬리는 그러나 천지를 뒤흔드는 빙하 무너지는 소리에 파묻히고 말았다. 그 순간의 낙빙은 이때까지 것 중에서 가장 크고 굉연한 것이었다. 우리 모두는 불시에 뒤통수를 얻어맞은 것처럼 소스라쳐 놀라고 말았다. S는 여전히 게게 풀린 눈을 하고 무언가 지껄이고 있었지만 벽력같은 산의 진동 때문에 전혀 들리지 않았다. S는 다시 한 모금의 담배를 힘겹게 빨아들였다. 그는 휑뎅그렁해진 눈을 하고 테드를 바라보고 있었다. 그러다 힘겹게 몸을 비척여 배낭을 뒤적였다.

"내가 로프를 잘라낼 때 쓴 건 그렇지만 나이프가 아니라 이놈이었다고."

그가 우리 앞에 내보인 것은 작은 손도끼였다. 그는 손도끼를 천천히 들어 올리더니 도끼날로 자기 왼손 엄지께를 찍는 시늉을 해 보였다.

"로프란 게 말이야, 그렇게 쉽게 끊어지는 게 아니더란 말이지. 로프를 바위에 대고 정신없이 도끼로 내려치는데 어느 순간 바위가 피를 흘리지 뭐야. 그게 내 손가락을 찍어서 그런 건 줄도 모르고 난 너무 무서워서 더 미친 듯이 도끼를 휘둘렀단 말이지."

그가 말을 다 마치기도 전에 미셸은 안타까운 표정으로 S에게 다가가 그의 상처 난 엄지를 두 손으로 감싸 제 뺨에 댔다. 그녀는 몇 번이고 그 상처에 입을 맞추었다. S는 그녀의 애무

따윈 관심 없다는 표정으로 이렇게 말을 이었다.

"그 둘을 끌어올릴 수 없다는 것을 알고 나서 내가 생각한 게 뭐였냐구? 모르겠어. 기억나지 않아. 다만 확실한 것은 줄을 끊고 나서 나는 그 절벽을 내려오지 않았어. 오히려 미친 듯이 치고 올라갔다고. 절벽 아래로 떨어지던 두 동료의 외침이 산 아래서 나를 기다리고 있을 것 같았거든. 꼭대기까지 올랐던 것은 결국 등정이 아니라 도주였던 셈이지. 그보다 더 높은 곳이 있었으면 했었지."

거기서 S는 잠시 이야기를 끊었다. 그는 그득히 삼킨 마리화나 연기가 허파 속으로 스며들도록 오래도록 숨을 참고 있었다. 한 줄기 바람이 텐트가 자리한 얼음 구덩이 속을 훑고 지나가며 기묘한 소리를 내었다. 나직한 피리 소리 같기도 했고 짐승이 으르렁거리는 소리처럼 들리기도 했다. 그 을씨년스런 소리가 잦아들자 S는 지친 듯 길게 드러누웠다. 그리고 멀어지는 바람을 향해 이야기하듯 이렇게 읊조렸다.

"산을 탄다는 게 바로 저런 바람 소리 같은 거 아냐? 때로는 도끼로 로프를 내리치는 소리일 수도 있고 때로는 바윗살을 긁는 손톱 소리일 수도 있고……."

그런 식으로 S가 속내를 드러내는 건 처음 있는 일이었다. 이상한 것은 그의 가슴 깊숙한 곳으로부터의 토로에서 내가 모종의 안개 같은 것을 느꼈다는 것이었다. 그 안개의 저편은 아마 S 스스로도 가능한 한 돌아보고 싶지 않은 진실이 따로 있을 것 같았다. 참된 진실이란 그렇게 너무도 허망하거나 너무도 몸서리가 나거나 둘 중의 하나였다. S의 우멍한 눈길은 그 순간 우리에게 그런 바닥없는 깊이에 대해 반문하고 있었는지도 모르겠다.

몇 번의 바람이 텐트를 뒤흔들고 지나갔다. 그때까지 묵묵히 듣고 있던 남수가 슬그머니 테드의 어깨를 짚으며 나지막이 입을 열었다.

"난 우리 세 사람의 손바닥을 나란히 대면 언제고 뜨거움이 느껴져. 우리의 흉터를 타고 마치 뜨거운 핏줄이 통하는 것 같아. 그런데 정작 그 핏줄의 끝에 묶여 있던 너하고는 그런 뜨거움이 통하는지 아닌지 확신이 없어. 솔직히 그래. 정작 넌 그 결정적 순간에 무슨 생각을 하고 있었는지 한 번도 털어놓은 적이 없잖아?"

그 순간 테드는 특유의 굳은 얼굴에 심술 맞은 미소를 흘렸다. 그의 손은 들고 있던 나이프의 칼날을 천천히 문질렀다. 꼭 램프에서 요정을 불러내듯 되살리기 힘든 기억을 칼날에서 불러내겠다는 듯한 동작이었다.

남수의 질문은 사실 테드에겐 일종의 금기라는 것을 우리는 알고 있었다. 그 화제만 나오면 테드는 낯빛이 그렇게 변하는 걸 알고 있었다. 우리 세 사람의 손아귀를 찢으며 추락하던 로프가 마지막 앵커에 걸렸을 때……. 턱, 소리를 내던 그 짧은 정적의 순간에, 그 진저리 나는 짧은 진실에 임하여, 로프 끝에 매달려 있던 테드는 무엇을 느꼈을까?

4

 서북능선에서 테드의 수첩이 발견되었다는 소식은 미셸이 직접 내게 알려주었다. 그녀가 나를 찾아온 것은 그러니까 마지막 산행 이후 칠 년 만이었다. 우리는 의도적으로 서로를 피해온 터였다. 이상한 것은 그럼에도 불구하고 그녀와 마주 앉았을 때 바로 엊그제 함께 산에서 내려온 것처럼 아무런 거리감이 없었다는 것이다.
 그녀는 의외로 담담한 말투로 테드의 유품이 눈 속에서 발견된 기적 같은 경위를 전해주었다. 그의 비박 장비를 발견한 다른 등반대의 말로는 아마 그의 마지막 궤적일지도 모르는 로프와 클라이밍 장비들로 보이는 것까지 확인하였다는 것이고 나아가 그 자세한 좌표까지 보내주었다는 것이다. 그 좌표를 잘 뒤지면 그의 시신을 찾을 수도 있을 것이란 희망적인 뉴스였다.
 그녀는 내게 테드를 찾으러 가자고 말하지는 않았다. 대신 오래 묵은 차용증을 내밀 듯 테드의 수첩을 들이밀었다. 수첩은 절반쯤 찢겨 흩어졌고 남은 부분도 거의 물에 번져 훼손되었지만 테드의 필체만큼은 한눈에 알아볼 수 있었다.

 그 산이 살아 있다는 것에 대해 우리는 아무도 의심하지 않았다. 무수한 퇴적층을 타고 눈보라의 형태는 고스란히 산의 살결에 올라앉아 있었다. 그 모습을 멀리서 보면, 영락없이 어떤 흉포한 짐승의 거죽이 연상되었다. 그리고 정말 가까이서 그 거죽을 디뎌보면 비늘처럼 부서져 내리는 빙퇴석 조각에 소름이 돋고는 했다.

 그들 두 사람이 명목상으로만 부부일 뿐 그 파경이 어떠했는지는 익히 알고 있었다. 그 산에서 살아 내려온 우리 세 사람은 그날 이후 '살아 내려왔다'는 것에서 의미를 찾기 위해 안간힘을 써야 했다. 그것이 각자에게 남겨진 숙제였고 그날 이후 우리에게 남겨진 유일한 삶의 의미나 마찬가지였다. 우리는 그 두렵고 무거운 운명을 떠맡았다는 것이 저주스러워 견딜 수가 없었다.
 가장 괴로워했던 것은 테드였지만 그가 로프를 자른 장본인인 때문만은 아니었다. 결국 우리 중 그가 가장 민감한 영혼을 소유하고 있었던 것이다. 미셸은 아무런 위로가 되지 못할 것을 잘 알고 있으면서도 그와의 결혼을 택했다. 그것이 그녀의 천성이었고 그것이 나와 그녀의 마지막이었다. 그러나 결혼이니 헤어짐이니 하는 것은 그 당시 우리에겐 이미 무의미한 이합집산 외에는 아무것도 아니었다. 둘이 나눠서 진다고 가벼워질 운명이란 이 세상에 없는 법이란 걸 처음부터 그들 두 사람도 예감하고 있었을 터였다. 그리고 그들을 비웃기에는 나 역시 거죽만 남은 내 삶을 비웃는 일에도 고대 지쳐버렸다.

 공포란 피할 수 없는 고통을 기다릴 때의 상상력을 일컫는 말이다. 나는 두려워 도저히 더는 기다릴 수가 없었다. 때문에 나는 다시 산으로 떠난다.

테드의 그 기록은 그러나 나를 또 다른 두려움으로 떨리게 하였다. 공포를 느끼는 한 그는 마지막까지 생생하게 괴로워하고 있었다는 뜻이었다. 그는 방황하고 있었지만 나처럼 무의미하게 표류하고 있던 것은 아니었다. 그는 적어도 죽는 순간까지 흉터 입어 괴물이 되어버린 제 영혼을 똑바로 응시하고 있던 거였다. 그것이 나를 전율케 하였다.

*

"폴링(falling)!, 폴링!"

선두의 S가 낙빙을 알리는 다급한 소리를 질렀다. 밑에 매달린 우리는 일제히 아이스액스를 껴안다시피 빙벽에 달라붙었다. 헬멧 위로 얼음 조각이 튀는 소리는 엄청나게 크게 들렸다.

600피트에 걸친 이 구간은 정상에 닿는 최단의 지름길이자 동시에 가장 어려운 크럭스였다. 멀리서 보면 직벽이었지만 막상 밑에 접근하면 여러 단계에 걸쳐 뚜렷한 오버행이 튀어나와 있었다. 때문에 그 밑에 서는 순간 거대한 벽이 나를 굽어보는 느낌이 확연했다. 산의 소리 없는 위협이 고스란히 느껴지는 자리였다. 당장이라도 절벽이 나를 밀어버릴 것 같은 위압감이 들었다.

더욱이 얼음과 퇴적암이 뒤섞인 크로스오버 지점이었기 때문에 전진은 그만큼 더디고 고달플 수밖에 없었다. 게다가 며칠 사이 새롭게 불어닥친 눈보라는 예상보다 단단하게 얼어붙지 않은 상태였다. 제대로 아이스볼트가 박히지 않는 탓에 S는 자꾸 새로운 확보지점을 찾아 위험한 동작을 거듭하고 있었다. 그가 곡예에 가까운 스윙을 시도할 때마다 밑에서 루트를 읽어주는 남수의 입에선 저도 모르게 짧은 욕이 한마디씩 새어 나왔다. 빙벽에 매달려 그 소리를 듣는 우리는 피가 마르는 것 같았다.

"홀드(hold), 젠장할! 아니라고!"

남수의 새된 경고와 동시에 S의 몸이 빙벽을 차고 풀쩍 뛰어올랐다. 동시에 우리는 낙빙을 피하려 다시 한 번 빙벽에 밀착하고 버텼다. S는 또다시 위험한 크로스를 시도하고 있었다. 그러나 반동이 충분치 않았기 때문에 손이 목표한 바위 모서리를 움켜잡지 못하고 몸이 허공에서 출렁거렸다. 모두의 입에서 비명 같은 탄성이 터져 나왔다. 그러나 순간 S는 허리를 한 번 꿈틀하더니 그네를 타듯 재차 몸을 날렸다. 마치 허공에 보이지 않는 받침대가 있기라도 한 것같이 믿기지 않게 경쾌한 몸놀림이었다. 하지만 저렇게 과도한 힘을 받다간 앵커가 얼마나 버틸지 장담할 수 없었다. 가장 S와 호흡이 잘 맞고 또 침착하기가 바위 같은 남수조차도 날카롭게 S를 향해 소리를 질러댔다.

S가 무리하는 데는 그렇지만 이유가 있었다. 여기까지 오는 데 너무 많은 시간을 허비한 거였다. 더군다나 바람의 흐름이 심상치 않게 바뀌고 있었다. 빙원 쪽에서 뭉클뭉클 피어나는 구름은 무거운 색을 띠고 있었다. 무언가 한바탕 몰고 올 바람인 것은 틀림없는 것 같았다. 어떻게든 구름에 휩싸이기 전에 직벽을 끝내지 않으면 안 되었다.

S가 마침내 확보물을 설치했다는 신호를 보냈다. 이제 우리

가 전진할 차례였다. 간단없이 헬멧을 때리는 낙빙의 소리에 나는 옅은 현기증을 느꼈다. 이상하게도 아이스액스를 쥔 손아귀에 힘이 들어가지 않았다.

5

　미셸 역시 끝내 잠들지 못하고 있었다. 우리는 등을 대고 누워서 서로 텐트의 반대쪽을 바라보고 있었다. 그때쯤 내 머릿속은 뒤죽박죽이 되어 있었고 날이 새길 기다리는 일이 끔찍할 만큼 불면의 시간에 짓눌리고 있었다. 미셸은 이렇게 말을 이었다.
　"나는 사실 테드의 수첩을 볼 자신이 없었어."
　"……."
　"왜냐하면…… 거기엔 우리의 악몽이 고스란히 적혀 있을 테니까……."
　나는 끝내 아무런 대꾸도 하지 않았다. 처음 그녀가 테드의 시체를 찾으러 가자고 했을 때 나는 딱 잘라 거절하였다. 그녀보다 내가 더 악몽을 되돌아보기를 겁냈기 때문이었다. 그녀는 그럴 줄 알았다는 듯이 내 대답이 끝나기도 전에 탁자 위에 무언가를 내려놓았다. 그것은 한 개의 앵글이었다. 테드가 항상 목걸이로 매달고 다니던, 휘어 못쓰게 된 하켄 하나. 그것은 그의 추락을 막으려고 우리 셋이 맨손으로 잡고 버틸 때 버팀쇠가 되었던 바로 그 결정적인 기념물이었다.

사랑하는 미셸!

한 번도 너에게, 그리고 나를 구해준 친구들에게 내 심경을 이야기하지 못한 데는 내 나름대로 까닭이 있었어. 추락하던 순간 솔직히 로프를 잡고 버티던 너희 셋은 전혀 눈에 들어오지 않았지. 마지막으로 박혀 있던 게 이 앵글하켄이야. 몇십 미터는 떨어져 있을 이 한 조각 쇳덩이가 순간적으로 얼마나 큼직하고 또렷하게 눈에 들어오던지……. 그 순간 이게 빠지면 끝장이라는 생각보다는, 꼭 이 쇳조각이 바위에 박혀 있는 게 아니라 내 삶과 죽음의 경계에 박혀 있는 쐐기로구나 하는 생각이 들었지. 내 삶이란 게 쇳조각 하나와 등가물이 되어버린 거였지. 너희들이 끌어올리는 로프에 매달려 있으면서 내 인생이 온통 커다란 하나의 물음표가 되어버린 것 같다는 느낌이 들었어. 뜻밖에도 그 순간은 아마 내가 평생 느꼈던 가장 평화로운 순간이었던 것 같아. 온통 의혹에 찬 평화라는 말을 너는 이해할 수 있을까. 그리고 그 느낌은 지금까지 또 앞으로도 조금도 변하지 않을 거야.

내가 왜 다시금 서북능선으로 가는지를 설명할 수는 없을 것 같아. 거기에 무엇을 두고 왔는지 나도 알 수는 없으니까. 하지만 그 산에서 내려온 이후 오랜 세월 동안 나는 바로 그 '무엇'이 없는 세상을 살았던 것만큼은 뚜렷한 것 같아. 아마 우리는 그때 산을 내려오면 안 되었던 게 아니었을까. 마치 S가 영원히 위로 올라가야만 하는 영혼이었던 것처럼…….

사랑하는 미셸. 내가 아니라 이 쇳조각을 기억해줘.

*

　산이 다시 울었다. 절벽에 매달려 듣는 산의 울부짖음은 그러나 사뭇 다르게 들렸다. 산의 몸뚱이가 아니라 바람이 그 괴성을 날라오고 있었다. 무서운 소리였고 무서운 바람이었다.
　S는 틀림없이 그 바람을 먼저 알아차렸을 것이다. 산에 대해서 그가 모르는 것이 있을 리 없었다. 우리 중 아무도 그것을 의심하지 않았다. 그렇지만 오버행의 절반을 통과한 무렵부터 우리는 자꾸 뒤를 돌아보지 않을 수 없었다. 산 아래 황무지를 덮고 있는 잿빛 구름은 틀림없이 눈보라를 품고 있을 터였다. 바람의 방향이 어떻게 될지는 몰랐지만 만일 눈보라에 휩싸인다면 우리는 갈잎과 같은 운명이 될 거였다. 돌아서려면 지금 돌아서야 했다. 남수는 몇 번이고 S를 향해 그런 의사를 소리쳐 전했다. 그러나 때마다 S는 물끄러미 우리를 바라볼 뿐이었다.
　치오르는 바람에 머리칼을 나부끼며 높은 곳에서 내려다보는 그의 얼굴은 태연하기 그지없었다. 그는 도리어 우리를 향해 의아한 눈길을 보내고 있는 것 같았다. 분명히 그런 얼굴이었다. 우리는 그를 믿었다. 반석같이 믿어 의심치 않았다. 그럼에도 자꾸 산 아래를 되돌아보게 되는 것은 어찌할 수 없었다.
　S는 맹렬한 몸짓으로 루트를 개척해나갔다. 우리 또한 필사적으로 그를 따를 도리밖에 없었다. 그러나 남아 있는 절벽의 높이는 시간이 갈수록, 우리를 스치는 바람이 차가워질수록 절망적으로 느껴졌다. 마침내 내가 S를 향해 악청을 질렀다. 지금

이 결정을 내릴 마지막 기회라는 뜻이었다.

　S는 다시 우리를 굽어보았다. 십여 미터는 떨어져 있었지만 그 순간 그의 눈이 또렷하게 나와 마주쳤던 것을 나는 분명히 기억하고 있었다. 그의 눈이 내게 무언가를 되묻고 있다고 느꼈지만 그걸 생각하기에 내 심정은 너무도 다급했다.

　바로 그 순간 다시 한 번 산이 울었다. 천지를 짓밟기는 것 같은 굉연한 진동이 빙벽을 타고 우리의 가슴을 울렸다. 그리고 나는 발밑이 허물어져 내리는 것 같은 공포를 느꼈다. 순간적으로 나는 S에게 매달려야 한다는 생각이 들었다. 이 절망의 두려움으로부터 나를 지켜줄 이는 S뿐이란 생각밖엔 나지 않았다. 나는 그에게 다가가기 위하여 필사적으로 빙벽을 찍었다. 그러나 바로 그 순간 크램폰을 찍은 발끝의 얼음이 무너지며 나는 그대로 얼굴로 빙벽을 긁으며 미끄러졌다.

　다행히 확보물은 빠지지 않았지만 나는 찝찔하게 입 속으로 스며드는 피 맛을 보았다. 아무런 고통도 느끼지 못했다. 나는 벌벌 떨고만 있었다. 평소 수도 없이 훈련해왔던 비상시 대처 동작은 전혀 취하지 못하고 사지를 늘어뜨리고 하네스에 몸을 맡긴 채 매달려 있었다.

　결국 빌레이를 바꿀 도리밖엔 없었다. S와 남수와 테드가 먼저 올라가 루트를 확보하고 미셸은 나를 응급조치하며 전진신호를 기다리기로 했다. 미셸과 내가 서 있는 곳은 한 사람이 버티기에도 좁은 렛지였다. 우리는 서로 하네스를 움켜쥐고 포옹한 자세로 세 사람이 기어오르는 모습을 지켜보았다.

구름은 그러나 그들보다 빨랐다. 짙은 독기와 같은 안개에 감싸이는가 싶은 순간 절벽을 타고 오르는 눈보라에 우리는 눈조차 제대로 뜰 수 없었다. 채 로프 반 동이 끝나지도 않은 시점에서 선두의 S와 남수는 보이지 않았고 후미의 테드가 로프를 풀어주며 그들과 뭐라고 말을 주고받고 있었다. 그들이 주고받는 고함 소리는 절벽을 때리는 바람 소리에 파묻혀 전혀 알아들을 수 없었다.

이마에서 흐르는 피 때문에 왼쪽 눈이 자꾸 쓰려왔다. 나를 감싸고 두 손으로는 아이스액스를 잡고 벽을 버티고 있던 미셸은 뺨으로라도 내 상처를 누르려고 애를 썼다. 그러나 바람이 계속 우리를 뒤흔들었다. 행여나 놓칠세라 그녀의 하네스를 움켜쥔 손은 어느덧 아무런 감각이 없이 마비되어버렸다. 눈보라를 맞는 그녀의 헬멧과 얼굴은 순식간에 하얀 더께가 앉았다. 눈과 피와 눈물이 그녀와 내 얼굴을 범벅으로 만들었다.

하지만 우리는 벌써 서로의 존재를 잊어버렸다. 심지어는 자신의 존재조차 느낄 수 없었다. 순식간에 방향을 바꾸며 산지사방에서 불어닥치는 광풍과 바늘처럼 맨살에 떨어지는 싸락눈이 우리가 느낄 수 있는 것의 전부였다.

한순간 무언가 둔중한 진동이 바로 곁의 빙벽을 때렸다. 낙석이나 낙빙치고는 너무 둔탁한 소리였다. 먼저 내 눈에 뜨인 것은 허공에 흔들리는 로프였다. 나는 너무도 놀라 비명도 지르지 못했다. 로프 끝에는 S와 남수가 나란히 매달려 있었다. 기어코 아이스피톤이 빠진 거였다.

추락한 두 사람은 반동에 의해 우리 쪽으로 다가오다가는 다시 바람에 쓸려 눈보라 속으로 멀어졌다. S와 남수는 중심을 잡기 위하여 연신 허우적대고 있었지만 바람은 종잡을 수 없이 그들을 뒤흔들었다.

"붙잡아! 붙잡아!"

미셸은 한 손으로 나를 의지한 채 다른 손으로 어렵사리 그들을 향해 아이스액스를 뻗었다. 나는 죽을힘을 다해 그녀의 팔과 하네스를 움켜잡고 버텼다. 그 미친바람 속에서도 미셸이 파르르 떨리는 것이 내 팔에 고스란히 전해졌다. 마침내 어느 순간 S의 아이스액스 끝과 미셸의 아이스액스 끝이 가까스로 엮였다. 그 순간의 차가운 금속성을 나는 분명히 들었던 것 같다. 그리고 짧은 순간 눈이 마주쳤을 때, S는 웅숭깊은 눈으로 나를 크게 홉떠 보았다. 거짓 같은 기억이지만 나는 그의 깊은 눈자위에서 처음으로 사람의 눈동자를 보았다고 생각했다.

찰나 누구의 것인지 모를 단말마의 비명이 광풍을 뚫고 귀청을 찢었다. 또 하나의 볼트가 빠지면서 두 사람은 다시 몇 미터 아래로 곤두박질쳤다. 손끝에서 빠져나온 미셸의 아이스액스가 바위에 부딪혀 차가운 소리를 내며 아득한 곳으로 빨려 들어갔다. 그 냉랭한 여운이 울리는 찰나 지간은 왜 그렇게 고요했을까. 그러나 그 뒤를 이어 곧 찢어지는 비명이 들렸다.

"잘라!"

그와 동시에 미친바람은 더 세차게 몰아치기 시작했다. 바람에 휘감길 때마다 로프에서는 이해할 수 없는 소리가 울렸다.

바이올린의 높은 현을 뜯는 소리 같기도 했고 피아노 건반을 둔기로 내리치는 것 같은 소리도 들렸다.

잘라, 자르라고! 안 돼, 버텨야 해! 조금만 더! 자르라니까! 못 해! 잘라!

어느 소리가 누구의 입에서 나오는지 알 수 없었다. 그런 비명이 우리들의 입에서 나온 것이라는 것도 나는 믿기지 않았다. 또렷이 기억하고 있는 것은, 바람에 쏠리는 구름을 타고 매달린 두 사람의 몸이 흐릿하게 나타났다가 다시 깊숙하게 사라지곤 했다는 것이다. 나는 그렇게 명멸하는 그들의 모습을 피눈물이 흐르는 눈으로 똑똑히 지켜보았던 것이다. 바람이, 눈보라가, 단말마가 되어 우리를 휘감고 몰아쳤다.

*

텐트 지붕으로 조금씩 옅은 새벽 이내가 물들어가고 있었다. 백야가 가신 지 얼마 되지 않은 때문에 생각보다 일찍 동이 텄다. 미셸과 나는 아예 자는 것을 포기하고 일어나 앉아 있었다. 우리 앞에는 식수로 쓸 눈을 녹일 스토브가 쉭쉭 소리를 내며 끓고 있었다.

"스노우캠핑하는 맛이 나네."

미셸은 홍차를 홀짝이며 그렇게 말했다. 아닌게아니라 동계 설영(雪營) 때면 밤새 추위에 시달리며 잠을 설치다 이맘때쯤 버너를 켜면 비로소 텐트 속에 훈김이 돌기 마련이었다. 그러면 정말이지 침낭에서 빠져나오기가 싫어졌다.

"해가 뜨나 봐."

환기구를 내다보던 그녀는 아예 자리를 차고 밖으로 나갔다. 텐트 위로 기지개를 켜는 그녀의 그림자가 비쳤다. 나도 창문의 지퍼를 열고 밖을 내다보았다.

눈을 다져 쌓은 바람막이 블록 위로 아침놀이 물들고 있었다. 빙하를 건느느라 신고 온 우리의 스키 사이로 붉은 해가 솟고 있었다. 하늘은 짙푸른 빛으로 맑았고 그 너른 창공을 차가운 소리를 내는 바람이 쓸고 갔다. 그 바람 소리가 멀어지는 빙원의 저 끝에 문제의 서북능선이 하늘까지 치솟아 있었다. 그 거벽은 내게 너무도 오래 묵어 이제는 복수심마저 없어진 원수를 대하는 허무한 심경을 불러일으켰다.

미셸도 그렇게 서북능선을 바라보고 있었다. 아침놀에 물든 그녀의 얼굴이 발그레 타올랐다. 언뜻언뜻 가는 주름이 오르기 시작했지만 그래도 그녀는 여전히 싱그러웠다. 그녀가 나부끼는 머리카락을 뒤로 동여맬 때 설핏 드러난 그녀의 목선에서 나는 오래 묵은 입맞춤의 기억을 되살려낼 수 있었다. 찬바람이 코끝에 찡하게 맺혀왔다. 나는 바깥의 그녀를 향해 이렇게 소리를 쳤다.

"그 밤 기어나? 여기 베이스캠프까지 살아 돌아왔던 밤?"

천신만고 끝에 사흘 만에 베이스캠프로 돌아올 수 있었다. 우리는 문자 그대로 만신창이가 되어 있었다. 얼굴의 상처에까지 동상이 앉은 나는 처음 거울을 보았을 때, 저 흉측한 얼굴이 나라는 사실이 믿기지 않았다. 그러나 우리는 이미 우리 내면의 괴물의 흉측함에 충분히 환멸을 느끼고 있었다. 눈보라 속에 동료를 버리고, 어서 빨리 로프를 자르라고 악다구니를 질러대던 악마를 대신 가슴에 품고 우리는 살아서 내려왔던 거였다.

  그날 밤 우리는 남은 술을 있는 대로 들이켰다. 그리고 S가 남겨놓은 짐에서 마리화나를 찾아냈다. 기침을 콜록이면서 미셸은 왜 약기운이 빨리 돌지 않는지 신경질을 부렸다. 약에 취해서 테드는 밤이 새도록 신음인지 헛소린지 알 수 없는 소리를 흐느꼈다. 스스로 제어할 수 없는 가슴속 환멸이 스며 나오는 소리였다. 그러다 우르릉, 산이 울 때면 그의 신음성도 덩달아 괴성으로 높아지는 거였다. 나는 그 소리에 머릿속이 터질 것 같아 귀를 막고 이를 악물어야 했다.

  미셸은 그런 테드를 달래느라고 애쓰고 있었다. 그녀는 하염없이 그를 쓰다듬고 입을 맞추며, 떨리는 그의 손을 제 가슴으로 녹여주려 하였다. 그녀는 약과 술에 취하여 자꾸 옷을 벗어젖혔다. 동상으로 시커멓게 죽어버린 테드의 손을 그녀는 살진 가슴에 품고 연신 문질러댔다. 그녀는 그렇게 제 가슴에도 박힌 차가운 얼음을 녹이려 안간힘을 쓰고 있었다.

  두 사람은 광포한 키스를 나누었다. 그들이 탐욕스레 서로를 빨아대는 소리가 내게는 더할 수 없이 허무하게 들렸다. 나는 파카와 침낭을 뒤집어쓰고 그 위악에 헐떡이는 소리를 듣지 않기 위해 애를 썼다. 차츰 그녀의 미친 듯한 교성이 높아갈수록 이상하게 나는 맥이 풀리는 걸 느꼈다. 돌아누운 나를 두고 두 사람이 나누는 짐승 같은 행위에서 비로소 나는 내가 살아 있다는 생각이 들었다. 그때의 환멸 이후 나는 살아 있는 사람에게서 나는 썩은 내를 맡을 수 있었다.

산을 내려와 나는 그들과 헤어졌고 두 사람은 결혼을 했다. 그러나 테드에게는 머물 곳이 없었다. 그날 처음 약을 입에 댄 이후 그는 줄곧 차이나타운의 약쟁이 골목이 아니면 중독자 재활치료소를 번갈아가며 지냈다.

아편 연기에 절은 중국집 골방에서 내려다보는 웨스트 헤이스팅스 골목은 언제나 어둡고 비에 젖어 있었다. 그 질척거리는 어둠 속에서 나는 신성하고 지고한 것이 내게 가르쳐준 것은 정말 보잘것없다는 사실을 자꾸 되뇌곤 했다. 환희와 음악이 보여주는 세상은 참상과 적막이 드러내는 진실에 비하면 실로 보잘것없었다. 나는 그런 더럽고 추한 진실이 깃든 뒷골목에서 평온을 느꼈다.

밤이면 그 어두운 골목의 추잡한 웅덩이를 철벅이며 S가 나를 찾아오곤 하였다. 그는 나에게, 그가 산꼭대기에 서서 넘겨다보던 '저 너머의 세계'에 대한 이야기를 들려주곤 했다. 틀림없이 그는 우리가 사투를 벌였던 산등성이 너머에서 괴물의 것이 아닌 세상을 보았던 것이다. 그런 사람만이 S처럼 투명한 눈을 가질 수 있었다. 그런 사람만이 그 그리움으로 그렇게 깊은 허무와 무서운 열정을 동시에 지니고 절벽을 향해 거침없이 달려들 수 있는 것이다. 매일 밤 나는 날이 새는 대로 배낭을 꾸려 서북능선으로 가자는 다짐을 속닥이며 잠이 들었다.

미셸은 본격적으로 짐을 꾸리고 있었지만 나는 여전히 굼벵이처럼 침낭 속을 꾸물거리고 있었다. 슬레드(눈썰매)와 풀리까지 챙긴 걸로 봐서 그녀는 정말 테드의 시신을 수습하기 전엔 산을 내려가지 않을 작정인 듯싶었다. 그러나 나는 그것이 불가능할뿐더러 부질없는 짓이라고 생각하고 있었다.

"우리 좀 더 있다 가면 안 될까?"

공연한 볼멘소리가 아니라 진실로 나는 서북능선의 차가운 바람 속으로 나서기가 꺼려졌다. 미셸은 천천히 몸을 돌려 나를 바라보았다. 아침놀이 붉게 떨어지는 뺨을 하고 그녀는 여신처럼 아름다운 미소를 지어 보였다. 마치 내 속마음을 다 읽고 있다는 그런 의미심장한 미소였다. 그녀는 내게 다가왔다. 나는 텐트 속에 그녀는 바깥에, 나는 앉아 있고 그녀는 반쯤 허리를 숙인 자세였다. 그녀는 차가운 손으로 내 뺨을 부드럽게 감싸고 하얀 입김을 뿜으며 이렇게 말했다.

"S와 나의 아이스액스가 마지막으로 얽힌 순간이었어. 그 절박했던 순간에 나는 그가 부릅뜬 눈으로 나를 향해 무언가를 말하려 하고 있다는 느낌이 들었어. 무슨 말이 하고 싶었을까. 그 눈보라 속에서 대체 내게 무슨 말을 남기고 싶었을까. 그 사람 고개를 가로젓고 있었어. 그건 마치 '너는 끝내 나를 사랑할 수 없을 거야'라고 말하는 것 같기도 했고, '너도 이제는 네 운명을 짊어질 차례구나' 하며 안타까워하는 것 같기도 했어."

나는 그녀의 눈길에서 마지막 순간에 나를 흡떠 보던 S의 눈길이 고스란히 담겨 있다는 생각이 들었다. 바람에 날리는 그녀의 머리카락이 자꾸 내 뺨을 간질였다. 우리를 쓸고 간 바람은 빙원을 타고 가며 점점 큰 회오리바람이 되어 멀어졌다. 그 바람이 부서지는 서북능선의 낭떠러지는 희끗희끗 눈을 뒤집어쓰고 있었다. 거벽의 중턱부터는 희미한 안개구름에 휩싸여 산의 정상은 보일 듯 말 듯 보이지 않았다. 그렇지만 퇴적암의 융기와 화산의 폭발로 거칠게 이루어진 서북능선의 절벽은 실로 흉포한 괴물의 등뼈처럼 날카롭고 불규칙한 윤곽을 드러내고 있었다. 이상하게도 그 불퉁스런 윤곽은 보면 볼수록, 다가가면 다가갈수록 증오심을 불러일으키는 실루엣이었다. 그 실루엣 위로 달넘이 직전의 새벽달이 하얗게 박혀 있었다.

어디 먼 곳에서 자꾸 차가운 쇳소리가 들려오는 것 같았다. 빙벽을 찍는 아이스액스의 금속성과 더불어 가쁘게 헐떡이는 숨소리가 자꾸 귓전에 메아리치고 있었다.

(『문학사상』 2007년 4월호)

이상한 만곡彎曲을 걸어간 사내의 이야기 _말하는 벽 2부

바로 그 찰나 내 뒤를 따르던 교도관이 내 머리카락을 불끈 움켜쥐고 내 귀에 똑똑 부러지는 말투로 이렇게 명령하는 것이었다.
"뒤돌아보지 마. 절대로!"

___「말하는 벽」(1부)은 『붉은 소묘』(문학동네, 2002)에 실려 있음.

이 글은 처음부터 끝까지 온전히 그의 기록이다. 이 글의 내용은 모두 그가 남긴 한 권의 수첩에 적힌 것이었으며 나는 단지 그것을 기억나는 대로 옮겼을 뿐이다. 결국 내가 개입하는 것은 이 짧은 몇 마디 문장뿐이다. 따라서 나는 전적으로 이 기록에 무책임할 수 있으며 그러한 한에서 나는 자유롭고 싶다.

　글의 시점을 비롯해서 묘사나 비유 등 모든 수사적인 면은 물론이고 토씨 하나, 부호 하나에 이르기까지, 심지어는 비표준어나 그릇된 맞춤법, 문법의 혼란마저도 가능한 한 내가 기억하는 바 그대로 일체 손을 대지 않고 고스란히 옮겨놓고자 했음을 먼저 밝혀두어야겠다. 작업에 매달려 있는 동안 줄곧 그의 수첩을 불살라버린 것이 경솔한 짓이었다는 후회를 떨쳐버릴 수 없었다. 그렇지만 지금에 와서는 어차피 그런 실수까지 내 몫이 될 수밖에 없었겠노라는 심정이 든다.

　이 기록의 작성자인 그가 어디로 갔는지 묻는 것은 뻔한 헛수고가 될 것이다. 마지막으로 떠나기 직전에 그는 내게 이런 말을 남겼다.

'당신은 지극한 위험에 처해 있다. 그러나 다행히 최후의 경고를 들을 수 있는 선만은 아직 넘지 않았다. 이것이 나의 마지막 경고다. 당신이 이 경고를 무시하는 순간으로 나는 소멸할 것이며, 따라서 어떤 방법으로도 당신을 도울 수 없을 것이다. 부디 지금이라도 되돌아가기를, 당신이 처한 오독의 위기로부터⋯⋯.'

어쩌면 이 경고는 그가 내게 베풀 수 있는 유일한 호의였는지도 모르겠다. 아무튼 나는 그의 마지막 말마저도 이렇게 기록으로 남겨두기로 결정했다. 왜냐하면 거기까지가 내 기억의 완벽한 오메가이기 때문이다. 잘라 말하지만, 그가 보여준 이 글 말고는 나는 어떤 것도 기억하고 있지 못하다. 따라서 이 기록을 읽는 사람은 그 누가 되었건 내게 이러저런 걸 따져 물어선 안 될 것이다. 나는 아무런 이야기도 나누고 싶지 않고 또 나눌 수도 없으며 그런 까닭에 이 기록을 전하는 수고를 기꺼이 떠맡았다. 이 문장 말미의 구두점을 경계로 하여 나는 여하한 기억의 악령으로부터 비로소 풀려나리라 믿어 의심치 않는다.

*

11시 4분 전. 모든 것이 분명했다. 조금 전은 11시 5분 전이었고 지난 1분간 벽시계의 초침은 정확히 한 바퀴를 돌았다. 모든 것이 빈틈없이 맞아떨어지고 있었다. 시계의 톱니바퀴처럼⋯⋯.

"제군들의 갱생의 앞길에 행운이 있기를 바란다, 이상!"

지루한 훈화를 끝으로 교도소장은 출소자들과 차례로 악수를 나눴다. 마지막으로 내 차례가 되었을 때, 필요 이상의 악력으로 내 손을 잡고 흔드는 소장의 과장된 몸짓에 나는 가볍게 진저리를 쳤다.

  우리는 한 초로의 교도관을 따라 소장실을 나왔다. 교도관은 절도 있는 걸음으로 앞장서서 걸었다. 그는 우리 따윈 안중에도 없다는 듯, 뒤 한번 돌아보지 않고 일정한 속도로 걸어갔다. 그런 그의 뒷모습은 너무도 정연하고 노련해 보였기에 우리를 호송하는 것이 아니라 흡사 무슨 사열이라도 치르고 있는 사람처럼 보였다. 하긴 지금은 분명 뜻깊은 순간이었다. 드디어 내가 밖으로 나가고 있는 것이다.

  저벅저벅.

  복도는 끝이 없는 듯 길었고 실제로 침침한 조명 탓에 그 끝이 보이지 않았다. 한쪽은 창문 하나 없는 회벽이었고, 한쪽은 굳게 닫힌 문들의 도열이었다. 뜨문뜨문 백열등이 박혀 있었지만 촉수가 낮은 탓인지 앞서 가는 사람의 푸른 죄수복이 거무스레하게 보일 지경이었다. 나와 다른 두 명의 출소자는 그 절도 있는 교도관을 따라 어둑한 통로를 마냥 걸었다. 누구도 입을 열지 않았고 우리의 발걸음 소리만이 그 어둑한 동선 속에서 유별나게 크게 울리고 있었다.

  저벅저벅.

  우리는 넷이었지만 발걸음 소리는 한 사람이 걷고 있는 듯 착착 박자가 맞았기에 무슨 제식훈련을 하고 있는 기분이 들었다. 나는 바닥에 희미하게 드리우는 우리들의 그림자를 보며 걸었다. 일정한 간격으로 내리비추는 조명 때문에 네 개의 그림자는 시시각각 크기가 변하면서 우리의 발부리를 기준으로 앞에서 뒤쪽으로 커다란 반원을 그리며 움직였다. 마치 네 쌍의 노가 어둠의 물살을 젖고 있는 것처럼 보였다. 느리고 무겁게 우리는 앞으로 나아가고 있었다.

저벅저벅.

복도는 너무 길었다. 도대체 내가 복도를 걷고 있는지 아니면 어느 폐광 속의 기나긴 갱도를 걷고 있는지 의심이 들 만큼 지루하고 음산했다. 내가 걸어온 길이만큼 내 뒤로 어둠이 중첩되어 있을 것이다. 그런 생각이 들수록 나는 온갖 기억의 사소한 끄트머리라도 놓치지 않기 위해 무진 애를 써야 했다. 사실 나는 줄곧 그래왔다. 지난밤 이래의 모든 것을 기억하려 필사적이었다. 하지만 실상 그건 별로 노력을 기울일 만한 일도 아니었다. 그 일련의 시간을 두고 벌어진 기이한 과정은 설령 잊고자 한들 잊을 수 있는 게 아니었다.

저벅저벅.

모든 것이 그 노인이 일러준바 그대로였다. 최갑수 노인. 사소한 무엇도 그 늙은 살인마의 말과 한 치도 어긋나지 않았다. 설령 짜여진 각본에 따라 흘러간다고 해도 이렇게까지 완벽하게 실연될 수는 없었다. 두려운 일이었고 몸서리나는 과정이었다. 다만 딱 한 가지, 유일한 차이가 있다면, 최갑수 노인이 일러준 것은 기괴하기 짝이 없는 탈옥에 관한 방법이었지만 나는 지금 지극히 정상적인 출감을 하고 있다는 것만이 다른 것이었다. 그것은 작지만 결정적인 문제였다. 이렇게 태연한 탈옥도 있을까? 반면 최 노인이 공연한 소리를 한 것이라면 지금까지 겪었던 일련의 과정이 그가 일러준 바에서 한 치도 어긋나지 않는 것은 어떻게 설명될 수 있단 말인가? 탈옥, 출감, 탈옥, 출감……. 나는 왼발에 탈옥, 오른발에 출감이라고 박자를 맞춰 걸었다.

저저벅저저벅.

어느새 나의 발소리가 앞선 일행들의 그것과 어긋나 있었다. 저저벅저저벅. 그 사실을 느끼고 그들과 발걸음을 맞추려 애썼지만 좀처럼 박자가 맞지 않았다.

'답을 구하는 길이 있다. 잃어버린 내 기억을 찾는 것…….' 그런 생각을 떠올린 순간 복도를 따라 길게 이어진 벽이 휘청 너울지는 느낌이 들었다.

'잊지 말게. 잃어버린 자넬 찾으려 해선 안 돼. 자네에겐 그럴 자격이 없어. 이건 나와의 약속이자 자네를 위한 경고일세.'

지난밤 벽을 사이에 두고 통방을 나누던 최 노인의 똑딱이 소리가 생생하게 되살아나며 옅은 현기증이 치밀었다. 아차 하는 새 그만 걸음이 뒤얽히며 우당탕 고꾸라지고 말았다. 앞서 가던 일행이 놀라 뒤를 돌아보았다. 엉거주춤 엎드린 자세로 고개를 들었을 때 교도관과 정면으로 눈길이 마주쳤다. 그의 엄숙한 얼굴에 언뜻 분노의 기색이 스쳤다.

혹시 내가 무슨 실수라도……? 나는 조마조마한 마음으로 교도관의 눈치를 살폈다. 그는 뚫어져라 나를 바라보고 있었다.

그의 눈길이 점점 싸늘하게 변해가며 마치 날카로운 바늘이 되어 두근거리는 내 심장을 헤집는 느낌이 들었다. 꿀꺽 생침을 삼켰다. 그 작은 소리가 굉장한 울림이 되어 복도에 메아리치는 것 같았다. 다시 치솟는 현기증에 고개를 저었을 때 맞은편에서 일단의 사람들이 걸어오는 발소리가 들렸다.

두 명의 교도관을 앞뒤로 하고 포승에 묶여 끌려오는 죄수는 희끗하게 머리가 센 노인이었다. 깊이 고개를 숙이고 떠밀리듯 걷고 있는 노인의 얼굴은 보지 못했지만 그의 온몸에서 뚝뚝 흘러내릴 것 같은 체념의 기운은 생생히 느낄 수 있었다. 풀 죽은 노인을 보자 새삼 내 처지가 희망적이란 생각이 들었다. 어느새 나는 노인의 어깨라도 다독여주고 싶은 기분이 되어 서둘러 바지를 털고 일어나 일행을 뒤쫓아 걸었다. 그리고 얼마 가지 않아 교도관이 허리에서 열쇠 꾸러미를 푸는 소리가 들렸다. 복도는 거기서 끝이었다.

내가 갈아입은 옷은 맨질맨질 무릎이 닳은 잿빛 코듀로이 바지와 품이 좁게 느껴지는 무지 셔츠였다. 남색 점퍼는 소매 솔기가 너덜거리기까지 했다. 셔츠의 목 부분을 채우게 돼 있는 단추는 떨어져 나가고 없었고 점퍼의 앞섶을 여미는 지퍼도 꼭지가 달려 있지 않았다. 처음 입감될 당시 나는 그렇게 추레한 모습이었던가 보다. 어리둥절 내 자신의 모습을 둘러보고 있을 때였다.

"이번엔 내 차례였어."

들릴 듯 말 듯 나직한 목소리로 그렇게 말을 건네온 이는 미리부터 그 방에서 청소를 하고 있던 중년의 죄수였다. 의아한 눈길로 그를 바라보았을 때 그는 계속해서 밀걸레로 바닥을 문지르며 힐끔힐끔 맞은편 벽의 캐비닛을 뒤지고 있는 교도관의 눈치를 살폈다. 그러고는 역시 걸레질을 하는 척하며 다시금 내 쪽으로 접근해왔다. 나 역시 딴청을 부리고 있었지만 곧이어 그가 건네올 말에 한껏 귀를 세우고 있었다.

"정말이지 이번엔 내 차례였다고! 그 빌어먹을 노인네가 망령이 들지 않고서야……."

교도관이 돌아서는 바람에 아쉽게도 그는 더 이상 말을 잇지 못했지만 나는 그의 어금니가 빠드득 갈리는 소리까지 분명히 들을 수 있었다. 그 중년의 죄수와 나는 허공을 두고 날카로운 눈길을 주고받았다. 그것은 절대로 나누어 가질 수 없는 어떤 것을 두고 벌인 치열한 쟁탈전 뒤의 짧은 여운이었다. 그 승패가 얼마나 운명적인 것인지는 그 죄수의 눈동자에 철철 넘치는 원망이 또렷이 말해주고 있었다. 나는 계속해서 교도관의 눈길을 피해 그의 행동을 주시하지 않을 수 없었다. 자포자기의 막다른 골목에서 그가 무슨 짓을 저지를지 나로선 두렵지 않을 수 없었다. 그러나 얼마간 그 죄수는 묵묵히 바닥을 닦는 일에만 열중할 뿐이었다. 이윽고 청소가 다 끝났을 때 그는 밀걸레 자루를 겨드랑이에 끼고 밖으로 나갔다. 그러면서 나를 스쳐 지날 때 재빨리 내 주머니에 무언가를 쑤셔 넣는 것이었다. 그건 한 장의 종이쪽지였는데 물론 당장은 펼쳐볼 엄두가 나지 않았다.

바지 주머니에 꼬깃거리는 이물감을 느끼며 나는 고개를 돌려 그를 바라보았다. 닫히는 문틈 새로 언뜻 마주친 그의 눈길에 교활한 윤기가 흐르는 것 같았다.

교도관은 캐비닛에서 우리의 소지품을 꺼내 나누어주었다. 내게 돌아온 것은 하얀색 보스턴백이었다. 그리고 잠시 후 교도관은 잡역 차출 나갈 때마다 모아둔 돈이라며 봉투도 하나씩 건네주는 것이었다.

"여기 수령증에 이름 쓰고 지장들 찍어."

다른 두 사람은 교도관이 시키는 대로 이름을 쓰고 인주 묻힌 엄지를 꾹꾹 눌렀지만 나는 수령증을 받아 들고 머뭇거릴 수밖에 없었다.

"뭐 해? 이름 석 자도 쓸 줄 몰라?"

교도관은 빈정거리며 말한 것이었지만 나는 정곡을 찔린 나머지 당황한 얼굴을 감출 수 없었다. '자기 이름'이란 건 지난밤 이래 내가 느낀 가장 낯선 단어였던 것이다. 교도관이 피식, 웃으며 뒤쪽 책상 위에 있는 서류철 하나를 집어 들더니 종잇장을 넘겨보는 것이었다. 그걸 보자 내 심장은 쿵쿵 달아오르기 시작했다.

'저건 아마도 나에 관한 기록일 테지.'

호기심과 두려움이라는 망치가 번갈아가며 심장을 두들겨대는 느낌이었다. 정말이지 내 이름이 무엇일지 궁금하기 짝이 없는 한편 나의 출소가 엉뚱한 착오였음이 밝혀질지도 모른다는 초조감이 가슴속에 소용돌이쳤다. 착착 서류철을 넘기던 교도관의 손길이 어느 대목에선가 문득 멈췄다. 그리고 엄숙하기 그지없던 그의 얼굴이 눈가에서부터 묘하게 일그러지기 시작했다. 한순간 그가 읽고 있는 저 종이 뭉치를 와락 빼앗아 들고 문밖으로 뛰쳐 달아나는 내 모습을 상상해보았다. 시간이 갈수록 교도관의 낯빛은 점점 심각하게 변해갔고 서류를 넘기는 그의 손길마저 가늘게 떨리는 것 같았다.

 무릎에 힘이 빠지며 다리가 후들거리기 시작했다. 무언가 잘못된 게 틀림없어. 온몸의 힘줄이 한 가닥씩 풀리는 느낌이 들었고 종당에는 줄 끊긴 꼭두각시처럼 풀썩 주저앉을 것만 같았다. 게다가 아까 그 중년의 죄수가 쑤셔 넣은 쪽지 한 장이 살아 있는 버러지처럼 주머니 속에서 꼬물거리는 느낌이 들었다. 맥 빠진 몸에서 심장만이 마치 별도의 생명체인 양 무섭게 박동치고 있었다. 혹시 간밤에 최갑수 노인이 일러준 과정에 무언가 착오가 있던 건 아닐까. 저 교도관 녀석은 왜 고개를 가로젓는 거야? 도대체 뭐가 어디서부터 잘못된 거야……. 교도관이 고개를 치들고 가늘게 찢어진 눈으로 나를 바라보는 순간, 가슴속 심장이 목구멍을 뚫고 튀어나와 '도망쳐!',라고 비명이라도 지를 것 같았다. 교도관이 와락 손목을 잡았을 때 나는 반사적으로 손을 빼내려고 했다. 그러나 교도관은 더 악착스런 손아귀로 내 손목을 잡아끌었다.

 "찍어!"

 "네……?"

 "얼른 지장 찍고 나가란 말얏!"

까닭 모를 미움이 그의 찢어진 눈가에 맺혀 있었다. 그러나 나는 감히 그 이유를 물을 엄두도 내지 못한 채 벌겋게 인주가 묻은 손가락을 바짓가랑이에 문지르고 있었다.

무겁게 문이 닫히는 소리를 듣고서야 나는 고개를 돌렸다. 나를 토해놓은 작은 쪽문은 크고 높다란 철문의 한 귀퉁이를 뚫어 만든 것이었다. 바로 밑에서 바라본 탓인지 거대한 철문과 연이은 담장은 꼭 하늘까지 막아놓은 것처럼 완벽한 단절감을 느끼게 했다.

나와 함께 출감한 두 사람은 문을 나서자마자 곧 마중 나온 사람들에 휩싸였다. 육중한 덩치에 머리를 박박 깎은 한 사내는 자기와 똑같이 생긴 덩치들과 함께 승용차를 타고 훌쩍 가버렸다. 다른 한 남자, 키가 크고 얼굴에 가득 병색을 띠고 있던 사내를 마중 나온 것은 처네에 아기를 둘러업은 젊은 부인네였다. 남자는 그녀가 건네는 두부를 받아 물컹 한입 베어 물고는 이내 봉지째 바닥에 팽개쳐버렸다. 부인이 그의 앞섶에 계란을 깨뜨리려 했을 때 남자는 거칠게 그녀의 손을 뿌리쳤다. 그 바람에 튕겨 나간 계란이 공교롭게 내 발치에 와서 깨지며 신발코를 적셨다. 병색의 키 큰 사내는 힐끗 나를 흘겨보았을 뿐 한마디 사과도 없이 성큼성큼 걸어가기 시작했다. 젊은 부인 역시 잠깐 내게 미안하단 눈길을 보내더니 이내 남자를 따라 뒤뚱거리며 뛰어갔다. 그 바람에 등에 업힌 아기가 깨고 말았는지 그들이 멀어진 가로수 길을 따라 아기 울음소리가 공허하게 울렸다.

 이윽고 나는 혼자 남았다. 나는 내가 남겨진 낯선 공간을 어리둥절 둘러보았다. 하늘은 햇살이 부서져 쨍 소리가 나게 맑았고 정말이지 교도소 앞 작은 광장엔 나를 빼곤 아무도 없었다. 저 멀리 거리엔 구멍가게를 비롯해 몇 가구의 집들이 눈에 띄었으나 그곳에도 사람이라곤 그림자도 보이지 않았다. 한동안 일행이 사라져간 가로수 길의 텅 빈 조망을 우두커니 바라보던 나는 다시 몸을 돌려 교도소 정문을 바라보았다. 잠시나마 최갑수 노인을 면회하는 것은 어떨까, 생각해보았지만 곧 터무니없는 짓이라고 고개를 저었다. 나는 커다란 문과 높다란 담을 따라 걷기 시작했다. 그러나 얼마 가지 않아 숲과 개천이 담벼락에 연해 있어 더 이상 나아갈 수 없었다. 이번엔 반대 방향으로 걸어보았다. 그쪽도 길이 막혀 있긴 마찬가지였다. 결국 나는 정문 앞으로 되돌아와야 했다. 교도소 담장은 길고 밋밋한 호(弧)를 그리고 있었는데 그 형태에서 문득 내가 엄청나게 큰 괄호의 바깥으로 팽개쳐진 것 같다는 느낌을 받았다.

 나는 철문 한 귀퉁이에 쪼그리고 앉았다. 그리고 내가 가지고 있는 것을 하나씩 꺼내보기 시작했다. 먼저 아까 중년의 죄수가 몰래 찔러 넣은 쪽지를 꺼냈다.

　　―딸에게 내가 여기 있다고 알려주게. 꼭 좀 부탁하네.
　　손인선. 강원도 송천산 송천산장. 034-24-2782

내용은 그것뿐으로 뜻밖에 싱거웠다. 전화 한 통쯤이야 아무 때고 해주면 될 일이고 그들 부녀간의 내막이야 내가 신경 쓸 바 없었다.
　다음으론 돌려받은 보스턴백을 풀어보기로 했다. 사실 가방을 열어보는 건 꽤나 두근거리는 일이었다. 가방 안엔 어쩌면 잃어버린 기억 속의 나에 대한 무슨 단서가 들어 있을지도 몰랐다. 나를 찾지 않겠노라 한 건 최갑수 노인과 단단히 다짐한 바이기도 했지만, 이미 나 자신부터가 나를 찾는 일에 회의적이었다. 아마도 기껏해야 과거의 나란 작자는 추레하고 보잘것없는 존재였을 테고 무슨 못된 짓이나 저지르고 옥살일 해야 했던 죄인에 불과할 것이었다. 설령 가방 안에서 그럴싸하게 나의 정체를 짐작할 수 있는 단서가 나온다고 해도 나는 과거의 나를 확정 짓는 일 따윈 하지 말자고 스스로 암시를 던지고 있었는지도 모른다.
　그런데 가방을 뒤집어 탈탈 털어내도록 나온 것이라곤 고작해야 지금 입고 있는 옷보다 별반 나을 바 없는 낡고 허름한 겨울용 토퍼와 건빵바지 한 벌, 뒤꿈치가 해진 양말 몇 켤레, 곱박은 테두리가 나달거리고 챙이 구겨진 등산모 하나뿐이었다. 외투 주머니 속에 뭐라도 들어 있지 않을까 뒤적이는 손가락 끝에 보푸라기 먼지만이 묻어 나왔다. 그제야 나는 혹시나…… 미련을 부여잡고 있던 나 자신을 깨달았다. 이내 낄낄 자조 섞인 비웃음을 흘리며 쏟아낸 옷가지를 주섬주섬 되집어넣지 않을 수 없었다. 나의 과거는 어쩌면 내가 그것을 거부하고 있는 것보다 더 완강히 나를 거부하고 있는지도 몰랐다. 흘게 빠진 반푼이처럼 입가에 새는 비웃음을 스스로 어쩌지 못하였다.

저만치 가로수 사이로 버스 한 대가 들어오는 것이 보였다. 나는 벌떡 몸을 일으켜 버스를 향해 뛰었다. 어디로 가는 버스인지는 상관할 바 없었다. 나란 놈에겐 그저 그렇게 헛헛한 선택의 여지가 있는 것만으로도 충분한 자유라고 와하하! 웃어젖히며 나는 뛰었던 것이다. 버스를 향해 달려가는 나의 머리엔 어느새 낡은 등산모가 깊이 눌러쓰여 있었다.

*

◐ 나는 어떤 우연보다 자유롭다. 내가 여기에 서 있는 이유는 오로지 그렇기 때문이다.

내가 처음 산 물건은 푸른색 모조가죽으로 표지를 댄 수첩 한 권과 한 자루의 흑색 볼펜이었다. 강다리의 중간쯤 난간에 기대어 수첩의 첫머리에 위와 같은 글귀를 적어놓기까지 나는 이 도시를 관류하는 작은 강을 따라 거닐며 줄곧 그날의 오후를 흘려보냈다. 수첩을 산 이유는 혹시라도 있을지 모를 기억의 누수(漏水)에 대비하기 위함이었지만 뭔가를 기록하는 일이 생각만큼 쉬운 것은 아니었다.

몹시 피곤했다. 오후 내내 강의 이쪽저쪽을 오락가락하며 그 작은 도시를 누비고 다닌 탓이었다. 그 오후의 행로에는 아무런 계획이 없었다. 강의 이편에서 이곳저곳을 기웃거리다 싫증이 나면 다리를 건너 저편으로 갔고, 거기서 여기저기를 누비다 볼 것이 없어지면 다시 다리를 건너 되돌아왔다. 나는 그렇게 걷고 또 걷고 싶었다. 아무도 나를 주목하지 않았고 나 역시 누구도 알아보지 못했다.

◐ 강은 태양의 길을 따라 흐르고 있다.

다시 그렇게 한 줄을 더 적어 넣었다. 강물은 탁하고 옅은 악취를 풍기고 있었고 양쪽 제방을 따라 작은 공장이나 바라크 건물 따위가 다닥다닥 늘어선 풍광은 그닥 볼품 있는 것이 아니었다. 그러던 것이 어느덧 저물녘이 되자 지는 태양에서 비낀 햇살을 받아 파르르 떨리는 물결이 금빛으로 반짝이며 모종의 아련한 정감을 자극하는 것이었다. 강은 정말 태양의 황도(黃道)를 따라 흐르고 있었다. 어느새 나는 밑도 끝도 없는 향수에 젖어들었다. 만일 누군가 내 고향에 대해 물어온다면, 나는 짐짓 아련한 표정을 지으며, '보이는 모든 것을 찬란하게 빛어내는 연금술사를 닮은 석양의 강변',이라고 대답하리라 작정했고, 스스로 맘에 드는 표현이라 생각하고 그대로 수첩에 적어 넣었다.

그때 노파 하나가 끌차를 끌며 내 뒤를 지나쳐갔다. 끌차에는 무엇에 쓰려는지는 몰랐지만 쑥부쟁이가 가득 실려 있었는데 끌차가 덜컹거릴 때마다 시든 쑥부쟁이가 한두 송이 떨어지며 노파의 뒤에 점점이 놓였다. 나는 노파가 다리 끝으로 완전히 사라질 때까지 그녀를 지켜보며 서 있다가는 이윽고 몇 송이 들꽃을 주워 석양에 물든 강물 위로 흩뿌렸다. 그리고 다시 걸음을 놓았다. 마치 내가 걸으며 디딘 면적만큼 내 땅으로 해준다는 약조를 받기라도 한 것처럼 나는 욕심 사납게 걷고 싶었다. 그건 말 그대로 발길 닿는 대로의 여정이 될 터였다. 그러다 정말 한 발짝도 뗄 수 없이 지치면 아무 데나 숙소를 잡아 오늘 내가 걸었던 행적을 낱낱이 수첩에 적어놓을 작정이었다. 그것은 누구도, 심지어는 나 자신조차 해독할 수 없는 난수표(亂數表)가 될 것이다. 나는 그 불규칙한 자유를 누리며 잠이 들 것이다.

나는 한껏 만끽하고 싶었다. 시간이 언제나 원인에서 결과로만 흐른다는 통념에서 벗어나 오늘 비로소 발원한 내 삶의 불현듯한 출발을 축복받고 싶었다. 노을이 사위어가는 걸 보며 나는 두 팔을 한껏 벌리고 쏴아아 바람에 나를 맡겨보았다. 태양조차 황도를 따르지 않으면 안 되는 저 배경 속에서 오로지 나만이 어디로든 흘러도 좋았던 것이다.

그렇게 나는 저녁색에 물드는 파장 무렵의 시장통으로 접어들었고 동서남북, 전후좌우를 가리지 않고 멋대로 걸었다. 차츰 어둠에 잠겨가는 도시에서 나의 행로가 미로와 같을수록 유쾌한 마음이 들었다. 상점의 간판에 쓰인 상호 하나, 가로등에 붙여놓은 전단지 하나에까지 나는 호기심 어린 눈길을 던졌다. 그것들은 내가 주목하지 않는 한 나와는 다른 우주의 천체였다. 하지만 내가 관심을 가지는 순간부터 그것들은 나를 향해 비추는 별빛이 되었고 비로소 내게 이야기를 들려주었다. 그것이 아무리 사소한 것일지라도 나는 사랑을 느꼈다. 정처 없는 산책은 그렇게 나를 행복하게 만들었다.

그렇지만 그런 들뜬 감정은 그리 오래가지 못했다. 왼편 어깨가 허전하다는 생각이 든 순간 나는 깜짝 놀라지 않을 수 없었다. 뒤늦게 가방을 잃어버린 사실을 알아챈 거였다. 마치 풍선에 바람이 빠지듯 일순간에 기분이 처지고 말았다. 보잘것없는 가방이야 잃어버려도 별로 아까울 게 없지만 중요한 건, 복잡하기 짝이 없는 내 자신의 행적을 철저히 기억하겠노라 다짐했던 각오가 중동에 허사가 된 일이었다. 정말이지 아무리 기억을 더듬어봐도 내가 어디서 가방을 내려놓았는지 생각이 나질 않았다. 머릿속엔 멋대로 맴돌았던 궤적이 지도처럼 생생했건만 그 지도 어디에도 가방을 놓아둔 위치는 표시되어 있지 않았다. 맥이 풀리는 노릇이었다.

'결국 나란 놈은 형편없는 기명장애(記銘障碍) 환자였단 말인가?'

일단 그런 의심이 들자 생생한 기억, 그러니까 오늘 내가 겪었던 모든 일에 대해서도 새삼 의문이 들기 시작했다. 어쩌면 그 모든 일이 나의 심각한 작화증(作話症) 속에서 멋대로 꾸며진 허구일 수도 있다는 뜻이었다.

'하긴…… 내 스스로조차 납득할 수 없는 일 투성이였으

니…….'

　우선 마음을 가다듬기로 했다. 그리고 가능한 한 내가 기억하고 있는 부분을 빨리 기록으로 옮겨놓아야겠다고 생각하고 수첩을 찾았다. 그런데 분명히 점퍼 주머니에 들어 있어야 하는 수첩이 손에 잡히지 않았다.

　'결국 수첩을 주머니에 넣었다는 것마저도 내가 꾸며낸 기억이란 말이로군.'

　한심하기 짝이 없는 노릇이었다. 공연히 흙땅을 걷어차 풀썩 먼지를 일으켰다. 그때였다. 저만치 어떤 사내가 막 골목으로 사라지는 것이 보였다. 내가 퍼뜩 정신을 차린 건 그의 어깨에 걸려 있는 하얀색 가방 때문이었다. 그건 틀림없이 내 것이었다.

　사내는 여유롭게 걷고 있었다. 처음엔 와락 사내를 덮쳐서 가방을 빼앗으려다가 마음을 바꿔 좀 더 차분히 그가 하는 짓을 지켜보기로 했다. 도대체 저 사내는 무슨 마음에 고작 저런 낡아빠진 가방을 탐한 것일까. 그리고 내용물이나 털어가고 말 일이지 번듯이 제 것처럼 가방을 매고 거리를 활보하는 건 또 무슨 배짱이란 말인가.

　나는 멀찍이 떨어져 그를 뒤쫓았다. 침착해야 한다는 다짐과는 달리 마음엔 조바심이 일었다. 그건 물론 가방 때문이었다. 가방은 분명 내 것이 맞았다. 흰색 보스턴백에 가운데 그려 있는 제조사의 로고가 절반쯤 떨어져나간 것까지 완벽하게 내 기억과 일치했다. 그러나 정작 나를 초조하게 만드는 건 내 기억 그 자체였다. 나는 제발 저 가방의 존재가 사실이며 결코 내 작화중의 망상 속에서 멋대로 꾸며진 것이 아니기를 바라며 사내를 뒤따르고 있던 거였다.

　게다가 내 기분을 수꿀하게 만든 건 사내의 종잡을 수 없는 행로였다. 뒤를 밟으면 밟을수록 그에게 정해진 목적지가 없다는 사실이 확연해지고 있었다. 한눈에 저녁 귀갓길의 노동자 행색인 사내는 그러나 오랜 시간을 두고 강의 남쪽 시장통을 어지럽게 맴돌고 있을 뿐이었다. 사내는 흡사 내가 그렇게 하고 싶었던 그대로 불규칙한 여로로 나를 안내하고 있는 셈이었다. 그가 아무렇게나 또 다른 길목으로 접어들 때마다 내 머리카락이 반사적으로 쭈뼛거렸다. 정체불명의 사내는 어둠에 물든 내 기억 속의 여정을 고스란히 짓쑤시고 다니고 있었다.

　사내가 걸음을 멈춘 곳은 공교롭게 다시 강 다리의 중간 지점이었다. 그리고 내가 사내를 붙들어야겠다고 결정을 내린 건 그가 가방에서 꺼낸 물건 때문이었다. 그건 다름 아닌 푸른색 가죽표지의 내 수첩이었다.

　사내는 가로등 바로 아래 다리 난간에서 새삼 무언가를 끄적이기 시작했다. 나는 일부러 상대가 느낄 수 있는 곳까지 다가가 그를 주시하였다. 사내는 잠시 생각에 잠긴 듯 강굽이를 따라 시선을 흘려보내고 있었다. 이윽고 나는 분명한 걸음으로 그의 곁으로 다가갔다. 그리고 사내가 적어놓은 수첩 위의 글귀를 읽어 내려갔다.

◐ 내 기억의 시단(始端)은 저 초생달이었지. 그래, 처음에 저 달이 있었고 비로소 나도 있었다. 오늘 하루 한낮의 밝음 속에서도 저 달은 보이지 않게 나를 상징하고 있었을 것이다.

그리고 줄을 바꿔 이렇게 덧붙여져 있었다.

◐ 누군가 나를 추적하고 있다. 저 달빛처럼…….

나는 고개를 돌려 사내를 바라보았다. 챙 넓은 야구모자를 깊이 눌러쓴 탓에 가로등 아래 사내의 얼굴은 더 짙은 어둠 속에 숨어 있었다. 단지 불꽃을 튀길 것같이 날이 선 그의 눈동자만이 짙은 음영 속에서 번뜩이며 나를 노려보고 있었다. 나 역시 지지 않고 사내를 노려보았다. 내가 덥석 수첩을 움켜쥐었을 때 사내의 허리춤에서 찰칵, 하는 날카로운 금속성이 울렸다. 잭나이프의 칼날이 가로등 불빛에 차갑게 빛났다. 칼날의 예리한 감촉이 내 옆구리에 위협적으로 와 닿았지만 나 역시 지지 않고 사내를 쏘아보았다. 한동안 우리는 서로 그런 자세를 유지하고 있었다. 강바람이 불었고 내가 내리누르고 있는 수첩이 파득파득 바람에 넘어갔다. 사내가 서서히 손을 들어 내 모자를 잡아챘다. 가로등 빛에 내 얼굴이 불쑥 드러나는 순간 사내의 눈빛이 출렁 물결쳤다.

"아니! 어떻게…… 어떻게 이럴 수가……."

사내는 내 모자를 움켜쥔 채 주춤주춤 뒤로 물러서기 시작했다. 나 또한 사내의 모자를 벗기기 위해 막 손을 뻗는 찰나, 사내는 거세게 나를 뿌리치며 어깨에 매고 있던 가방을 나를 향해 집어던졌다. 나는 가방에 세게 얼굴을 얻어맞았지만 지지 않고 그를 향해 몸을 날렸다. 그러자 사내가 칼 쥔 손을 크게 휘둘렀다. 퍼뜩 몸을 낮춰 칼날을 피했을 때 마침 내 뒤쪽에서 경광등을 번쩍이며 경찰차 한 대가 나타났다. 순간 사내가 후다닥 뛰어 달아나기 시작했다. 그러고는 얼마 가지 않아 뒤를 돌아보고 이렇게 소리쳤다.

"따라오지 마! 제발……. 그리고 부디 모든 선택 하나하나에 신중을 기해줘. 이제 위험한 건 너뿐만이 아니라고…….'

울먹이는 목소리로 그렇게 뱉어놓고 그는 문득 그때까지 손에 들고 있던 내 모자를 보고는 그것이 무슨 징글맞은 파충류라도 된다는 듯 다리 난간 너머로 모자를 팽개쳐버렸다. 하고는 몸을 돌려 허둥지둥 달려가기 시작했다. 경찰차가 느릿한 속도로 내 곁을 스쳐 지나 사내가 사라진 도시의 북쪽을 향해 미끄러져갔다. 찌긋찌긋 눈에 거슬리던 경광등이 어둑한 공장 지대의 야경 속에 파묻혔다.

이튿날 오후 나는 그 도시의 기차역이 내려다보이는 언덕 위 공원 벤치에 앉아 있었다. 기차역 한쪽의 조차장(操車場)이 한눈에 들어오는 전망이었다. 여러 갈래의 레일이 꼬인 전철기(轉轍機)와 높이 솟은 전철조종탑, 십자가를 거꾸로 세워놓은 것 같은 신호기, 육중한 겐트리 크레인, 선로 위 뜨문뜨문 흩어져 있는 무개차량 그리고 그 앞뒤로 붙었다 떨어졌다 오가는 기관차……. 그 모든 것이 장난감 기차놀이처럼 보였다. 그 건조한 오후의 풍경 사이로 이따금 비둘기들이 날았다. 날고 또 날아도 어디선지 새들은 끊임없이 솟아나고 있었다. 내가 보고 있는 세상 전부가 마술사의 중절모 속에서 나온 거짓말처럼 여겨졌다. 나는 벌써 몇 시간째 그렇게 허튼 오후의 기찻길을 바라보고 있었다.

저 멀리 강변의 바라크 건물 사이로 뻗은 레일을 타고 한 줄기 건들바람이 불어왔다. 아까부터 바람은 손가락 사이에 끼워 둔 승차권을 팔랑이고 있었다. 바람이 불 때마다 나는 그 종잇조각을 날려버리고 싶은 충동을 느끼곤 했다. 수첩을 꺼내 이렇게 적어 넣었다.

◑ 강변을 따라 멀어지는 레일은 누군가의 흔적을 거론하기에는 너무도 일직선에 가깝다. 그럼에도 이 세상에 열차시간표를 능가하는 어떤 운명이 있다는 것 역시 믿을 수 없다.

뚜우―. 언덕 아래서 울리는 기적 소리를 신호로 나는 자리를 털고 일어나 역을 향해 걷기 시작했다. 개찰을 끝내고 플랫폼에 들어섰을 때 마침 보통열차가 침목을 가로질러 들어서고 있었다. 물론 그 순간까지 나는 망설이고 있었다. 승객들이 모두 열차에 올라탔지만 나는 흡사 오지 않을 동반자를 기다리는 사람처럼 우두커니 서 있었다. 역무원이 호루라기를 불었다. 이윽고 기차바퀴 사이에서 치익— 소리가 들리더니 열차가 무겁게 움직이기 시작했다. 여전히 나는 망설임에서 벗어나지 못했다. 과연 나의 선택이 옳은 것인가……. 어젯밤 강다리에서 들었던 그 기이한 사내의 경고가 다시 귓속에 메아리쳤다.

'부디 모든 선택 하나하나에 신중을 기해줘. 이제 위험한 건 너뿐만이 아니라고…….'

나는 몇 차렌가 세게 머리를 흔들고는 이윽고 플랫폼을 빠져나가는 기차를 향해 힘껏 뛰기 시작했다.

결론적으로 말해 그 사내에게 되찾은 가방은 내 것일 수도 있었고 아닐 수도 있었다. 이렇게 애매모호하게 말하기는 싫지만, 되찾은 수첩을 보고 난 뒤에 내가 내릴 수 있는 결론은 그것뿐이었다. 거기에는 틀림없이 내 손으로 적어 넣은 몇 줄의 글귀 말고도 몇 장에 걸친 기록이 빽빽이 메워져 있었다. 진정으로 나를 당황스럽게 한 것은 그 기록이란 것이 어제 내 자신이 겪고 또 느꼈던 것에 대한 상세한 진술이란 점이었다. 맹세코 나는 내 손으로 그런 기록을 남기지 않았다. 물론 내가 기억하는 한도 내에서 말이다. 그렇지만 설령 그것이 내가 적은 기록이 아니라면 도대체 내 심경의 미묘한 변화까지 누가 그렇게 낱낱이 적어 남길 수 있단 말인가.

나는 그 터무니없는 사실을 마주한 채 밤새도록 한잠도 이루지 못했다. 지난밤 나는 기억을 강탈당했다는 기이한 피해의식에 사로잡혀 비좁은 여관방을 마냥 서성여야 했다. 그것은 출소(혹은 탈옥) 전날 밤 독방에서의 상황과 너무도 흡사했다. 단지 모든 것을 최갑수 노인이란 절대적인 조력자의 도움 없이 나 홀로 결론짓지 않을 수 없다는 것만이 다를 뿐이었다. 창밖이 밝아올 무렵 나는 지독한 탈진 상태에 있었고 말할 수 없는 상실감에 몸부림치고 있었다. 결국 내게는 합리적인 판단의 여지는 조금도 남아 있지 않았다.

 모든 것이 나의 선택적 기억장애의 끔찍한 증상이라고 치부해둘 도리밖에 없었다. 만일 내가 기억하지 못하는 부분 속의 내가 있다면 그것은 '별도의 나'일 수도 있는 문제였다. 따라서 별도의 내가 행한 일은 내가 한 일일 수도 있고 아닐 수도 있는 것이었다. 이제 내가 해야 할 일은 그 '별도의 나'를 분명한 하나의 실체로 수긍하는 것이었다. 그리고 가급적 나는 그 모호한 녀석과 사이좋게 지내자고 다짐했다. 지킬 박사와 하이드 씨가 서로의 영역을 침범한 끝에 공멸에 이를 수밖에 없었다면 나는 내 기억 밖을 활보하고 다니는 그 녀석과 최대한 평화롭게 공생하는 쪽을 택하기로 마음먹은 것이다. 어젯밤 내 가방을 훔쳐갔던 그 수상쩍은 사내는 어쩌면 한낱 분열된 내 기억의 환영일지도 모른다. 그자가 환영이건 실체이건 그건 더 이상 중요한 문제가 아니었다. 내 기억의 실체와 환상의 경계가 어딘지 알지 못하는 한 그 따위가 무슨 대수란 말인가.

 되찾은 수첩의 갈피에는 한 장의 열차표가 끼워져 있었다. 목적지는 송천읍. 출소 직전 내게 몰래 쪽지를 건네준 중년의 죄수가 적어준 지명이었다. 나는 망설였지만 끝내 이렇게 그곳으로 가는 열차에 몸을 싣고 말았다. 그것이 부재의 기억 속에 존재하는 또 다른 내가 택한 길이었으며 나는 정말이지 그 불투명한 녀석과 싸워낼 자신이 없었던 것이다.

 뻑뻑한 눈꺼풀을 주무르다 잠을 청하기 위해 새로 산 모자의 챙을 코끝까지 잡아 내리다 말고 나는 다시 반짝 눈을 떴다. 새삼 기억해보니 그 모자는 어젯밤 마주쳤던 그 기이한 사내가 쓰고 있던 것과 똑같은 야구모자인 것 같았다. 나는 길게 숨을 내뱉고 등받이 깊숙이 몸을 묻었다.

       *

 눈을 떴을 땐 객차 천장의 형광등이 지나치게 밝게 보였다. 열차는 터널을 지나고 있었다. 바퀴 소리가 더욱 요란하게 들렸고 텅 빈 열차 안의 풍경은 흑백사진처럼 단조로웠다. 머릿속이 흑과 백으로 깨끗이 표백된 것처럼 단순하고 맑았다. 기차가 터널을 벗어났을 때는 세상은 이미 밤이었고 꽤나 기운찬 빗줄기가 차창을 때리고 있었다.

 선로는 해안선을 향해 접어들었다. 바다가 보이자 빗줄기가 더 거세지는 것 같았다. 황천(荒天) 가운데 이따금 우르릉 뇌운이 폭발할 때마다 여기저기 줄번개가 좍좍 하늘을 찢어발겼고 우렛소리를 실은 파도가 거침없이 몸을 날려 해식(海蝕)의 절벽에 부딪히며 요란한 포말을 일으켰다. 수평선이 있어야 할 먼 바다는 칠흑빛 묵시록의 세계처럼 하늘과 바다가 혼재한 어둠에 잠겨 있었다. 기차는 검푸른 어둠 속에 이따금 폭렬(爆裂)하듯 나타나는 철길을 따라 아슬아슬 나아가고 있었다. 목적지를 알리는 안내방송이 들려왔다. 내 손에 든 기차표의 역 이름을 부르는 그 안내방송은 무심하기 짝이 없었다.

바닷가 간이역은 쏟아지는 폭우를 견디지 못하고 금방이라도 주저앉을 것만 같았다. 뭉텅이바람이 몰아칠 때마다 왈칵 스프링 문이 열리며 빗줄기가 실내까지 밀려들어왔고 내 머리 위의 빛바랜 산불조심 포스터의 떨어진 솔기가 파드득 떨렸다. 그 성난 풍경 속에서 나는 오래도록 꼼짝 않고 서서 덜컹거리는 유리창에 비친 내 모습을 들여다보고 있었다. 굵직한 번개 한 줄기가 바다에 내리꽂히는 순간 세상의 배경이 하얗게 변하면서 유리창에 비친 내 모습이 네거티브필름 속의 음화처럼 순간적으로 명암이 뒤바뀌어 나타났다. 그 찰나의 유령 같은 형체를 향해 나는 이렇게 말을 걸어보았다.

"조바심 낼 것 없어. 내가 곧 네게로 갈 테니까."

이윽고 나는 공중전화로 다가가 수화기를 들었다. 쪽지에 적혀 있는 대로 꾹꾹 번호판을 눌렀다. 공허하게 울리는 신호음을 들으며 나는 열차시간표 위의 시계를 바라보았다. 새벽 3시 20분. 전화를 받기에는 깊은 밤중이었다. 계속해서 울리는 신호음을 들으며 나는 한참 수화기를 들고 있었다. 마침내 누군가 전화를 받았다. 꿈결의 저편에서 흐느적거리는 듯한 여인의 목소리였다.

"여보세요—."

나는 대답 대신 우두커니 창밖의 어둠을 바라보고 있었다. 수화기 속의 여인이 다시 나직한 소리로 나를 찾았다.

"여보세요—, 말씀하세요."

수화기를 내려놓고 싶은 충동이 들었다. 휘이잉—, 문틈 새로 다시 비바람이 비집고 들어왔다. 여인의 무거운 한숨이 전화선을 타고 들려왔다.

"당신이로군요……."

수화기를 든 내 손목이 움찔 반응했다.

"어디예요?"

내 대답은 무심코 튀어나온 것이었다. 정말이지 어떠한 근거로도 그녀가 지칭하는 '당신'이란 대명사가 나를 일컫는다는 확신도 없으면서 나는 태연하게 이렇게 말하는 것이었다.

"역이오. 여긴 기차역이오……."

산의 칠부 능선에 자리 잡은 산장은 멋진 합각지붕을 이고 있는 북구풍 목조건물이었다. 흔히 보이는 야산의 풍경 속에 불쑥 들어선 산장의 이국적인 모습은 어딘지 조화롭지 못한 분위기를 풍겼다. 나무계단마다 삐걱이는 소리가 나는 것으로 보아 제대로 관리되고 있는 것 같진 않았다. 여인이 안내해준 이층은 더욱 사개가 틀어진 것 같은 분위기에 싸인 기이한 공간이었다. 우선은 딛는 발길마다 삐걱거리는 마룻널 새짬의 소리부터 신경을 거스를뿐더러 사방 벽을 비좁게 메우고 있는 괴상한 수집품들은 보는 이로 하여금 생경한 불안감을 자아내게 만드는 것이었다. 실내는 실로 주제를 알 수 없는 기물(奇物)들로 가득 차 있었다. 남방불교의 악불상(惡佛像), 적나라한 성교 장면을 묘사한 인도의 테라코타 편(片), 소금(銷金)이 거의 벗겨진 천수천안(千手千眼) 보살의 수십 개의 눈과 팔, 잡아먹을 듯 있는 대로 아가리를 벌리고 있는 북아메리카 인디언들의 토템폴……. 그중에 가장 눈길을 끄는 것은 천장 바로 아래 선반에 별도의 조명을 받으며 놓여 있는 세 개의 자그마한 소상(素像)이었다. 하나는 관음보살의 화강석 불두(佛頭)였고 또 하나는 이집트의 미녀 네페르티티 두상 그리고 마지막으로 피에타(Pieta) 상에서 떨어져 나온 마리아의 석고 흉상이었다. 그 세 개의 하얀 머리통들은 모두 아래를 굽어보도록 설치되어 그 방의 가운데 있는 감상자, 즉 나를 응시하고 있었다. 그 희디흰 머리통들이 눈동자 없는 눈으로 일제히 나를 쏘아보고 있는 것이었다. 선반 아래쪽에는, '아름다운 사람이 왔다'라는 글귀가 적혀 있었는데, 내게는 꼭 허여멀건 환영들이 천장에서 불쑥 머리를 내밀고는, '그래, 기어이 이곳으로 되돌아왔단 말이지?'라고 속삭여오는 듯한 느낌을 주었다. 몹시 음울한 예감을 강제하는 방이었다.

"난 좀 더 자야겠어요. 쉬세요, 그럼……."

여인은 내가 미처 말을 꺼내기도 전에 그렇게 나를 팽개쳐두듯 남겨놓고 아래층으로 내려갔다. 삐걱삐걱 나무계단을 울리는 소리가 들렸다.

그녀의 태도는 한마디로 짜증 섞인 권태였다. 산장까지 차를 타고 오는 동안에도 그녀는 내게 아무 말도 건네지 않았다. 그녀가 뱉은 말이라곤 폭우 때문에 운전하기가 힘들다는 불평뿐이었다. 그녀는 쉴 새 없이 돌아오는 벨트컨베이어 위의 부품을 조립하는 여공이 일감을 대하듯 그렇게 나를 대하고 있었다. 결국 그녀의 권태는 그만큼 내게 익숙하다는 표시였을 테고 그 사실이 나를 당황스럽게 만들었다. 산길로 오르는 덜컹거리는 차 안에서 나는 허수아비처럼 흔들리고 있었다. 선택은 내게 있는 것이 아니란 점만이 점점 분명해지고 있었다. 적어도 이 산장 안에서 나는 상황을 만들어갈 처지에 있지 않았다. 상황이 나를 선택할 뿐이었다. 나란 존재 자체가 어떤 거대한 상황을 위해 마련된 하나의 부품일 것 같은 예감만이 내게 주어진 단서의 전부였다.

테라스로 난 커다란 유리문 앞에는 흔들의자가 놓여 있었다. 나는 그 위에 앉아 무릎을 가슴팍에 붙이고 동그랗게 몸을 말았다. 까딱까딱 흔들리는 의자가 참 편하고 다정하게 느껴졌다. 어느새 유리창 밖 먼 곳에서부터 동살이 잡히고 있었다. 비안개가 뭉클한 산속의 아침이 조금씩 다가오고 있었다. 몸에 진동을 줘 의자를 흔들었다. 시계추처럼 다시 몸이 흔들리자 어느새 나는 미소 짓고 있었다. 아무튼 나는 동요하고 싶었던 것이다.

◐ 이곳 산장은 전혀 생소한 사물들이 사는 집이다. 괴이쩍은 골동품들에 파묻혀 있노라면 마치 내가 달의 이면(裏面)에라도 와 있는 것 같은 생경함을 느낀다. 지구에선 전혀 볼 수 없는 달의 그림자 부분 말이다. 어느 누가 온다 한들 이곳에 머무는 사

람이라면 저 혼란한 수집품 중의 하나로 환치될 것 같은 위협을 실감하지 않을 수 없을 것이다. 누구도 그런 예감을 좋아할 리 없다. 그 반작용일까. 자꾸 익숙하지 않다고 되뇌고 있는 내 자신을 돌아보게 된다.

아무튼 수상한 골동품들 속에 오래 섞여 있다 보니 그것들이 값나가는 골동품이란 생각보다는 일종의 오물, 그러니까 시간이란 거침없는 나그네가 뱉어놓고 가버린 무슨 오예(汚穢)처럼 역겨운 기분이 든다. 그리고 이곳에 더 오래 머물다 보면 나 역시 무슨 목내이(木乃伊)나 돼버릴 것처럼 내 몸에서도 퀴퀴한 곰팡이 냄새가 날 것 같다. 이 눅눅한 공간 속에서 나는 보이지 않는 시포(屍布)를 뒤집어쓰고 있는 것 같고 몇 날만 더 이렇게 버티다가는 내 옷자락을 쥐어짰을 때 주르르 시즙(屍汁)이 흘러내릴지도 모를 일이다.

그렇게 수첩을 펼쳐 몇 자를 적어 내려가기 시작해서 나는 내처 이곳에 오기까지의 일정을 상세히 기록해나갔다. 글로써 짧은 내 기억을 반추하는 작업은 어느새 내게 일종의 신앙처럼 자리를 잡았다. 그것은 심각한 작화증의 내가 기댈 수 있는 유일한 믿음이자 내가 몰각하고 있는 또 다른 나에게 보내는 유익한 전언이 되리라는 바람이기도 했다. 그런 만큼 기록에 있어서 나는 필사적이라 해도 좋았고 그런 노력이 인과율에서 탈선된 나에 대한 간증(干證)이 될 것이라 믿었다. 펜을 쥔 손끝에 마비가 올 정도로 오래 계속되던 작업은 여인이 딛고 올라오는 계단의 삐걱이는 소리 때문에 중단되었다.

그녀는 간단한 음식 쟁반을 탁자 위에 내려놓고는 맞은편 소파에 살짝 걸터앉았다. 방금 샤워를 마쳤는지 머리카락엔 아직 물기가 남아 있었는데 그런 모습이 한결 그녀를 생기롭게 보이게 했다. 여인은 말끄러미 내 무릎 위에 놓인 수첩을 바라보았다. 나는 무언가 들킨 것 같은 생각에 슬그머니 수첩을 접었다. 그리고 잠겨 있던 목을 틔우며 말을 꺼냈다.

"저기…… 아버님께서는……."

"됐어요. 그런 얘긴 듣고 싶지 않아요!"

싹둑 말을 잘라낸 여인은 발딱 자리를 차고 일어서는 테라스로 다가갔다. 여인은 내게 뒷모습을 보인 채 창밖을 내다보았다. 그녀는 뒤태가 아름다운 여인이었다. 아닌게아니라 유리창으로 들어오는 역광은 그녀의 얇은 홈드레스를 은근히 투과하고 있었고 그 속으로 얼비치는 그녀의 나신은 고혹적인 실루엣이었다.

"비가 그쳤어요."

그제야 나는 날이 개었다는 걸 알아차렸다. 시나브로 맑아진 날씨는 산장의 멋들어진 전망을 불쑥 내 앞에 들이밀고 있었다. 산은 찬란하게 단풍에 물들어가고 있었다. 새벽에 올라올 때는 전혀 눈치채지 못한 사실이었다. 아니 그러고 보면 지난 며칠을 두고 나는 전혀 계절감을 느끼지 못했던 것 같다. 왜 그런 가장 자연스런 징후에조차 무감각했을까. 새삼스런 단풍을 바라보며 간밤에 내린 비가 무슨 염료처럼 순식간에 세상을 물들여버린 것 같은 착각이 들었다. 아니 어쩌면 내가 저 흔들의자에 앉아 있는 동안 훌쩍 세상이 저 혼자 흘러가버렸는지도 모를 일이었다.

"세월이란 게 참 묘해요."

그렇게 말하며 여인은 내 쪽을 돌아보았다. 가지런한 치열을 드러낸 고운 미소가 그녀의 입매에 걸려 있었다.

"다시 당신과 이렇게 단둘이 있게 될 날이 돌아오다니!"

그녀는 내게 다가와 살짝 내 어깨를 짚었다. 그리고 내 무릎 위의 수첩을 집어 들더니 자연스레 그 자리에 걸터앉는 것이었다. 흔들의자가 삐긋 앞으로 쏠렸고 얼결에 나는 그녀를 껴안지 않을 수 없었다. 여인은 마치 그런 동작을 기대하고 있었다는 듯 부드럽게 내 목을 껴안아 자기 가슴에 묻었다. 그녀의 품에서 옅은 화장수 냄새를 맡았다. 젖가슴의 융기가 얼굴에 느껴지며 관자놀이가 톡톡 뛰놀면서 가볍게 숨이 막혀왔다. 나는 아주 더디고 어색하게 손을 들어 그녀의 가슴께로 가져갔다. 여인은 내 손길을 막지 않았다. 뭉클한 부피감이 손바닥 가득 퍼지는 것을 느끼며 나는 흘깃 여인을 바라보았다. 그녀는 육감적인 눈길로 나를 내려다보고 있었다. 고개를 숙이려 했을 때 그녀가 부드럽게 내 턱을 치켜들고는 흡사 과즙이 흘러넘치는 열매를 삼키듯 성급하게 내 입술을 탐했다. 격렬한 입맞춤이 끝났을 때 여인은 손가락으로 내 머릿결을 빗어 넘기며 말했다.

"왜 돌아왔어요? 아직도 이렇게 당신의 죄를 완성하기를 바라고 있으면서……."

그녀가 치켜든 것은 바로 내 수첩이었다. 불현듯 무언가에 내가 말려들어가고 있다는 생각이 들었다. 무춤 몸이 굳었다. 달아올랐던 몸이 식어가며 아직껏 손끝에 닿아 있는 여인의 젖꼭지가 석고처럼 딱딱하게 느껴졌다. 갑자기 여인이 몸을 일으키더니 격하게 수첩을 내팽개쳤다. 그리고 몹시 격앙된 말투로 소리치기 시작했다.

"차라리 솔직하게 말하지 그래요. 내가 당신의 마지막 제물이라고……"

내 호흡이 또다시 거칠어지기 시작했다. 여인은 눈가에 어린 물기를 닦으며 매무새를 가다듬었다. 그러면서 그녀는 집요하게 쏘아보는 내 눈길을 한사코 피하고 있었다. 그녀는 억지로 가라앉힌 목소리로 말했다.

"이렇게 돌아다녀도 되는 거예요? 며칠 전에도 경찰이 찾아왔었어요."

"며칠 전? 대관절 그게 정확히 며칠 전이란 말이오?"

"날짜가 대체 뭐가 중요해요!"

여인은 다시 발악하듯 그렇게 소리를 지르고 계단을 향해 뛰어갔다. 마룻널이 요란하게 삐걱거렸다. 층계참을 내려가다 말고 그녀는 심호흡으로 감정을 다스리고 있었다. 그리고 이윽고 몸을 돌리며 차분히 가라앉은 목소리로 이렇게 말했다.

"이제 다락에 올라가 숨거든 다시는 내려올 생각도 하지 말아요."

산장은 고요했다. 지독한 고요가 마치 무성영화 속에 갇혀 있는 듯 답답한 느낌을 주었다. 그리고 빠르게 돌아가는 무성영화처럼 휙휙 시간이 스쳐가는 중에 나만이 속도가 다르게 촬영된 슬로모션의 피사체처럼 더디게 남겨진 것 같은 외로움을 느꼈다. 온몸이 탈구(脫臼)되어버린 듯한 무력감 속에 산장에 밤이 깃들고 있었다.

다락으로 오르는 사다리계단은 테라스 밖에 매달려 있었다. 다락은 몹시 어두워서 사물의 어섯만이 겨우 분간이 갈 지경이었다. 사다리를 다 올라왔을 때 나는 무심코 왼손을 더듬거렸다. 문득 랜턴이 손에 잡힌 순간 나는 가볍게 몸서릴 쳤다.

'내 손은 홀로 기억하고 있다.'

어둠 속에서 익숙하게 랜턴의 위치를 기억해낸 건 내가 아니라 나의 왼손이었다. 랜턴 손잡이를 들고 있는 그 손이 남의 것처럼 생경했다.

다락은 허리를 숙이고 다녀야 할 만큼 높이가 낮고 또 잡동사니가 쌓여 있어 몹시 비좁았다. 박공창을 타고 어스름 잔광(殘光)이 흑보랏빛으로 스며들고 있었다. 창가의 그 푸르스름한 배경 속에 몇 권의 책과 작은 구경의 독일식 천체망원경 하나가 눈에 들어왔다. 자리를 잡고 앉자 망원경의 대안렌즈가 자연스레 눈높이에 닿았다. 모든 것이 내 동작의 범위에 맞춰 배치되어 있었다. 미들창의 손잡이를 밀어 창문을 열자 신선한 외기가 밀려들어왔다. 이상스런 것은 겨우 사다리 몇 칸을 올라왔을 뿐인데도 창밖의 하늘이 성큼 다가와 보인다는 점이었다. 마치 내가 경쾌한 부유물이 되어 허공에 떠 있는 기분이었다.

바닥에는 『우리 은하의 모습』, 『천구와 관측자』, 『거대한 무대―우주에 올라서기』 등등의 책들이 흩어져 있었다. 나는 무심하게 그중의 한 권을 집어들었다. 표지에 커다란 월면 사진이 붙어 있는 영어로 된 두툼한 『Star Map(성도)』이었다. 책장을 넘기기 위해 랜턴을 턱과 빗장뼈 사이에 끼웠다. 그건 자연스럽기 그지없는 자세였기에 나는 화석처럼 오래도록 그런 자세를 취하고 있어온 느낌이 들었다.

광택이 나는 아트지 위에 하늘의 지도가 선명하게 그려진 컬러 화집이었다. 빠닥빠닥 소리를 내가며 나는 몇 개의 별자리 그림을 대충 넘겨 보다가 'Solar System'이란 제하의 커다란 태양계의 모식도에 눈길을 멈췄다. 그곳엔 태양계의 여러 행성과 위성의 궤도가 그려져 있었다. 그 가운데 나는 어떤 기호 위에 검은 사인펜으로 동그라미 표시를 해놓은 것을 보았다.

moon's surface, far side

그건 바로 '달의 이면(裏面)'을 뜻하는 표식이었다. 나는 더듬더듬 주머니 속의 수첩을 찾아 꺼냈다. 그리고 낮에 적어 넣었던 어느 부분을 뒤적였다.

◐ 이곳 산장은 전혀 생소한 사물들이 사는 집이다. 괴이쩍은 골동품들에 파묻혀 있노라면 마치 내가 달의 이면(裏面)에라도 와 있는 것 같은 생경함을 느낀다. 지구에선 전혀 볼 수 없는 달의 그림자 부분 말이다……

'도착(倒錯)된 시간을 앞서 가던 또 하나의 내가 이곳에 머물렀었다는 것이 확실해졌군.'
나는 긴장된 손으로 별자리 지도를 넘겨갔다. 한순간 책갈피 사이에서 쪽지 한 장이 팔랑 떨어져 나왔다. 그 종잇장이 내 수첩에서 찢어낸 것이고 무엇보다 그 위에 쓰여진 필적이 부정할 수 없는 내 것이란 걸 알았을 때, 그리고 첫머리에 또렷하게 그려진 '◐' 표식을 보았을 때 나는 거의 비명이라도 지르고 싶은 기분이었다.

◐ 깊어가는 가을은 하늘과 땅이 온통 헛헛하다. 지금 나는 그 허위(虛位) 속으로 망원경을 들이대고 있다. 오래도록 꼼짝도 하지 않고 밤하늘의 모든 것이 서쪽으로 빨려 들어가는 것을 지켜보고 있었다. 모든 별빛은 서쪽으로! 서쪽으로!, 고함을 지르며 서녘 지평선으로 제 몸을 복사(輻射)하고 있다. 너무도 많은 것이 서쪽으로 쏠린 나머지 천구에는 별들의 잔영만이 혁명 뒤의 잔해처럼 남아 있을 뿐이다. 모든 반짝이는 것들이 스러져가고 나자 천공은 스치는 바람마저 눈에 보일 듯 무채색으로 깊어졌다.
그때가 언제였는지 기억나지 않는다. 검은 하늘에 붙박인 낱낱처럼 꿈쩍도 하지 않던 초승달과 그 부동의 빛의 파편을 악착스레 들여다보던 때. 그 앞뒤의 시간대는 전혀 생각나지 않고 그저 초승달과 나와의 상관관계만이 생생할 뿐이다. 그래, 그때는 그 달을 가리켜 '초승달'이 아니라 '초생달'이라고 불렀던 것 같다. 초생(初生)! 불현듯 이 낱말의 어감이 싱싱하게 살아나는 것 같다. 입 속에 침이 고일 만큼······.

나는 찢을 듯이 급하게 성도를 넘겨갔다. 〈무지개의 만(Sinus Iridum)〉이란 달의 한 부분을 찍어놓은 양면 화보 사이에서 나는 또 한 장의 기록을 찾아냈다.

☽ 하늘은 맑다. 별똥의 흔적이 그 투명한 배경 속으로 이따금 지워지곤 했다. 달도 어느덧 미렷하게 살이 올라 있다. 때맞춰 자정이고 상현(上弦)을 넘어선 달은 망원경을 들여다보기 알맞은 각도에 놓여 있다. 하지만 맨눈으로 보는 달이 더 관능적이란 생각이 든다. 달의 여신의 나체를 훔쳐본 죄과로 갈가리 찢겨 죽어야 했던 악타이온(Aktaion)의 운명을 떠올린다. 악타이온이란 친구가 자신의 운명을 저주하지는 않았을 거란 생각이 든다. 지극한 관능에 대한 대가인 것을······. 그리고 나는 허기를 느낀다.
"라후(Rahu)를 아는가?"
그는 오래 굶주린 짐승 같은 목소리로 내게 물었고 나는 모른다고 대답했다. 그러자 그는 라후라는 신화 속 괴물에 대해 내게 이야기해주었다.

"까마득한 옛날 달은 신의 술잔이었지."

거기서 쪽지는 뒷면으로 넘어갔다.

"신과 거인이 태어난 이 세계의 첫날, 바다는 아므리타(Amrita)라는 불로장생의 술로 채워져 있었지. 달은 그 신성한 음료를 마시는 잔이었다지. 그리고 라후라는 괴물이 있었다는군. 어찌된 영문인지 이 녀석은 세상의 첫날부터 한없는 굶주림에 시달리고 있었다는 거야. 굶주림에 견디다 못한 나머지 녀석은 감히 신들의 음료가 출렁이는 바다에 대가리를 처박고 벌컥벌컥 불사주를 들이키기 시작했지. 그래, 굶주림 외엔 어떤 이유도 없었어. 녀석은 누군가를 섬기진 않았지만 그렇다고 거부하지도 않았지. 복종하진 않았지만 반항도 하지 않았어. 그런 개념 따위의 것들은 아직 모두 신의 손에 쥐어 있었을 뿐, 이 세상에 뿌려지기 전이었거든. 그날은 세상의 첫날이었으니까. 신과 거인들을 제외한다면 세상에 죄목이라곤 무지라는 것뿐이었겠지. 여하튼 녀석은 앞뒤도 가리지 않고 정신없이 생명수를 들이키고 말았어. 그러나 지고한 창조주는 신의 소유물을 탐한 녀석을 단 일격의 번개로 쳐 죽여버렸지. 그렇지만 녀석은 온전히 죽을 수조차 없었어. 왜냐하면 이미 목덜미까지는 불사주에 젖어 있었거든. 녀석의 죽은 몸통은 썩어 문드러졌지만 대가리만은 불멸이었지. 그 뒤로 녀석은 영원히 굶주림을 해결하지 못했어. 왜냐하면 먹을 것을 받아들일 몸뚱이가 없어졌으니까. 그날 이후로 녀석은 필사적으로 불사주가 담긴 신의 술잔인 저 달을 쫓아다니는 악령이 됐어. 악착같이 달을 추격해 그걸 먹어치우는 거지. 이제 더 이상 신의 체벌 따윈 두렵지 않았어. 그는 죽을 수 없는 머리통이었으니까. 그러나 아무리 달을 집어삼켜도 녀석의 허기는 사라지지 않았어. 그리고 먹어치웠다 싶은 달이 어느새 그의 목구멍을 지나 되살아나고 되살아나고 하는 것이었어. 라후에게는 소화시킬 위장이 없었으니까. 그래서 저 달은 조금씩 이울다가는 마침내 완전히 사라졌다고 여겨질 때쯤이면 다시금 스멀스멀 밤하늘을 비집고 나타나는 순환을 거듭하게 된 것이야. 세상의 첫날부터 오늘에 이르기까지 라후는 쉼 없이 달을 집어삼켰다 고스란히 내뱉는 허무한 저작 운동을 반복하는 괴물로 밤하늘을 떠돌고 있지."

그가 이야기를 하는 동안 나는……

그 부분에서 쪽지는 빽빽이 글자로 차버렸고 뒤이은 부분은 〈위난의 바다(Mare Crisium)〉라는 척박한 월면 사진 사이에 끼워져 있었다.

……점점 허기가 더해가고 있었다. 그리고 마침내 그가 이야기를 끝냈을 때 나는 당장 그를 쳐 죽이고 악령 같은 기억의 창고, 즉 그의 죽지 않는 대가리부터 아작아작 먹어치우고 싶은 끝 간 데 모를 살의에 몸을 떨었다. 그 순간의 육식성 살의가 얼마나 나를 성성하게 느끼게 하였던가! 돌이켜보건대 그 순간 그를 찢어 죽이지 못한 것이 너무도 후회스럽기 짝이 없다. 만일 그랬더

라면 우리가 그와 나의 두 개의 기억으로 쪼개지는 이 미증유의 고통은 거기서 끝을 맺고 말았을 것이다.

그와 나, 아니 분열된 우리는 그때 서로에 대한 그믐의 위치에 서 있었다. 똑같이 서로의 기억의 응달이 되는 지점에 서서, 보이진 않지만 틀림없이 존재하는 컴컴한 상대를 노려보고 있었다. 뒤틀린 시공 속에 불투명한 클라인 씨의 병 안팎에서 우리는 서로가 가로막힌 저편에 갇혀 있다고 생각하고 있었다. 어처구니없게도 우리는 서로를 두려워했던 것이다.

그래! 이제는 알 것 같다. 나를 향해 무언가를 끊임없이 갈구하던 그의 눈빛을……. 갈망과 암담 사이를 오가던 그 측량할 수 없는 진폭을……. 그 육식동물의 허기진 절규를…….

마지막 쪽지 여러 장은 〈달의 이면〉에서 한꺼번에 쏟아졌다. 제목마따나 달의 뒷면을 찍어놓은 화보는 무슨 음모의 진앙지를 찍어놓은 듯 음산했다. 무언가 불온한 사건이 휩쓸고 간 뒤의 폐허 같은 월면의 요요로운 적막이 책장마다 스며 나오는 느낌이 들었다.

◐ 나는 이 마지막 장을 이곳 〈달의 영원한 응달〉에 꽂아놓는다. 왜냐하면 그곳이 그가 사라진 곳이기 때문이다.

보름달이 중천에 박혀 있다. 달은 가장 밝게 빛나고 있지만 이제 나는 그 뒷면의 영원한 어둠을 감지할 수 있다. 그는 저 불모의 땅 어디로 숨어버렸을까. 나는 그렇게 탄식하고 있었다. 우리는 서로에 대한 식월수(食月獸) 라후였어야 했다. 서로가 서로를 잡아먹지 않는 한 우리는 영원한 배고픔에서 헤어날 길이 없는 것이다. 서로를 살해하는 것이 축복을 베푸는 길이란 걸 우리는 몰랐던 것이다. 그것만이 뒤얽힌 시공의 질곡에서 벗어나는 길이었음을, 달의 이면으로 사라진 그 역시 지금의 나처럼 안타까워하고 있지 않을까.

헤어지기 직전까지 나는 왜 나 자신을 몰라본 것일까? 그가 사라진 뒤에야 나는 황폐한 추억을 배경으로 멍울처럼 잡히는 또 다른 나의 왜곡된 잔상에 대고 으허헝 울부짖어야 했다.

◐ 그믐밤이다. 달은 없고 창밖의 하늘이 아득하게 멀다. 물병자리의 별들이 가을걷이 끝난 들판 같은 시월의 하늘을 멀리 돌아가고 있다. 그간 친숙해진 저 성좌가 오늘은 어딘지 나를 꼬여내는 음험한 유아등(誘蛾燈)처럼 불길해 보인다.

저 별빛을 보며 내가 할 일을 생각해본다. 나는 미래를 기억해야 한다. 아니 과거를 구성해야 하는 것인지도 모른다. 내게 시간이란 결국 미로에 지나지 않았고 나의 진로는 방황에 다르지 않았다. 전진과 후퇴가 구별될 수 없는 그 출구 없는 공간 속에서 나는 나를 소진시키려 노력해왔던 것이다. 나는 하나의 고체가 아니라 희부염한 흔적이 되어 서서히 흩어지길 바랐다.

처음부터 미로의 시간 속에 나는 확정된 기록이 아니었다. 오로지 나의 정체에 대한 추구, 기억에 대한 회상만이 있을 뿐이었고 그것들은 번번이 오독(誤讀)되어질 따름이었다. 그것이 길고 지루하고 종잡을 수 없었던 여행 끝에 내가 얻은 결론이다.

앞뒤와 안팎조차 없는 공간에서 명확하고 절대적인 것은 결코 존재할 수 없었다. 절대적 기록도 불가능할 것이고 따라서 언제나 오독만이 존재할 뿐이다. 모든 것은 상대적이다. 내딛는 걸음이 후퇴가 될 수도 있고, 물러서는 동작이 전진이 되어버려도 좋은 것이다. 정적(靜的)인 것은 없다. 영구한 것도 없고 다만 생겨나고 자라고 쇠잔하고 사위어가는 모든 존재들의 흔적과 그와 더불어 쓸려가는 과정의 급류만이 내 운명의 본색일 것이다. 그런 짐작이 나를 지치게 한다.

'오독하라! 너의 자유를 실현하라!'

시간은 그렇게 나를 닦달하고 있다. 그리고 나는 때마다의 행로를 따라 비틀리고 진동한다. 그리고 결국 나는 곡재아(曲在我)로서의 '또 다른 나'를 만나게 될 것이다. 그러나 진정 나를 두렵게 만드는 것은 이 미로의 시간이 나로 하여금 결코 소멸을 허락하지 않는다는 것이다.

소리쳐 기도해본다. 식월수 라후여, 오너라! 나를 먹어치울 굶주린 괴수여! 모든 방황을 겪고 핍진한 몸으로 너의 환영에게로 오너라! 피살자인 나와 살해자인 나의 둘로 나뉜 우리는 상살(相殺)의 순간에 서로의 기억의 그믐을 상쇄하고 하나로 합쳐져야 한다.

이 글을 보고 있을 그대여! 기억 속을 방황하는 '또 다른 나'의 추적자여! 타살함으로써 자살을 이룰 수 있는 가련한 존재여! 두려워하지는 말아라. 어떠한 우연도 두려워할 필요가 없다. 우연은 왜곡을 일으키는 힘이 될 것이니, 그대가 내게 오는 길을 이

채롭게 할 것이다. 가능한 한 아름답게 내게로 오라. 어디에고 나의 흔적이 남아 있을 것이다. 그것을 연연해하지도 말고 외면하지도 말아라. 우리의 기억에 영원한 응달이 있다 하여도 그것을 너의 자유를 위한 여백으로 여겨라. 한없이 의심하라! 도상에서 누구를 만나건 '그'가 혹시 '나'는 아닌가 스스로를 심문해보아야 한다.

　이제 나는 이 도피성(逃避城)에서 온전히 하나의 항성월(恒星月)을 보냈다. 고작 달이 지구를 한 바퀴 돈 시간에 불과하지만 내겐 계절의 중세기를 견딘 듯 지루하게 느껴진 일주운동이었다. 다시금 나는 그대를 맞으러 나갈 것이다. 피곤한 추적자여, 종잡을 수 없는 곳에서 내가 그대를 기다리노니…….

기록은 계속 이어졌지만 미처 끝까지 읽지 못했다. 쨍그랑―. 아래층에서 불현듯 들려온 유리창 깨지는 소리 때문이었다. 무언가 불온하기 짝이 없는 전조를 뜻하는 소리였다. 순식간에 소름이 돋았고 나는 기록에서 눈을 떼고 박공창 밖 컴컴한 어둠을 쏘아보았다. 나뭇잎 스치는 소리 하나 들리지 않는 괴괴한 적막이 그곳에 가득했다. 나는 모종의 붕괴 직전의 아슬아슬한 예감에 몸을 웅크리고 있었다. 마침내 새되게 갈라지는 여인의 비명 소리가 흑보랏빛 하늘로 울려 퍼졌을 땐 차라리 편안함마저 느꼈다.
"꺄아악―!"
자리를 박차고 아래층을 향해 뛰었다. 아래층으로 통하는 계단을 구르듯 내려섰을 때였다. 거실 소파에는 그녀가 목을 뒤로 꺾고 나자빠져 있었다. 그녀를 일으켜 안았을 때 내 손을 타고 그녀의 목에서부터 끈끈한 피가 흘러내렸다. 겁결에 나는 퍼뜩 손을 떼었다. 그녀의 시체가 스르르 모로 기울었다. 동시에 깨진 창밖으로 스치는 그림자가 보였다.

"거기 서!"

나는 고함을 치며 밖으로 뛰쳐나갔다. 힐끗 나를 바라보는 듯싶던 그림자가 빠른 속도로 산길을 쳐 올라가기 시작했다. 나는 뒤쫓아 뛰었다. 상대는 한 마리 산짐승처럼 날쌘 동작으로 산길을 타고 달아났고 나 역시 사력을 다해 질주했다. 산길의 가파른 경사를 따라 나의 호흡도 그렇게 가빠져갔다. 차오르는 호흡에 비례하여 도망자에 대한 나의 분노 또한 맹렬히 끓어오르고 있었다. 그가 절환해놓은 내 운명의 스위치가 어떻게 작용할지 모르는 불안감에 나는 실로 필사적이었다. 우리의 거리가 점점 가까워지고 있었다. 심장박동이 북소리처럼 요란하게 귀청을 때렸다. 상대가 제법 폭이 넓은 계곡을 한달음에 풀쩍 건너뛰었을 때 나도 질세라 그를 따라 몸을 던졌다. 아슬아슬 반대편 바위에 닿자마자 도망자는 기다렸다는 듯 나를 향해 발길을 내질렀고 일격을 당한 나는 그만 계곡에 첨벙 빠지고 말았다.

"넌 누구야?"

벌떡 몸을 일으킨 나는 바위 하나만큼 높이 떨어져 내려다보고 있는 그를 향해 외쳤다.

"글쎄, 그렇게 물을 만큼 우리가 낯선 사이일까?"

그의 반문이 번뜩 머릿속을 꿰뚫고 지나갔다. 흡사 머리통에 배수구가 뚫린 듯 단박에 머릿속의 것들이 몽땅 쏟아져나가는 허전함을 느꼈다. 숨을 고르던 상대는 이제 바위턱에 걸터앉아 태연히 담배까지 꺼내 무는 것이었다. 치익―. 성냥불이 잠깐 핥고 간 그의 얼굴을 보았을 때 나는 진저리를 치며 고개를 돌렸다. 오금에 맥이 풀려 계곡가에 힘없이 주저앉았다.

"그렇게 위선적인 표정을 지을 필요는 없어. 나 역시 별로 유쾌하진 못하다구."

상대는 담배를 뻐끔거리며 말했다.

"깨진 거울을 들여다보는 기분이 들거든."

"왜지? 왜 살인까지 저질러야 하는 거지?"

내 질문에 그는 잠시 대답을 미룬 채 깊이 담배를 빨았다. 그리고 한숨을 쉬듯 길고 느리게 연기를 뱉었다.

"묻지 마…… 아무것도…… 나한테……. 원인과 결과를 따질 수 없다는 건 이제 너도 알 때가 됐잖아. 네가 묻고 싶은 걸 나도 똑같이 물어봐야 한다는 걸 잊지 마."

"그따위 궤변을 듣자는 게 아냐."

내 목소리는 적의에 찬 짐승처럼 으르렁대고 있었지만 상대의 대꾸는 변온동물처럼 매끄럽고 싸늘했다.

"궤변? 흥, 좋은 말이지. 그거야말로 우리의 존재방식이 아닌가 말야. 도대체 그것 말고 우리가 서로를 인정할 수 있는 방법이 또 있을까? 우리는 궤변의 외나무다리 위에서 서로를 밀쳐내려고 안달하고 있지만 그 순간의 고소공포증 말고 과연 무엇이 진정한 우리의 자의식이 될 수 있겠어? 흐흐…….”

상대는 고개를 돌려 외면하는 나를 느물거리며 비웃었다.

"이봐. 너무 그렇게 혼란스러워 말라구. 그렇게 허우적거릴수록 더 깊이 빠져들 뿐이니까. 그게 이야기란 그물의 속성인 법이지. 자 이제 좀 긴장을 풀어보라구.”

그렇게 말하면서 그는 계곡을 가로질러 내게로 다가왔다. 그리고 내 곁에 앉아 다시 담배에 불을 붙여 몇 모금인가를 맛있게 빨더니 이윽고 나머지를 내게 건넸다.

“생각을 조금만 바꿔봐. 사실 우린 그저 조금, 아주 조금 특이한 경우일 뿐이라구. 누구나, 세상 사람 모두 기억이란 걸 갖고 있지. 그런데 그 기억이란 놈은 어떻게든 변하게 되어 있는 거라구. 차츰 희미해지고 조각조각 부서지다가 끝내 망각되는 것들도 있게 마련이잖아. 그렇게 잊혀지면 그건 더 이상 주인이 없는 기억이 되고 마는 거야. 알겠어? 누군가의 고유한 기억이 아니라 소유자로부터 벗어나 자유로워진 기억이라구. 너나 나나 그렇게 자유롭게 된 기억의 부산물인 거야. 우리는 망각의 돌연변이라구.”

상대의 이야기를 듣는 동안 꽁초는 거의 필터 끝까지 타들어갔다. 꽁초를 낀 손가락이 내내 심하게 경련하고 있었다.

“그렇지만 살인까지 해야 할 이유는 없잖아. 도무지 난…….”

“그래도 모르겠나? 난 네가 했어야 할 일을 대신 했을 뿐이라구. 그대로 놔두었으면 언젠가는 네 손으로 저지를 수밖에 없는 일이었다구. 그게 우리의 기억이었고 이야기였던 거야.”

"살인자……. 왜 내가……?"

나는 그렇게 반문하며 달려들 듯 일어섰지만 상대는 내 팔을 잡아 앉히며 이렇게 말했다.

"나도 한때는 그게 궁금했지. 까닭 모를 죄의식에 두려워 몸을 떨면서 말이야……. 하지만 제발 그렇게 캐묻지 마! 이야기의 앞뒤를 따지는 순간 바로 시간의 법칙에 말려드는 거란 말이야. 응, 알겠어? 망각의 어둠을 벗어나는 순간 우리는 순식간에 시간과 논리의 지배를 받게 되는 거라구. 파편이 된 기억들이 일렬종대로 줄을 서게 되고…… 그러면 끝이야. 끝이라구. 우리가 완벽히 일관된 사건으로 완성되는 순간 우리는 한낱 이야기의 일부로 전락하고 마는 거라구. 그리고 누군가 분명히 그런 일을 꾸미고 있어. 분열된 조각들을 끌어모아 하나의 거대한 모자이크를 만들려 한다구. 창조의 환희를 독차지하려 꿈꾸는 자가 있다는 말씀이지."

"그게 뭐가 잘못된 거란 말이야? 내 기억을 가지런히 복원하지 못할 이유가 뭐란 말이야?"

"이봐, 일관된 기억을 회복하려 우리를 호출하는 자 역시 결국 우리와 같은 기억과 망각 사이의 나그네에 불과해. 안타깝게도 그가 복원하려는 기억 역시 완벽한 것이 아니라구. 그놈은 빛을 이용해 세상을 창조한 여호와처럼 '말씀'을 구사하려 하지만 불행히도 그가 할 수 있는 것은 고작 '기록'에 불과하거든. 해는 스스로 빛을 내지만 달은 그 빛을 되쏘아야 자기 존재를 드러낼 수밖에 없는 것 아니겠나. 창조적 사건과 기억의 재생은 그렇게 결정적인 차이가 있는 거야. 이야기를 실재로 만드는 건 신만이 해야 할 일인 거라구. 오래전 망각된 기억을 현재의 사건으로 복원하기란 조각그림 맞추기처럼 질서정연할 순 없는 거야. 그리고 난 절대로 낱장의 조각그림 따위로 전락하고 싶은 마음은 없어. 그래서 난 사건을 뒤섞고 다니는 중이지. 가능한 한 시간을 헝클어뜨려야 한다는 걸 깨달은 거지."

난 모호한 상대의 이야기에 절레절레 고개를 저었다. 한순간 그가 부드럽게 내 손을 쥐었다. 그 손길이 얼마나 그윽한지 나는 그가 쥔 내 손목이 녹아 없어지는 것 같은 따스함을 느꼈다.

"하지만 방심할 순 없어. 마음을 놓기에 그놈은 너무도 교묘하거든. 적어도 그놈은 달빛의 은유(隱喩)을 알고 있는 놈이라구. 무서운 암수(暗數)지. 그것은 햇빛처럼 완벽하게 세상을 비추는 광채는 아닐지라도 적어도 그가 꿈꾸는 기억을 추상할 수 있는 한 편의 암사지도(暗射地圖)는 능히 만들어낼 수 있는 거야."

"어림없는 소리!"

나는 벌컥 화를 냈다.

"난 어떻게든 우연 속을 떠돌기 위해 노력해왔어. 조각그림을 짜 맞춘 지도 위의 좌표를 따라다닌 건 아니었다구."

"그래, 처음엔 나도 그러리라 생각했었지······."

상대는 그 대목에서 가볍이 한숨을 쉬었다.

"하지만 결국 우리는 불투명한 은유의 이정표를 따라 돌아다닌 건 아니었을까? 이렇게 너와 내가 둘로 분열되어 만나고 있다는 게 그놈이 꾸며놓은 뫼비우스의 띠를 한없이 맴돌고 있다는 증거는 아닐까 말이지. 우리는 서로의 등을 보며 걷고 있는지도 모른다구. 게다가 그 '우리'라는 존재는 너와 나 단 둘뿐은 아닐 수도 있다구. 그놈은 갈수록 '나'를 무한히 많이 분열시켜 놓을 테지."

등골을 타고 주르르 고드름이 맺히는 느낌이 들었다. 그가 자리에서 일어났다. 그리고 주머니에 구겨 넣었던 모자를 꺼내 깊이 눌러썼다. 예전에 잃어버렸던 바로 그 낡은 등산모였다.

"어디로 갈 셈인가?"

"글쎄. 달의 이면처럼 영원히 빛이 닿지 않는 곳으로? 후후……."

그는 혼자 선웃음을 흘렸다.

"이봐, 아무튼 어둠 속으로 흩어지는 길만이 우리가 일관된 논리 속에 갇히지 않는 길이야. 밝다고 뛰어들면 그건 바로 이야기의 감옥이란 걸 명심해야 해. 너만의 어둠 속으로 숨어들 땐 부디 모든 인과의 끈을 끊어야 해. 주저하지 말고 지나온 시간의 잔교(棧橋)에 불을 질러 너의 종적을 철저히 인멸시키라고. 모든 증거로부터 무관해지는 것, 그것이 이야기의 추적에서 벗어나는 길이야."

마지막으로 그는 주머니에서 무언가를 꺼내 내게 건네주었다.

"이것이 우리를 소환하려는 그자가 꿈꾸는 이야기야."

예상대로 그것은 다른 무엇도 아닌 나의 수첩이었다. 모조가죽 표지가 몰라보게 닳아 낡을 대로 낡아져 있었지만 그건 분명 나의 수첩이 틀림없었다.

"자신 없으면 읽지 말고 태워버려도 그만이야. 엉성해 보이는 만큼 도처에 함정이 도사리고 있는 기록이니까. 아무튼 그놈은 정말 교활한 놈이야. 자기 자신의 기억마저 스스로 잊어버릴 정도로 말이지. 그리고 명심해. 그놈은 나일 수도 있고 또 너일 수도 있다는 걸……."

그렇게 말하고는 그는 다시 계곡을 거슬러 멀어지기 시작했다. 힘없는 그의 발길에 나는 한번쯤 나를 돌아보겠거니 생각했지만 그는 결코 뒤돌아보지 않고 어둠 속으로 똑바로 걸어들어갔다. 그가 완전히 산그림자 속으로 사라졌을 때 나는 조심스럽게 수첩을 펼쳐들었다.

이 글은 처음부터 끝까지 온전히 그의 기록이다. 이 글의 내용은 모두 그가 남긴 한 권의 수첩에 적힌 것이었으며 나는 단지 그것을 기억나는 대로 옮겼을 뿐이다. 결국 내가 개입하는 것은 이 짧은 몇 마디 문장뿐이다. 따라서 나는 전적으로 이 기록에 무책임할 수 있으며 그러한 한에서 나는 자유롭고 싶다…….

산장으로 돌아오는 길에 나는 너무도 지쳐 있었다. 어느새 아침이 밝아오고 있었는데 물에 흠씬 젖은 몸에선 견딜 수 없는 오한이 일었다. 나는 몇 번씩이나 길섶에 주저앉아 쉬지 않을 수 없었다. 열이 솟고 기침이 쏟아졌다. 한번 기침이 나기 시작하자 꼭 늙은이 해수처럼 허파를 다 토해낼 듯 멈출 수가 없었다. 나는 연거푸 격심한 호흡에 허리를 꺾었다. 한 걸음마다 한

살씩 나이를 먹는 듯 나는 극심한 피로를 느꼈다.

막 산장 마당에 들어서려는데 낯선 차 한 대가 눈에 들어왔다. 그리고 차 위에 붙어 있는 작은 경광등을 보았을 때 나는 황급히 몸을 돌리지 않을 수 없었다. 그러나 때는 이미 늦고 말았다. 등 뒤에서 철컥 하고 권총의 노리쇠 젖히는 소리가 들렸다.

"거, 거기 서, 최갑수!"

그러나 내가 달아나지 못한 것은 정지명령 때문은 아니었다. 나는 나를 불러 세운 경관을 향해 천천히 몸을 틀었다. 경관은 고작 너덧 걸음 떨어진 자리에서 내게 총을 들이대고 있었기에 겨누고 있는 총구가 심하게 떨리는 것까지 분명히 보였다.

"꼬, 꼼짝 마. 움직이면 쏘, 쏜다!"

그러나 나는 마치 빨려들듯이 경관을 향해 다가갔다.

"지금 나를 뭐라고 불렀소?"

"움직이지 마, 움직이지 말라구!"

그래도 나는 개의치 않고 바짝 그에게 다가가 총신을 움켜잡고 버럭 소리를 질렀다.

"지금 나를 뭐라고 불렀냐니까? 내가 누구냐고?"

바로 코앞에 다가온 그 젊은 경관의 크고 둥근 눈은 걷잡을 수 없는 두려움에 출렁이고 있었다. 서툰 초보 경관은 흡사 주문이라도 외우듯 '움직이지 마!'를 반복할 뿐이었다. 나는 경관의 멱살을 잡아끌어 닿을 듯 얼굴을 붙이고 악을 썼다.

"이봐, 내 이름이 뭐야? 날 뭐라고 불렀냐고 묻질 않나?"

뭉툭한 격발음이 들린 것은 극히 찰나의 순간이었다. 타아

앙―. 정말이지 그 순간은 너무도 짧았기에 나는 얼른 도망치는 시간의 뒷덜미를 잡아채 되돌이켜야겠다고 생각했다. 산곡으로 퍼져나가는 총소리를 틀어막으려고 나는 있는 힘을 다해 경관의 몸을 껴안았다. 퍼드득, 도처에 숨어 있던 산새들이 일제히 솟구쳐 오르는 날갯짓 속에 커다란 눈을 부릅뜬 채 경관이 내 가슴팍을 타고 스르르 주저앉았다. 그의 제복에서 뿜어 나오는 피가 내 앞섶을 찐득히 적시고 있었다.

*

 복도는 길었다. 나는 그 길고 음산한 동선을 샅샅이 기억할 수 있었다. 촉광 낮은 백열등과 습기로 추진 회벽, 일정한 간격으로 도열해 있는 육중한 철문을 따라 사각의 통로가 끝도 없이 이어진 길. 나는 그곳으로 되돌아왔다.

 나는 걷고 있었지만 혹은 그렇지 않을 수도 있었다. 예를 들어 나는 '떠돌고 있었다',라고 표현할 수도 있었고 혹은 그 밖에 여하한 술어를 적용하여 나의 상태를 나타낸다고 해도 무방했다. 하긴 나 자신이 누구건 또 무엇이건 이제는 상관없는 지점으로 돌아온 셈이었다. 최갑수란 이름은 더 이상 고유명사가 아니라 행인1, 행인2…… 하듯 불특정한 대상을 가리키는 지시어라고 마음속으로 되뇌고 있었다. 그건 원한다면 누구나 떠맡을 수 있는 역할이었고 또 누구에게 떠넘겨도 상관없는 이름이기도 했다. 그걸 깨달았기 때문이었을까. 입감되며 푸른 수의(囚

衣)를 갈아입으며 본 거울에 비친 내 모습이 희끗희끗 백발이 비치는 노인이 돼버린 걸 알았을 때도 나는 그다지 놀라지 않았다. 그것은 내가 급격히 늙어버린 것이 아니라, 시간이, 그러니까 불연속적으로 뒤틀린 시간이 늙어버린 나를 불러낸 거였다. 그건 마치 연극의 한 막이 끝나고 다음 막이 올랐을 때 전혀 다른 배경이 무대 뒤에 펼쳐져 있는 것처럼 지극히 자연스런 단절이기도 했다. 나는 수갑을 차고 포승에 묶여, 앞뒤로 호송을 받으며 걷고 있었지만 별다른 구속감을 느끼지 않았다.

내가 독감사(獨監舍)로 들어가는 중간문 앞에 다다랐을 때 통로 저쪽에서 일단의 사람들이 걸어오는 것이 보였다. 물론 나는 그 행렬의 맨 뒤에 서서 어리둥절 걷고 있는 사내가 곧 출감하는 나라는 사실을 분명히 알고 있었다. 나는 가급적 그가 나를 알아보지 못하게 하기 위해 깊이 고개를 숙이고 걸었다. 사내는 나를 보았을 테지만 나는 어떻게든 그를 외면하려 애썼다. 우리는 정확히 중간문에서 서로를 지나쳤다. 그때 우리는 스치듯 어깨를 부딪혔다. 다시 몇 걸음인가를 지나왔을 때 철창문이 무겁게 닫히는 소리가 들렸다. 육중한 금속성이 복도에 메아리치는 순간 나는 비로소 언젠가, 그러니까 내가 탈옥(혹은 출소)하던 날의 상황과 지금이 아주 미세한 차이가 있다는 걸 깨달았다.

나는 우뚝 걸음을 멈추고 갸웃 고개를 틀었다. 그리고 그 사내를 돌아보려 고개를 돌리려 했다. 바로 그 찰나 내 뒤를 따르던 교도관이 내 머리카락을 불끈 움켜쥐고 내 귀에 똑똑 부러지는 말투로 이렇게 명령하는 것이었다.

"뒤돌아보지 마. 절대로!"

순간 벽이 휘청 너울지는 것 같은 심한 어지럼증을 느꼈다. 그날 밤 내게 경고하던 최갑수 노인의 말소리가 되살아나는 환청이 웅웅 귓속에 퍼졌다.

'이보라구. 내가 경고하지 않았던가. 불타는 소돔을 빠져나가던 롯의 아내도, 지옥을 탈출하던 오르페우스도 모두 마지막 순간에 뒤를 돌아보는 바람에 파멸에 이르고 말았던 거야. 그러니까 자네는 절대로 뒤를 돌아보지 말아야 해. 그건 내가 내건 유일한 조건이었어…….'

악―! 나는 필사적으로 비명을 지르며 뒤를 돌아보려 했다. 그럴수록 두 명의 교도관은 난폭한 힘으로 나를 제압하며 절대로 내가 고개를 돌리는 것을 허락하지 않았다. 그래도 나는 끝까지 뒤를 돌아보려고 몸부림치지 않을 수 없었다. 계속해서 귓속에 울리는 벽의 환청을 도저히 견딜 수 없던 때문이었다.

'굳이 뒤돌아볼 필요가 뭐냐 말야. 앞만 보고 걸으라구. 언젠가는 앞서 가는 너의 뒷모습이 보일 텐데…….'

있는 힘껏 소리를 지르며 몸부림을 쳤다. 부디 잠깐이라도 좋으니까, 요동치는 나를 따라 내가 걸어왔던 어두운 통로가 멋대로 휘어지는 모양이 보고 싶어 견딜 수 없었다.

(『문학사상』 2002년 12월호)

그가 잠들 때까지의 서사시

진짜 도박사라면, 그런 신기루에 판돈을 걸지는 않는다. 아무리 눈물 나게 아름다운 환상이라도 확률 '0'의 게임에 달려드는 짓은 해서는 안 되는 법이다. 그런 깨우침 덕분에 그는 벌레처럼 살아 있는 거였다.

계단

　유리문이 닫히며 바람 소리가 뒷덜미를 할퀴었다. 목덜미에 발톱이 파고드는 느낌에 그는 흠칫 뒤를 돌아보았다. 문틈 새로 빨려 들어가는 바람 소리 외에는 아무것도 없었다. 정적은 그렇게 벼락같이 덮쳐왔다. 아파트 현관문 낡은 경첩에서 뼈마디 긁히는 소리가 났다.
　그렇지만 잠시 후 온몸이 미세한 온기 속으로 가라앉는 안도감과 함께 부르르 몸서리까지 났다. 비로소 긴 항해에서 돌아온 듯한 피로가 안온하게 느껴지기까지 하였다. 문틈 새로 멀어지는 바람 소리가 그를 내려놓고 떠나는 범선의 궤적을 떠올리게 했다.
　무심코 지나치려다 말고 그는 계단 한편의 편지통을 바라보았다. 오래된 편지들이 쑤셔 넣어져 있는 편지통에서 소리가 들려오고 있었다. 작지만 또렷한 소리. 그는 약간 고개를 기울인 자세로 한동안 편지통을 응시했다. 무언가 편지통 속에서 끊임없이 소용돌이를 일으키고 있는 것 같았다. 인쇄기의 닳아빠진 톱니에서 긁혀 나온, 너무도 단조로워 외로이 들리는 쇳소리 같기도 했고 아니면 오래전 종이가 나무였던 시절, 그 거대한 나무가 쓰러지며 숲속의 온갖 날짐승들이 일제히 날아오르는 집단적 비명처럼도 들렸다. 아무튼 그것은 다른 세상의 고독이 뚜껑을 두드리는 소리였다.

그는 손을 뻗어 편지 더미를 꺼냈다. 한 다발의 편지 중 몇 갠가 바닥으로 떨어졌다. 떨어지는 편지가 그리는 나선의 궤적에서 그는 고생대 앵무조개 화석이 생각났다. 절박한 모습이었다. 내버려진 편지 속에는 우주의 저편에서 폭발한 행성의 SOS가 들어 있었다.

"난 어쩔 수가 없었어······."

그는 빈손을 바라보며 나직하게 뇌까렸다. 그는 자신의 손가락이 그렇게 거칠고 야위고 또 길다는 사실을 처음 깨달았다. 일상이란 영원한 암흑을 공전하는 일이었다. 그는 순례가 끝없이 이어지리란 생각에 작은 흥분과 피로를 동시에 느꼈다. 자신의 손가락이 그것을 예시하고 있었다.

맨 위의 우편물에는 '소환장'이라는 붉은 스탬프가 찍혀 있었다. 한 번도 읽어본 적이 없는 편지. 그럼에도 오고 또 오길 지루하게 반복했다. 소환장은 죽어서 배달되었다. 아니면 그의 죽음 이후에야 이 편지는 유효한 소식일는지도 모를 일이었다.

이제 계단에 올라설 차례다. 층계 몇 개를 올라서지도 못해 곧 숨이 찼다. 몸이 나빠진 게 아니라 코밑까지 다가온 죽음이 씩씩거리는 소리라고 그는 생각했다. 언제였는지 그렇게 소리 없이 곁에 다가온 뒤로 죽음은 그와 나란히 걸었다, 줄곧…… 너무도 오래되어 무심해진 연인의 손길처럼 죽음이 목덜미에 감겨오는 느낌은 무덤덤했다. 누군가 저 앞에서 그를 기다리고 있기만 하다면, 그것이 누구일지라도 그는 덥석 안아줄 것이다. 이 계단에서라면 누구를 붙들고라도 왈츠를 출 수 있었다. 그것은 진심이었다.

"다만 뒤를 돌아보지만 말지어다. 뒤를 돌아보지만 말지어다."

그렇게 중얼거리며 이제 그는 더욱 조심스레 계단을 올라갔다. 계단은 몹시 지저분했다. 아주 오래도록 청소를 하지 않은 탓이었다. 습기가 스미고 페인트가 떨어진 벽면에는 낙서가 그려져 있었다. 오래되어 무슨 뜻인지조차 알 수 없게 된 낙서는 한때는 이곳도 아이들이 살았다는 흔적이었다. 추진 벽면을 손으로 짚으면 쑥 들어갈 것처럼 벽은 물러가고 있었다. 그 뼈과 같은 무른 벽 속에서 오래 묵은 낙서가 흐느적거렸다.

깜박깜박. 2층 계단 위의 형광등이 깜박였다. 아득한 곳에서 띄우는 구조신호처럼 희미한 불빛이 그의 그림자를 토막토막 잘랐다.

깜박깜박…… 타박타박…… 깜박깜박…… 타박타박…….

그는 제 발걸음 소리를 밟으며 걸었다. 그의 힘겨운 걸음마다 희미한 발자국이 계단에 찍혔다. 몇만 광년을 날아온 형광등빛이 간신히 바닥에 떨어졌다. 그리고 소멸했다. 걸음마다 그는 자신이 거품처럼 부글거리는 것을 느꼈다. 기름기를 띤 옅은 무지개색이 감도는 거품이 되어 점점 부풀어 오르는 것을 확실히 느꼈다. 왈츠! 지금이야! 4분의 3박자로! 크레셴도! 그렇지, 크레셴도! 그는 자신이 터질 거라는 생각을 했다. 터져버리고야 말 거라는 생각을 했다.

"난 견딜 수 있어."

틀림없이 그는 견딜 수 있을 것이다. 날마다의 승부에서 그는 살아남을 것이다. 돌이켜보면 인생에 살아남았다는 것처럼 기적도 없었다.

매일처럼 그는 승부를 겨뤘다. 이기고 지는 것이 그의 직업이었다. 이기는 날도 있고 지는 날도 있었다. 하지만 몇 승 몇 패를 세어보는 짓 따위는 아무런 의미가 없었다. 중요한 것은 일용할 양식이 남았다는 사실뿐이었다. 먹고살 것이 있다는 사실은 그가 살아 있다는 사실보다 더 중요한 사실이었다. 그는 왈츠를 추는 거품일 뿐이었다. 본전이란 지난 과거가 아니라 살아가는 지금인 것이다. 그는 터져버리고 말 것이다.

"그래, 난 진짜 승부를 겨루고 싶다고."

그는 3층 계단 모퉁이의 빨간 소화전에 대고 그렇게 속삭였다. 소화전의 붉은 비상등은 깨어져 있었다. 불이 나면, 계단에 연기가 가득해지면, 아무도 이 계단을 살아서 내려갈 수 없을 것이다. 아니 엄밀하게는 이 계단은 영원히 오르기만 하도록 만들어져 있는 것인지도 모른다. 그렇지 않고야 이렇게 지루하고 힘들 수가 있단 말인가.

  비상등 빨간 램프를 노려보고 있노라면 그 불꽃이 금방 제 눈에 옮아 붙을 것 같았다. 그는 어금니를 물고 일부러 악마 같은 음성을 흉내 내보았다.

  "아무도 살아서 내려갈 수 없을 것이다!"

  목소리는 어웅한 계단을 타고 울려 퍼졌다. 으스스했다. 눈시울을 가늘게 좁히며 그는 제 눈동자로부터 이글이글 번져가는 불꽃을 상상해보았다. 승부. 정확히는 일상처럼 반복되지 않는 그런 진짜 승부, 그러니까 불의 심판과 같은 그런 승부. 신문 귀퉁이의 오늘의 운세 따위에 연명하듯 하는 운수가 아니라 빅뱅처럼 딱 한 번에 천지가 하얗게 생겼다 없어지는 그런 승부 말이다.

  마침내 집 앞, 주머니에서 꺼내던 열쇠가 바닥에 떨어졌다. 허리를 굽혀 열쇠를 주웠을 때 똑! 그의 머리에 물방울이 떨어졌다. 그는 정수리를 짚고 동시에 천장을 바라보았다. 습기에 추진 천장이긴 했지만 어디에도 물방울이 맺혀 있지는 않았다. 그의 머리에도 물기 따위는 없었다. 그럼에도 떨어지는 물방울에 맞은 건 틀림없는 사실이었다. 그 느낌은 너무도 생생해서 흡사 고드름으로 정수리를 찍힌 것처럼 섬뜩했다. 차디찬 감각이 이윽고 핏줄을 타고 차츰 온몸으로 번져갔다. 문고리에 열쇠를 꽂으며 그는 얼음의 궁전에 들어서는 것 같은 싸늘한 냉기를 느꼈다.

  그것은 납득할 수 없는 데자부였다. 말하자면 오늘의 귀가가 마치 평생을 두고 먼 곳을 떠돌다 겨우 되돌아온 것 같은 일생의 귀결처럼 느껴지는 탓이었다. 비로소 유령이 되어 돌아온 케케묵은 생가(生家)의 향수여!

찰칵! 자물쇠가 풀리는 소리에 그는 반사적으로 몸서리를 쳤다. 문고리를 돌리기 전에 그는 다시 한 번 서서히 고개를 들어 천장을 바라보았다. 아주 잠깐 천장의 얼룩진 습기의 무늬가 꿈틀거리는 착각이 들었다. 먹구름이 뭉게뭉게 피어오르는 것 같은, 거대하고 불길한 다음 막이 열릴 듯한 징조가 컴컴한 계단에 가득했다.

비로소 그는 한 번도 위층으로는 올라가본 적이 없다는 사실을 떠올렸다. 저 위층으로는 엄청난 거짓말이 웅크리고 있을 것이다.

"어쩌면 이것이 마지막인지도 모르지."

이제 현관문을 열고 들어서면 그 자신은 내일 아침 시체로나 발견될 것 같은 을씨년스런 예감이 들었다. 그것은 자신이 신화의 한 토막 속에 빨려 들어가는 착각과 같았다. 이제 문이 열림과 동시에 몸이 여덟 조각으로 찢길 것이라는 예감을 하며 그는 엄숙하게 문고리를 잡아당겼다.

끼이익―. 녹슨 경첩에서 기이한 효과음이 흘러나왔다. 그 기분 나쁜 소리는 음파가 되어 공기 속으로 퍼지는 것이 아니라, 끈적한 액체마냥 바닥을 타고 흘러내렸다. 구두가 더럽게 적셔지는 것을 느꼈다. 끔찍한 더러움에 감염되어가고 있는 거였다. 물방울에 찍힌 정수리가 싸늘하게 쑤셔왔다. 그는 힘껏 문을 열어쩟히고 소름으로 꽁꽁 언 몸뚱이를 내던지다시피 하여 안으로 들어섰다. 다행히 그는 끝내 뒤를 돌아보지 않을 수 있었다.

어둠

어둠 속에 보이는 것은 아무것도 없었다. 그는 미묘한 긴장을 느꼈다. 등골에서부터 소름이 핏줄을 타고 서서히 온몸으로 퍼졌다. 새삼스런 노릇이었다. 아무것도 보이지 않는다는 사실이 아니라, 자신이 어둠을 느끼고 있다는 것이 '새로 죽은' 것처럼 낯설었다. 새로 태어난 것보다 더 생생한 기분으로 그는 어둠의 냄새를 들이켰다.

매일 정오가 되면, 집을 나서기에 앞서 그는 언제나 창문을 두꺼운 커튼으로 막아놓았다. 그래야만 늦은 밤 집에 돌아왔을 때 완벽한 어둠이 그를 기다리고 있기 마련이었다. 그것은 분명 의도적인 연출이었다. 그렇다, 귀가는 언제나 제의(祭儀)였던 것이다.

어둠 속에선 아무것도 보이지 않았다. 어둠 속에선 어떤 사물이건 그것은 그 자리에 있는 것이 아니라 어쩌다 몸을 부딪히는 그 미지의 지점에 떠다니고 있는 것이었다. 그의 감각 속에 나타날 뿐인 것이다. 따라서 이 어두운 집의 모든 사물들도 그처럼 항해를 하는 것이다. 그 자신도 마찬가지였다. 이곳에서 그는 그가 아니라 그일 확률로 존재했다. 때문에 그는 꾸준히 지속되는 그가 아니라 깜박이는, 떠나온 항구의 등대처럼 깜박이며 존재하는 파편일 뿐이었다. 그는 깜박이는 꿈을 꿀 확률이었다. 그럼에도 그는 항구의 등대처럼 명확하게 제 위치를 드러내지는 못하였다. 그는 불투명했고, 그렇게 반쯤 흐물흐물해진 상태로 스스로를 떠다니게 내버려두었다. 모든 것이 어둠이 일으키는 기이한 작용 탓이었다.

그는 신발도 벗지 않고 현관과 마루 사이에 벌러덩 드러누웠다. 눈을 떠도 감은 것처럼 캄캄한 그의 집에서는 무한한 평안의 냄새가 났다. 그는 정말 오랜 항해에서 돌아온 거였다. 제 몸을 더듬어보았다. 킁킁 냄새도 맡아보았다. 철썩철썩 파도 소리가 묻어날 것 같은 낯선 몸뚱이가 그곳에 있었다. 여덟 조각으로 찢어 죽였어야 할 저주가 그의 심장 속에 펄떡이고 있었다. 그의 피에선 썩은 생선의 창자 같은 비린내가 날 것이다. 그는 그 냄새에 굶주렸다.

"아니, 난 승부가 겨루고 싶다고!"

그는 양복 윗도리 주머니에 손을 넣어 카드를 만지작거렸다. 그의 분신과 같은 카드였다. 13장의 스페이드와 13장의 다이아몬드와 13장의 하트와 13장의 클로버.

13 x 死 = 52

52장의 두툼한 두께가 손바닥에 가득 찼다. 그는 그 푸근한 양감을 사랑했다. 그의 직업은 도박사였다.

그는 한 손으로만 카드를 놀려 익숙하게 섞었다. 복잡하게 셔플을 반복하면서 그때그때 그의 손바닥 맨 위에 놓인 카드를 보지 않고 읽었다. 클로버 6, 다이아 잭, 클로버 에이스, 스페이드 퀸……. 말하자면 일종의 트릭이었다. 손바닥 위로 얼마든지 원하는 카드를 불러낼 수 있었다. 그리고 그것을 양복 소매 깃 사이로 번개처럼 숨길 수도 있었다. 그런 트릭은 오로지 그 자신과 그리고 함께 카드를 치는 도박사들밖에는 아무도 알 수 없었다. 물론 그것은 세상 모두가 안다는 뜻과 같았다.

하우스에서는 아무도 트릭을 쓰지 못했다. 그것이 얼마나 치명적인가는 말할 필요도 없었다. 들통 나는 순간 그 사람은 다시는 하우스로 돌아오지 못했다. 그것은 그들이 매일같이 따거나 잃는 그 얼마 되지 않는 판돈에서 손을 떼야 한다는 것을 뜻했다. 푼돈에 지나지 않았지만 그것은 그들의 일용할 양식이었다. 일용할 양식이 없어지는 순간부터 그들은 굶주린 들쥐에 지나지 않았다.

그러나 때로는 그가 기억하고 있는 몇몇 사람들은 그 푼돈을 비웃으며 하우스를 떠났다. 더 큰 판, 더 결정적인 테이블을 찾아서. 그리고 그들 중 돌아온 사람의 이름을 그는 들어본 적이 없었다. 그들은 도박사가 아니다. 진짜 도박사라면, 그런 신기루에 판돈을 걸지는 않는다. 아무리 눈물 나게 아름다운 환상이라도 확률 '0'의 게임에 달려드는 짓은 해서는 안 되는 법이다. 그런 깨우침 덕분에 그는 벌레처럼 살아 있는 거였다.

그럼에도 환상을 좇아 떠난 이들은, 그 빛나는 환상을 향하여 망설이지 않고 일직선으로 걸어가지 않았던가. 그런 확고한 집념이 어떻게 도박이 되겠는가. 도박이라면 바로 이렇게 일용할 양식만을 감사히 집어 먹을 줄 아는 삶이 진정한 도박인 것이었다. 매일매일 내가 자고 일어난 잠자리 곁에 눈처럼 떨어져 있는 만나에 감사하며 끝없는 광야를 헤매는 일이야말로 진정한 도박인 것이다. 잊지 말아야 한다. 일용할 양식은 일용할 이상은 절대로 주어지지 않는다는 것을 말이다.「출애굽기」는 분명히 적어놓고 있었다. 만나는 여축해두고 먹을 수 있는 것이 아니라고. 오오, 얼마나 거룩한 일이냐! 주인 없는 들개처럼 일용할 양식을 찾아 광야를 떠도는 일이란……. 하우스의 테이블 위에서 사람들은 이렇게 말하곤 했다.

'강한 자가 살아남는 게 아니라, 살아남는 자가 강한 거라고, 알아?'

병신들……. 때마다 그는 남모르는 비웃음을 삼켰다. 그렇게 말하는 치들의 면면을 보라. 하나같이 내일에 대한 대책 없는 무표정들 아닌가. 팔꿈치가 맨질맨질 닳은 추레한 단벌 양복이 그들의 유니폼이었다. 쭈글쭈글 광이 죽은 구두 속으로 구멍 난 양말을 감추고 있는 인생들아. 잘 들어둬라. 살아남는 자가 강한 게 아니라 살아갈 수밖에 없게 만들어진 그대들의 목숨이 진정 강한 것이다. 그 목숨이 너희들 것이냐?

때문에 밤마다 그는 트릭을 연습했다. 아무도 눈치챌 수 없을 때까지 그는 손가락에 굳은살이 앉도록 연습을 반복했다. 이렇게 캄캄한 어둠 속에서도 그는 옷깃 속에서 원하는 어떤 카드라도 불러낼 수 있었다. 스페이드 퀸, 쌍둥이 스페이드 퀸, 세쌍둥이 스페이드 퀸……. 원한다면 이 어둠을 모두 시커먼 여왕들로

채울 수 있었다. 모두가, 그가 아는 모두가 트릭을 연습할 것이다. 밤마다 그들은 꿈을 꾸었다. 밤마다 그들은 일용할 양식을 버리고 향락과 탐욕이 거품처럼 부풀어 오른 식탁을 맞이하였다. 벌거벗은 스페이드 퀸들이 바글대는 주지육림을 꿈꾸며, 밤마다 그들은 제발 자신을 속일 수 있게 해달라고, 이방(異邦)의 신에게 빌고 또 빌었다.

 몸을 돌아누이다 그는 세탁기에 머리를 부딪쳤다. 뜻밖에 그의 좁은 집은 세탁기가 현관을 차지하고 있었던 것이다. 그는 여태 현관에 머물고 있던 거였다. 여전히 거짓말 속을 둥둥 떠다니고 있다는 것을 문득 느낀 거였다.
 이제 그는 손을 뻗어 전등 스위치를 찾았다. 스위치가 있는 자리를 찾아 그는 더듬더듬 벽을 만졌다. 스위치는 없고 오로지 벽뿐인 절망이 그를 막고 있었다.
 그는 흠칫 몸서리를 쳤다.
 '벽이다, 벽! 실수다, 실수! 끝장이다, 끝장!'
 그가 벽을 더듬은 순간, 좀 더 정확히는 그가 벽에 두려움을 느낀 순간, 그는 아득한 어둠의 바다를 표류하고 있는 것이 아니라 비좁고 제한된 미로 속을 헤매고 있음을 깨달은 것이다.
 동시에 드디어 벽은 살아나고야 말았다. 이제 벽은 살아 움직이기 시작하였다. 꿈틀거리며 부글부글 끓는 어둠의 대양이 아니라 검고 단단하기 짝이 없는 벽이 그를 짓누르며 밀려오기 시작하였다. 그는 가쁘게 벽을 더듬었다.

어서! 어서! 전등을 켜야 해. 그러나 아무리 더듬어도 스위치는 손에 닿지 않았다. 벽은 점점 더 좁혀오고 있었다. 벽은 마침내 그를 으깨버릴 것이었다.

스위치, 스위치……. 그는 필사적으로 벽을 더듬었다. 그의 호흡도 무섭게 가빠져갔다. 그러나 마땅히 있어야 할 자리에 스위치는 없었다. 그는 허파가 찢어질 듯 가쁘게 숨을 들이켰다. 너무도 짙어진 나머지 역청처럼 끈끈한 진액 같은 어둠이 그의 콧구멍으로 맹렬히 빨려 들어왔다. 당장이라도 질식해버리고 말 것 같았다. 그가 할 수 있는 일은 더 이상 없었다. 그래도 그는 한쪽 벽에 등을 대고 서서 다른 쪽 벽을 발로 벋디디며 있는 힘을 다해 버텨보았다. 그러나 압착기 같은 벽은 조금도 주춤거리는 기색 없이 원래의 기세 그대로 밀려왔다. 구부린 무릎에서 뼈마디가 부러지는 소리가 났다. 벽에 깔려 죽기 전에 먼저 숨이 막혀 죽을 것이었다. 그는 있는 힘을 다해 비명을 질렀으나 소리는 나오지 않고 진액 같은 어둠이 꾸역꾸역 목구멍을 타고 밀려들어왔다.

숨이 막혔다. 그는 제 얼굴을 쥐어뜯었다. 관자놀이를 타고 뻗쳐 나간 핏줄이 손끝에 시퍼렇게 와 닿았다. 빗장뼈 위로 물갈퀴처럼 두드러진 경동맥은 무섭게 경련을 일으키고 있었다. 스트링이 끊어질 지경에 몰린 바이올린처럼 그의 핏줄은 필사적인 소리를 냈다.

꿀꿀꿀—.

그것은 돼지의 소리였다. 그는 숨을 넘기다 말고 돌처럼 굳어지고 말았다. 세상에! 죽어가는 순간에 내 몸에서 돼지 소리가 나오다니……. 그것도 멱을 따는 순간의 처절한 소리가 아니라 구유통에 주둥이를 박고 꾸역꾸역 먹이를 탐하는 소리가!

온몸에 힘이 빠졌다. 공기 대신 그의 허파를 가득 채운 어둠이 온몸의 핏줄을 타고 그를 점령해나갔다. 그는 곧 암흑의 벽처럼 뻣뻣하게 굳었다. 그는 그렇게 죽었다. 그는 몹시 의아한 표정을 지으며 죽었다. 고사상 위의 웃는 돼지머리보다 더 기이한 표정을 지으며 자신의 죽음을 납득하지 못한 채…….

요리

치이이익—.

그를 되살아나게 한 것은 어떤 기이한 주문이나, 갸륵한 복음(福音)이 아니었다. 그것은 강렬하게 뿜어 나오는 한 줄기 증기였다. 어떤 신령한 연기 같은 것이 아닌, 비좁은 부엌 한구석에서 타이머에 맞춰놓은 전기압력밥솥이 끓어 뿜어내는 수증기. 매일매일의 더할 나위 없이 일상적인 수증기일 따름이었다. 그 소리에 그는 번쩍 눈을 뜬 것이다. 이윽고 그는 흡혈귀 같은 허기를 느끼고 손을 뻗어 전등의 스위치를 켰다.

밝은 빛 아래서 그는 제 몸이 계속해서 돼지로 남아 있는 것은 아닌지 자세히 살펴보았다. 그는 돼지가 아니었다. 그렇지만 그토록 갈망하던 사람의 몸을 하고 있다는 사실을 느꼈을 때 그는 유령을 만난 덴마크의 왕자처럼 두렵고 지치고 또 풀이 죽었다. 밝은 빛 속으로 되돌아왔을 때 제발이지 그는 그 자신이 아닌 다른 무엇이 있기를 바랐던 것인지도 모른다.

Noli me tangere(나를 만지지 마라)!(「요한복음」 20 : 17)

거울 속의 그가 스스로를 향해 그렇게 지껄이고 있었다. 그것은 십자가에 매달려 죽은 예수가 사흘 만에 부활하였을 때 처음 만난 여인에게 내뱉은 말이었다. 그러나 이제 그는 어떠한 금기에도 넌더리가 났다. 그는 거울 속의 자신을 향하여 손을 뻗었다. 거울과 그는 두 손을 맞대고 서로를 경멸에 찬 눈길로 바라보았다.

To be or Not to be…….

영원한 의문을 읊조리며 이윽고 그는 거울을 떠났다. 거울 속의 그도 바로 그를 떠났다. 거울 위에는 다만 그의 손자국만이 희미하게 찍혀 있을 뿐이었다. 그는 없고 그의 흔적만 남은 상태, 그것이야말로 이 집을 지배하는 철석같은 진실이었다. 그 초라한 진실을 어떤 이들은 실존이라고 불렀다.

그에 반하여 냉장고는 얼마나 유쾌한 존재인가?『이상한 나라의 앨리스』가 오늘날 다시 쓰여진다면 거기에는 반드시 '말하는 냉장고'가 등장할 것이다. 그가 문을 열었을 때 냉장고는 환한 백열등빛과 함께 이렇게 말을 걸어왔다.

이별할 때 모두가 황혼의 지평선 너머로 사라지는 것은 아니야. 아주 많은 사람들은 일상 속으로 사라진단 말이지. 먹어치워. 그들이 사라진 일상을 남김없이 먹어치워버리면 어떻게 되겠어? 결국 세상에 비극이란 없어지고 마는 거야.

화수분이라도 되는 양 그의 냉장고는 언제나 그득했다. 가능한 한 쟁여둘 것. 그는 은밀하게 속으로 다짐하고 있었다. 신은 그에게 일용할 만나 이상을 허락하지 않았다. 만나는 신이 준 재료이지만 그것으로 빚은 빵은 엄연히 인간의 손을 거친다. 비로소 썩을 여지가 생기게 되는 것이다. 때문에 썩어 못 먹게 되는 걸 막아주는 냉장고야말로 소극적이나마 신에 대하여 인간이 할 수 있는 원초적인 반항인 것이다. 그는 어떻게든 먹다 남은 것이라도 악착같이 냉장고에 넣어두었다. 신은 그를 버리지 않을지 모르지만 그는 신을 버릴 작정이다. 그게 언제일지는 몰라도 그런 반역을 꿈꾸고 있다는 사실 자체가 그의 핏줄을 뜨겁게 했다.

냉장고는 따라서 은밀하고 배덕한 그만의 공간이었다. 닥치는 대로 쌓아두었기 때문에 냉장고 안은 이제는 그 자신마저 무엇이 어디에 들었는지 모를 미지의 세계가 되어버린 것이다.

낡은 컴프레서에서 울리는 진동은 묘한 향수를 불러일으켰다. 오늘처럼 죽었다 살아난 날은 특히 냉장고에서 울려오는 웅

웡 소리가 어머니의 젖가슴에서 들려오는 고동처럼 푸근하게 느껴지곤 했다. 그는 실제로 뺨을 냉장고 문에 비비며 서늘한 진동을 만끽했다. 냉장고가 흡사 어리광을 나무라는 어머니 같은 말투로 이렇게 말했다.

그 시절, 그러니까 아주 오래전에 존재하는 것이라곤 불가사의와 허구밖에 없었지. 당시에는 시인과 신화를 이뤄내는 사람들만이 살고 있었거든. 때문에 진정으로 믿을 수 있는 것도, 확실한 것도 없었던 거란다.(『플루타크 영웅전』, 「테세우스」전에서 변용)

냉장고 안에서 뿜어 나오는 냉기에서 그는 묘한 냄새를 맡았다. 퀴퀴한 썩은 내 같은 한편 은은한 발효향과도 같은 냄새가 후각을 갈퀴처럼 잡아끌었다. 그 냄새의 진원지를 찾아 여기저기 냉장고 안을 들쑤셔보았다. 틀림없이 제 손으로 집어넣은 것들이건만 무엇이 담겨 있는지도 모를 그릇과 봉투들이 어지럽게 쌓여 있는 속을 한참을 뒤적였다. 그나마 최근에 들락날락했던 앞쪽의 것들은 나왔지만 깊숙이 들어갈수록 상태는 점입가경이었다. 원래가 음식물이기나 했는지조차 알 수 없는 것들이 켜켜이 쌓여 있었다. 그것들은 흐물흐물 물러지고 있었고 깊이 들어갈수록 그 정도는 더 심했다.

냉장고 가장 깊숙한 곳은 그 물러진 것들이 엉키고 터져 흥건한 지경을 이루고 있었다. 냄새는 거기에서 풍겨 나오고 있었다. 행여 구더기라도 슬 것 같은 꺼림칙한 예감과는 달리 정작 그 흐무러져 썩은 것들의 진원지에 닿았을 때 그의 손끝에는 알 수 없는 온기 같은 것이 묻어나왔다.

  냉장고 속에 간직되어온 온기라는 모순된 감각임에도 이질감은커녕 안온한 느낌까지 드는 것이었다. 그는 가능한 한 손의 힘을 빼고 그 온기에 충분히 손을 적셨다. 축축하고 음습하여 도무지 정답지 않은 이 감각으로부터 느껴지는 온기의 정체에 대해 그는 조금도 의문을 품지 않았다. 그것은 판단의 문제라기보다는 기억의 영역이었다. 뭉클한 것은 손끝인가 가슴인가 아니면 그보다 더 원초적인 감각, 말하자면 유전적인 것인가. 늘어진 그의 손가락들은 수초처럼 흐느적거렸다.

  잠시 후 그는 호기심으로 번뜩이는 눈앞에 두 손을 끌어당겼다. 손을 타고 흐르는 것은 약간 끈적끈적한 느낌이 드는 검붉은 액체였다. 처음 그것은 상처에서 흐르는 핏물을 연상케 하였다. 그러나 은은하게 풍기는 향긋하고도 아릿한 냄새는 피비린내와는 거리가 있었다. 그는 떨리는 혀를 내밀어 조심스레 제 손바닥을 핥았다.

    상심한 자여, 너를 위한 포도주가 여기 있나니……. (「잠언」 31 : 6에서 변용)

냉장고가 그렇게 말했을 때 벌써 그는 제 손가락을 어미의 젖꼭지처럼 쭐쭐 빨아대고 있었다. 가뭄에 갈라진 논바닥 같았던 몸에 새로운 피 같은 포도주가 돌며 그는 비로소 액체와 같이 흐르는 삶을 느꼈다. 아아, 새 술을 담기에 어울리는 새로운 부대 같은 몸이란 얼마나 싱싱한 것인가.

"탄생이란 이런 것이야!"

순간을 기리는 감탄. 아버지를 떠오르게 하는 모든 상징들로부터 벗어나 천치처럼 맑은 백지의 뇌를 얻는 일은 그와 같이 하염없이 죽었다 살아나길 되풀이하는 디오니소스의 후예를 위한 축복이었다.

마침내 그는 오늘의 일용할 양식을 위해 요리를 준비하기로 하였다. 요리란 그렇게 일상을 신화로 바꿔놓는 마법인 것이다. 그는 다시금 냉장고 바닥의 흥건히 썩은 진창 속으로 들어갔다. 그곳에서 그는 절반쯤 썩어, 절반쯤 상실된 열매들을 하나씩 건져내었다.

냄비에는 그렇게 식물(食物)이 아니라 열매와 뿌리와 잎사귀의 썩은 정수들이 한가득 담겼다. 그는 이제 냉장고 밑바닥을 표류하는 돼지들의 영혼을 건져 끓는 냄비 속에 집어넣었다. 그 돼지들이야말로 한때 그와 한 배를 타고 부글거리던 파도를 헤치던 동료였을지도 모른다. 그럼에도 불구하고 육식은 결코 잔인한 행위가 아니었다. 그것은 나눠진 생과 사를 도로 뒤섞고 혼탁하고 어지럽게 만드는 일이었다. 때문에 식사는 영원한 축제이며, 세상의 모든 요리는 즐거울 도리밖엔 없었다.

날마다 그는 이 순간을 최대한으로 즐기기 위하여 날카롭게 칼을 갈아두곤 했다. 있는 대로 날을 세운 칼자루를 손아귀에 쥘 때마다 반사적으로 입에 침이 고였다. 칼날에 번뜩이는 빛은 언제고 그를 위협했다. 위협이란 생명의 경계였다. 거기까지가 삶이고 그 너머는 죽음의 영토였다. 때문에 박자가 맞는 칼도마 소리처럼 그의 활력을 샘솟게 하는 것도 없었다.

칼에 관한 한 그는 깊은 자부심을 갖고 있었다. 오랜 시간을 두고 그는 남모르게 칼 쓰는 연습을 거듭해왔다. 그 처음은 학생 시절 같은 반 건달 친구에게 일방적인 구타를 당하고 난 뒤부터였다. 그를 때린 친구는 그보다 훨씬 작고 조그마했지만 그를 압도하고 있었다. 친구는 눈길이 기분 나쁘다며 연달아 그의 가슴에 주먹을 꽂았다. 그는 맞으면서도 제 분노의 눈길을 감출 수가 없었다. 아마도 그의 분노는 그를 때리는 깡패를 향한 것이라기보다는 그 눈길을 거두지 못하는 허튼 자존심에 대한 것이었는지도 모른다.

그날 이후 그는 도시락에 쓰는 포크형 수저를 칼처럼 갈기 시작했다. 아무 때고 시간만 있으면 그 끝을 날카롭게 갈아대면서 언제고 기회가 온다면 그 표독스런 삼지창으로 깡패의 눈깔을 찍어버리겠노라 다짐에 다짐을 했다. 숫돌처럼 단단할 것 같은 그의 증오는 그러나 삼지창 끝보다 먼저 사라져버리고 말았다. 지금에 와선 심지어 그는 문제의 그 급우의 이름조차 기억이 나질 않았다. 다만 시멘트바닥에 끝을 벼린 예의 그 포크형 수저는 그때 그 증오의 기념품처럼 아직도 그의 서랍에 간직하고 있었다.

그런 식의 은밀한 무기가 몇 개인가는 더 있었다. 학교에서, 군대에서, 하우스에서……. 때마다 그는 제 증오의 대상 양미간에 꽂을 비수를 갈고 또 갈았지만, 하나같이 그 원한의 장본인의 얼굴들은 세월과 함께 희미해져갔을 따름이다. 몇 개의 번뜩이는 칼날로만 남은 그의 자존심이 무뎌진 스스로의 분노를 두고두고 비웃고 있었다.

해서 칼날을 보면 반사적으로 원수의 얼굴이 아니라 앙금처럼 가라앉아 있던 분노의 찌꺼기가 심장에 소용돌이를 일으켰다. 도마질을 하다 말고 그는 식칼을 비수처럼 움켜쥐고 허공을 이리저리 베었다. 상대가 누구건 절대 피할 수 없는, 아름답기까지 한 동작으로 심장을 달구는 증오를 발산시키는 것이다. 흡사 서부의 총잡이처럼 그는 익숙하기 비길 데 없는 손놀림으로 식칼을 빙글빙글 돌렸다. 그리고 마지막 마무리로 벽을 향해 칼을 날렸다. 자루를 앞으로 향해 날아가던 칼은 허공의 어느 지점에서 꿈틀 몸을 비틀었다. 그는 그 순간에 한없는 절정을 느꼈다. 칼날이 살아 움직이는 순간이었다. 그의 증오가…… 수치와 오욕과 복수가 빠드득 이를 가는 순간이었다. 찰나 칼날은 벽에 걸린 사진틀 속 사람의 얼굴에 정확히 꽂혔다.

그 사진 속 여인이 누구인지 그는 생각지 않기로 했다. 그것은 헤어진 애인이었는지도 모른다. 아니면 그저 그의 말초를 자극했던 캘린더 걸의 달력사진이거나 그도 아니면 그가 지독하게 싫어한 나머지 남몰래 찢어온 어느 여성 국회의원의 선거벽보일 수도 있었다. 이것도 저것도 아니라면 행여 어머니의 영정이었는지도 모른다. 그럴지도 모른다. 상관없다. 세상의 여자는 다 똑같으니까. 여자는 없고 암컷뿐인 세상이니까.

그는 돌아서서 싱크대 위에 선 채로 식사를 했다. 도마 위엔 다지던 야채가, 렌지 위엔 끓이던 찌개가 그대로 있었지만 그는 멍청히 개수대 앞에 서서 맨밥만 꾸역꾸역 처넣기 시작했다. 눈물이 났다.

왜 우는지도 알지 못하면서, 아니 정확히는 기억하지 못하면서 그는 눈물을 흘렸다. 짠물이 입 속으로 스며들었다. 눈물은 그 존재감을 느낄수록 홍수처럼 불어났다. 입 속에 소금물이 괴는 것 같은 느낌이 들었다. 역겨운 생각에 그는 입 속에 우물거리던 밥알을 토해냈다. 짓뭉개진 밥알이 세상없이 서러웠다. 누구를 향한 것인지도 모르는 그리움이 독사처럼 가슴에서 치올라왔다. 그는 밥솥을 부둥켜안고 목 놓아 울기 시작했다.

침대

자리에 누워서도 그는 깊은 잠을 이루지 못했다. 기나긴 항해의 여독은 영혼의 머리채를 잡고 수렁 같은 암흑 속으로 까마득히 그를 가라앉히고 있었음에도 바로 그 암흑의 배후로부터 옅은 파도처럼 전해오는 알 수 없는 불안이 그를 중간지대에 머물러 있게 하였다. 익숙하지만 그럼에도 감당키 어려운 불면이 예외 없이 이어졌다.

그 해안선 같은 암흑의 가장자리에는 예의 얼굴이, 칼자국으로 난도질당한 여인이 벌써부터 그를 기다리고 있었다. 그녀는 누워 있는 그를 내려다보고 있었다. 그는 여인이 제 뺨에 말라버린 눈물 자국을 닦아주길 바랐으나 여인은 더는 가까이 다가오려 하지 않았다. 서로가 물끄럼 바라만 보고 있는 지루한 대치. 밤마다 반복되는 전쟁이었고 천지간에 두 사람만이 남은 극도의 긴장 상태이기도 하였다. 칼자국이 거미줄처럼 얽힌 여인의 얼굴은 눈을 뜨면 흉물스러웠고 눈을 감으면 그립기 그지없었다.

그는 한숨을 쉬며 아예 돌아누워버렸다. 그리하면 여인은 피안 같은 어둠의 저편 해안선을 찰박찰박 돌아 다시금 그의 면전으로 다가오곤 했다.

"어이하랴…… 어이하랴……."

그는 무슨 주문처럼 그렇게 중얼거렸다. 뜻인즉 그녀가 떠나기까지 그는 잠이 들 수 없는 운명이었고 그녀를 안기까지 그의 사랑은 죽지 않을 것이란 사실이다. 그녀는 끝없이 그 자리에 맴돌 터였다.

사랑? 그 말이 얼마나 허망한지 알고 난 다음부터 실은 그가 바다로 나간 것이었다. 파도 위에서, 신화가 파도치는 대양 위에서 그는 바로 그를 바다로 내몬 이들을 잊어야지, 잊어야지, 되뇌며 이를 갈았다. 그러나 삼켜버리려 치면 더욱 쓴맛으로 되살아나는 것들이 몇 가지 있는 법이다. 불면의 시간에 들리는 시계의 초침 소리나 잊어야 할 사랑 같은 것이 그러했다.

그는 잠을 갈구하는 눈으로 여인을 바라보았다. 일말의 동정을 구하는 거였다. 그렇지만 도리어 오래 두고 바라볼수록 여인에게선 처연한 느낌만 더했다. 그런 감정만 떨쳐낼 수 있다면 밤마다 유령처럼 그의 머리맡을 떠도는 그녀의 정체를 알 수 있을는지도 모르겠지만 그의 가슴에는 더는 그런 냉철한 피돌기가 남아 있지 않았다.

하여 여인은 상처로만 남아 있었고, 헤아릴 수 없는 밤을 보낸 후에 그는 운명처럼 그녀를 정체불명인 상태로 남겨두기로 마음을 먹은 거였다. 그런 결정은 결국 여인의 얼굴을 뒤덮은 칼자국을 그의 심장에 고스란히 전사시키는 것과 같았다. 왜냐하면 상처란 생생하면 할수록 더 아픈 법이기 때문이었다.

'부를 수 없는 이름의 여인이여. 멸종한 앵무조개 같은 나의 이야기여.'

사랑이었는가? 그렇다면 그녀는 독배라도 나눠 마시리만큼 그의 핏줄을 뜨겁게 달구었던가……. 어머니인가? 정말 어머니라면 터부의 금줄로 꽁꽁 동여놓는 바람에 조금도 성장하지 못하고 미성숙한 흉터가 전족(纏足)처럼 되어버린 제 영혼을 원망하리라. 그녀에게, 바로 그녀에게……. 그러나 상처만 가득한 여인의 얼굴은 마지막 새벽 손님을 받는 창녀의 곤한 얼굴처럼 무심하고도 평화롭지 않은가.

'뉘가 되었건 그녀는 내 곁에 눕지 않을 거야.'

그는 동그랗게 몸을 말아 웅크렸다. 그런 제 모습에서 연상되는 장면이 있었다. 지저분한 화장실 벽에 붙어 있는 낙태 반대 포스터 속의 태아 사진. 그는 과연 언젠가 자기도 그런 모습을 하고 있었던지 여인에게 묻고 싶어졌다. 그러나 여인에게 대답

따윌 기대할 순 없었다. 그가 겪어본바, 그녀는 반응을 보이는 존재가 아니었다. 그녀는 순전히 반응 없는 상대일 뿐이었다. 흡사 멍청한 거울처럼, 대상을 비추지만 그 대상의 동작은 따라 하지 못하는 멍청하기 짝이 없는 거울처럼……. 그녀가 얼마나 먼 곳으로부터 그를 찾아왔는지는 모르지만 적어도 그는 자신이 떠올리지 않으면 그녀는 존재할 수조차 없다는 걸 오래전부터 납득하고 있었다.

말하자면 그녀는 흔적인 것이다. 몇만 광년을 날아온 빛이었고, 고통이 아니라 상처이고 기억이 아니라 심정에 가까웠다. 박살난 별의 구조 신호였다.

그럼에도 그에게도 어머니가 있을 터였다. 그녀를 에미로 삼자면, 그녀는 바다의 여신이 그랬듯 어린 그를 발목에서 잡고 거꾸로 황천(黃泉)의 강물 속에 담갔던 것이다. 그러나 그것은 오래되어 낡은 제식(祭式)일 뿐이었다. 반복되는 회귀일 뿐이었다.

도리어 그가 기억하는 한 그는 발목으로부터 차꼬처럼 옥죄인 악령의 손길에서 일순간도 벗어나본 적이 없었다. 그래서 그는 〈ball & chain(쇠공이 달린 족쇄)〉이란 노래를 피맺힌 목소리로 부르는 제니스 조플린을 좋아했다.

"오호라! 그러고 보니 내가 빠졌던 강물이 망각의 강(Styx)이로구나."

그는 새로운 깨달음으로 여인을 바라보았다. 그러나 그 순간 벌써 여인은 물결 저편으로 출렁출렁 멀어져가고 있었다. 망각이란 그런 것이다. 깨닫는 순간 아무것에도 소용이 닿지 않는 깨달음 말이다.

그러나 암흑의 해안은 거기서 끝난 것이 아니다. 벌써부터 잠에 빠질 순 없는 노릇이었다. 물결 같은 불면의 저주를 타고 여인이 떠나는 수평선 저편으로부터 병에 담긴 편지가 찰랑찰랑 밀려오고 있었다. 병은 그러나 다가가 잡으려 하면 살아 있는 생물처럼 손끝으로부터 아슬아슬 멀어지곤 했다.

병을 잡으려 그는 물결 속으로 연거푸 몸을 던졌다. 할수록 스스로 만들어낸 물결로 병은 자꾸만 더 멀어지는 거였다. 잠시 물결이 가라앉길 기다렸다. 마치 나뭇가지 위에서 먹이를 노려보는 맹수처럼 그는 한껏 몸을 웅크리고 있다가 마침내 있는 힘껏 몸을 날렸다. 이번에는 틀림없이 손끝에 병의 주둥이 부분이 닿긴 하였다. 하지만 역시 병을 움켜쥐는 데는 여전히 실패였다. 편지가 담긴 병은 물속으로 쑤욱 잠겼다가 마치 그를 놀리듯 엉뚱한 곳에서 불쑥 솟아올랐다.

숨을 헐떡이며 병을 바라보던 그는 순간적으로 흠칫 놀라고 말았다. 어슴푸레 보이는 병 속 편지의 제목을 보았기 때문이었다.

'소환장'

가슴이 철렁 내려앉으면서 동시에 몸이 잠겨 있는 강물이 얼음처럼 차갑다는 사실이 새삼 느껴졌다. 어느새 그는 그 얼음장 같은 검은 물속으로 코끝이 잠길 만큼 깊이 들어와 있던 거였다. 그는 허겁지겁 뒷걸음치기 시작하였다. 그러나 강바닥의 뻘은 살아 있는 생물처럼 그의 발목을 잡고 놓아주지 않았다. 빠져나오기 위해서 그는 발버둥을 쳤다. 잠시 후 발목은 빠져나왔으나 그의 몸은 균형을 잃고 미끄러졌다. 꼬르륵. 물거품을 일으키며 그는 머리까지 깊숙이 강물에 빠져버리고 말았다.

이윽고 그는 다시 물 위로 떠올랐다. 얼마나 많은 시간을 물속에 잠겨 있었는지 알 수 없었다. 망각의 강물 속에 몸을 담그고 그딴 질문을 한다는 것 자체가 말이 되질 않았다. 다만 그가 아는 것은 제 자신이 꼭 병 속의 편지처럼 그렇게 잠겼다가 떠올랐다는 사실밖엔 없었다. 그리고 꼭 그렇게 어디론가 떠내려가고 있는 것이다.

그는 모든 것을 그렇게 내버려두기로 했다. 흘러가게 놔두었다. 스틱스에 빠졌으니 이제 그는 다시금 불사의 몸이 된 것이고 그에 관한 대가로 그의 불면증은 이제 불치의 것이 된 것이다. 그는 더 이상 잠을 청하지 않기로 하고 편안히 눈을 떴다.

침대에 누운 것인지 아니면 강물 위에 두둥실 떠 있는 것인지 알 수 없는 지경 속에 어두운 창공이 온통 그의 시야를 육박해 왔다. 비로소 그는 피안과 차안을 한꺼번에 덮고 있는 거대한 공허를 느꼈다.

하지만 지루한 불면은 결코 그를 완전한 공허에 빠져들게 놔두지 않았다. 아마도 완전한 공허 속에 빠질 수만 있다면 그는 처음으로 우주를 통째로 느낄 것이다. 정말이지 그는 우주에 대고 묻고 싶은 것이 하나 있었다.

'내가 운명을 결정했는가 아니면 운명이 나를 골라잡았는가?'
그런 의문을 품고 있는 한 그는 계속해서 포커를 칠 수밖에 없는 것이다. 그는 바짝 마른 입술을 움직여 이렇게 뇌까렸다.

"깊숙한 데서만 서식하는 모든 종(種)에게 축복 있으라."

그것은 뒤늦은 잠자리의 기도였다. 하고 그는 다시금 외로 돌아누우며 도르르 몸을 감았다. 그의 생각에 아무래도 인류의 조상은 원숭이가 아니라 앵무조개가 틀림없을 것 같았다.

(『현대문학』 2006년 8월호)

만복사 트릴로지

소설로 꿈꾸는 자는 모두 쇠망할지니.
(小家珍說之所願皆衰矣,「正名」,『荀子』)

프롤로그

  지금은 알아주는 이 별로 없지만, 오래전 팔도에서 기도 잘 듣기로 소문난 절로 전라도 남원골 만복사를 빼놓을 순 없었지요. 오죽 신도가 몰려들고 스님이 복작대었으면 공양미 씻은 뜨물이 허옇게 들판을 적신다고 해서 절 아랫말을 백들이라 불렀겠습니까. 그렇게 기도발이 잘 서는 데는 다 만복사 부처님이 다심한 까닭이 있었지요.
  그런데 아는 사람만 아는 이야기로 이 만복사 부처님이 또 장난이 별난 분이라지요. 적멸(寂滅)의 불타를 두고 장난 운운하는 것이 좀 그렇긴 하지만 의뭉스런 걸로 치면 옛말하는 두꺼비가 무색할 지경인 부처님올습니다. 괴력난신(怪力亂神)의 갖은 이야기를 풀어놓고도 그 모든 걸 순전히 저 매월당(梅月堂)의 생각으로만 돌려놓지를 않았겠습니까. 실인즉 그 그윽한 판타

지가 다 부처님 손바닥 위에서 벌어진 사단일 텐데 말이죠.

작난(作亂)과 적멸이 부처한테야 눈을 감고 뜨는 일에 불과하지만 인간세에는 상전이 벽해가 되는 일입니다. 저녁이면 줄지어 절집으로 돌아가는 귀승(歸僧) 행렬이 남원팔경의 하나였다는 천하의 만복사가 지금은 귀 떨어진 석탑만 간신히 섰는 빈터가 되어버렸으니 말입니다. 다심한 부처님이 적멸의 졸음을 조신 지 쑥백년이 흐른 탓입니다.

문득 고개를 돌리신 부처님, 소슬바람만 이는 절 마당을 보니 헛웃음이 나옵니다. 매월당이 머물 적만 해도 몰락했다 쳐도 법당은 멀쩡했고 객승을 위한 행랑간까지도 구색은 남아 있었지요. 인적이 끊긴 마당으론 다북쑥이 무성했어도 그건 어찌 보면 매월당 같은 귀기 가득한 문장을 위해선 도리어 도움이 되었음직도 한 일입니다. 아닌게아니라 쑥대 사이로 매월당의 도포 자락 스치는 소리는 유계(幽界)에서 불어오는 바람 소리처럼 음산하고도 신묘한 느낌을 주었지요. 쑥대밭을 거니는 그의 모습 또한 달빛을 타 넘는 그림자와 같았지요. 꿈과 생시, 이승과 저승이 천 길 벼랑으로 깎아지른 경계를 무심히 가로지는 대담한 고독이 흐르던 그런 터였다는 말씀입지요.

헌데 지금의 꼴이란 이도 저도 아닌 지경이 되었습니다. 고적 발굴의 법석이 절 마당을 뒤집어놓은 뒤로는 아예 풀 한 포기 남겨놓지 않고 맨질맨질 터를 다져놓은 것이었습니다. 돌부처 비나 피하시라고 얼기설기 지어놓은 전각은 차마 법당이라고 말하기 부끄러운 꼬락서니지요. 네모지게 울타리를 쳐놓고 '만복사터'라는 팻말 하나 꽂아놓았으니 차라리 그전에는 동네 아낙들이라도 오가다 비라리를 바치던 것을 이제는 아무도 얼씬 않는 공터에 다름없게 되었습니다. 지척 간엔 국도가 뚫려 밤낮없이 굉음을 내고 다니는 차들로 돌탑이 다 들썩일 지경이었습니다. 이제 만복사에는 폐사지의 황량한 평화조차 남아 있지 못한 셈이로군요.

그렇다고 만복사 부처님이 진노하신 건 아니었습니다. 풍진이 되어버린 것은 인간세의 절집이지 불법(佛法)이 아니었으니까요. 다만 사흘 밤낮을 하얗게 눈이 쌓이게 한 것은 오랜 졸음에서 깨어난 부처님께서 묵은 장난기가 동한 때문이었습니다. 예전 매월당이 쑥대밭을 거닐며 꾸었던 교교하고도 음산하며, 그윽하면서도 눈물겨운 그런 꿈의 무대에로의 추억이라고나 할까요.

1부

> "운우는 양대(陽臺)에서 개고 오작(烏鵲)은 은하에 흩어지매 이제 한번 하직하면 훗날을 기약할 수 없사오니, 헤어짐에 임하여 아득한 정회 무어라 말씀드리겠나이까?"
> 그녀는 소리 내어 울었다. (김시습, 「만복사저포기」)

자정, 거짓말처럼 눈이 그쳤다. 야수가 물어뜯은 것 같은 날카로운 낫달이 하늘에 돋았다. 먼지 씻긴 천지간이 까마득히 깊은 중에 달빛도 급기야 푸르스름 날이 섰다. 쌓인 눈이 시리게 반짝이기 시작했다. 검깊은 하늘을 배경으로 흰 눈에 덮인 산야가 면도칼로 도려낸 듯 또렷한 윤곽을 드러내고 있었다.

 폭설로 교통마저 끊긴 탓에 폐사지엔 괴괴한 적막만이 넘실댔다. 세상이 맑은 얼음으로 얼어버린 것 같았다. 눈꽃 한 송이만 더 얹힌다면 천지간이 쨍그랑 무너져내릴 것 같은 긴장된 적막이었다. 부엉이 한 마리 법당 용마루에 앉아 먼 곳을 노려보고 있었다. 어떤 신호라도 기다리는 것처럼 밤새는 흰 능선 너머 검은 밤을 응시하고 있었다.

 멀리 은하수를 가로질러 별 하나가 졌다. 별똥별이 소리 없는 단말마를 남기고 달빛 속에 묻혔다. 뒤를 이어 부엉이의 일자 눈이 번뜩였다. 부어엉―. 문득 밤새는 하늘을 향해 긴 울음을 터뜨렸다. 부엉이 소리는 그렇게 크지 않았지만 얼어붙은 적막이 너무도 깊었기에 그 여운이 끝없이 물결쳤다. 여운을 타고 새는 훌쩍 하늘로 날아올라 가마득한 천공으로 휘이휘이 사라졌다.

 먼 곳에서 인기척이 보였다. 두 명의 사내가 정강이까지 빠지는 눈을 헤치며 만복사터를 향해 걸어오고 있었다. 허위허위 법당 앞에 이르자 윤 경사는 주머니에서 플래시를 꺼냈다. 법당 문짝에는 '범죄현장 접근금지'라고 쓰인 노란색 테이프가 이리저리 붙어 있었다.

 "테이프가 멀쩡한 걸로 봐서 여기로 온 것 같진 않네요."

"그래도 일단 들어가보지요."

박 부장은 윤 경사의 허락도 받지 않고 테이프를 들추고 법당 안으로 들어섰다. 법당 안은 침침했지만 무너진 서까래 사이로 스며드는 달빛에 그런대로 어섯은 분간이 되었다. 윤 경사는 그런 분위기부터가 꺼림칙했다. 엊그제 벌어진 사건 현장의 기괴한 광경이 영화의 한 장면처럼 강렬하게 되살아났기 때문이었다.

*

"그렇다면 이 사건이 자기가 쓴 영화 시나리오의 한 장면을 흉내 낸 거란 말인가요?"

윤 경사는 영화사 박 부장이란 사람이 내미는 영화 네거필름을 현상한 사진과 자신이 직접 촬영해온 만복사 사건 현장의 사진을 번갈아보며 물었다. 앵글과 조명 등은 전혀 달랐지만 두 사진이 어떤 공통된 내용이란 사실은 분명했다. 영화 필름상에 기록된 타임코드는 분명히 사건보다 수개월 먼저 날짜였다. 피의자 측에서 제시한 증거는 모두 문제가 없었다. 위에서 줄을 타고 내려온 부탁도 있고 해서 불구속으로 일단 마무리를 지어야 할 테지만, 증거는 그렇다 쳐도 도무지 정황이 납득이 가질 않았다.

"그러니까 실서증(失書症)이란 것이 일종의 실어증의 한 증상이다 그런 말인가요?"

질문은 대리인인 박 부장에게 했지만 그가 노려본 것은 휠체어에 앉아 있는 장본인 김경렬이란 자였다. 그는 현장에서 체포되었다. 현행범이라기보다는 자신이 저지른 사건 현장의 하나의 소품처럼 그 자리를 지키고 있었다. 체포될 당시에도 김경렬은 지금처럼 무감각한 얼굴이었다. 줄곧 그랬다. 그는 맞은편 책상에 눈길을 떨구고 있었지만 어딘가 알 수 없는 곳을 건너다보는 눈동자를 하고 있었다. 실성한 사람 특유의 넋 나간 눈길 같기도 하면서도 그 눈길의 끝에는 무언가에 대한 강한 그리움의 미늘이 돋아 있었다. 처음부터 윤 경사는 그 사실이 신경에 거슬렸다. 그는 계속해서 채근했다.

"만일 그렇다면 여기 작가님께선 뇌에 충격을 받아 실어중 상태에다 휠체어 아니면 운신도 못 하는 처진데 아무 때고 정신이 돌아오면 본인 맘대로 펄펄 뛰어다닐 수도 있고 다른 이에게 대필을 시켜 줄줄 작품도 쓰신다 그 말 아뇨? 지금 그걸 조서로 꾸미라고 하는 설명입니까. 제대로 협조를 해줘야 일을 마무리지을 거 아니오."

"그에 관해선 제출한 정신감정서상 소견으로 모든 법적인 석명을 다 해놓았습니다."

"자꾸 법적 운운하면서 넘어가려고 하는데 나도 법적으로 충고 한마디 하리다. 사체오욕이 그렇게 가벼이 볼 범죄가 아니오. 설령 정신병자가 한 짓이라고 하더라도 말이지……. 무엇보다 난 아직도 사건 자체가 사이코패스 범죄라는 것부터 믿기질 않아요."

처음부터 믿기 힘든 사건이었다. 피의자 측의 설명대로 판타지 영화 한 장면의 모방 여부를 떠나서 사건 그 자체가 엽기적이었다. 윤 경사는 신경질적으로 타자를 치며 조서를 작성하기 시작했다.

조서 ; 정신과 전문 간호사이자 언어치료사인 S는 3년 전부터 등반 도중 추락사고에 의한 대뇌손상 후유증으로 행위도착성 실서증 환자가 된 시나리오 작가 김경렬의 재활치료를 전담하여왔다.
　문) 그런데 환자의 상태가 나아졌습니까?
　답) 상태가 호전된 것은 틀림없는 사실입니다. 김경렬이 작품을 구술하기 시작했으니까요. 엄청난 진전이었죠.
　문) 특히 영화사 입장에서는 다행이었겠군요.
　답) 반면에 정신병리 측면에서 보면 꼭 반가운 현상만은 아니었죠. 왜냐하면 김경렬이 제한적으로나마 구술하는 상대방이 S로 한정되었다는 거죠.
　문) S가 아니면 아무와도 말을 안 했다는 거지요?
　답) 예. 보시다시피…….
　문) 환자 김경렬의 S에 대한 집착이 점점 심해졌겠군요.
　답) (대답하지 않음)
　문) 정신과적으로 다른 치료를 시도해보진 않았나요?
　답) 시도는 해보았지만 소용없었을뿐더러 환자의 상태가 극단적으로 악화되기 일쑤였습니다.
　문) 왜지요?

답) 무엇보다 김경렬은 작가입니다. 표현할 수 있는 유일한 수단인 S를 다른 무엇으로도 대체할 수 없다는 강박심리가 무의식을 송두리째 지배하고 있었던 거죠.

문) 작품이 전부인 작가로서 김경렬에게는 S의 존재가 절대적이었겠군요.

답) 예.

문) 두 사람이 서로 사랑했나요?

답) (머뭇거리다가 대답함) 잘 모르겠습니다.

문) 김경렬이 일방적으로 S를 사랑했나요?

답) 두 사람 사이의 감정이 어땠는지 정말 알 수 없습니다. 둘 중 누구도 그런 말이나 행동을 드러낸 적이 없었으니까요. (한참 머뭇거리다가) 설령 그들이 사랑을 했다 하여도 그것은 일반적인 방식의 사랑과는 많이 달랐을 것입니다.

문) S가 교통사고를 당한 게 정확히 언제 어디서였죠?

답) 사흘 전 01시, 김경렬의 집 앞 큰길에서입니다.

문) 늦은 시간인데요?

답) 김경렬의 호출을 받고 작품을 딕테이션하러 달려갔던 걸로 추정됩니다. 김경렬의 정신이 돌아오는 시간이 정해져 있는 게 아니라서…….

문) 김경렬이 S의 시신을 탈취한 것은 언제 어디서였죠?

답) 정확히는 모르지만 영안실에서 발인하기 직전 새벽인 것 같습니다.

문) 김경렬이 왜 만복사를 찾은 거죠?

답) 작품 속 마지막 무대였습니다.

문) 구체적으로?

답) 사랑하는 여인의 죽은 혼령이 비천(飛天)하는 마지막 신의 배경이 만복사입니다.

문) 김경렬 혼자서 그 장면을 연출하는 게 가능한가요? 폭설 속에 시신을 현장까지 끌고 가서 의상을 갈아입히고, 피아노 줄에 시신을 매달고 하는 게 휠체어에 의지한 환자 혼자 할 수 있는 일인가요?

답) 김경렬은 행위도착성 환자이지 행위불능자는 아닙니다. 그가 하고 싶다고 제대로만 생각이 든다면 못 할 일도 아니지요. 그가 그렇게 정교하고 뛰어난 작품을 썼다는 것 자체가 그 뚜렷한 예시일 겁니다.

조서를 마친 윤 경사는 일부러 서명할 것을 강요하며, 대리인 박 부장이 아니라 김경렬에게 펜을 내밀었다. 그러나 시종일관 그는 어디를 보는지 알 수 없는 눈길을 하고 꼼짝도 하지 않았다. 하는 수 없이 윤 경사는 김경렬의 손가락을 당겨 대신 지장을 찍었다. 그의 손을 잡았을 때 윤 경사는 직감적으로 느꼈다. 그것은 살아 있는 손이 아니었다. 김경렬의 사지는 정말 꼭두각시의 것처럼 그의 정신과 따로 놀고 있었다. 윤 경사는 오랜 수사 경력에서 나온 자신의 직감을 믿었다.

석연친 않았지만 우선 그렇게 일단락이 지어진 사건이었다. 그들이 경찰서를 나설 때도 폭설은 계속되고 있었다. 김경렬과

박 부장은 밤기차를 타기 위해 남원역으로 떠났다. 그런데 예약된 기차시간이 지나서 박 부장에게서 다급한 연락이 왔다. 김경렬이 실종되었다는 거였다. 윤 경사는 퇴근길이었지만 그를 찾아 나서기로 했다. 상부의 부탁이 아니더라도 내내 가슴에 미련이 남는 사건이었다. 김경렬이란 인물의 미늘 같은 눈길에 꿰인 듯한 심정이었다.

"만복사로 간 것 같습니다. 휴대폰 위치 추적을 해본 결과 만복사가 있는 왕정동 일대에서 좌표가 움직이질 않고 있답니다."

"실어증 환자한테 휴대폰이 다 있습니까?"

"그가 S에게 연락을 취할 때만 쓰는 연락수단이었죠. 걸려오는 전화는 절대로 받질 않지만……."

도중에 도로가 막혀 두 사람은 한참을 눈밭을 헤치며 걸어야 했다. 좀 전까지 눈보라에 지워진 탓인지 눈밭 어디에도 인적의 자취는 보이지 않았다. 달밤의 설원은 너무도 깨끗하고 한없이 고요했다. 윤 경사는 본능적으로 불안을 느꼈다.

"그 영화 말입니다……. 사건 현장이 마지막 신이라고 했는데 그 뒤로 다른 신이 없는 게 확실한가요?"

박 부장은 그렇다고 확인해주었지만 윤 경사는 공연히 불안한 마음이 들었다. 마치 공포영화가 끝나고 엔딩 크레디트가 올라갈 때 갑자기 죽었던 범인이 불쑥 나타날 것 같은 그런 식의 예감을 떨칠 수 없었다. 박 부장은 막막한 설원 어디에서라도 신호가 울리길 바라는 심정으로 계속 전화를 해대고 있었다. 윤 경사는 박 부장을 말렸다. 어차피 받지도 않을 전화였다. 만일 실종이 길어지면 위치 추적은 유일한 실마리가 될 거였다. 그때를 대비해 배터리를 닳게 해서는 안 되었다.

  법당 안은 희미하게 검푸른 기운이 감돌았다. 눈밭에 지친 두 사람의 허덕이는 입김이 어둠 속에 희붐하게 번졌다. 윤 경사는 대강 플래시로 둘러보았지만 어디에도 김경렬의 흔적은 없었다. 그래도 두 사람은 조심스레 어둠 속을 뒤졌다. 법당 안은 윤 경사가 이틀 전 직접 사건 현장을 마무리했던 그 상태 그대로였다. 두 사람이 걸을 때마다 바닥에선 마룻장 삐걱이는 소리가 귀기스럽게 울렸다. 플래시 불빛이 부처의 얼굴을 스쳤을 때였다. 세월에 마멸된 부처의 얼굴은 이목구비조차 불투명했건만 윤 경사에겐 김경렬이 시종일관 짓고 있던 모호한 무표정이 돌부처 얼굴에 고스란히 옮아 있는 듯한 느낌이 들었다. 불현듯 그 부처의 얼굴에 싸늘한 미소가 감도는 듯한 착각에 윤 경사는 섬뜩함을 느꼈다.

  바람이 불었다. 먼 곳에서 달려온 바람은 지친 듯 법당 문짝에 부딪혔다. 문고리가 달그락 소리를 내었다. 마룻장을 삐거덕거리며 박 부장이 다가왔다. 그는 가만히 윤 경사의 어깨를 두들겼다. 윤 경사는 흠칫 고개를 돌렸다. 박 부장은 핏기가 가신 얼굴을 하고 말없이 손가락으로 돌부처의 손을 가리켜 보였다. 또다시 바람이 불었다. 법당 문고리가 다시 달그락거리는 소리를 냈다. 플래시를 비추었을 때 윤 경사는 등골에 얼음이 맺히는 것 같았다.

본래 돌부처의 손은 떨어져나가고 없었다. 그런데 지금 그 자리엔 새로이 손이 놓여 있었다. 그 손은 돌로 된 것이 아니라 분명 사람의 뼈와 살로 된 것이었다. 바람이 좀 더 세게 불었다. 법당 문짝이 덜덜 떨렸고 문고리는 가쁘게 달그락거렸다. 무언가 다급한 소식을 가져온 길손이 문을 두들겨대는 것 같았다. 손목 부위에서 잘려나간 손에서는 아직 핏물이 들고 있었다. 핏물은 부처의 팔뚝을 타고 흘러내리고 있었다. 손은 무언가를 움켜쥐고 있었다. 질끈 움켜쥔 손매 그대로 피를 흘리고 있었다.

윤 경사가 손수건을 꺼내 잘려진 손을 잡으려는 찰나였다. 손은 마치 그의 손길을 피하려는 듯 저절로 털썩 바닥으로 떨어졌다. 윤 경사와 박 부장은 무춤 놀라 뒤로 물러섰다. 바람이 거세게 불었다. 쿠당탕. 마침내 법당 문짝이 활짝 열렸다. 뒤미처 바람에 쓸린 차가운 설편이 두 사람의 뺨을 후려쳤다. 접근금지 테이프가 날아와 돌부처의 불신에 친친 감겼다.

바로 그때 낯선 소리가 울렸다. 띠리리리링―. 느닷없는 전화벨 소리에 두 사람은 소스라쳐 놀랐다. 잘려나간 손이 그토록 움켜잡고 있던 것은 바로 휴대폰이었다. 띠리리리링―.

전화벨은 멈추지 않았다. 잘린 손은 끝끝내 전화를 놓지 않았다. 스며든 달빛에 시허옇게 핏기를 잃었지만 손은 결단코 전화만은 놓칠 수 없는 것 같았다. 전화벨의 진동 탓에 손은 발작하듯 가늘게 떨렸다. 그 진동에 의해 손은 전화기를 움켜쥔 채 살아 있는 듯 부처의 발치를 향해 더디게 기어가고 있었다. 떨어져나온 본래의 자리로 되돌아가려는 것처럼……. 검푸른 달빛에 하얀 손이 핏자국을 남기며 돌부처를 향하여 부르르 떨며 다가가고 있었다.

2부

> 더구나 장승요(張僧繇)가 눈동자를 그려 넣었더니
> 천둥과 번개가 벽을 허물어버렸고,
> 오도자(五道子)가 불각(佛閣)에 다섯 용을 그리자
> 큰비가 쏟아지며 안개가 끼었다.
> 이때 그림을 두고 '참'이라 여긴다면 잘못이라 하겠으나,
> '거짓'이라고 알고 보면
> '참'보다 뛰어나다고 할 수 있지 않겠는가?
> 글을 쓰는 이도 그와 같으면 그만이라 하겠다.
> 〔수향거사(睡鄕居士), 『놀라 책상을 칠만큼 기이한 이야기 모음집』 후편에 붙이는 서문(二刻拍案驚奇序)〕

 만복사 부처님은 오른손을 어깨 높이로 들어 손바닥을 펼쳐 보이고 왼손은 허리께로 내려 역시 손바닥을 보여주는 수인(手印)을 취하고 있었다. 왼손이 뜻하는 바는 여원(與願)이라 하여 중생이 바라는 바를 베풀어주겠다는 뜻이요 오른손이 뜻하는 바는 시무외(施無畏)라 하여 중생이 두려움을 떠나고 우환과 고난을 벗어나는 대자(大慈)를 베풀겠노라는 뜻이었다. 바로 그 부처님의 오른손이 떨어져 나간 사건이 벌어진 데는 구구한 이

야기가 있었다.

  양생(梁生)이 스스로 목을 맨 올가미를 매단 것이 하필이면 부처님의 오른손, 즉 시무외인의 자리였던 것이다. 과연 그는 아무런 두려움도 없는 담담하고 평화로운 얼굴로 숨을 거두긴 하였다. 그리고 이제 그의 죽음은 고스란히 살아남은 사람들의 번뇌가 되어 타오를 차례였다.

  설잠(雪岑)은 번뇌처럼 이글거리는 화로의 잉걸을 쬐고 앉아 있었다. 법당 안 부처의 발치에 앉아 부처의 눈을 하고 세상을 굽어보고 있었지만 그의 속에는 오직 번뇌만이 용솟음칠 뿐이었다. 그가 두 손으로 받쳐 들고 있는 것은 바로 부처의 오른손이었다. 목매 죽은 양생의 시신을 내릴 때 그만 부처의 손마저 부러뜨리고 만 것이었다. 보기에 따라선 목매 죽은 혼령이 그렇게까지 매달리고 싶어한 듯 보이기도 했고 혹은 부처가 그 혼령에게 내세에서까지 시무외의 뜻을 약속하고 있는 듯 보일 법도 하였다. 설잠이 하염없이 만지작거리고 있는 것은 바로 그 돌부처의 손이었던 것이다.

  '시무외…… 시무외…… 아무것도 두려워하지 말지니'라고 베푸는 부처의 손이 그런데 왜 그다지도 이물스레 느껴지는 것이었을까. 어쩌면 '네가 무엇을 두려워하는고?'라고 싸늘하게 묻고 있는 건 아니었을까. 돌로 된 손이 주는 육중한 무게감이 고스란히 가슴에 얹히는 느낌이었다. 설잠은 북받는 심정을 가누지 못하고 부처의 손을 가슴에 품었다. 이윽고 차갑고 딱딱한 돌의 감촉이 가슴을 치받고 올라와 목을 조르는 것 같은 갑갑함에 설잠은 공연히 생목을 넘겼다. 벌컥 법당문을 열어젖히고 섬돌에 대고 토악질을 했다. 아무것도 게위내지 못하고 생침만 흐르는데도 그는 무언가 목을 조여오는 느낌에 계속 숨이 막혀왔다. 가쁘게 해수를 토한 끝에 설잠은 진이 빠진 몸으로 법당 문설주에 머리를 괴고 기대앉았다.

그날따라 기린봉을 넘어가는 밤까마귀 떼 행렬이 유난히 길게 이어지고 있었다. 산마루 위로 까마귀 그림자가 빨려들고 그 너머로 솟은 반달은 외눈박이 괴물처럼 법당을 굽어보고 있었다. 미상불 누군가 자신을 지켜보고 있다는 느낌이 들었다. 밤새도 집으로 드는 야심한 때였다. 마지막 등잔도 꺼진 지 오래인 절 아랫말은 으스름 야기에 사람의 집 같지 않은 귀기를 품고 있었다. 법당 앞 배나무에 맺힌 것은 배꽃이라기보다는 창백한 달빛의 잔상이라고 해두어야겠다. 옛 책에 이르길, 달빛이 맺힌 이슬을 사람이 먹으면 신선이 되고 짐승이 먹으면 도깨비가 된다고 했던가. 야월화(夜月花)는 일견 청초해 보여도 볼수록 얼음꽃처럼 차갑고 투명한 느낌만 더하는 것이었다. 며칠 전만 해도 그 화사한 꽃그늘 아래 화려한 법연(法筵)이 펼쳐졌더랬는데……. 어디서인지 자꾸 한기가 올라왔다. 설잠은 다시 한번 부지깽이로 화로 속 잉걸을 쑤석여 불기운을 돋우었다. 그의 얼굴에 번뇌의 그림자가 호르륵 타올랐다.

아무리 해도 떨쳐버릴 수 없는 생각이었다. 결국 양생을 죽음으로 이끈 것은 설잠의 소설이었던 것이다.

*

"그러니까 이 글대로 한다면 저는 지리산으로 들어가 약초를 캐며 여생을 보내게 되는 것이로군요."

꼼짝 않고 설잠의 소설을 다 읽고 난 양생은 그렇게 말하며 비로소 종이에서 얼굴을 들었다. 그의 얼굴은 붉게 상기되어 있었다. 마치 소설 속 무대를 원 없이 휘젓고 돌아온 양 숨까지 가쁘게 헐떡이는 것이었다. 폐환자 특유의 코끝에 맺히는 숨엔 모처럼 생기가 도는 것 같았다.

양생이 저렇게 흥김을 드러내는 것은 처음이었다. 설잠도 모처럼 보람을 느꼈다. 누군가에게 기쁨을 주는 글을 써본 지가 언제인지 기억도 나질 않았다. 난생후 글밖에 써본 것이 없고 글 쓰는 것이 업보인 그였는데도 말이다.

양생은 위인이 몹시도 우울해서 절간 안팎을 두고 친한 이 하나 없었다. 더욱이 폐병쟁이인 까닭에 공연히 병이라도 옮길까 본인부터 남들과 거리를 두는 처지였다. 백납같이 창백한 안색만 보아도 이승보다는 저승에 가까운 환자였다. 어울리는 이가 없으니 좋아하는 저포놀이조차 혼자서 즐길 따름이었다. 아니 할 일이라곤 것밖에 없다고 하는 게 옳았다. 그날, 그러니까 법연이 열린 며칠 전 밤에도 양생은 홀로 저포를 놀고 있었다.

꽃놀이 인파가 빠져나간 밤늦은 경내는 다른 날보다 훨씬 요요로웠다. 인파가 쓸고 간 자리엔 떨어진 꽃잎들만 어지럽게 바람을 탔다. 본디 뵈지 않는 바람이란 스쳐가는 것을 타고 그 모양새를 뵈주는 법이었다. 달밤에 떨어진 꽃잎을 스쳐가는 바람자락은 허무와 환상의 대구(對句)를 시인의 가슴에서 불러냈다. 설잠은 시심을 쉬 붓으로 옮기지 않았다. 일일이 글로 남기느니보다는 차라리 그 시심을 좇아 소요하는 편이 요즈막 들어선 더 맘에 드는 그였다.

그렇게 꽃바람결을 따라 흩날리듯 경내를 떠돌고 있을 때였다. 법당에서 따그락따그락 소리가 들렸다. 들쥐가 내는 소리치고는 크기도 크고 일정한 박자를 가진 소리였다. 게다가 무언가 웅얼거리는 소리에 웃음소리까지……. 설잠은 머리칼이 쭈뼛거리는 것을 느꼈다. 발소리 죽여 다가가 문틈 사이로 법당 안을 들여다보았다.

처음에 설잠은 참말 귓것을 본 줄 알았다. 도포에 갓까지 제대로 차린 양반 그림자 하나가 태연히 영가단 앞에 앉아 있었다. 문종이 스민 달빛에 비친 그 회백색 낯빛은 입체감이라곤 하나도 없이 밋밋하여 마치 그림을 들여다보는 느낌이 들었다. 지옥도 속에서나 봤음 직한 납빛 무거운 황천객의 안색이었다.

이윽고 설잠은 그 얼굴이 양생이란 것을 알아보았다. 그런데 도대체 이 깊은 밤 난데없는 곳에서 무엇을 하고 있단 말인가. 정작 정체를 알고도 그 하는 양을 지켜보고 있자니 설잠의 호기심은 커져만 갔다.

양생이 놀리고 있는 것은 틀림없이 저포였다. 그는 나름대로 소리를 죽인다고 방석 위에 저포를 놀리고 있었지만 다섯 개의 주사위가 부딪히며 내는 소리는 어웅한 법당 안에서 기묘하게 메아리쳤다. 흡사 저승문을 두들기는 소리처럼 생경했다고나 할까. 저포를 던질 때마다 도포 자락이 일으키는 바람에 영가단에 피워놓은 등촉이 꺼질 듯 흔들렸다. 덩달아 양생의 그림자가 맞은편 벽에 크게 너울지는 양이 꼭 도깨비춤처럼 허망하고 괴이하게 보였다. 뿐이랴. 저포를 던지는 것은 틀림없이 양생이었지만 놀이를 하고 있는 것은 홀로가 아니었다. 양생은 두 패의 말을 번갈아 움직이고 있었고 분명 영가단의 무언가를 대신하여 저포를 굴리고 있는 거였다. 영가단 위에 무엇이 있다면 그것은 필시 죽은 혼백일 터. 그렇다면 양생은 지금 구천의 누구와 더불어 저포놀이를 하고 있는 셈이었다. 아닌게아니라 그가 중얼거리는 소리는 알아들을 수 없으되 누군가와 이야기를 나누는 것만은 틀림없는 것 같았다. 게다가 이따금 단상을 올려다보며 히죽히죽 웃기까지……. 그 희끄무레한 미소는 정말이지 생인(生人)의 것이라곤 도저히 볼 수 없었다.

한순간 설잠은 제 눈으로 보고 있는 것이 양생이 아니라 양생의 혼귀는 아닐까 하는 망념이 들었다. 환자가 기어이 오늘밤 숨을 넘기고 혼백이 되어 떠돌고 있는 것은 아닐까. 그러고 보니 간밤 법석판에 양생의 자취는 어디서도 뵈질 않았다. 설잠은 모골이 송연해지는 것을 느꼈다.

설잠은 잠자코 양생이 하는 양을 훔쳐보고 있었다. 보면 볼수록 그의 행색과 소위는 기이함을 더해갔다. 특히 영가단을 바라서 슬몃 던지는 미소는 환영처럼 설잠의 눈을 흐렸다. 웃을 때마다 조금씩 희미해지는 것 같은 미소였다. 그대로 놔두면 저렇게 밤새 히죽거리다 끝내 사람의 형상이 전부 사라질 것만 같았다. 결국 설잠은 부러 인기척을 냈다. 귓것이라면 달아날 것이고 생인이라면 저렇게 미쳐 죽게 놔둘 순 없는 노릇이었다.

양생은 당황하며 저포를 소맷자락에 감추었다. 그러나 상대가 설잠이란 것을 알자 한결 다행이란 표정을 지어 보이는 거였다. 다행을 느낀 건 양생이 미친 게 아닌 줄 안 설잠 역시 마찬가지였다.

"제가 광역(狂易)한 줄 아시었겠습니다."

부끄러워 먼저 꺼낸 말이겠지만 말 속에 한숨이 섞인 걸로 보아 무언가 고백할 것이 있다는 투였다. 설잠은 다정한 얼굴로 양생의 어깨를 다독이며 하고픈 말을 해보라는 표정을 비쳤다.

"스님께선 사랑을 해보시었는지요?"

중에게 사랑 운운하는 것은 설잠이 반승반속이란 걸 알고 묻는 소리일 터. 설잠은 가만히 고개를 끄덕여 보였다.

"저는 입때껏 못 해보았습니다."

그렇게 말하며 양생은 설잠을 향해 멋쩍게 웃어 보였다. 노총각의 빙충맞은 미소일 터인데 그 희미한 웃음은 여전히 설잠의 가슴에 불을 놓는 것 같았다.

"해서 죽기 전에 한 번은 그 사랑이란 놀음을 겪어보고 싶었습지요."

양생은 처연하게 고개를 쳐들어 영가단을 바라보았다. 그의 눈길이 머문 곳에 위패가 하나 놓여 있었다. 망녀(亡女) 최씨 처녀의 위패였다.

"윤달이 든 이태 전의 일이었습니다. 웬 여인이 수의를 입고 법당에서 절을 올리기에 기이하게 여겨 숨어 보았습니다. 썩은 달(윤달)에 예수재(豫修齋)를 지내놓으면 염라부에 끌려가서도 고초가 덜하다지요."

그것이 양생이 처녀를 본 처음이자 마지막이었다. 그것도 수의에 싸인 뒤태만 말이다. 그때서야 설잠은 위패의 처녀가 누구인지 생각이 났다. 최씨 처녀는 설잠과도 면식이 있는 최 판관의 외동녀였던 것이다.

"그녀가 저처럼 병이 깊다는 것을 재를 올릴 때 읊조리는 기도문을 듣고 알았습니다. 얼굴 한번 보지 못하고 손길 한번 나누지 못하였지만 저는 우리가 한가지 인연이었음 좋겠다고 부처님께 빌었습니다."

숨이 차는지 양생은 잠시 호흡을 골랐다. 한참 뒤 그는 고요히 한숨을 섞어 이렇게 말했다.

"다른 것은 아무것도 모르되 살아생전 자기 손으로 저 먹을 제삿밥을 올리던 그녀의 심정만큼은 제가 가슴 깊이 이해할 수 있었습지요. 그녀가 살았을 때 그 심정을 전하지 못한 것이 오로지 한이올습니다. 산 사람으로 저승옷을 두르고 가짜상여에 실려 명부전을 나설 적에 남몰래 흘렸을 암루(暗淚)를 닦아주지 못한 것이 오로지 이 마음에 남은 한이올습니다!"

양생은 끝내 울음을 삼키지 못하고 훌쩍였다. 설잠은 가만히 그를 다독여주었다.

"부끄러운 것은 제가 보인 미친 행색이 아니라 제가 품고 있는 이 마음이 과연 사랑이라고나 할 수 있을지 그것을 알 수 없다는 때문입니다."

양생은 울음에 가쁜 숨을 헐떡이며 연해 물었다.

"스님, 얼굴조차 보지 못한 여인을 사랑하는 것이, 내 멋대로 마음에 두는 것이 과연 사랑이라 할 수 있겠는지요, 스님……!"

그러하였는가……. 그러하였는가……. 설잠은 이렇다 저렇다 대꾸해주지 못하고 그저 양생의 떨리는 등판을 어루만져주기만 하였다.

'암은……. 사랑이고말고. 사랑이란 바로 그런 것이지. 그렇고말고……. 그것이 가없는 사랑이란 걸 인간은 몰라도 부처는 알 것이네. 아무렴 그만 것도 깨닫지 못하고 어찌 부처랍시고 돌이 되어 인간을 굽어보겠는가.'

설잠은 엎드려 훌쩍이는 양생의 귀에 대고 나직하게 속삭였다.

"자네가 배필 하나는 제대로 골랐네. 마침 내 저 처자를 알지 않겠나. 하늘이 자네 둘을 이곳에 부른 이유가 결국은 연분이었구먼."

양생은 치미는 비애를 이기지 못하겠는지 주먹으로 바닥을 치며 목 놓아 울기 시작했다. 때마다 소매 속에서 저포주사위가 기이한 소리를 내며 놀았다.

그날 밤으로 설잠은 글을 쓰기 시작하였다. 오로지 양생 한 사람만을 위하여 쓴 소설이었다. 먹고 자는 것도 잊고 붓을 휘둘렀다. 아니 붓을 놓을 수가 없었다. 소설 속 시문은 설잠이 썼다기보단 양생의 울음을 대신 울었다고 하는 편이 옳았다. 절창을 짓겠노라는 의지 따위도 없었다. 그저 살 날 얼마 남지 않은 양생이 가상여 속에 실려가는 최씨 처녀에게 하지 못한 이야기를 대신 전하겠다는 뜻밖엔 없었다. 누구에게도 말 못 하고, 수의 입은 뒤태를 서럽게 사랑한 그의 가슴앓이를 글로 적는 일이 설잠이 해준 일의 전부였다.

그리고 마침내 그 소설을 읽고 난 그날 밤 양생은 부처의 손에 죽기를 청하였던 것이다. 그는 기어코 사랑한 여인의 뒤를 따라간 것일까. 모를 일이었다. 양생은 한 손엔 저포주사위를, 한 손엔 설잠이 지은 소설 두루마리를 움켜쥐고 올가미에 목을 매었다.

*

한기가 몰려왔다. 화로를 끼고 있었지만 설잠은 으스스 몸이 떨려왔다. 그는 여전히 돌부처의 손을 바르쥐고 있었다. 어찌나 세게 쥐고 있었던지 손끝에 마비가 왔다. 그래도 손을 놓을 생각을 하지 못했다. 흡사 그렇게 쥐고 있노라면 무외(無畏)를 베푸는 부처의 뜻이 통하기라도 할 것처럼 말이다. 그러나 손끝의 감각이 무뎌질수록 설잠은 자신이 무엇을 두려워하고 있는지 그것을 알 수 없어 두려움을 타고 있다는 것을 느꼈다. 미상불 손은 자꾸 이렇게 되묻는 것만 같았다.

'진정 네가 무엇을 두려워하는지 모른단 말인가?'

그런 물음이 들릴 때마다 설잠은 저도 몰래 부처의 손을 더 세차게 그러쥐었다. 그러면 돌로 된 손은 더 엄한 목소리로 같은 물음을 되묻는 거였다. 설잠은 절레절레 고개를 저었다. 저절로 그리되었다. 부처가 묻는 바를 잡아떼는 것인지 아니면 그 물음 자체가 무서워 거부하는 것인지, 그조차 알 수 없어 자꾸 고개를 젓기만 하였다.

절 마당은 푸른 이내가 끼기 시작했다. 어느새 구름에 든 달빛이 으스름 흐려지고 불던 바람이 안개로 바뀌어 절집은 깊은 밤의 세계로 빨려들고 있었다. 여느 때 같으면 평온을 느꼈을 야기였지만 오늘은 전혀 다른 적요가 경내에 감돌고 있었다. 마치 영영 끝나지 않을 어둠 같았다. 새벽도량석을 알리는 목탁 소리는 영원히 울리지 않을 것 같았다.

불현듯 설잠은 품에 안은 돌덩이 손에서 눈을 뗐다. 사방을 둘러보니 절집은 그 절집이 분명한데 세계는 그가 거닐던 세계가 아닌 것 같았다. 선잠에라도 빠졌던 것일까. 정말 잔몽에서 깨어나지 못한 것처럼 사위는 낯선 세상으로 변해버린 듯싶었다.

마당의 다북쑥은 언제 저렇게 키가 자라고 언제 또 시들어버린 것일까. 그 너머 항상 바람을 타며 이야기를 들려주던 대숲은 안개에 쐬어 그 푸르름이 잿빛으로 죽어 있었다. 구름도 흐르지 않고 추녀 끝 풍경도 얼어붙어 쇳소릴 잊은 지 아득한 것 같았다. 만복사 너른 터가 통째로 명계(冥界)로 가라앉은 것 같은 착각이 들었다.

그때 법당 뒤란에서 딸그랑 방울 소리가 울렸다. 전혀 뜻밖의 소리였다. 딸그랑딸그랑 작지만 또렷한 소리였다. 그 미약한 소리에 설잠은 찬물을 뒤집어쓴 것처럼 정신을 차렸다. 한낱 방울 소리에서 기쁨과 두려움을 동시에 느낀 것은 알지 못할 일이었다. 깊은 산중을 헤매다 문득 들려오는 범종 소리 같기도 하고 저승시왕이 출두를 고하는 솔발 소리 같기도 한 것이, 아무튼 작은 크기에 비해 너무도 큰 울림을 주는 그런 소리였다.

방울 소리는 더디게 다가왔다. 사위에 가득한 구천의 어둠을 밀어내는 듯 맑고 명쾌한 소리였다. 설잠은 저를 향해 다가오는 그 외경스런 소리를 맞으러 엉거주춤 일어섰다.

푸르스름 밤안개를 헤치고 나타난 것은 뜻밖에도 한 마리 소였다. 방울 소리의 정체는 소의 워낭 소리였던 것이다. 설잠은 두려운 걸음으로 섬돌 밑으로 몇 발짝 내려섰다. 소의 얼굴은 무심하기 짝이 없었다. 설잠으로부터 일정한 거리에 이르자 소는 더 이상 움직이지 않았다. 마치 거기까지 이른 것이 제 할 일의 전부였다는 듯 소는 태무심한 얼굴로 설잠을 응시하고 있었다. 워낭 소리도 차분히 가라앉았다.

설잠은 기이한 얼굴로 소의 눈을 마주 보았다. 여느 절과 마찬가지로 법당 벽엔 심우도(尋牛圖)가 그려 있었다. 마음자리의 비유인 '소'를 찾아 나선 수행과정을 뜻하는 그림이었다. 한순간 설잠은 눈앞의 소가 바로 그 심우도 속에서 걸어나온 것 같은 환상에 빠졌던 것이다.

덜거덕 덜거덕. 이번에 또 다른 소리가 안개 저편에서 울려왔다. 무언가 무겁디무거운 것이 어렵사리 끌리는 소리였다. 어둠 너머에서 그 소리는 버겁게 다가오고 있었다. 저승강을 건너는 사공의 노 젓는 소리가 있다면 그렇게 더디고 지루할 것이었다. 설잠은 소의 코뚜레를 부여잡은 채 그 소리가 다가오길 기다렸다.

어둠 속에 먼저 작은 횃불 하나가 떠올랐다. 횃불을 들고 있는 것은 나졸이었다. 검은빛 더그레 차림으로 보아 형리(刑吏)가 틀림없었다. 벙거지 시울에 짙은 그림자가 진 탓에 그의 얼굴은 전혀 알아볼 수 없었다. 그는 한 손엔 횃불을 밝히고 다른 손으론 어렵사리 달구지를 끌고 다가오고 있었다. 달구지 위에는 거적에 덮인 시신이 하나 놓여 있었다. 얼굴은 덮고 다리만 불쑥 나와 있었지만 보나마나 그것은 양생의 주검일 것이다.

형리는 저벅저벅 설잠을 향해 다가왔다. 무심결에 설잠은 주춤 물러섰다. 형리는 더 큰 걸음으로 설잠의 코앞까지 다가왔다. 설잠은 몸이 굳었다. 깊은 숨을 들이켜며 형리의 얼굴을 바라보고자 하였다. 그러나 형리는 그늘진 얼굴 속 형형한 눈길만 뵈어줄 뿐이었다. 설잠은 그 눈길을 이기지 못하고 결국 눈을 내리깔았다. 형리가 무슨 짓을 벌이든 묵묵히 당할 도리밖엔 없을 것 같은 심경이었다. 형리는 무뚝뚝한 손길로 설잠의 손에서 소의 코뚜레를 빼앗았다. 하고는 무심하게 돌아서서 달구지에 멍에를 얽어매는 것이었다. 그것이 전부였다. 딸그랑 딸그랑. 또다시 워낭이 울었다.

그리고 누군가 또 다른 인물이 천천히 마당을 건너왔다. 역시 관헌 차림의 그는 분명한 걸음으로 곧장 설잠을 향해 다가오는 것이었다. 횃불에 언뜻 비친 그 얼굴은 최 판관이었다. 바로 양생이 짝사랑한 죽은 최씨 처녀의 아버지였던 것이다. 그때서야 설잠은 관아에서 양생의 자살을 검험(檢驗)하러 나올 것이란 소식을 들은 기억이 났다. 그런데 하필이면 검관(檢官)으로 그가 나올 줄이야……. 설잠에겐 뜻밖의 낭패가 아닐 수 없었다.

"검시가 이제야 끝이 났소이다."

최 판관이 무심하게 말을 꺼냈다. 횃불을 등진 그의 얼굴이 무슨 표정을 짓고 있는지 알 수 없었다.

"이렇게 늦게까지……."

설잠은 말끝을 흐렸다.

"이것을 읽느라 그리되었습니다. 죽은 이가 끝까지 손에 쥐고 있었소이다."

그것은 바로 설잠이 양생을 위해 지은 소설 두루마기였다.

"……."

설잠은 아무런 대꾸도 하지 않았다. 무엇이라고 대꾸할 말도 없었고 변론을 대고픈 마음은 더더욱 없었다. 양생의 자진에 그가 부추긴 혐의가 있다는 추궁이 돌아온다 하여도 왈가왈부하지 않고 처분에 따를 마음이었다. 다만 마음에 걸리는 것 한 가지는 최 판관이 그의 소설을 이해하지 못할 것이란 사실이었다. 그는 완고한 선비였다.

두 사람이 면식을 쌓은 지는 몇 해 되지 않지만 서로의 이름과 문장은 오래전부터 알고 있던 차였다. 최 판관 또한 강직한 성품 탓에 학문과 자질을 인정받지 못하고 외직으로만 돌고 있는 처지였다. 두 사람이 처음 만난 것은 술에 취한 설잠이 버릇대로 감사의 행차길을 막고 학정에 오리(汚吏) 운운하며 취담을 퍼부은 사건 때문이었다. 왕실과 정승까지 당하고 쉬쉬 넘어간 판에 감사라고 속으로 분을 삭이고 넘어갈 도리밖엔 없었지만 감영은 뒤숭숭하였다. 그리하여 최 판관이 경고 겸 부탁 겸 설잠을 찾아오게 된 것이었다. 그날 두 사람은 일대 설전을 치러야 했다.

"고운야학(孤雲野鶴)의 선생께서 무엇하러 저잣길까지 나서 그런 일을 벌이셨습니까."

"내 일갈을 그른 소리라고 하실 양이면 평소 내게 들리던 판관 영감의 고명이 헛되이 전해졌나 보오."

"선생의 일갈이 그르다는 것이 아닙지요. 그 뜻을 담을 그릇에다 푸셨어야지 감사는 그만 그릇이 아니 됩니다."

"그릇이 작으면 넘치는 꼴을 보고 깨우치겠지요."

"선생의 뜻을 펴실 양이면 어찌 술김을 빌려 그러하십니까. 선생께서 일찍이 붓과 쟁기를 번갈아 들며 경세제민의 뜻을 몸소 실천하신 줄 압니다. 가슴에 품은 웅혼한 문장이 있다면 그로써 평천하의 뜻을 끝까지 관철해야 옳지 않겠습니까. 허나 정작 선생께서는 시방 방외거사를 자처하며 연일 소설 같은 잡문을 짓는 대로 불쏘시개로 써버린다고 들었습니다. 어찌 몽중설몽(夢中說夢)으로 허송만 하십니까."

"시문을 적은 종잇장이란 이미 그 자체로 하나의 생령이 된 것이오. 내 그에 불을 놓는 것은 그 종이 속에 갇힌 괴력난신이 풀려 세상에 출몰할까 두려운 때문올시다."

홧김에 던진 농이었지만 결국 그 대목에서 최 판관은 자리를 차고 일어섰다.

"고인의 말씀에 소설은 사서(史書)의 전통이 흩어져 일어난 것이라 하였습니다. 당신께서는 외사씨(外史氏) 노릇이나 하고 계시면서 세상이 공맹의 도를 따라 돌지 않는다고 탓하신단 말씀이오이까?"

횃불 탓에 최 판관의 얼굴에 진 주름이 유난히 깊어 보았다. 외사씨 운운하던 그의 타박이 귓전에 되살아났다. 새삼스런 일도 아니었다. 실로 설잠의 가슴엔 오래전부터 문장이 불타고 있었다. 아마도 그 불은 그가 태어나기 전부터 누군가의 가슴에서 계속 타오르던 불이었을 것이다. 그 불씨가 전해지고 전해져 결국 그에까지 이르렀을 터였다. 거슬러 올라가면 그 불타는 문장이란 대괴(大塊―우주)가 스스로 지펴서 처음 문자를 고안한 인간에게 전한 불씨일 거였다. 예전에는 그 타오르는 문장으로 무엇을 할 것인가가 고민이었지만 언제부턴가는 왜 대괴가 내 가슴에 문장의 불을 지펴놓았는가, 그 자체가 의문이 되기 시작하였던 것이다. 그 문장의 불꽃으로 훈고(訓詁)를 밝혀 태사공(太史公)의 뜻을 잇는 일이 하늘의 소명인 줄 알고 살았건만······. 그런데 한번 외사씨라는 지목을 받은 뒤로는 정말 자신이 하는 일이 꼭 그만큼의 일이었던 것이다. 시문을 짓는 일이 이제는 가슴속 불꽃을 꺼내 하나씩 둘씩 세상에 풀어놓는 게 되었다. 마치 연등을 강물에 띄워 보내는 것 모양 가슴속 이야기를 아슴아슴 놓아 보내는 심정인 거였다. 가슴의 불로 세상이란 벌에 들불을 놓고 싶었다.

이번 사건도 마찬가지였다. 양생은 결국 그의 가슴에 맺힌 불꽃의 하나였고 마음속에 갇혀 있던 한 조각 꿈이었던 것이다. 양생에게 죽음을 교사한 것이 아니라 양생으로 하여금 갈 길을 가도록 놓아준 것이었는지도 모를 일이다.

그 사정을 최 판관 같은 완고한 사대부에게 어찌 설명하겠는가. 설잠은 허허바다 같은 속을 알아달라고 청하고 싶지 않았다. 하물며 불도(佛道)를 방외학이라 이르며 제 딸의 예수재 때도 나타나지 않았던 고집불통 유자인 최 판관이거늘. 그런 사람에게, 일점혈육인 딸의 처녀 혼백이 부처의 꿈에 엮여 처음 본 사내와 그 밤으로 운우지정을 나누고 현세와 유계를 넘나드는 한바탕 사랑에 몸부림쳤다는 소설이 어떻게 받아들여졌을까.

최 판관은 뚫어지게 설잠을 응시하고 있었다. 이따금 너울지는 안개 속에 횃불이 춤을 추기도 하였지만 그는 퉁방울진 눈동자를 껌벅도 하지 않고 설잠을 노려보고 있었다. 설잠은 그가 입을 열 때까지 기다렸다. 밤이라도 새리라 마음먹었다. 그의 속에도 얼마나 들끓는 이야기들이 있겠는가.

"사황(史皇―창힐)이 문자를 만드니 어떤 일이 벌어졌는지요?"

한참 만에 꺼낸다는 이야기가 느닷없는 수수께끼였을까? 설잠은 무심하게 대꾸하였다.

"밤새 귀신이 울었다더이다. 인간이 문자로 깨우치니 더는 요사한 짓을 할 수 없기에……."

"그런데 선생께선 바로 그 문자로 괴력난신을 노래하고 요마귀괴(妖魔鬼怪)를 풀어놓으셨습니다."

틀림없는 질책일 텐데 어찌하여 꾸짖는 그의 목소리는 그다지도 풀이 죽었을까. 설잠은 깊은 눈으로 최 판관을 마주 보았다. 최 판관이 문득 한 걸음 다가왔다. 소설을 그러쥔 그의 손이 보일 듯 말 듯 떨리고 있었다.

"딸아이가…… 딸아이가…… 보고 싶습니다. 혼백이라도 좋으니 한 번만…… 단 한 번만……."

북받치는 속을 가누지 못하겠는지 비틀거리던 최 판관은 설잠의 손을 부여잡았다. 엄밀하게는 그가 부여잡은 것은 설잠이 움켜쥐고 있던 부처의 손이었다. 부처의 손 위로 어렵사리 가두고 있던 사대부의 눈물 한 줄기가 떨어져 내렸다.

"선생…… 선생의 글이 신묘하여 그 운향(韻響)이 황천까지 울릴 터이니 내 딸이 틀림없이 손말명(처녀귀신) 신세는 면하였을 게지요? 그러할 터이지요, 예?"

설잠은 아무런 대꾸도 하지 않았다. 그저 속으로 시무외, 시무외, 주문도 아니고 기도도 아닌 소리를 뇌까렸다.

더 나눌 이야기가 없었다. 무겁게 눈을 한 번 감았다 뜨고는 최 판관은 인사도 없이 돌아섰다. 흐지부지 안개 속으로 사라지는 그의 뒷모습은 가라앉는 거룻배처럼 더디고도 무겁게 보였다. 설잠은 돌부처의 손을 하염없이 만지작거렸다. 이윽고 횃불은 완전히 안개 속으로 스며들었지만 소의 워낭 소리는 그 후로도 오랫동안 울렸다.

3부

강둑을 따라 흐르는 것은 강물이 아니라 봄 자체였다.

바람이 스칠 때마다 둑길에 선 왕벚나무에선 꽃비가 날렸다. 어스름 새벽인지라 분홍빛 꽃잎은 그윽한 기운을 뒤어쓰고 있었다. 시들기 전에 떨어진 꽃잎은 물결에 실려 더욱 아스라한 봄빛이 되어 서쪽으로 흘렀다. 들판 너머 강굽이 지는 산자락에, 꽃물 든 강물이 몰리는 지평선으로 봄다운 여명이 어리고 있었다. 꽃비가 질 때마다 노인은 산화락(散花落)—산화락—산화락—, 화장터에 꽃을 뿌리는 범패승의 노랫소리가 강둑에 퍼지는 듯한 착각에 빠졌다.

아닌게아니라 고을 이름도 중산골이었다. 오래전 아랫녘 만복사 스님들이 죽으면 다비를 치른 뼈를 산골했던 곳이라 해서 중산골이었다. 그 시절엔 만복사에 그만큼 중들이 복닥였던 모양이었다.

林노인은 이백의 꽃노래를 흥얼거리며 둑길을 걸었다. 가락을 맞추느라 노인의 손길은 꽃바람처럼 들썩였다.

─그윽이 봄에 젖기도 전에 이야기는 흐를수록 맑아만 지누나(幽賞未已, 高談轉淸).

영감님 가락은 어찌 그리 구슬프오. 아낙들은 종종 고름에 눈물을 훔치며 타박 아닌 타박을 했다. 그럴 밖에. 가락을 구성지게 끌지 못하면 그건 전기수(傳奇叟)라 할 수 없었다. 좌중의 희로애락을 들었다 놓았다 하는 것은 노인이 읽어주는 책 내용보다 가락의 고저장단과 맺고 끊음에 있었다.

장을 돌며 이야기를 파는 업이었지만 다음 장판을 찾아나서는 길도 아니었다. 서너 파수 걸러 한 번씩 들르던 집으로 가는 걸음도 아니었다. 노인은 아직은 어스름에 잠겨 제대로 보이지 않는 언덕 아랫말을 바라보았다. 그 어림에 만복사터가 있었다. 그리로 가는 길이었다.

강둑 너머 새로 갈아엎은 밭고랑이 잔잔히 이어지고 있었다. 농사가 바빠지면 이야기를 듣는 귀도 그만큼 주는 법이었다. 사랑에 모이는 손이 끊기면 노인은 부쩍 외로움을 탔다. 삯돈이 줄어드는 이상으로 헛헛함을 느꼈다. 나이가 들면 가실 줄 알았건만 웬걸 꽃바람에 소침해지기는 갈수록 봄처녀였다.

해도 이번 걸음은 남달랐다. 오랜만에 중산골 이부자 댁 노모 고희연에 불려간 참이었다. 귀가 어두워졌어도 그녀는 굳이 노인이 읊어주는 소설만을 듣고파했다. 다른 전기수로는 어림도 없을 일이었다.

이부자네 노모는 삼둘네라는 이상한 택호로 불렸다. 원하는 것 셋 중에 둘은 이루지만 하나는 이루지 못할 것이라고 어려서

스님한테 얻은 아명이라 했다. 세 가지 원이란 재물과 미색과 사내라는 소문이었다. 스님의 참언이 맞건 그르건 그녀가 앞의 두 가지를 이룬 것은 사실이었다. 이씨네 부자라고 하지만 실상 그 재물을 모은 것은 안방마님 삼둘네의 당찬 수완 덕이었다. 더욱이 청상에 과수가 되어 홀로 늙어간 것을 보면 마지막 한 가지야말로 그럴싸하게 들어맞았다. 비록 호사가의 입심에서 나온 소리라고 하더라도 사람들은 그것을 믿고 싶어하기 마련이었다.

삼둘네와 전기수 林노인과의 인연도 어언 40년 세월에 달했다. 처음 고모의 소개를 받고 이부자네 잔치에 불려갔을 때는 새파란 놈에게 무슨 맛으로 고담(古談)을 듣느냐며 타박부터 받았었다. 기를 쓰고 어느 때보다 열심히로 〈이춘풍전〉을 강창(講唱)하였다. 춘풍이 추월과 어울리는 장면에선 박장대소가 추녀를 울리더니 읽기를 마치며 불어젖힌 퉁소 소리엔 수십 칸 이부자네 잔치손이 모두 그의 주위에 몰려 넋을 팔고 있었다. 잇단 재청에 두 꼭지를 더 읊고도 사람들이 놓아주질 않았다. 급기야 그날 밤은 삼둘네 안방마님의 내당까지 불려가게 되었다.

금병매! 중년의 삼둘네는 무슨 책을 읽어 올리리오 묻는 말에 서슴없이 그 소설을 고르는 거였다. 봇짐 속에서 금병매를 고르는 林의 가슴이 남몰래 콩닥였다. 청춘에 과수 되어 오늘날 황산벌 옥야백리를 쥐락펴락하는 여걸이라지만 아무런 내외 없이 선뜻 천하의 음서를 골라잡을 줄이야. 게다가 야심한 내당에 단둘이 마주 앉은 자리였다.

"책을 읽기에 앞서 먼저 한 말씀 올리겠습니다. 청나라의 소주 땅에 양 씨라는 부자 서적상이 돈이 된다 하여 금병매를 찍어냈다가 집안에 액이 끊이지 않고 병마에 아들까지 잃었기에 그 판본을 불사르자 다시 아들을 얻고 가업도 살아났다고 합니다. 마님께선 그래도 이 소설을 듣기를 원하시는지요."

경고를 했다기보다는 그녀를 떠보기 위한 수작이었다. 마님은 허공을 바라보며 슬몃 코웃음을 쳤다. 그때 미럿한 입매를 따라 기묘하게 번지는 그녀의 미소를 그는 두고두고 잊을 수 없었다. 음서 읽기를 청해놓고 슬며시 옷고름을 푸는 여인들이야 선배 전기수들한테 흔히 듣는 객쩍은 소리였다. 오늘 운수가 잘만 풀리면 든든한 뒷줄이 될 수도 있었고 수틀리는 날엔 칠성판에 실려 나갈지도 몰랐다.

목청을 틔운 林은 일부러 음탕하지 않은 대목을 골라 낭독을 시작하였다. 이야기가 시작되자 마님은 개암이 담긴 바가지를 끌어당겨놓고 무심히 껍질을 까기 시작하였다. 딴청을 피우는 심사를 알듯 모를 듯했다. 林은 적당히 내용을 눙치며 슬슬 이야기를 달구어나갔다. 방중술에 쓰일 비방과 춘약(春藥)을 제조하는 대목에 이르러 林은 힐끔 눈치를 살폈다. 마님은 여전히 개암 바가지에서 고개를 들지 않았다. 그에게는 스쳐가는 눈길조차 주지 않는 거였다. 세월이 얹혀 중년이 되었다지만 그 탓에 도리어 애잔한 미를 풍기는 삼둘네였다. 좌우의 등촉에선 등갓의 그림자 속 나비가 바람벽 위로 소리 없이 날고 있었다. 병풍 위의 원앙은 지저귀지 않았다. 오로지 딱딱. 개암을 까는 무심한 소리가 마님의 손에서 반복될 뿐이었다. 이야기가 달아오를수록 속이 타는 것은 林 쪽이었다.

 밤보다 소설이 깊어갔다. 林은 좀 더 뱃심을 내어 이야기를 이끌었다. 화려한 관등놀이 속으로 삼둘네를 이끌어갔다. 林은 먼저 그녀를 치장해야 했다. 머리에는 진주 장식을 올리고 금등롱 귀걸이를 걸어주었다. 황실이 아니면 입을 수 없다는 붉은 비단으로 겉옷을 둘렀다. 품 너른 소매 속에선 향나무 구슬이 향기를 풍겼다. 딱딱. 개암 까는 소리가 들렸다. 꽃바람을 타고 홍등이 출렁였다. 林은 악공 연주와 기녀의 노래가 취기를 타고 흐르는 유곽의 미로 속으로 그녀의 손을 잡아끌었다. 딱딱. 개암 까는 소리. 웃음소리를 길게 끌며 여인은 흐르는 등롱 사이로 빨려 들어갔다. 대숲처럼 빽빽한 등간(燈竿) 사이로 여인이 사라지는 듯싶더니 긴 소맷자락이 붉은 바람을 풍기며 그를 오라 손짓했다.

 강창의 홍김에 林은 이야기를 따라 춤추듯 몸짓을 짓고 있었다. 문득 개암 까는 소리가 한동안 들리지 않는다고 느꼈다. 林은 취하여 감았던 눈을 떴다. 마님은 고개를 들고 문종이에 어른거리는 자신의 그림자를 바라보고 있었다. 그녀의 눈길은 무심하고 아득해서 무슨 상념에 잠겼는지 알 수 없었지만 입가에는 예의 그 기묘한 미소가 걸려 있었다. 林은 무뜩 정신을 차리려 했지만 그녀의 미소는 소설보다 더 그윽하게 그를 적셨다.

 "한잔 축이시게. 목이 쉬어야 소리가 살지⋯⋯."

 흡사 그의 속에 들어갔다 나온 사람처럼 마님은 술병 소반을 당기며 가까이 오라 손짓했다. 나비가 너울대는 듯한 하얀 손짓이었다. 林은 끌리듯 무릎걸음으로 다가갔다. 마님이 손수 따라주는 술. 병에서 잔으로 떨어지는 술방울 소리가 고요히 귓전에 울렸다. 술잔을 비우자 그녀는 개암 두 알을 그의 손에 얹어주었다. 다시 따라주는 한 잔의 술. 천천히 술잔을 비우고 林은 용기를 내어 물었다.

"한잔 올리리까."

삼둘네는 고개를 저었다. 여전히 그와 눈길을 마주치지 않은 채였다. 그녀가 다시 개암을 내밀었을 때였다. 林은 용기를 내어 그녀의 손가락을 가만히 쥐었다. 개암이 떨어져 또르르 방바닥을 굴러갔다. 피식, 삼둘네는 문종이를 바라보며 비웃음을 흘렸다. 林이 그녀의 턱을 당겨 눈을 마주했다. 그러나 코앞에 다가온 그녀의 눈길이 깊고도 멀다 느껴졌을 때야 林은 제 실수를 깨달았다. 뒤이어 날아온 뺨따귀는 차라리 후련한 맛이 있었다.

"……"

林은 아무런 변명도 못 하고 처분만 기다린다는 표시로 바닥에 엎드렸다. 그의 몸은 가늘게 떨렸다. 떨고 있는 그의 손에 삼둘네는 무언가를 쥐어주었다. 개암이었다. 그녀는 나직이 일렀다.

"다음 대목으로 넘어가세……."

그렇게 사흘을 더 머물며 林은 삼둘네와 더불어 금병매를 읽었다. 그것을 시작으로 그는 크고 작은 잔치가 있을 때마다 이 부자네에 불려가는 인연이 되었다. 사흘 뒤 두둑한 이야기 삯을 챙겨 이부자네를 나서자 처음 소개를 넣어준 고모는 林의 손을 잡아 만복사로 이끌었다.

"조카를 이부자 댁에 넣어놓고 내가 얼마나 가슴을 졸였나 모르네. 전기수로 앞길이 트이라고 여기 미륵님께 매일같이 비라리를 넣었잖겠는가. 자넨 모르지. 어머니가 아들이 안 들어서 고생할 때 내가 저 미륵님 코를 갈아다 약에 달여 넣었더니 바로 자넬 배지 않았겠나?"

林이 만복사 부처님을 뵌 것은 그때가 처음이었다. 이상한 일은 돌부처 상호가 삼둘네 마님과 찍어낸 듯 닮았다는 거였다. 그때의 인상이 불로 지진 듯 남았다. 오랜 세월 깎이고 떨어져 나가고 해서 부처님 상호는 거의 흔적만 알아볼 지경이었는데, 지난 사흘을 두고 줄곧 더불어 적나라한 이야기를 나누었던 삼둘네의 애련한 아름다움과 어디가 그리 닮았을까 스스로 납득할 수 없었다. 아무튼 그 모호한 눈길만은 영락없다고 단언할 수 있었는데 부처의 눈을 보고서야 林은 비로소 삼둘네의 눈길이 꿈꾸어 가보지 않으면 영영 닿을 수 없는 곳을 바라보는 눈길이었구나 하는 생각이 들었던 것이다. 이야기를 읊어주는 것은 그였지만 꿈을 꾸는 것은 삼둘네 같은 청중인 것이다. 林이 이야기를 실은 수레라고 한다면 그 수레가 갈 길은 바로 그렇게 알 수 없는 곳을 꿈꾸는 그리움의 길인 것이었다.

그 후로 林은 남원 인근을 지날 적마다 만복사 부처님 전에 앉아 쉬어가곤 하는 버릇이 생겼다. 그는 닳고 깨지고 깎인 부처의 얼굴을 더듬기도 하고 떨어져 나간 손이 있던 자리를 어루

만져보기도 하면서 돌이 들려주는 이야기에 귀를 기울였다. 마멸된 부처의 눈처럼 흐게 늦은 표정으로 연꽃좌대에 기대어 졸면서 그는 백일몽 같은 남모를 서원 하나를 마음속에 되새기곤 했다.

　만복사는 촉촉한 새벽안개에 잠겨 있었다. 뜨락의 쑥대밭을 헤칠 때 林노인은 어떤 깊은 숲속으로 들어서는 느낌이 들었다. 다 삭은 분합문을 삐거덕 열자 법당 천장에 매달려 있던 박쥐 몇 마리가 퍼드덕 날아갔다. 덕지덕지 늘어진 거미줄에 맺힌 이슬에 먼동이 어리고 있었다. 부처님은 어둠 한편에 희읍스름 서 있었다. 林노인은 법당 안으로 들어서지 않고 문설주에 기대어 어스레한 부처의 윤곽을 바라보았다.
　오랜만에 찾아온 만복사였다. 그만큼 이부자네 걸음이 뜸해졌다는 뜻이었다. 삼둘네에게 금병매를 읽어주는 것은 전기수로서 누렸던 최고의 행운이었다. 삼둘네 마님도 그것을 제일가는 낙으로 삼고 있었지만 신산한 세월이 그런 기쁨을 쉬 허락하지 않았다. 이번 잔치만 해도 수년 만에 모처럼 불려간 걸음이었다.
　삼대 가는 부자 없다지만 아들 대 이르러 이부자네는 눈에 띄게 가세가 기울어갔다. 기생집과 투전판이나 전전하던 방탕한 외동아들 손에 제대로 건사될 재물이 아니었다. 세간에선 삼둘네가 뒷방으로 물러나고 때맞춰 부잣집 업이 나간 탓이라고 쑥덕공론이 돌았다. 속 모를 소리였다. 삼둘네는 운이 다한 게 아니라 명이 다해가는 거였다. 가세가 기우니 부잣집 인심이 예전 같을 리 없었다. 기우는 가세를 지대(地代)를 올려 벌충하는 일은 못난 아들의 짧은 소견이었다. 처음엔 소리 없이 원망이 났지만 해가 더할수록 원성은 대놓고 높아질 일이었다. 급기야 수년 전 동학란 때 삼둘네는 유일한 핏줄이자 유복자인 외아들의 흉사를 당하고 말았다.

난리에 흉한 꼴을 본 것은 林노인 또한 마찬가지였다. 하나뿐인 아들이 동학군을 따라나섰다가 나주읍성 전투에서 변을 당하여 그 시신조차 돌아오지 못한 바였다.

"아버지, 참으로 선운사 미륵님 배꼽에 세상을 바꿀 비결이 있소?"

동학군을 따라나서기 전날 밤 아들이 林에게 물었다. 난데없이 무슨 소린가 싶었지만, 선운사 도솔암 마애불 복장(伏藏)에 천지개벽의 비결록이 숨어 있다는 이야기를 전하고 다닌 것은 바로 林 자신이었다. 그의 말문을 막은 것은 그렇게 묻는 아들의 눈길이 어디선가 누차 보았던 아득한 눈매를 닮았다는 의혹 때문이었다. 나중에 동학군 장수 하나가 직접 마애불 배꼽의 감실을 깨고 그 속의 책을 꺼냈다는 소식을 들었을 때도 林노인은 그것이 과연 후천개벽의 비결인지 따위는 그닥 관심이 가지 않았다. 오로지 우멍하게 이야기를 듣던 아들의 눈길만이 떠오를 뿐이었다.

세월이 스칠수록 삼둘네의 얼굴은 점점 만복사 부처님을 닮아가는 것 같았다. 미렷한 살성도 다 가시고 돌에 정으로 쪼인

자국처럼 다닥다닥 저승꽃이 피었어도 이상하게 알쏭달쏭한 부처의 눈매만큼은 더 생생해지는 느낌이었다. 본디 입이 무거운 마님이었지만 돌부처 모양 아예 말을 잊은 듯했다. 인사를 올려도 알은체도 없이 개암 바구니부터 끌어당기는 거였다. 어서 빨리 낭독이나 하라는 뜻이었다.

林노인은 벼슬이 오른 서문경이 관기를 모으려고 처녀 60명을 면접하는 대목부터 읽어나갔다. 그러나 삼둘네는 곧 손사래를 쳤다. 마음에 안 드니 다른 대목을 읽으라는 시늉이었다. 반금련이 남편을 독살하고 새벽녘 악쓰는 대목에서도 그녀는 손사래를 쳤다. 산해진미를 먹는 장면도, 운우지정을 나누는 대목도 모두 싫다는 거였다. 밤새 손사래만 칠 것 같던 그녀가 서문경의 여섯째 부인 이병아의 장례를 치르는 대목에서 비로소 개암을 까기 시작했다. 호사하기 이를 데 없는 이병아의 출관(出棺) 행렬이 끝도 없이 이어지기 시작했다. 한쪽 무릎을 세워 구부정 턱을 괴고 개암을 까는 삼둘네의 눈길이 만경창파를 타고 까마득히 멀어지고 있었다.

그렇게 밤이 깊어갔다. 등촉 녹은 눈물이 촛대를 타고 흘렀다. 장송은 끝이 나고 49제, 100제도 모두 끝이 났다. 색정도 질투도 생사의 별리도 촛농처럼 녹아내렸다. 林노인은 노마님의 자글자글 주름이 앉은 손에서 술을 받았다.

"임자는 평생 외롭진 않았겠수."

뜻밖의 삼둘네의 물음이었다. 林노인은 허허롭게 웃었다. 술잔을 빼는 소리가 씁쓸하게 울렸다.

"암은요. 이놈의 뱃속엔 동명왕의 호연지기가 있고 가슴엔 인당수 뛰어드는 심청의 비통이 있질 않겠습니까. 밤이면 『요재지이(聊齋志異)』 속 갖은 요괴의 잔치판이요 새벽이면 『홍루몽』의 인생무상에 잠이 드니 외로울 새가 없습지요. 허허……."

"부럽소. 참말 부러워……."

삼둘네는 공허하게 고개를 끄덕이며 그의 손에 깐 개암을 건네주었다. 이런 소리를 들을 때면 林노인은 으레 속으로 뇌까리는 옛 글귀가 있었다.

'소설로 꿈꾸는 자는 모두 쇠망할지니(小家珍說之所願皆衰矣, 「正名」, 『荀子』).'

달포 전 딸내미가 세상을 떴다. 까닭 모를 열병에 보름 너머 물똥을 지리더니 새끼줄 모양 빼빼 마른 몸으로 숨을 거두었다. 유난히도 아비의 이야기를 좋아하던 늦둥이 딸이었다. 어려서는 지게에 업고 함께 장터를 떠돌기도 하였다. 그만큼 사랑이 깊던 딸이었고 이제는 일점혈육이었건만……. 아내는 자꾸 의원을 대자고 졸랐다. 소용없다고 손 털고 간 의원을 이제 와 뭐하러 빚까지 꾸어 부르냐고 타박을 하니 그렇다면 앉은뱅이굿이라도 하자고 매달리는 거였다. 林은 사람의 병이 어째 귀신 탓이냐고 다시 퇴박을 놓았다. 아내는 독기 오른 얼굴로 달려들었다.

"당신이 평생 팔아먹은 이야기에 나오는 잡귀잡신이 몇 놈이건데 시방 미신 운운이오!"

林은 그 귀신과 이 귀신이 같으냐고 대꾸를 하려다 말고 입을 다물었다. 스스로도 설명할 길 없는 문제였고 설령 설명한들 알 아들을 품도 없이 다 타들어간 여편네 속이었다.

이튿날 아침을 못 넘기고 딸은 숨을 거두었다. 시신을 거적에 둘러 지게에 지고 산길을 걸으며 林은 실컷 이야기를 읊었다. 숨이 차서 헐떡이면서도 딸을 위해 베풀 것이 것밖에 없다는 사실에 林은 목 메인 소리로 딸이 좋아하던 슬픈 설화를 아는 대로 풀어놓았다. 북망산 넘는 길이 지루하지나 말아야지……. 매장을 끝냈을 땐 벌써 하루해가 다 넘어간 뒤였다. 林은 떨어지지 않는 발길에 봉분 없는 처녀 무덤 곁에 앉아 웅얼웅얼 끝나지 않는 이야기를 주워섬겼다. 소나무에 등을 대고 능선 위로 솟는 달을 향한 아내의 가없는 홀쩍임이 이야기 삯의 전부였다.

삼둘네 노마님은 잠을 이기지 못하고 무릎에 뺨을 받친 채 잠이 들었다. 전에 없던 일이었다. 보료 위에 누이려니 노파의 몸은 허수아비처럼 가벼웠다.

'꿈꾸듯 주무시오.'

林노인은 깊숙이 큰절을 올리고 안방을 빠져나왔다. 신새벽에 잠긴 이부자네는 웅숭깊은 무덤 같았다. 솟을대문을 나설 때 무겁게 닫히는 문짝 소리가 돌널을 덮는 소리에 한가지였다. 이제 다시는 오지 못할 곳이라 여기니 묵은 감회에 눈물이 비쳤다.

林노인은 부처님 전에 초와 향을 피웠다. 의관을 바로 하고 크게 삼배를 올렸다. 절을 마친 후 무릎을 꿇은 자세로 한동안 움직이지 않았다. 법당의 새벽기운이 온전히 몸속에 젖어들기를 기다리며 부처님을 올려다보았다. 흔들리는 촛불에 이리저리 그림자가 지며 부처님 상호가 물결을 탔다. 그 물결 속에 그가 노래했던 소설 속 수많은 인물과 신명의 얼굴들이 차례로 떠오르고 가라앉았다. 삼둘네도 죽은 딸도 더불어 흘러갔다. 그는 저도 모르게 미소를 지었다.

 이윽고 林노인은 봇짐을 뒤적여 작달막한 손도끼 하나를 꺼내 무릎 앞에 놓았다. 하고는 목소리를 가다듬어 이렇게 부처님께 고했다.

 "배우고 깨우친 바 없는 몸이 알지 못할 인연으로 전기수로 한 생을 살았습니다. 강창을 할 적마다 청중을 보면 두려움부터 앞섰으나 감히 선현들의 아름다운 문장으로 씨줄을 삼고 그에 울고 웃는 사람들과 나누는 오묘한 정으로 날줄을 삼아 이야기꾼으로 일생을 능직하여왔습니다. 옛사람이 이르길, 겨우 세 치 혀로써 시비를 판정하고, 만 마디 말을 간추려 고금을 강론한다(羅燁, 『醉翁談錄』) 하였으나 감히 그런 큰 뜻은 이룰 염을 품지 못하였으되 남가일몽에 지나지 않을 이 초라한 생이 꿈처럼 달았음에 어찌 은혜로운 마음이 없겠습니까. 이제 눈은 어두워 글귀는 보이지 않고 마음은 말라 희로애락을 전하는 일이 분수를 넘는 일이 되었습니다. 부지불식간에 문장 속 인물이 생인이 되고 생시의 얼굴이 문장 속에 뒤섞이지만 그야말로 늙은 가슴에 허락된 허와 실이 서로 어울린 마지막 꿈이라 여길 따름입니다. 다만 세 치 혀로 더불어 꿈을 나눈 이들의 얼굴을 되새기매 그 모두가 부처님을 닮았음을 뒤늦게 깨달았기에 그 은덕에 가슴이 벅차 이렇게 꿇어앉았나이다."

노인은 낭랑하게 울리는 제 목소리의 메아리가 잦아들 때까지 지그시 눈을 감고 기다렸다. 멀리서 새 지저귀는 소리가 들렸다. 여명이 허물어진 흙벽 틈을 비집고 들어와 부처의 광배를 부옇게 물들였다. 봄꽃 향기가 바람이 되어 노인의 코끝을 간질였다. 세상이 분홍빛으로 물드는 순간이었다.

이윽고 번쩍 눈을 뜬 노인은 무릎에 놓인 손도끼를 들어올렸다. 조금의 주저함도 없이 제 손목을 내리쳤다. 순식간에 손목에서는 핏줄기가 뿜어 나왔다. 그러나 잘려나간 손은 평온하고 투명해 보였다. 노인은 다른 손으로 잘려나간 손을 조심스레 집어 들었다. 그리고 무릎을 일으켜 부처에게로 다가갔다. 부처의 떨어진 손이 있던 자리에 제 손을 끼워 넣었다.

치성을 드리러 나온 아낙들이 발견하였을 때 노인은 엎드려 절을 올리는 모습으로 죽어 있었다. 그를 바로 눕혔을 때 아낙들은 마멸된 돌미륵의 눈처럼 희미하게 먼 곳을 넘겨다보며 굳어버린 노인의 눈길을 보았다. 그가 엎디어 있던 자리엔 몇 톨의 개암이 점점이 떨어져 있었다.

(『실천문학』 2008년 여름호)

그대의 남루한 평화를 위하여

백지 위에 거칠게 선이 흩어졌다. 불규칙한 검은 배경 속에 떨리는 그림자를 가진 두 사람의 모습이 짙은 선으로 펼쳐졌다. 검은 우주를 떠도느라 지친 한 사람의 화가와 그 우주보다 더 깊은 밭고랑을 헤매느라 이마에 밭고랑보다 짙은 주름이 앉은 한 사람의 농군이 서로를 마주 보고 서 있는 스산한 장면이었다.

1

 성당의 종탑에서 만종이 울렸다.
 녹슨 종탑에서 흘러나온 종소리는 메마른 느낌을 주었다. 황사 바람에 섞여 종소리는 노을녘 들판으로 퍼져 나갔다. 파장도 한참 지난 장터에 울리는 저녁종은 헛헛한 마음을 불러일으켰다. 하릴없이 늦장이나 둘러보던 촌로들도 종소리에 떠밀려 하나 둘 장터를 뜨기 시작했다.
 성당의 담벼락에 트럭을 받치고 전을 펴고 있던 황아장수도 마침내 전을 접기로 했다. 어릿광대 분장을 하고 있던 그는 종일 머리 위에서 번거롭게 출렁이던 방울 달린 고깔을 벗어 트럭에 내팽개쳤다. 하품을 토하는 그의 얼굴 표정은 우스꽝스런 분장 탓에 더욱 멍청하게 보였다. 광대는 기름에 전 머리칼을 두어 번 쓸어 넘기다가 정강이까지 올라온 얼룩무늬 양말춤을 더

들어 구겨진 담뱃갑을 꺼냈다. 거듭 성냥불이 꺼지는 건 바람이 스산한 탓이었다. 약이 오른 탓에 그는 불이 붙자마자 화풀이를 하듯 연거푸 담배를 빨았다. 뻘건 담뱃불이 순식간에 반 너머 타들어갔다. 그러나 광대는 이내 피우던 담배에 성깔을 부리듯 바닥에 패대기쳤다. 그는 콧날을 벌름거리며 마른 손으로 얼굴을 몇 차례 쓰다듬고 길 건너 공판장을 노려보았다.

공판장 한켠 공터에는 초상화를 그려 파는 뜨내기 화가가 자리를 잡고 있었다. 화가 역시 오래전부터 길 건너 광대를 뚫어져라 쏘아보고 있었다. 좁은 접이의자에 앉아 담벼락에 등을 기댄 그의 자세는 건너편 광대보다는 조금 더 여유롭게 보였.

그렇게 두 사람은 하루 종일 서로를 노려보고 있던 참이었다. 내막을 들여다보면 그것은 오늘만의 일은 아니었다. 이곳 읍내에서뿐 아니라 실은 어제, 그제의 다른 장터에서도 그들의 대치는 줄곧 이어져왔던 것이다.

저도 몰래 얼굴을 쓰다듬던 광대는 손에 묻어난 칠을 보고서야 얼굴의 분장을 문질렀다는 걸 깨달았다. 뒤발해놓은 분장이 엉망이 되어버린 건 보지 않고도 알 수 있었다. 가뜩이나 두터운 분장 탓에 하루 종일 갑갑증에 시달리던 광대는 끝내 두 손으로 마구 제 얼굴을 문질러버렸다. 난장판으로 뭉개진 광대의 얼굴은 기괴하기 짝이 없었다.

마침내 광대는 벌떡 몸을 일으켰다. 분노한 걸음으로 길 건너 공판장 주차장을 향해 일직선으로 걸어가기 시작했다.

화가는 매섭게 번뜩이는 눈으로 광대를 주시하고 있었다. 그의 눈은 알 수 없는 적의에 출렁이고 있었다. 겁을 먹고 웅크린 어깨와 움펑진 눈자위 탓에 그의 눈은 갈수록 더 깊은 적의 속으로 함몰되어가는 느낌을 주었다. 그 눈에는 현재의 고독과 지난날 겪어온 영광과 몰락 그리고 영원히 반복될 것 같은 지루한 권태가 한꺼번에 담겨 있었다. 그의 외모를 온통 감싸고 있는 군색함 속에도 기품에 넘치는 권태는 감춰지지 않았다.

 장터에서 장터를 전전하며 싸구려 초상화를 그려 파는 보따리 환쟁이의 삶일진대 오히려 날이 갈수록 그의 기품에 찬 권태는 진보랏빛으로 빛났다. 사실 그런 짙은 색채감이 그 권태의 알파에서 오메가였다. 그런 아름다움이 그를 권태의 감옥에 가둬두고 있는 창살이었던 것이다.

 그를 아는 누군가는, 그 스스로 그가 지닌 천부적 재능을 폐기시키기 위해 그런 삶을 사는 것이라고 혀를 찼다. 말 그대로 천부적 재능을 내린, 바로 그 하늘을 비웃기 위해 스스로를 바닥까지 끌어내린 것이라고 평했다. 더 이상 갤러리에서 그의 그림을 볼 수 없는 데 반해 시골집 바람벽에 그의 진필이 하나둘 걸렸다. 허술한 액자 속에서 바래가는 그림 속 그의 진필 서명 역시 그렇게 흩어질 것이다.

 그의 메마른 손을 보라. 도드라진 뼈마디 탓에 나머지 부분은 생략해버려도 무방할 것 같은 삭정이를 닮은 손이었다. 피폐한 그의 손은 지치고 궁핍한 오늘을 보여주는 그대로의 상징이었다. 그럼에도 그의 손은 어떤 벅찬 굽이를 앞에 두고 소리 없이 전율하고 있었다. 피폐한 손이 아니라 굶주린 영혼이 통째로 떨고 있는 것이었다. 잡힐 듯 잡힐 듯, 잡히지 않는 완성에의 갈망과 그것을 이루지 못하는 열패감, 그리고 스스로의 목을 졸라 버리고 싶을 만큼 가증스런 스스로의 재능. 그는 문제의 재능으로 인해 자신이 권태의 늪에서 빠져나오지 못할 것이란 운명을 이제는 깨닫고 있었다.

이윽고 목탄을 그러쥔 그의 손이 움찔 떨렸다. 그의 손이 그림을 그리는 것이 아니라 그의 심장 깊숙한 전율이 백지 위에 한꺼번에 쏟아져 내리는 것 같은 빠른 움직임이었다.

광대가 길을 건너려는 찰나 화가의 손동작은 더욱 가쁘게 움직였다. 두 사람은 다시 날카로운 눈빛을 나누었다. 광대는 화가의 눈길을 도무지 견딜 수 없었다. 오래전부터 그랬고 앞으로도 영원히 그럴 것이다. 그런 끈질긴 운명에 진절머리가 났다. 화가의 불온한 눈길은 영원히 꺼지지 않는 지옥불처럼 끈질긴 고통이었다. 머리통에 가득 담긴 증오가 고스란히 미어져 나오는 저 녀석의 눈알을 후벼 파내 씹어 먹을 날이 있을 것이다. 언젠가는 기어코 그럴 것이다. 광대는 이를 갈았다. 망가진 분장 탓에 그의 얼굴은 피 칠갑을 한 것처럼 보였다.

빠앙―. 길을 건너는 광대 앞으로 두 대의 트럭이 엇갈려 지나쳤다. 광대가 주춤하는 사이 화가의 손은 더욱 가속을 붙여 화면 위를 누볐다. 광대는 트럭이 일으킨 모래바람 때문에 잔뜩 찌푸린 얼굴을 하고 있었다. 그가 주춤거리는 사이 이제 화가의 손은 미친 듯이 춤을 추기 시작했다. 그의 손마디는 절망적인 힘에 떨렸고 그의 가슴은 빗장뼈를 부술 듯 꿈틀대는 심장의 광기를 타고 출렁였다. 그는 들썩이고 있었다. 숨을 넘기는 그의 영혼은 '조금만 더, 조금만 더……'라는 안타까운 주문을 외우고 또 외웠다. 그 한 장의 크로키가 마치 이 권태로운 지옥에서 건져줄 면죄부라도 되는 것처럼 화가는 필사적이었다.

그러나 언제나 운명이란 한 발짝 늦는 법이었고 화가는 그걸 각오하는 일에 익숙해 있었다. 광대의 그림자가 화판 위에 드리웠을 때 화가는 벌써 한껏 몸을 웅크리고 있었다. 광대는 다짜고짜 이젤부터 걷어찼다. 화판과 함께 화가까지 담벼락으로 동댕이쳐졌다. 그는 가능한 한 몸을 말아 버텼다. 그것이 그가 할 수 있는 저항의 모든 것이었다. 광대의 발길이 날아 떨어질 때마다 화가의 날벌레처럼 길고 힘없는 다리가 움찔거렸다. 화가의 저항이 약할수록 광대는 더욱 분노가 치밀었다. 자기가 허깨비를 상대로 분풀이를 하고 있다는 느낌이 들었다. 우스꽝스런 분장을 하고 폭렬시키는 그의 분노는 기이했다. 상대를 짓밟을 때 느껴지는 자극이 점점 스스로를 일깨웠다. 사람들이 몰려들었다. 광대는 자신이 웃는 얼굴에 우스꽝스런 차림을 하고 날뛰고 있다는 사실에 더욱더 분이 치밀었다. 군중 속에서 누군가 말리고 나서자 그는 웃통을 찢발기며 짐승처럼 괴성을 질렀다.

석이는 건너편 다방의 먼지 낀 유리창 너머로 그 광경을 낱낱이 뜯어보고 있었다. 다시 한 번 트럭이 뿌연 먼지를 일으키며 지나갔다. 화판에 고정시켜놓은 스케치북이 한 장 한 장 바람에 날렸다. 매 종잇장마다 마무리 짓지 못한 광대의 상이 안타까운 미완으로 남아 있었다. 피다 만 꽃잎 같은 크로키. 장마다 단편

(斷片)으로 남아 있던 화가 申의 절망이 그렇게 바람을 타고 흩어졌다. 석이는 바로 그것을 스케치로 남기고 싶었다. 申의 깊은 절망을 말이다.

2

"자학 아닌가. 자학."

석이가 물어도 申은 대꾸가 없었다. 그는 주섬주섬 난장판이 된 좌판을 거두고 있었다.

"남은 속여도 스스로는 속이지 말아야 할 거 아닌가 말일세."

申은 들릴 듯 말 듯 혼잣말을 중얼거렸다.

"내가 나를 속일 수만 있담 원도 한도 없겠구만······."

석이는 申이 하는 양을 지켜보고 있었다. 좌판이라야 낡은 앉은뱅이 이젤과 노끈으로 동이지 않으면 자꾸 틈이 벌어지는 화구가방이 전부였다. 오늘 소동으로 이젤 다리가 동강 나긴 했지만 대수로운 건 아니었다. 사람이 동강 나지 않은 게 다행이었으니까.

자학이라고밖에 볼 수 없는 일이지만 申은 그렇게 섣부른 친구는 아니었다. 그럼에도 천부적 금어(金魚)인 申이 화판을 지고 동가식서가숙 떠도는 것을 석이는 도무지 납득할 수 없었다. 그로 하여금 만행(萬行)을 살게 한 고뇌가 아니라, 그가 스스로 목적 없는 삶으로 뛰어든 행위 자체가 납득되지 않는 거였다.

*

　누드로 그린 관음탱은 그해 겨울 온 산을 떠들썩하게 만든 사건이었다. 실오리 하나 걸치지 않은 관세음보살상을 가람의 신성한 보물인 고려조의 관음탱 위에 덧걸어놓은 사건이었다. 댓바람에 새벽예불도 젖혀두고 선승들이 깜깜한 산길을 밟아 노사(老師)를 찾아 몰려들 만도 한 일이었다. 동안거 중에 대중공사〔大衆公事―사중(寺中)회의〕가 열리는 일은 이례적이었지만 이만저만한 사단이 아니었다. 일이 벌어진 일성암은 관음기도의 성지였고 그 믿음 하나로 수많은 선승들이 한 철을 정진하고 있던 참이었다. 그들의 주존(主尊)과 자존심까지 한꺼번에 조롱당한 사건이었다. 그리고 범인은 물어보나마나 노사의 제자일 터였다.

　그 시절엔 불모(佛母―불화작가)인 노사의 암자에도 제법 많은 제자들이 들락거렸다. 아예 노사를 따라 머리 깎고 화승(畵僧)이 된 축도 있었고 한 시절 가르침을 받고 산을 내려가는 미술학도도 상당수였다. 처음에 申은 후자 중 한 사람으로 노사를 찾아왔다.
　그런데 방학을 이용해 노사를 찾아온 그가 여름이 가고 가을, 겨울이 지나도록 산을 내려갈 생각을 하지 않는 거였다. 특별한 사건은 아니었다. 거개의 화승이 그런 식으로 머리를 깎은 인연이었으니까.

노사의 가르침은 별것이 없었다. 염라대왕 시왕초(十王草) 화본이나 던져주면서 본을 익히라는 것이 전부였다. 시왕초 3천 장, 보살초 3천 장, 여래초 3천 장을 그려봐야 겨우 스스로 붓을 쥐게 된다는 게 불모였다. 申은 곧이곧대로 그런 방식을 따를 우직한 위인은 아니었다.

그는 산중의 생활에 자유롭게 젖어들었다. 나무에 깃드는 계절의 생명력과 햇빛과 구름이 교차되는 산마루의 고요를 차분히 드로잉하였다. 거친 풀섶에 아무렇게나 쪼그려 앉아서도 밑그림이 끝날 때까지 움직이지 않는 그의 침착한 젊음은 아름다웠다. 젊은이다운 생기 못잖게 그의 그림의 본령은 조화로운 무게감이었다. 그가 스케치한 풍경 속에서 느껴지는 존재론적 의미에 석이는 묵직한 감동을 느꼈다. 무생물임에 틀림없는 날마다의 반복적인 풍경이 일상이라는 껍질을 깨고 일어서는 충격을 경험한 것이었다. 그것은 평면의 스케치북 속에 이는 입체적 물결이었다.

나무면 나무, 절집이면 절집, 바람이면 바람 심지어 그들을 감싸고 있는 여백에 이르기까지…… 실제 세계보다 오히려 작품 속 구도에 맞춰 존재하는 것이 더 그럴듯해 보이는 절대적 조화. 그리고 보는 이로 하여금 어떤 힘이 나를 이 장엄한 하모니 속으로 끌고 왔을까, 생각하게 만드는 의문. 그것들이 申의 그림이 갖는 미덕이었다. 그의 작품이 보여주는 조화로운 힘은 존재론적 의미에 대해 퀴즈를 내는 아나운서의 목소리와 같은 낭랑한 의문을 띠고 있었다.

좀처럼 제자들의 그림에 대해 입을 열지 않는 노사였음에도 申의 스케치를 보고는 이렇게 말했다.

"무겁구나!"

돌이켜보면 그것은 마치 신음처럼 들리는 감상평이었다 할 것이다. 구체적으로 무엇이 어떻게 무겁다는 의미인지는 몰랐으되, 노사의 평을 들은 석이 또한 그 모호한 선문답에 덩달아 고개가 끄덕여지는 거였다.

申이 베낀 보살초 화본은 엄밀하게는 엉터리였다. 노사가 내린 화본에는 보살의 웃음 따윈 없었으나 그가 그린 보살의 볼엔 옅은 미소가 올라 있었다. 그럼에도 그것도 나름대로 그럴듯해 보이는 것이었다. 따라서 아무도 그런 변형을 탓하지 않았다. 그러나 실로 무서운 것은 설령 그것이 보살의 미소가 아니라 보살의 절규였다고 해도 모두가 그것을 조화로운 것으로 받아들일 것이란 사실이었다.

그것이 申의 붓이 갖는 숨은 위력이었고 그 어두운 힘에 대해 노사는 무겁다는 한마디를 토로한 거였다. 그러나 처음부터 申의 재능에 감춰진 무서운 힘을 제대로 알아본 것은 노사뿐이었다. 모두가 그의 작품이 보여주는 조화로운 균형만을 아름답다고 여기고 있었다. 申 스스로도 그런 식의 화풍에만 주력하고 있었다. 그렇게 배웠고 그렇게 생각하도록 길들여져왔던 거였다. 전혀 부조화한 것을 조화롭게 표현해낼 수 있는 그의 재능의 이면은 당분간은 화면 위로 떠오르지 않고 있었다.

하지만 그런 가공할 힘이란 오히려 평이한 곳에서 슬그머니

배어 나오는 법이다. 그것은 마치 피투성이 전쟁터에서는 정작 진동하는 피비린내를 맡지 못하고 지나칠 수 있지만 일상 속에서라면 살짝 코끝을 건드리고 지나는 핏내음에서 뜻밖의 불안감을 느끼게 되는 것과 마찬가지 경우였다.

 산중에서 차차로 내면으로의 침잠을 겪어가면서 申은 제 작품이 갖는 여태까지의 정률적 아름다움에 대해 조금씩 의문을 던지기 시작했다. 어찌 보면 그것은 내면적 성찰에서 비롯된 것이라기보다는 그의 재능이 자연스럽게 겪는 변태의 한 과정이었다고 하는 것이 더 적합할 것이다. 비로소 영혼의 괴물이 성체로 커가는 변태를 겪는 것이었다. 불행이라면 그 괴물은 바로 제 영혼의 썩은 살만을 먹고 커나가야 하는 운명이란 사실이었다.

 어느 봄날 석이는 스쳐가는 길에 申이 그리다 만 그림을 들여다본 적이 있었다. 주인은 보이지 않고 화판만 덩그마니 놓여 있었기에 자연스레 눈길이 갔다. 그림은 선방에 앉아 있는 노사를 그리고 있는 것이었다. 아주 옅은 수묵담채를 써서 표현한 선방은 봄꽃 사이로 비끼는 햇발을 받아 나른하게 보였다. 그림 속 노사는 절반쯤 젖혀놓은 여닫이 너머로 엉거주춤 몸을 구부려 마당을 내다보고 있었다.

 미완성이라 그랬겠지만 많은 여백과 옅은 채색이 주는 느낌은 선방을 둘러싼 오후의 적막을 그럴듯하게 드러내고 있었다. 특히 몸의 절반은 방 안의 어둠에, 절반은 햇살에 드러난 노사의 표정은 당연히 상상하게 되는 근엄한 노선사의 모습과는 거리가 먼 여지없는 촌로의 그것이었다. 깊은 주름을 강조한 얼굴로, 그것도 좌정한 모습이 아니라 반쯤 기는 듯 허리를 구부리고 있는 엉거주춤한 자세는 검버섯 핀 노안을 햇살에 거풍시키고 있는 느른한 노인네의 특징을 여실하게 드러내고 있었다.

그러나 그것만으로 그 한 장의 그림이 석이를 얼어붙게 만든 것은 아니었다. 석이가 눈길을 떼지 못한 것은 그림의 주제인 노사가 아니라 그 배경이라 할 노사의 선방인 심검당(尋劍堂)이었다. 화면의 당우는 실물과 별반 차이가 없는 것 같았다. 그러나 그 순간 어느 것이 실제 절집이고 어느 것이 그림 속 절집인가 묻는다면 석이는 저도 모르게 그림 속 절집을 가리킬 것 같았다. 어느 것이 더 현실감이 있느냐의 문제가 아니었다. 요는 어느 것이 더 집의 본질을 잘 드러내느냐의 문제였다. 그러니까 申의 그림 속 당우야말로 노사가 살고 있는 심검당의 정체를 고스란히 드러내고 있는 거였다. 실제의 심검당은 그와는 달랐다. 왜냐하면 그것은 시간과 공간 속에 놓인 것이기 때문이었다. 바람과 나무와 오후와 꽃과 산 같은 것들에 섞여 존재하는 실체인 것이었다. 그렇지만 申의 그림 속 심검당은 오로지 노사의 선방이라는 이미지로만 존재했다. 괴팍하고 고집스럽게 일생을 붓이라는 화두 하나에 매달려 살아온 노사의 모든 것이 응축되어 있는 이미지의 집. 그런 이미지의 정수만을 뽑아내서 하나의 그림으로 완성시킬 수 있는 申의 능력은 화가라면 누구나 부러움을 감출 수 없는 것이었다.

그 시간 석이에겐 날마다 몇 번씩이나 들락거렸을 그 선방이 그야말로 별천지처럼 다가오는 거였다. 그것은 새로운 집이었다. 처음 보는 심검당이었다. 사람의 집이 아니라 존재의 집이었던 것이다. 申의 그림은 그러니까 새로운 세계로 들어가는 신비한 문과 같았다. 그 낯선 세계가 마치 오래전부터 나를 지켜봐오기라도 했다는 듯 무겁게 말을 걸어왔다.

'네가 어디에 있었느냐……'

석이는 마치 나쁜 짓을 하다가 들키기라도 한 것처럼 덜컥 가슴이 내려앉았다. 그는 비로소 노사의 '무겁구나',란 탄식이 이해가 갔다. 申의 작품은 마치 평평한 세계의 어느 한 부분을 무겁디무거운 압력으로 일그러뜨린 것과 같은 힘이 있었다. 그 일그러진 왜곡을 알아채는 순간 비로소 감상자는 가공할 예술의 중력 속으로 무섭게 빨려 들어가는 것이었다.

申의 그림에서 석이는 처음으로 깨달았다. 정작 천하제일의 단청장이인 노사의 선방의 채색은 바랠 대로 바랜 나머지 이제는 거의 흔적만 남아 있는 상태란 걸 문득 깨달았다. 노사 당신이 이르길, 단청이란 죽은 나무에 꽃을 피우는 일이라고 하였다. 하고 당신은 끝없이 그렇게 찬연한 오색으로 연화세계(蓮化世界)를 펼치고 또 펼쳐왔다. 그 인과였을까. 노사 당신의 거처는 종당에 저렇게 색 바랜 속살만 남아버렸다. 단청장이들 말로는 그런 집을 백골집이라고 불렀다.

*

그날 이후 석이는 오랫동안 놓았던 붓을 다시 잡아야겠다는 생각을 했다. 그는 홀로 있을 곳을 찾아 산의 더 높고 더 깊은 곳으로 숨어들었다. 다시금 절곡굴을 찾아 나선 거였다. 기실 굴이라기보다는 좁은 바위짬이었는데 오래전 어느 못난 중이 절곡(絶穀)한 채 수도하다 끝내 적멸(寂滅)에 들었다는 전설에 따라서 그런 이름이 붙은 자리였다.

낮이면 빛줄기가 바위틈을 비집고 들어왔다. 스며드는 빛이 아니라 바윗장을 쪼개고 내리꽂히는 빛이었다. 베일 듯 섬뜩한 햇빛을 석이가 얼마나 사랑하였는지 모른다. 목덜미를 겨눈 그 햇빛 아래 석이는 비로소 남모르게 보살초 화본을 쌓아놓고 한 장 한 장 붓을 적셔나갔다.

누구나 그를 노사의 제자로 알고 있었지만 정작 노사와 그는 사제간도 무엇도 아니었다. 오히려 조손(祖孫)처럼 그들은 본디 하늘이 맺어주었을 법한 삶을 더불어 살 뿐이었다. 노사는 아무 것도 가르치려들지 않았다. 아니 석이가 붓을 드는 것 자체에 일절 왈가왈부를 하지 않았다. 왜 그런지는 알 수 없었다. 돌부처보다 더 무심한 늙은 중의 속을 어찌 알 것인가. 때문에 석이는 숨어서 칼을 갈듯 화본을 한 장씩 한 장씩 베껴나갔다. 그의 그림에는 때문에 남모르는 날카로움이 숨어 있었다. 처음부터 끝까지 어깨 너머로 배운 것을 혼자 익히고 깨달아야 했다. 그것이 석이의 수업시대였다.

이따금 굴천장에 고인 석간수가 방울져 떨어지는 소리는 서늘했다. 최면에 걸리듯 빠져 있던 붓놀음에서 홀연히 깨어보면 그는 컴컴한 어둠 속에 던져진 스스로가 두려웠다. 온갖 음습한 것들, 살지도 죽지도 못한 희부연 것들이 그와 함께 화본을 노려보고 있다는 것을 불현듯 깨닫게 되곤 하였다. 그리고 그는 조금 전까지 자신이 몰두하고 있던 화본이 전혀 다르게 보이는 경지에 새삼 놀라곤 했다. 그것은 보살상이 아니었다. 그것은 몽롱한 자신의 꿈의 이미지였다. 불규칙하고 충동적인 심장이 복수와 야욕에 따라 멋대로 일렁이다가는 또 그것을 다스리려는 금욕의 도덕률에 소스라쳐 놀라는 제 스스로의 모습에 지나지 않았다. 그의 붓은 그의 자괴감을 그려내고 있을 뿐이었다.

똑! 얼어붙기 직전의 차갑고 맑은 석간수가 떨어지는 소리에 석이는 제 등골에 고드름이 선 것 같은 한기를 느끼고 붓을 팽개쳤다. 문득 능선을 타고 오르는 칼바람이 바윗골 사이를 파고들며 날카로운 소리를 일으켰다. 살을 후벼 파는 냉기 섞인 바람 소리가 바위틈에 메아리쳤다. 바람 소리는 흡사 생뚱맞게 던져놓는 노사의 일갈처럼 싸늘했다.

'네 그림 속에 보살이 있느냐. 보살이 있고 보살심이 없다면 그것이 보살을 그린 것이라 하겠느냐. 형상으로 여래를 찾지 말라 하였지 않더냐.'

'형상으로 여래를 찾지 말라면 불모는 대관절 무엇을 하는 사람이란 말입니까?'

그 물음에 노사는 물끄러미 바라보기만 하였다. 이해할 수 없었다. 그 순간의 늙은 불모의 눈에 가득한 처연한 빛을. 그리고 노사는 돌아앉았다. 이제 무엇을 묻더라도 더는 대답하지 않을 터였다. 노사의 웅크린 어깨. 세상의 번뇌를 모두 짊어지고 있기 때문인가 아니면 세상의 오색 빛깔을 홀로 가슴에 품고 있기 때문인가.

석이는 끝내 화본을 구기박지르며 짐승처럼 으르렁거렸다. 절곡굴에 그의 절망이 바위틈마다 스며들었다. 그 음울한 울음이 그 시절 그의 실체였다.

그럼에도 석이는 매일같이 그 자리를 찾았다. 굴속에서 삭정이를 그러모아 피운 화톳불에 담뱃불을 댕길 때마다 그는 한 줄기 연기를 닮은 평화를 느꼈다. 그 평화에는 중독성이 있었다. 이름 모를 마법이 숨어 있었다. 이윽고 화본을 펼치면 그는 아득한 어둠 속에서 누군가 걸어오는 소리가 들렸다. 그것이 보살인들 마구니인들 무슨 상관이었단 말인가.

어느 날 申이 그 자리를 찾아온 것은 뜻밖이었다. 申을 절곡굴로 데리고 온 이는 노사의 제자이자 석이의 사형뻘 되는 심조(尋照) 스님이었다.

"오호라! 은자(隱者)의 아틀리에는 이렇게 심오한 곳에 있었구만!"

발걸음 소리를 듣고 석이가 황급히 화구를 치웠지만 이미 늦은 뒤였다. 심조 사형은 당황해하는 석이를 향해 그렇게 비아냥거렸다.

항상 그러하듯, 질시의 비웃음이 담긴 일그러진 얼굴로 심조는 석이의 화본을 흘겨보았다. 비록 속이 꼬인 인간형이라 해도, 적어도 심조는 제 모자란 재능에 대한 비웃음을 숨기지는 않았다. 언제나 그의 얼굴에 떠나지 않는 일그러진 미소는 그의 비꼬인 성품을 그대로 드러내는 것이기도 했다. 그가 노사의 가르침이 아닌 밀교(密敎)의 만다라 따위에 매달리는 것도 따라서 위선에 불과했다. 신비감으로 심오함을 가장하는 것을 노사는 용납하지 않았다. 그리고 심조 역시 그게 위선이란 사실을 더 이상은 숨기려들지는 않았다. 위선이 드러났을 때 거침없이 '그래서, 뭐?'라고 반문할 줄 아는 뻔뻔스런 뱃심을 갖춘 위인이었다. 석이는 그런 심조를 달가와하지는 않았다. 하지만 申은 뜻밖에 그런 심조에게 이상한 매력을 느끼는 것 같았다.

'내가 내 그림을 견디지 못하는 까닭은 내가 백지 위에서 무언가를 불러내려 하고 있었기 때문은 아니었을까? 그 전에 갈가리 찢어진 내 속을 백지처럼 평화롭게 만들려는 노력이 먼저는 아니었을까 하고 물어보게 된단 말이지. 굳이 무언가를 꼭 그려내야 했을까 싶더라구. 본디 보살행이라는 게 구원과 타락의 수레바퀴를 멈추는 거라잖아. 창조와 파괴는 본래 신이 각기 양손에 쥐고 있다지 않는가 말일세.'

그렇게 반문하며 여태 공들이던 만다라에 갑자기 먹칠을 해대는 심조의 위악에 찬 뒷모습이 젊은 申에게는 극도의 구도행처럼 보였는지도 모를 일이었다. 심조에게서 申은 모종의 반발과 함께 인간의 체온이 항상 따뜻한 것만은 아닌 것이란 걸 깨닫기 시작하였다.

"뭐라고 해야 할까? 마치 그때까지 숨을 쉬지 않고 있던 내 작품이 울컥 어혈(瘀血)을 토해내며 기침을 해댈 것 같은 충격이었지."

훗날 申은 심조와 함께했던 그때를 그렇게 회상하였다. 그것이 삶의 전조인지 죽음의 전조인지는 모르지만, 적어도 그 순간 申은 제 작품을 벼랑 끝까지 몰고 가서, '네가 살아 있느냐 죽어 있느냐?' 하고 물어보아야겠다는 충동에 전율했다는 거였다.

그는 문득 맹목적인 자기를 느꼈다고 했다. 태양과 영웅의 뒤를 무작정 좇고 있던 스스로에게 염증을 느낀 것이었다. 그리고 그는 오른손의 길을 버리고 왼손의 길을 추구하기 시작했다. 그는 어두워지기 시작했고 힘 있는 오른손이 아니라 왼손을 들어 올려 가만히 제 심장 위에 올려놓았다. 그때 물컹하고 제 심장 속에 살아 있는 다른 이름을 가진 영혼이 잡혔다. 배 속의 태아를 만진 것 같은 낯설고 섬뜩한 감촉에 그는 소스라쳐 놀랐지만 어떻게든 그것을 그러쥔 손을 놓지는 말아야겠다는 고집이 생기더라는 것이었다.

그렇게 회상에 잠겨 먼 곳으로 흐르는 申의 눈빛에 언뜻 어둑한 그림자가 스쳤다. 석이는 그 불온한 사건을 기억하고 있었다.

*

누드 관음상을 처음 보았을 때 석이는 처음 보는 작품임에도 기묘한 데자부를 느꼈다. 이윽고 그것이 작품의 채광에서 오는 착각임을 깨달았다. 흡사 바위틈을 쪼개고 밀고 들어오는 듯한 강렬한 측면광. 석이는 그것이 바로 절곡굴에서 그려진 작품이란 사실을 직감하였다. 더불어 작가가 ⊞이라는 확고한 심증을 갖게 되었다.

　노사는 작품을 앞에 놓고 말이 없었다. 노사 특유의, 반가부좌를 틀고 한껏 어깨를 웅크린 자세로 흐릿한 눈길로 작품을 바라보고 있었다. 노사의 좌우로 십수 명의 선승들이 긴장한 채 노사의 반응만 기다리고 있었다. 노사의 명에 의해 범인이 드러나면 당장 멍석말이라도 벌일 태세였다. 허나 정작 이 거벽(巨擘)은 좀처럼 입을 열지 않았다. 노사의 눈길은 흐릿하게 먼 곳으로 흐르고 있었다. 그 눈매, 그 의중을 알 수 없는 깊이. 흡사 선정(禪定)에라도 든 듯, 삼매에라도 빠진 듯. 아무도 노사를 방해하지 못하였다. 노사를 채근하듯 몇 번 헛기침을 해대던 일성암 주지도 이제 마른침 삼키는 소리도 내지 못하고 있었다. 선승들 또한 제 숨소리가 선방의 적요에 방해가 되기라도 하는 양 일제히 숨을 삼켜야 했다. 그리하여 심검당 좁은 선방 안엔 아무도 없었다. 오로지 벌거벗은 관세음보살만이 거리낄 것 없는 나신을 한껏 드러내고 참선방을 독차지하고 있었다.

　보살탱을 보는 순간부터 석이는 숨이 막히는 경지를 느꼈다. 그것은 위태로운 심상이었다. 자신의 심미안의 가장 위태로운 벼랑 끝에 서 있어야 할 경지가 바로 그 화폭 위에 흐르고 있었다. 걸작이었다. 신앙과 도덕과 예술이 한데 얽혀 그 비좁은 지경에서 아슬아슬 절벽을 탔다. 석이의 가슴이 그렇게 아찔한 박동을 뛰는 것은, 그가 절곡굴에서 어떤 지극한 지경에서 잠시 잠깐 넘겨다보았던 '어떤 저편의 세계'가 그 나신 위에 적나라하게 표현되어 있기 때문이었다. 그것은 심장의 메시지였다. 따라서 왼손으로 그린 그림이 틀림없었다.

보살이 몸에 걸친 것이라곤 유일하게 머리에 쓴 보관(寶冠)뿐이었지만, 그것은 보살의 빛나는 위엄을 나타내는 것은 아니었다. 오히려 그 무겁고 화려한 보관은 아래쪽 지극히 적나라한 벌거벗음과 극렬한 대비를 이루고 있었다. 위태롭기 짝이 없는 대비였고 보는 이로 하여금 경건과 수치의 양극단 사이에서 갈피를 잡지 못하게 하는 장치였다. 보살의 가녀린 미소는 여백에 가까운 옅은 수묵으로 표현된 하얀 피부 속에서 못내 지워질 것만 같았다. 그럼에도 암흑의 그믐으로 넘어가기 직전의 새벽달 같은 절륜한 안타까움은 가히 백미라 할 만하지 않은가. 요염히 삼굴(三屈)의 자세를 취하여 흐르는 듯한 몸매는 숭배해야 할지 욕정을 품어야 할지 종잡을 수 없는 지경 속에 감상자로 하여금 이성과 야성 사이에 흔들리는 제 감성에 환멸을 품게 하는 거였다.

정교한 세필이 아니라 현대적 수묵의 과감한 명암과 원근을 통해 표현된 보살은, 동굴보다 더 깊은 심연 속에서 이쪽을 건너다보고 있었다. 화면은 무한대로 깊어졌다. 보살의 시선에서 이쪽은 퍽 가까울 테지만 이쪽에서는 혼돈의 피안을 추억하듯 아뜩하게 보였다. 어두운 배경 속에서 바람 소리가 들렸다. 옅은 귀곡성이 이어질 듯 끊어질 듯 석이의 귓속에 이명을 이뤘다. 보살은 온갖 마성이 혼합된 어둠 속을 부유하고 있었다. 보살은 모든 것을 베풀 것 같았다. 심지어 보는 이의 추잡한 욕정까지도 허락할 것 같았다. 그리고 나아가 그 쾌락 끝의 참담한 참회까지도 예언하고 있는 그런 깊은 눈길을 하고 있었다. 무거웠다. 무거웠다.

어느 순간 석이는 욕지기가 치미는 것을 느꼈다. 동굴 속에서 울부짖던 절규를 이를 악물고 참다 보니 자꾸 그렇게 되는 거였다.

"이건 원지로구나!"

마침내 노사의 입이 떨어졌다. 노사는 그렇게 탄식하였다. 그와 동시에 대중들이 일제히 놀라 숨을 들이켰다. 원지(圓智)라면 비구니 암자 벽심암에 있는 사미니였다. 벽심암에서 가끔 노사께 김치나 담가드리라고 보내는 채공(菜供)들에 섞여 오고 가던 어린 그녀가? 믿기지 않는 노릇이었다. 보살상은 특정한 어느 여인의 얼굴을 하고 있는 것 같지는 않았다. 갖다 붙이자면 원지뿐 아니라 세상의 모든 여인과도 닮은 구석을 찾을 수 있을 터였다. 그 귀엽고 도랑도랑한 얼굴을 가진 철없는 근책녀(勤策女)가 과연 침침한 굴속에서 이런 농염한 포즈의 누드모델을 섰단 말인가. 그러나 정작 놀라운 것은 그다음이었다.

"예, 맞습니다."

그렇게 앞으로 나선 것은 뜻밖에 심조였다. 힐긋 그를 바라보는 노사의 눈썹 끝이 가늘게 떨렸다. 무언가 마뜩치 않다는 노사만의 표현이었다. 무엇이 마뜩치 않다는 것이었을까. 청정한 비구니를 발가벗겨 불화의 모델로 삼은 불손한 짓이 그렇다는 것일까, 아니면 무언가를 숨기고 있는 그의 속내를 꿰뚫어 보았기 때문일까. 석이 역시 그 그림이 申의 화필일 것인데 심조가 그렇게 나서는 까닭을 알 수 없었다.

노사 앞에 꿇어앉은 심조는 다짜고짜 절을 세 번 올렸다. 그리고 앞에 놓인 보살탱을 둘둘 말아 쥐더니 자리를 떴다. 그 길로 그는 아예 산을 내려가버렸다.

3

지난밤, 십수 년 만에 우연히 申을 마주친 곳은 A읍의 차부였다. 밤차나 몇 대 남았을 소읍의 차부는 스산했다. 바람이 불 때마다 차양 아래 행선지를 알리는 아크릴판들이 철거덕철거덕 소리를 내며 바람을 탔다. 을씨년스런 소리에 그 행선지는 참으로 먼 곳에 있는 외진 마을일 것 같은 느낌이 들었다.

"위선의 반대가 위악은 아니었는데 말이야……."

국밥집 탁자를 마주하고 앉아 申은 그렇게 말끝을 사렸다. 그의 거친 살성에 십여 년 세월의 더께가 고스란히 내려앉아 있었다. 나이에 비해 그는 믿기지 않게 늙어버렸다. 뒤로 묶은 머리칼은 절반이나 빠져 성글고 꺼부정 숙인 자세는 어딘가 성치 않은 사람처럼 보였다. 더욱이 턱자가미께 칼에 베인 뚜렷한 흉터가 한층 그의 외양을 심란하게 드러냈다.

그는 속에서 받질 않는다고 술잔도 미뤄두고 있었다. 몇 숟가락 뜨다 만 국밥도 툭툭하게 식어갔다. 담배 연기만 한없는 시간을 태우고 있었다.

"위악이었지. 내가 이루고 싶었던 게 위악이라는 사실을 인정하기가 제일로 어렵더군. 근데 그걸 인정치 않은들 위선밖에 더 남겠냐구. 위선과 위악 사이에 진짜 내가 있었다면 도대체 나라는 진실은 무엇일까……."

그간 세월 어떻게 지냈냐고 물은 데 대한 답이었다. 흐리마리 申이 삼켜버린 뒤끝에 공연히 물어본 석이만 민망한 꼴이 되었다.

긴 옥살이까지 겪은 그의 인생이 얼마나 피폐한 내리막으로 굴러 떨어지고 있는지는 묻는 일 자체가 결례일 터. 해도 석이는 그에게 동병상련을 느꼈던 것이다. 이제 그들 두 사람 모두, 깊은 꿈을 꾸는 영혼은 어차피 순탄한 세상을 살 수 없다는 걸 굳이 숨길 필요는 없는 나이가 되어버린 거였다.

申과 같은 이의 꿈이란 너무도 역동적이어서 현실보다 더욱 생생하기 때문이었다. 그가 꾸는 꿈이란 나날의 삶으로는 흉내 낼 수 없는 장대한 드라마였다. 그리고 천재란 위대한 재능을 부여받기에 앞서 모호한 질문의 법정에 먼저 소환될 운명을 타고난 사람들을 일컫는 말이었다. 그 질문이란 우주적 차원의 막대한 척도였기에 그 앞에 제 초라한 삶이란 애초에 고려의 대상조차 될 수 없었다. 석이는 바로 그 거대한 꿈에 대하여 묻고 싶은 것이었다.

그리고 申은 그것이 모두 위선과 위악 사이의 진동이었다고 답을 한 셈이었다. 그럼에도 그렇게 선문답으로 뭉개고 넘어갈 일은 아니었다. 석이보다 申이 더 깊은 한숨을 쉬었다. 어쩌면 그것이 정확한 속내였는지도 모를 일이다. 그의 재능은 결코 한숨을 쉴 여유가 없을 것이었지만 역설적으로 그 한숨이 곧 모든 꿈이 꿈에 지나지 않았노라는 실토처럼 들렸다.

"그런데 아까는 무슨 봉변을 그렇게……?"

무심코 차 시간을 기다리고 있던 석이가 申을 알아본 것은 차부 맞은편 장터에서 그가 광대에게 질질 끌려 다니며 폭행을 당하던 소동 탓이었다. 申은 히끔 석이를 바라보았다. 그리고 싱긋 웃음을 흘렸다.

"별일 아니야."

"별일도 아닌데 그렇게 죽도록 얻어맞는단 말인가?"

그는 여전히 빙글빙글 웃을 뿐이었다. 제 웃음에 흥이 나는지 그는 어깨를 들썩이며 홀로 웃었다. 과장되게 낄낄거리는 그의 모습이 정말 반은 실성한 사람처럼 보였다. 그의 실없는 웃음이 우스워 석이마저 공연히 콧방귀를 흘렸다. 웃음 끝에 申은 눈꼬리에 흐른 눈물을 닦았다.

대화가 끊긴 선술집 실내는 고즈넉한 적막이 감돌았다. 초겨울 하늬바람이 불규칙하게 가게 문을 흔들어대곤 했지만 오히려 그런 소리는 더욱 적막을 부추기는 법이었다.

"거기, 그 굴 이름이 절곡굴이었던가? 요즘은 자꾸 거기 생각이 나. 한번 갈 수 있음 좋으련만."

"왜? 그때 굶어 죽지 못한 게 한이라도 돼서? 가지 그래. 굴에 주인이 따로 있다던가?"

申은 담배를 든 손으로 콧잔등을 긁으며 또 희미하게 웃어 보였다. 석이도 말은 그렇게 던졌지만 그가 다시는 그 시절로 돌아가지 못하리라는 것을 모르는 바 아니었다. 석이는 목소릴 고쳐 진지하게 물었다.

"말이 나왔으니 하는 말인데 나하고 갈 데가 있어. 함께 가지 않을 텐가."

"어디?"

"운달산에서 새로 단청불사를 한다더군. 주지란 놈이 욕심이 사나워서 제대로 한번 칠을 올리고 싶어하는 모양인데, 요즘 그만한 금어 구하기가 쉽겠나. 우리 거기서 겨울 한 철 나세."

"운달산이면 그렇게 멀진 않구만……."

申은 천천히 고개를 끄덕여 보였다. 석이는 그의 확답을 기다리며 가만히 그를 바라보았다. 申은 손깍지에 담배를 끼우고 우두커니 선술집 유리문 밖을 바라보았다. 한참 만에 그가 입을 열었다.

"자네 소식은 들었네. 노사 밑을 나왔다며……."

말인즉슨 노사 밑을 떠나온 석이 너부터가 단청일 따위는 집어치웠지 않았느냐 반문이었다. 정곡을 찌르는 말이었다. 그는 제 것과 비슷한 냄새를 피우는 석이의 삶의 분위기를 벌써 알아차린 참이었다.

석이는 술사발을 들어 천천히 들이켰다. 오늘따라 막걸리가 싱거웠다. 申이 후벼 판 가슴속이 횅뎅그렁했다. 그는 거칠게 사발을 내려놓았다. 금속제 사발이 탁자 위를 구르며 요란한 소리를 냈다.
"아무튼 운달산으로 가세나. 이렇게 허송하느니 산속이 당장 신간은 편치 않겠나. 아무러니 우리 둘 먹을 공양쌀 없겠는가."
서로가 금어로 돌아가기엔 너무 멀리 나왔다는 걸 잘 알지만 누가 먼저 나서서 부추기면 못 이긴 척 따라나설 법도 해서 꺼낸 말이었다. 절곡굴 어쩌고 하는 것으로 미루어 당장 그에게는 지친 영혼의 짐을 내려둘 곳이 필요하겠다 싶은 거였다. 저들 같은 처지에 세속을 떠나 갈 데라곤 산속밖엔 없었다.
申은 미뤄두었던 제 몫의 술을 비웠다. 그리고 비운 사발을 석이에게 넘기고 술을 따랐다. 주전자에 마지막 남은 막걸리가 쪼르르 소리를 냈다. 申은 그렇게 힘이 빠진 말투로 말을 받았다.
"자네…… 아까 날 두들겨 팬 그 광대가 정말 누군지 모르겠나?"
석이는 마시던 술을 입시울에 댄 채 빤히 그를 쳐다보았다.
"그 사람 심조일세."
석이는 내려가던 술이 식도를 역류하는 것을 느꼈다.

*

심조가 산을 내려간 그날 보살탱의 모델이 되었던 사미니 원지도 함께 사라졌다. 일주문에 빗장이야 없다지만 밤도망을 놓을 거면 저나 갈 일이지 세상모르는 사미니까지 꼬여 달아났다고 비구니 암자 주지스님은 노사를 찾아와 한참이나 푸념을 늘어놓았다.

　어디에선가 심조와 짝을 이뤄 잘 살고 있으려니 싶던 그녀가 채 일 년 남짓 만에 자살로 삶을 마감한 것은 누구도 예상치 못한 운명이었다. 하지만 더 의외의 사실은 그녀의 자살을 방조했다는 죄목으로 申이 체포되어 들어간 일이었다.

　기막힌 사연이니만큼 그 일을 두고 갖은 추문이 따라붙었다. 세속 화단뿐 아니라 노사의 금어 일문까지 시끄럽게 하는 소문이었다. 믿거나 말거나 원지를 죽음으로 몰아넣은 것은 이번에도 申이 그린 한 장의 지옥도였다는 것이다. 대관절 얼마나 굉장한 그림이기에 그걸 본 원지가 목을 매었다는 것인지는 몰랐지만 더욱 긴가민가 싶은 일은 그 희대의 걸작을 갈가리 찢어버린 이가 심조라는 것이었다. 어디까지 믿어야 할 소문인지는 알 수 없었다. 그들 세 사람의 운명이 어떤 전생의 업으로 엮였는지 알 수 없는 것처럼 말이다. 다만 그런 그림이 존재했다면 그건 걸작임에는 틀림없을 것이다. 왜냐하면 다만 세 중생만의 것이라도 그 윤회를 모두 그려낸 것이라면 참으로 어떤 대작의 지옥도 못잖은 예술적 값어치가 있을 터이기 때문이다.

　산중에서 속세까지야 한나절 길밖에 되지 않았다. 해도 그 길을 되돌아오는 것은 생을 두고 걸어도 불가한 일이었다. 그것은 알 수 없는 힘으로 지켜지는 금기와 같았다. 더욱 이상한 것은 파계를 하고 내려간 사람일수록 그 금기만큼은 철석같이 지킨다는 것이었다. 그들이 나락으로 떨어진 것은 아니었다. 아마 산을 내려가 다시 짊어진 세속이란 이름의 운명의 무게가 돌부처를 들쳐 업고 살아가는 일보다 무거웠던 것일 게다.

하긴 누구 말을 할 것도 없었다. 석이 자신부터가 암자의 살림을 패대기치고 노사를 등진 처지였다.

*

비좁은 여관방에선 눅눅한 곰팡내가 났다. 바람은 여태 잠들지 않고 게까지 쫓아와 마냥 여관의 낡은 창틀을 두들겼다. 미진한 술기운에 보름을 앞둔 달빛마저 속절없이 밝아 좀처럼 잠이 오지 않았다. 일렁이는 달빛은 뿌연 간유리를 뚫고 희붐하게 방 안에 흩어졌다. 창문의 격자무늬 창살이 석이의 얼굴에 고스란히 드리웠다.

덜컹덜컹. 문틈에 스미는 웃풍에서 불현듯 산국화 냄새를 맡았다. 바람이 갈꽃을 따라 여울지는 산마루에 늦도록 남아 있던 들풀과 들꽃 속에서 석이는 노사를 향하여 소리쳤다.

"제게도 붓을 주십시오."

노사는 무심하게 그를 쳐다보았다. 석이는 그 눈길이 끔찍했다. 수십 년을 살갑게 마주해온 인연이 아니라 수만 겁을 끈덕지게 엮어온 두 사람의 응보가 파도처럼 일렁이는 그런 눈길이었다. 석이는 그 인과의 끈에 목이 졸린 듯 숨이 막혀왔다. 노사는 말했다.

"나는 꽃밖에 모르고 살았다. 세상에 꽃밖에 무엇이 또 있겠느냐, 드러나도 부끄럽지 않은 것이……."

그러했다. 노사가 단청을 펼칠 때면 사람들은 '꽃을 베푼다'고 말하였다. 꽃을 놓으면 꽃이 피고 넝쿨을 놓으면 넝쿨이 감겼다. 노사의 붓은 당신의 표정처럼 태무심하였다. 나무에 꽃을 그리는 것이 아니라 나무 속에 깃든 생명을 피우는 것처럼 자연스럽기 이를 데 없었다. 마지막으로 석이에게도 노사는 그런 눈길을 보여주었다. 아무것도 가르치지 않았고 그저 놓아주었을 뿐이란 사실을 석이는 시간의 나그네가 되어서야 비로소 느낄 수 있었다.

　등 뒤에서 성냥을 긋는 소리가 들렸다. 申은 잠들지 않고 있었다. 매운 담뱃내가 흐린 방 안의 어둠 속에 피어올랐다. 석이가 물었다.

　"원지를 그린 보살탱은 어찌했나. 나 그 초상이나 한번 더 보았음 싶은데……. 대체 그 그림을 보고 노사가 어떻게 원지를 모델이라고 알아냈는지 난 여태 알 수가 없네."

　"……."

　申은 대답 대신 짙은 담배 연기를 뿜었다. 석이는 한숨 같은 담배 연기에서 절망의 냄새를 맡았다.

　"심조 같은 인간을 쫓아다녀 무엇을 어찌하겠다는 셈인가. 나하고 산으로 가세."

　등을 대고 누운 석이는 바람벽에 대고 그렇게 속닥였다. 그렇게 말하는 제 목소리부터 맥이 빠져 있다는 걸 스스로 느끼고 있었다. 공허했다. 申이 똑같이 공허한 목소리로 맞은편 허공에 대고 중얼거렸다.

"자네 말대로 자학이고 경멸이겠지. 그래도 경멸로 극복할 수 없는 운명은 없다지 않는가."

"이제라도 자네가 그리고 싶은 걸 찾아 나서면 되지 않겠나."

"내 죽어 있는 초상이나 그렸음 좋겠는걸⋯⋯."

허튼 하소연은 아니었다. 오히려 석이는 그것이 申의 오갈 데 없는 진실이란 사실이 안타까웠다.

"그런데⋯⋯ "

석이는 어려운 이야기를 꺼내느라 마른침을 삼켰다.

"그 왜 소문에 떠돌던 탱화 말일세. 원지를⋯⋯."

말을 꺼내다 말고 석이는 이내 공연한 이야기를 꺼냈다는 후회가 들어 말꼬리를 사렸다. 하지만 申은 거리낌 없이 석이의 말을 받았다.

"원지를 뭐? 목매달게 한?"

"그렇지 그 지옥도⋯⋯."

"그게 왜 지옥도야?"

여직까지와는 달리 申은 냉정하게 말꼬릴 끊었다. 그리고 또렷한 목소리로 덧붙였다.

"그건 분명 보살탱이야. 관음보살을 그린 거라고."

그렇다면 지옥도건 보살도건 소문 속의 불화의 존재는 사실이란 말 아닌가. 석이는 반쯤 상체를 일으켜 申을 쳐다보았다. 그러나 그는 팔베개를 풀지 않고 눈을 감은 채 잠꼬대처럼 웅얼거렸다.

"수미산에 있건 속세에 있건 보살은 보살 아닌가. 지옥에 간

보살을 그렸으면 그를 두고 지옥도라 불러야겠는가 보살도라 불러야겠는가 말이야."

이윽고 申은 가는 한숨과 함께 재떨이 위의 꽁초처럼 꺼져갔다. 메마른 잠 속에서 그는 삶보다 더 텅 빈 이야기를 꿈꾸었다. 그의 허우적대는 영혼은 온몸으로 꿈을 그렸다. 손만 대면 모자이크처럼 갈라지는 메마른 꿈속을 어지러이 떠돌았다.

언제부턴가 그를 키운 것은 증오와 죽음에의 충동이었다. 누군가를 증오한다는 것은 그에게 두려움이었다. 그런 두려움이 커지다 보면 스스로를 먼저 죽이고 싶어지는 법이다. 해도 더 큰 두려움은 누구를 증오하는지조차 모르고 있다는 불안감이었다. 하루를 사는 게 하루치 자살충동을 견뎠다는 뜻이었다.

그러다 불현듯 그의 그림 속을 스치는 마성(魔性)을 느꼈을 때 그는 새로운 희열을 느꼈다. 그 순간의 충격이란 스케치 속의 모델이 번쩍 눈을 뜨고 그를 노려보는 것 같은 경악스런 환희였다. 그는 제 핏줄에 흐르는 마성에서 두려운 희망을 보았다. 그는 그 뜨거운 왼손으로 심장을 만져보았다. 손이 뛰는 것인지 심장이 뛰는 것인지, 아무튼 그는 격동하기 시작했다.

그는 설레는 가슴으로 다시 한 번 제 꿈을 스케치했다. 그러나 그림 속 이미지는 좀처럼 눈을 뜨지 않았다. 그것은 잠들어 있었다. 영원히 깨어나지 않을 것처럼 태연한 표정으로 잠들어 있었다. 번번이 그는 노력했던 만큼 절망했다. 절망이 더 절망적인 것은 영원히 마성이 되지 않는다는 사실이었다. 날마다 그는 절망 속에 웅크리고 있는 제 자신을 흡뜬 눈으로 지켜보아야 했다.

*

 원지는 두려움에 떨고 있었다. 누구도 무어라 하지 않았건만 그녀는 보살탱을 바라보는 것만으로도 주체할 수 없이 떨렸다. 질끈 눈을 감고 피하고 싶었다. 그러나 문제의 그림은 눈을 감고 고개를 돌리는 것조차 허락하지 않았다. 그림으로부터 그림자 같은 인력이 뻗어 나와 그녀의 눈동자를 붙들어 매고 있는 것 같았다.

 그녀는 독한 마음을 먹고 그림을 노려보기도 했다. 어렵고 힘든 것일수록 피하지 말고 직시하고 대들어보라는 것이 불가에서 배운 간화선(看話禪)의 시작 아니었던가. 그러나 두려움은 결코 가시지 않았다. 오히려 들여다보면 볼수록 제가 그림을 직시하는 것이 아니라 그림이 저를 직시하고 있다는 느낌만 자꾸 더해가는 거였다.

 진실로 그녀가 두려워하는 것은 그 한 장의 보살탱이 불러일으킨 스캔들이 아니었다. 그것은 엎질러진 물이었고 그녀는 순순히 받아들일 각오가 되어 있었다. 산을 내려오기에 앞서 부처님 앞에 주저앉아, '이게 제가 지은 업이 맞지요!' 하고 따지듯 작별도 고하지 않았던가.

 그녀를 두렵게 한 것은 혼돈이었다. 마치 그림을 바라보는 것은 제 자신이면서도, 그러한 제 자신은 허상에 지나지 않고 그림 속에 앗긴 진실에 도저히 다다를 수 없을 것 같은 아득한 절망이 그녀가 진실로 두려워하는 고뇌였다. 번뇌는 백팔 가지라

했는데 이것은 그중에 몇 번째 번뇌란 말인가.

　보살은 그 벌거벗음 때문이 아니라 애절한 듯, 음울한 듯 얼굴을 일그러뜨린 미소로 저를 바라보기 때문에 마주 보기에 견딜 수 없었다. 보살의 그 기이한 미소가 영락없이 제 마음속 사바세계를 고스란히 드러내고 있었다. 정말이지 그 애닯고도 미묘한 표정이라니.

　그녀가 심조를 따라나선 것은 따라서 보살탱에 얽힌 추문 때문이 아니었다. 그녀는 제 마음속의 사바가 제 불성보다 훨씬 크다는 것을 그 한 장의 그림에서 깨우쳤던 것이다. 크기만 할 뿐이랴. 아름답긴 또 얼마나 아름다운가. 그녀는 진실로 저 탱화 속 보살처럼 청초하고도 고혹적으로 웃어 보이고 싶었다. 속세에게도 부처에게도 그렇게 웃어 보이고 싶었다. 사바세계를 모두 적실 웃음이었다. 그녀가 산을 내려간 것은 심조가 꼬드긴 것이 아니라 그녀가 깨달았기 때문이었다.

　그럼에도 아무리 하여도 보살탱을 마주하는 두려움은 사라지지 않았다. 속세에서 그녀가 진종일 하는 일이라곤 문제의 보살탱을 걸어놓고 마주 보는 일뿐이었다.

　산을 내려온 심조는 불구점(佛具店) 한 귀퉁이에서 불화를 그려 팔기 시작하였다. 주로 명왕(明王)이나 마두관음(馬頭觀音) 같은 악불상(惡佛像)을 그려 넘겼다. 악불이란 소재의 신선함 탓인지 그의 그림은 그런대로 팔려나갔다. 해도 불구점에서 팔리는 그림이란 게 으레 그러하듯 제대로 된 작품 대접은 받지 못하였다. 정통 불가에 팔리는 것이 아니라 거개가 당집 벽걸이로나 팔려나갔다. 불심을 일깨우는 것이 아니라 허약한 중생들에게 위압감부터 주고 보자는 식의 그림이었던 것이다. 누구보다 심조 스스로 그런 사실을 잘 알고 있었다.

거기까지가 제 자질이려니 하고 선을 긋고는 있었지만 마음까지 완전히 다스리지는 못하였다. 시간이 갈수록 누구보다 스스로가 제 그림의 위악에 염증이 났다. 그럼에도 그나마 위악마저 없으면 그에게는 불구점 뒷방의 초라한 아틀리에조차 허락되지 않을 터였다.

세속의 삶은 산중의 삶보다 훨씬 곽곽했다. 곽곽한 것은 각오한 바였다 쳐도 이다지도 우울할 줄은 몰랐다. 원지는 그런 심정을 달래줄 여인이 아니었다. 달래주기는커녕 그녀야말로 우울의 정점이었다. 살가운 말 한마디는커녕 밥상머리에 함께 앉는 일조차 없었다. 잠자리에서도 그녀는 마치 '네가 끌고 온 것이 내 거죽밖에 더 있겠느냐'는 식으로 인형처럼 자빠져 있을 뿐이었다. 득도의 환희와 붓끝의 화엄을 포기하는 대신 꿈꾸었던 세속의 가시버시의 삶은 극락보다 더 먼 나라 이야기였던 것이다.

늦은 밤 불구점 뒷방을 나서 골방살이까지 걷는 비좁은 골목길이 심조에겐 하루 이틀이 갈수록 점점 음울한 풍경이 되어갔다. 어느 날 밤인가 담벼락에 드리운 제 그림자에서 그는 낯익은 윤곽을 보았다. 지옥도 속에 무수히 등장하는 축생의 모습이 그것이었다. 지장보살이나 염라대왕처럼 지옥도의 주인공도 아닌 것이, 그렇다고 그 존재가 빠지면 지옥도라 할 수 없는 그런 축생의 모습을 닮은 제 그림자를 바라보며 심조는 자꾸 비웃음이 나는 거였다. 지옥에 떨어져서도 그는 주인공이 아니라 여백이나 메워주는 단역이란 생각이 그런 비웃음을 자아내게 하였다. 시름을 잊게 하여준다고 해서 술을 두고 망우물(忘憂物)이라 불렀다. 매일 밤 심조는 그 담벼락의 축생과 마주 앉아 술병을 젖뜨리곤 하였다.

취생몽사 기어들어간 집구석에서 원지는 그를 거들떠보지도 않았다. 그녀가 넋을 빼고 있는 것은 어김없이 예의 보살탱이었다. 그 꼴을 보다 못해 보살탱을 걷어치우면 그때서야 그녀는 나직한 숨을 내쉬며 벽을 마주하여 드러눕는 거였다. 이상하게도 돌아누운 그녀의 몸피는 여지없는 보살의 그것이었다.

그녀에게서 보살의 윤곽이 빛날 때마다 심조는 자신이 실로 축생 취급을 받는다는 생각에서 벗어날 수 없었다. 하면 그녀의 옷을 갈가리 찢었다. 기어코 그 보살의 맨살을 드러내 실컷 분풀이를 하지 않으면 견딜 수 없을 것 같았다. 때리고 때리고, 원지의 살성에 어린 보살의 윤곽이 산산조각 날 때까지 심조는 가죽띠를 휘둘렀다. 맞고 있는 그녀는 어떤 응보를 치르는지 알지 못하여 비통한 신음을 삼켰고 때리는 심조는 때릴수록 또렷해지는 보살과 축생의 대비가 괴로워 엉엉 울었다. 그것이 밤이면 그 두 남녀가 혼신을 다해 펼쳐 보이는 생생한 지옥도였다.

申이 심조를 찾은 것은 이듬해 겨울이었다. 암자에서 쫓겨나 다시피 나와 만행길에 나섰던 申은 어느 만신집에 걸린 심조의 악불을 알아보고 물어물어 찾아온 길이었다.

그가 본 것은 무거운 그림자를 이끌고 어둔 골목길을 걸어가는 심조의 모습이었다. 申은 알은체를 하려다 말고 멀찍이서 그를 따랐다. 처음 언뜻 비친 심조의 얼굴에는 짙은 음영이 드리워 있었다. 그 그림자가 얼마나 어두웠던지 말을 걸 엄두조차 나지 않았던 것이다. 고작 일 년여 만에 사람의 얼굴이 그렇게 변할 수 있다는 게 믿기지 않았다.

정말이지 심조는 보기에도 힘겹게 걸음을 놓고 있었다. 그의 더딘 걸음은 어딘가를 향해 걷고 있는 것이 아니라 그 어딘가로 가기 싫은 걸음을 억지로 떼어놓고 있는 것처럼 보였다. 그렇게 걷다가는 그는 골목길 한쪽의 축대를 물끄러미 바라보곤 했다. 축대에는 외등에 드리운 자신의 그림자밖엔 아무것도 없었다. 심조는 그 그림자를 뚫어져라 바라보다가는 어느 순간에 털퍼덕 주저앉아 품속에서 소주병을 꺼내 나발을 불었다. 한참을 쉬다가는 다시 술병을 지팡이 삼아 일어서 천근만근 발걸음을 떼었다. 그 모습 어디에도 중생과 부처, 고뇌와 팔정도의 위선된 경계를 비웃던 기개는 보이지 않았다. 물론 그 비웃음 역시 위선 혹은 위악에 지나지 않았다고 해도 그 위선과 위악을 빼고 남은 인간의 모습이 저렇게 허약한 껍질밖에 남은 것이 없으랴 싶은 의문이 보고 있던 申을 혼란에 몰아넣었다. 그러나 알다가도 모를 일은 바로 그런 혼란에 찬 의문이야말로 申으로 하여금 새로운 에너지를 느끼게 하였다는 것이다. 그는 이름 모를 열정에 심장이 두근거리는 걸 느끼며 발소리 죽여 심조를 뒤따랐다.

밤마다 걸어가는 그 골목은 심조에게는 소위 축생도(畜生道)에 다름 아니었다. 죄업으로 짐승이 되어 고통받는 길 위에서 그는 매일 밤 생생하게 되살아나는 제 자신을 느꼈다. 고통이 짐승으로서의 그를 일깨웠다. 골목길 축대 위에 어린 제 그림자 속의 축생을 노려보고 또 노려보았던 것이다.

그날 밤 申은 심조가 들어가는 집에서 원지의 존재를 확인했다. 멀찍이서 잠시 열린 문틈으로나마 스치듯 본 원지의 모습에서도 申은 앞서 심조에게서 보았던 놀랍게 변화된 모습을 읽었다. 안타깝게 수척해진 외양에도 불구하고 그녀에게선 색깔을 정할 수 없는 빛이 나는 것 같았다. 그것은 흡사 육신으로 존재하는 사람의 것이 아니라 영혼으로 존재하는 신격의 피부 빛깔 같은 것이라 할 수 있었다. 사랑스럽다고 하기엔 너무 신비로웠고, 신비롭다고 하기엔 너무도 애처로웠다.

그 순간이 지난 후 申은 심장을 뛰게 하는 알 수 없는 아름다움의 이름 때문에 안절부절하지 못하였다. 성큼 그들의 거처로 들어설 용기도 나지 않았지만 그렇다고 그 자리를 떠날 엄두도 나지 않았다. 그들의 거처는 그가 사는 세상과는 별개의 세계가 확실해 보였다. 그럼에도 지금이 아니면 그 세계를 엿볼 기회는 영영 오지 않을 것 같았기 때문이다. 申은 그들의 골방칸 까대기집을 기웃거리며 골목을 서성이고만 있었다.

한참 만에 원지가 바깥으로 나섰다. 화장실을 다녀가던 어둔 참에 불쑥 뛰어든 申을 보고도 원지는 전혀 놀라는 기색이 없었다. 그녀의 표정은 마치 올 것을 기다리고 있었다는 식이었다.

무슨 말을 어찌해야 할지조차 모르고 그저 그녀의 앞을 막아서고 있는 申을 원지는 담담한 눈으로 바라보았다. 네가 예까지 와서 하고픈 말이나 어서 해보라는 투의 눈빛이었다.

"그리고 싶소. 다시 한 번 내 앞에 서주시오."

그렇게 말하며 申은 무심결에 원지의 손목을 그러쥐었다. 마치 제 소원을 듣고는 훌쩍 날아갈 새를 잡으려는 듯한 동작이었다. 원지는 큰 눈을 끔뻑이며 그를 올려다보았다. 申은 더욱 안타까운 마음이 들어 바싹 그녀에게 다가가 간절한 목소리로 말했다.

"참된 보살을 그려 보이리다."

그녀가 잡힌 손목을 빼려 했을 때 그는 더욱 힘을 주어 붙들었다. 그러자 그녀는 다른 손으로 그의 손을 슬며시 잡았다. 그 동작은 무게라고는 하나도 없는, 부드럽기 한량없는 손짓이었다. 그는 저도 모르게 그녀의 손목을 놓을 수밖에 없었다. 그녀는 풀린 손으로 앞머리를 쓸어 올렸다. 외등에 비친 그녀의 얼굴은 한 줄기 실바람처럼 웃고 있었다. 아니 뵈주지 않으려는 울음인지도 몰랐다. 그때 그녀의 표정이란 애욕과 진리의 경계 위에서 줄타기를 하고 있는 곡예사 같은 절묘한 아름다움을 보여주고 있었다.

"처사께서 이전엔 제 육신의 벌거벗은 모습을 보고 보살을 그리셨지요. 이번에는 제 영혼의 벌거벗은 모습을 보여드릴 테니 그에 맞는 탱화를 그려보시지요."

그리고 그녀는 뒤도 돌아보지 않고 집으로 들어갔다. 申은 우두커니 서 있었다. 무엇을 어찌해야 할지 모른 채 넋을 잃고 있는 사이 어느 순간 골방의 봉창이 살며시 열리는 것이었다. 순간 申은 반사적으로 어둠에 몸을 숨겼다. 깊은 숨을 삼키고 눈살을 좁힌 눈으로 방 안을 훔쳐보았다.

이윽고 이 젊은 영혼을 가진 눈에는 어슴푸레한 두 개의 그림자가 보였다. 삼악도(三惡道) 속을 떠도는 두 개의 그림자, 소리 없는 아비규환에 그는 엄니를 악물었다. 그의 눈동자가 어둠에 익어갈수록 그 두 지옥도 속의 주인공은 더욱 선명하게 드러났다. 그 선명함은 그러나 어떤 구체적인 윤곽이 아니었다. 그것은 지옥도 속을 떠도는 그들이 띠고 있는 색채의 선명함이라 해야 할 것이다. 그러나 申을 극도의 혼란으로 빠져들게 한 것은 도무지 그 색채를 무슨 색이라 이름하여야 할지 알지 못하였다는 사실이었다. 그것은 한마디로 혼돈의 색채라고밖에는 부르지 못할 것이었다. 침침한 방 안은 혼돈의 늪과 같았다. 끈적끈적한 핏빛 침묵으로 가득한…….

문득 그 혼돈의 늪 속을 허우적거리던 원지가 천천히 고개를 들었다. 이를 악물고, 피맺힌 절규를 터뜨리지 않기 위해 목의 힘줄을 있는 대로 세운 그녀는 그 혼돈의 정점에 있는 눈동자로 申을 응시하고 있었다.

*

마성이 현현했다 지나간 찰나의 시간 이후로 그 처절한 환상이 아닌 모든 것은 죄다 잿더미 위에 피어오르는 연기에 불과한 것이 되어버렸다. 제일 먼저 申의 삶이 그렇게 변하였다. 후―, 불면 날아가 사라질 것에 불과하게 되었다. 극한 이후의 시간은 끝없이 허무했고 그 시간 속을 살아간다는 것은, 심장이 뛰는 삶이 아니라 절망이 이끄는 삶이었다. 절망이란 구원으로 가는 길을 깨끗하게 지워주는 힘이란 사실을 그는 절실하게 깨달았다.

4

그리고 이튿날 申은 화판을 들고 다음 장터로 가는 첫차를 탔다. 단청불사에 가겠다는 건지 아닌지 아무런 대꾸도 없었다. 석이는 장터가 내려다뵈는 차부의 2층에 앉아 하루 종일 그를 지켜보았다. 네거리 장터에서 申은 역시 황아장수 광대와 길 하나를 마주하고 자리를 잡았다. 광대는 철저히 그를 외면한 채 열심히 광대짓을 놀았다. 申 또한 맥을 놓고 하릴없이 좌판을 지켰다. 그가 늘어놓은 몇 개의 초상화 액자는 곧잘 장꾼들의 눈길을 끌었지만 그림값을 물어보는 사람은 별로 없었다. 아침나절 반짝 매기가 돌았던 장터는 해가 중천에 뜨기도 전에 먼지바람이 일었다.

진종일 석이는 2층에서 바라본 거리를 드로잉하였다. 지루한 장면을 그린 켄트지가 몇 장째 넘어가고 있었다. 미니아튀르(細密畵) 같은 기이한 시간이 늘어지고 있었다. 그러나 성당의 만

종이 울리는 순간 거리의 장면은 속사(速寫)하듯 바뀌었다. 기어코 광대는 행길을 뛰어 건너가 다시 한 번 申의 이젤을 빠개 버린 거였다. 석이가 보기에 그들은 서로 꼬리를 물고 쫓고 쫓기는 두 마리 뱀처럼 보였다.

申은 주섬주섬 좌판을 걷기 시작했다. 석이는 그때서야 찻집을 나서 차부로 들어갔다.
"운달산행 2장이요."
매표원이 내민 차표를 그는 한동안 내려다보았다. 과연 申이 단청불사에 갈는지도 궁금했지만 정작 자신마저도 산으로 올라가고 싶은지 회의가 들었기 때문이다. 가면 노사를 만날 것인가. 직접 붓을 놓은 지 오래인 노사였다. 그래도 단청의 감색(監色)만은 매섭게 챙기던 노사였건만 근년에 들어선 그마저도 쇠한 기력으로 쉽지 않다는 소식이었다.

아무려나 노사가 두려울 것은 없었다. 진실로 두려운 것은 그를 떠나보내던 노사의 눈길에 담긴 공허함이었다. 노사는 딛고 선 산등성이처럼 무심한 눈으로 그를 놓아 보냈다. 그 눈길에서 산마루를 휩쓰는 바람이 쏟아져 나왔다. 차갑다 차갑다 그렇게 차가운 바람이 또 있을까.

'너에게 줄 붓이 내겐들 있었겠느냐. 처음부터 그런 건 없었다. 너뿐 아니라 모두가 나름의 붓을 쥐고 갈 뿐이다. 길이란 가보아야만 비로소 너의 길이 되는 것이다.'

그가 진실로 두려워한 것은, 노사 앞에 빈손으로 돌아가야 한다는 회의였는가. 아니다, 그것도 아니었다.

 마침내 심조가 트럭을 몰고 떠났을 때 이미 장터는 희읍스름한 모색에 물들어가고 있었다. 드문드문 외등이 켜지고 어디선가 저녁연기를 향해 짖어대는 개들의 컹컹 소리가 어둑한 동구에 울려 퍼졌다. 흙바닥에 주저앉아 떠나는 심조를 바라보고 있던 申도 주섬주섬 일어나 흩어진 좌판을 정리하기 시작했다. 동강 난 이젤을 이리저리 살펴보던 그는 더는 미련을 두지 않고 그것을 장터 가운데 화톳불을 지피던 드럼깡 속에 던져 넣었다. 석이는 그를 향해 다가갔다. 하고는 말없이 차표를 내밀었다.

 申은 차표를 물끄러미 바라보았다. 두 사람은 한동안 말없이 굳어 있었다. 매운 화톳불 연기가 두 사람의 얼굴을 휘감았다. 호로록 피어오른 불꽃이 申의 얼굴 윤곽에 더 짙은 그늘을 만들었다. 申도 석이의 얼굴에서 그런 그늘을 보았을 것이다. 그림을 그리는 사람이라면 언제나 암부에 먼저 주목하기 마련이었으니까. 그들은 서로의 광대뼈 밑에 숨겨둔 어두운 비밀을 주고받았다. 그것은 서로의 상처를 만져보는 것처럼 애달픈 행위였다. 마침내 석이는 알겠다는 뜻으로 보일 듯 말 듯 고개를 끄덕였다. 그리고 몸을 돌이켜 흩어진 申의 좌판을 꾸려주었다. 그때였다.

"보시오! 보시오!"

 누군가 장터를 가로질러 잰걸음으로 달려오며 申을 불렀다.

"아직 계셨구려. 다행이오. 갔으면 어쩌나 하고 헐레벌떡 달려오질 않았겠소."

중년의 사내는 申의 소맷자락을 붙들고 가쁜 숨을 골랐다. 사내는 품속에서 작은 사진 한 장을 꺼내들었다.

"어머니 사진이요. 오늘 돌아가셨구려. 영정으로 써야 하는데……."

申은 잠시 망설이는 듯하더니 이윽고 말없이 화구가방을 풀었다.

"따라오슈. 예는 어두우니까 저기 밝은 곳에서 합시다."

그는 사내를 이끌어 공판장 주차장 담벼락 한켠의 외등 아래로 갔다. 그는 담벼락을 등지고 섰다. 부서진 이젤 대신 그는 한 팔로 화판을 껴안듯 받치고서 작업을 시작했다. 사내에게 사진을 들고 움직이지 말라고 말했다. 사내는 긴장한 자세로 서서 申을 향하여 사진을 받쳐 들었다.

중년 사내의 엉거주춤 어색한 등뼈, 초조감에 떨리는 무릎, 창황 간의 슬픔을 어떻게 받아들여야 할지 모르고 처진 어깨, 그러면서도 사진을 받들고 있는 손에서 풍기는 경건한 긴장…… 그리고 바람에 흔들리는 외등의 양철등갓 소리를 들으며 죽은 이의 남겨진 모습을 그려나가는 申의 깊이 숙인 고개.

석이는 얼른 자신의 캐리어를 풀어서 스케치북을 펼쳤다. 백지 위에 거칠게 선이 흩어졌다. 불규칙한 검은 배경 속에 떨리는 그림자를 가진 두 사람의 모습이 짙은 선으로 펼쳐졌다. 검은 우주를 떠도느라 지친 한 사람의 화가와 그 우주보다 더 깊은 밭고랑을 헤매느라 이마에 밭고랑보다 짙은 주름이 앉은 한 사람의 농군이 서로를 마주 보고 서 있는 스산한 장면이었다.

그리고 장터 천막을 받치던 대나무 기둥에 앉았던 까마귀가 퍼드득 날아올랐다. 길게 여운이 남는 까마귀 울음과 그 종적을 좇아 컹컹 뛰어가는 검둥개가 있었다.

이윽고 초상화를 받아든 사내는 잠시 그림을 바라보며 우수에 잠겼다. 그림 속에 담겨 있을 어머니에 대한 회억에 바보 같은 사내는 눈물을 감추지 못하고 실오리가 풀린 소매로 눈시울을 닦았다. 그는 그림삯을 치르고도 몇 번이고 허리를 숙여 고맙다는 인사를 남기고 마을 어귀로 뛰어갔다.

석이는 차에 올랐다. 서넛의 승객밖에 없는 버스는 썰렁했다. 申은 차창 곁으로 다가와서 투명한 눈으로 배웅을 했다. 석이는 차창을 열고 좀 전에 제 손으로 그린 스케치를 건넸다. 그림을 받아드는 申의 얼굴에 평안한 미소가 어렸다. 차창을 되닫으려는 석이의 손길을 申이 부드럽게 부여잡았다. 그리고 이런 말을 남겼다.

"노스님 살아생전 진영(眞影)은 꼭 자네 손으로 그리리라 믿네."

석이는 대답을 않고 차창을 닫았다. 부르릉 엔진 소리를 높인 버스가 덜컹덜컹 차부를 빠져나갔다. 의자 깊숙이 파묻었던 몸을 일으켜 뒤를 돌아보았다. 먼지가 잿빛으로 앉은 뒷유리 너머로, 버스 가는 방향을 쫓아 타박타박 걷기 시작한 申의 그림자가 보였다. 화톳불 주위를 맴돌던 검둥개가 길동무인 양 그를 따라 걸었다. 마을의 저녁이 아련해질수록 떠도는 혼은 더 멀리가고 싶은 법이다.

   길 위에 있는 모든 이는 과연 남루한가. 석이는 제 낡은 가방 끈에 대고 그렇게 물었다.

(『문학사상』 2005년 4월호)

무명씨無名氏를 위한 밤인사 _말하는 벽 3부 外篇

뫼비우스의 띠와 같은 돌고 돌고 또 도는 영원히 도착(倒錯)된 시간의 띠가 그것이라고, 알겠나? 이곳 림보란 네가 죽을힘을 다해 뛰다 보면 어느 순간 네 앞을 뛰어가는 너의 뒤통수를 볼 수 있는 곳이란 말이야.

1

열차는 느린 속도로 곡선 구간에 접어들었다.
쇠바퀴가 레일을 긁는 소리가 면도칼처럼 신경을 자극했다. 열차는 가볍게 출렁거렸다. 열차의 진동과 함께 일제히 출렁이는 손잡이를 바라보았다. 그것은 최면술사가 흔드는 회중시계처럼 눈과 머리를 어지럽게 했다. 눈을 감고 두어 번 고개를 흔들어보았지만 머릿속은 더 어지러웠다. 핏줄 속의 알코올이 몽땅 머리에 몰려 부글거리는 느낌이 들었다
술이 인생을 망칠걸세, 깡그리…….
누군가 그렇게 말했었지. 가만, 그게 누구였더라? 아무래도 생각이 나질 않았다. 그따위로 함부로 지껄여대는 작자조차 생각해내지 못하는 내 자신이 어이가 없었다. 찬찬히 전철 안의 사람들을 훑어보았다. 마치 그 속에 그런 저주를 씹어뱉은 장본

인이 있는 것처럼. 몽롱한 눈에 비친 사람들은 죄다 몽롱하게 보였다. 그들은 각자의 세계에 빠져 있었다. 그들은 모두 하나같아 보였다. 진열대 위에 죽어 있는 생선들처럼 그놈이 그놈 같았다. 얼마 되지 않는 승객들은 띄엄띄엄 자리를 차지하고 앉아 있었다. 차내의 분위기는 사람들이 열차를 타고 각각의 목적지로 가고 있는 것이라, 열차에 실려 어딘가 한곳으로 보내지고 있는 것 같은 착각을 일으켰다. 열차 안은 월면(月面)처럼 삭막해 보였다. 그들 모두는 열차의 진동에 맞춰 손잡이와 똑같은 식으로 출렁이고 있었다. 그들은 열차 안의 소품에 지나지 않았다.

무심코 옆자리의 가방이 손에 잡혔다. 누군가 놓고 내린 모양이지. 옆자리는 비어 있었고 좌석의 맨 끝에 앉은 학생은 눈이 마주치자 얼른 고개를 돌리는 것이었다. 가방은 굳이 속을 보지 않아도 별로 값진 것이 들어 있을 것 같지 않은 허름한 흰색 보스턴백이었다. 실밥이 뜯어진 손잡이를 젖히고 지퍼를 열어보았다. 안에 든 것 역시 낡은 옷가지가 전부였다. 무릎이 닳아 반질거리는 코듀로이 바지, 소매 솔기가 나달거리는 남색 점퍼, 챙이 울어버린 등산모자……. 참 나, 이런 양말까지 기워 신는담! 기운 양말의 발꿈치 옆으로 또 다른 해진 구멍에 손가락을 넣고 꼼지락거리다가 다시 좌석 끝의 학생과 눈이 마주쳤다. 스스로 머쓱해서 벌쭉 웃어 보였는데 그는 기분이 상한 눈길로 슬몃 나를 훑어보는 거였다.

가방 속 점퍼 주머니에서 수첩이 손에 잡혔다. 표지의 푸른 모조가죽이 거의 헤지다시피 한 것으로 보아 퍽 오래 주인의 손때를 탄 수첩임에 틀림없었다. 안에는 검은색 잉크로 적힌 메모들이 빽빽했다. 수첩은 원래는 꽤 두툼했을 터인데 앞부분 얼마만큼은 찢겨나가버린 것 같았다.

　부디 지금이라도 되돌아가기를, 그대가 처한 오독(誤讀)의 위기로부터…….

내용은 그렇게 시작되고 있었다. 그렇지만 특별히 흥미도 느끼지 못했을뿐더러 무엇보다 취기로 머리가 어지러워 읽고 싶은 마음이 들지 않았다. 지퍼를 닫아 가방을 원래의 자리에 돌려놓았다.
　열차간 사잇문이 열리며 전자오르간으로 어설프게 연주하는 찬송가 소리가 들렸다. 이 늦은 시간에도 구걸을 다니는 거지가 있다는 것은 뜻밖이었다. 늙은 거지는 어깨에 멘 간이 오르간을 한 손으로 연주하며 나머지 손엔 동냥 바구니와 맹인용 지팡이를 한꺼번에 들고 있었다. 짙은 색안경을 쓴 얼굴 한쪽은 화상을 입은 흉터가 뚜렷했고 한쪽 발의 걸음새도 부자연스러웠다. 그러나 안쓰러운 행색에도 불구하고 노인은 퍽 당당한 풍채를 지니고 있었다. 그 나이에도 숱이 많은 백발은 의젓한 기품을 풍겼다. 노인은 보는 이가 답답할 정도로 느릿느릿 걸었다. 마치 사람들에게 지갑을 꺼낼 충분한 시간을 주려는 듯한 여유로운 모습이었다. 노인이 전철 반 칸을 걸어오기까지 몇 분은 족히 걸린 것 같았다. 문득 노인이 내 맞은편에서 멈춰 섰다. 신음인지 한숨인지 모를 팍팍한 날숨을 내쉰 노인은 다리쉼을 하기 위해선지 구석의 좌석을 더듬어 자리를 잡고 앉았다. 노인은 바구니를 더듬었지만 잡히는 동전은 정말 몇 닢 되지 않았다. 그래도 그는 그닥 실망한 기색을 비치진 않았다. 노인은 바구니를 무릎에 내려놓고 꼿꼿이 허리를 펴고 앉았다. 퍽 단정한 자세였다. 잘 다려 날을 세운 바지 자락은 정말 노인을 거지 따위로 보이게 하지 않았다.

 문득 노인이 내 쪽을 바라보고 있다는 느낌이 들었다. 노인은 장님이었고 짙은 색안경을 쓰고 있었는데도, 아무튼 그런 느낌이 들었다. 노인은 자리에 앉아서도 계속해서 오르간을 연주하고 있었다. 그것이 그의 생명활동의 전부처럼 보였다. 불쾌한 음악 소리는 무언가 집요하게 채근해대는 것 같았다.

 눈을 감았다. 팔짱을 끼고 거북이처럼 옷깃에 목을 파묻은 자세로 뒤통수를 차창에 기댔다. 다시금 술기운이 치밀면서 터무니없이 (그렇지만 정말로) 기차 바퀴가 선로와 일으키는 마찰이 느껴졌다. 빠르게 회전하는 바퀴축의 운동과 미세하게 휘어진 선로의 호(弧)에 따라 기우는 몸의 균형감이 고스란히 느껴졌다. 이상한 것은 레일의 휘어짐이 끊임없이 이어지는 것 같은 환각이었다. 열차는 마치 거대한 원형 궤도를 맴맴 돌고 있는 것 같았다. 마냥 레일을 긁는 쇳소리를 내면서 말이다.

2

    그런 환각은 오래 이어지지 않았다. 아니, 의외로 오래 이어졌는지도 모르겠다. 아무튼 분명한 것은 욕지기를 느끼고 눈을 떴다는 사실이었다. 다행히 막 열차가 정차를 했기에 부리나케 밖으로 뛰쳐나갈 수 있었다.
    쓰레기통에 대고 정신없이 구토를 했다. 배 속이 역류하며 숨이 막혀왔다. 그때마다 쓰레기통에 고여 있던 악취가 몸속으로 빨려 들어오는 것 같아 더 욕지기가 치밀었다. 쓰레기통을 붙들고 한참을 용을 쓴 끝에 진창 같은 가슴 한구석에서 맑은 정신이 솟아 나오는 것 같았다. 곁의 벤치에 엉덩이를 걸쳤다.
    때마침 바람이 불었다. 레일의 궤도를 타고 불어오는 다른 계절의 기후처럼 신선한 바람이었다. 실눈을 뜨고 바람이 불어오는 레일의 끝을 우두커니 쳐다보았다. 깊이 잠든 도시의 불빛에 레일은 고즈넉이 뻗쳐 있었다. 우습게도 그 방향이 지나온 방향인지 지나가야 할 방향인지 가늠이 되지 않았다. 스스로 코웃음을 쳤다. 술 때문에 망칠 거라는 인생에 대해 비웃음이 흘렀다. 그런데 아무리 생각해도 누가 그따위 말을 했는지 도무지 생각이 나지 않았다. 아니 좀 더 골똘히 생각해보니 실제로 누군가 그런 말을 했는지 안 했는지조차 불분명해지는 것이었다. 자조 섞인 쓴웃음을 지으며 두 손으로 몇 번 머리칼을 쓸어 넘겼다.
    "술이 과했는가 보네."
    소스라쳐 놀랐다. 바로 곁에 누군가 앉아 있었다니! 더 놀라운 것은 그이가 다름이 아니라 좀 전 열차 안에서 보았던 거지 노인이란 사실이었다. 새삼 수꿀한 기분이 들어, 플랫폼 일대 여기저기를 둘러보았다. 아무도 없고, 아무런 움직임도 없고, 아무런 소리도 없는 검은 공간 속에 맨지르르 닳은 레일만이 저쪽에서 와서 또 다른 쪽으로 흐르고 있었다. 원래 그곳에 있던 어둠처럼 노인은 벤치에 앉아 있던 것 같았다.

"놀랐는가 보이. 일부러 그런 것은 아닐세."

"제가 보이십니까?"

노인은 가벼이 고개를 저었다.

"아무것도……."

노인은 자기 코앞에 대고 손가락을 움직여 보였다. 그것도 보이지 않는다는 동작이었겠지만 보기에 따라선 손가락 한 마디만큼도 볼 필요가 없이 모든 게 훤하다는 듯한 제스처 같기도 했다. 노인이 다시 말했다.

"그런데 곤란하게 되었네. 방금 것이 막차였는데."

"하는 수 없지요. 나가서 택시라도 타야지요. 그나저나 여기가 어디쯤 되나요?"

노인은 손가락으로 뒤통수 위의 벽을 툭툭 쳐 보였다. 그렇게 커다란 글씨도 보이지 않느냐고 조롱하는 투의 동작이었다.

림보. 그런 역이름을 들어본 것 같은 생각이 나기도 했지만 도대체 몇 호선 어디쯤 붙어 있는 역인지 도통 떠오르질 않았다. 아마 교외의 까마득한 어디쯤일 것이고, 술에 취해 잠들지 않았다면 평생 전철노선도에서나 보고 말았을 낯선 이름이었다. 노인은 그런 사정을 이미 짐작하고 있다는 식으로 말을 이었다.

"생각보단 이 지역이 좀 외진 곳이지. 밤이면 드나들기가 그렇게 쉽진 않을걸세."

노인은 여유작작한 말투로 말했지만 나더러 서두르란 뜻이었다. 다급히 계단을 내려가 개찰구를 향해 뛰었다. 개찰구 앞에서 주머니에 손을 넣었지만 전철표를 찾을 수 없었다. 마침 개찰구 건너편에는 역무원 하나가 오락가락하면서 이쪽을 건너다보고 있었다. 그는 긴 줄에 매단 호루라기를 빙빙 돌려 손가락에 감았다 풀었다 하면서 이쪽을 힐끔거렸다. 역무원은 이 주머니 저 주머니를 뒤지는 것으로 보아 이쪽의 속셈을 뻔히 알겠다는 식의 표정을 짓고 있었다. 아닌게아니라 여차하면 개찰구를 뛰어넘고 싶었지만 그랬다간 저 찢어진 눈초리의 역무원은 당장 내 고막에 대고 호루라기를 불어댈 것이다. 결국 이러지도 저러지도 못하고 역무원을 향하여 빈 주머니를 까뒤집어 보이는 수밖에 없었다.

"표를 안 끊고 타셨나 보네."

"아뇨. 잃어버린 모양인데……."

역무원은 그런 대답밖에 더 하겠냐는 투로 가볍게 콧방귀를 뀌었다.

"벌과금을 내셔야겠네. 최장거리 요금의 30배 해서 6만 원입니다."

"이보시오. 고작 전철 몇 정거장 탔다고……."

무명씨를 위한 밤인사

"그래요? 도대체 어디서 타서 몇 정거장을 왔는데요? 표를 제시하시라고요."

역무원은 시큰둥한 얼굴로 계속해서 손가락에 호루라기줄을 감았다 풀었다 반복하면서 말했다. 그런데 정말 중요한 것은 어디에서 전철을 탔느냐는 그의 질문이었다. 기막히게도 어디서 전철을 탔는지 도무지 기억이 나지 않는 거였다. 미칠 지경이었다. 머릿속에는 '술이 인생을 깡그리 망칠 거야'라는 메아리가 울렸다. 하는 수 없이 돈을 낼 도리밖엔 없었다. 문제는 지갑도 찾을 수 없다는 것이었다. 역무원은 알조라는 표정으로 흘겨보고 있었다.

"거 가방도 한번 잘 뒤져보지 그래요."

소스라쳐 놀랐다. 그가 가리키는 턱짓을 보고서야 어깨에 가방을 매고 있다는 사실을 안 것이다. 가방은 전철 안에서 보았던 바로 그 흰색 보스턴백이었다. 무엇 때문에 아무짝에 쓸모없는 이따위 가방을 들고 내린 것인지 스스로도 납득이 되지 않았다. 더구나 마치 내 몸의 일부처럼 자연스레 어깨에 매달려 있는 꼴이라니. 가방은 새삼 전혀 낯설고, 살아 숨 쉬는 모종의 조짐처럼 불길하게 느껴졌다.

저만치서 규칙적인 맹인용 지팡이 소리가 다가오고 있었다. 노인을 보더니 역무원은 슬쩍 모자챙을 올리는 시늉을 하며 인사를 건넸다. 노인도 손을 흔들어 보였다. 두 사람 모두 노인의 보이지 않는 눈에 대해서는 괘념치 않는 자연스런 태도를 보였다. 곁에 다가온 노인이 역무원에게 말했다.

"오늘 자네가 당직인가 보군. 적당히 눈감아주고 넘어가세. 오늘만 겪는 일도 아닌데……. 자네도 그만 들어가 쉬어야지."

역무원은 다시 한 번 나를 위아래로 훑어보았다. 언뜻 그의 눈동자 속에 지루한 시지푸스의 푸념 같은 저주가 스쳐 지나갔다. 기계 속의 톱니바퀴가 눈을 갖고 있다면 꼭 그런 눈빛을 하고 있을 것 같았다. 역무원은 지겨운 듯한 눈을 크게 한 번 깜박이고는 호루라기줄을 감은 손가락을 까딱여 보였다. 어기적어기적 오리걸음으로 개찰구를 빠져나왔다. 노인은 역무원의 인도를 받아 일층까지 계단을 내려왔다. 멀뚱멀뚱 그들 뒤를 따라 걸었다. 그저 처분을 기다리는 신세가 되어버린 것 같았다.

그쯤에서 역무원은 다시 모자를 들썩여 노인에게 인사를 남기고 돌아서 다시 계단을 밟아 올라갔다. 노인은 역무원의 발걸음 소리를 따라 고개를 돌렸다. 우두커니 그의 뒷모습을 배웅하는 노인의 표정은 우울해 보였다. 가로등에 비친 노인의 얼굴을 덮은 화상 흉터가 가볍게 씰룩거리는 것을 보았다. 잠시 후 역사 안의 등불이 하나둘 꺼지기 시작했다. 이윽고 몇몇 개의 불빛만을 남기고 역 전체가 시커먼 어둠 속에 웅크리고 들어가버렸다. 철조망으로 가로막힌 레일 건너편에서 한 줄기 바람이 불어왔다. 노인의 백발이 나부꼈다. 노인의 모습은 바람처럼 표표해 보였다. 이윽고 힐긋 고개를 돌린 노인은 너무도 긴 세월을 기다려온 것 같은 지친 목소리로 이렇게 말했다.

"술이 아니라 기억이 자네를 망칠걸세."

노인은 저만치 보이는 시가의 불빛을 향해 걸음을 떼었다. 약간의 거리를 두고 노인을 쫓아 걷기 시작했다. 절룩이는 노인의 더딘 걸음을 따라 제법 걸었을 때였다. 문득 불 꺼진 전철역에서 호루라기 소리가 들렸다. 그것은 어떤 위험이나 긴급한 사정을 알리는 소리는 아니었다. 역무원은 보이지 않고 그가 불어대는 호루라기 소리만이 창공을 향해 울부짖는 야수의 포효처럼 적막한 밤하늘에 울려 퍼졌다.

노인이 싸구려 오르간을 연주하기 시작하였다. 새삼스런 찬송가 소리가 퍽 구슬프게 들렸다. 노인은 털썩털썩 지팡이로 바닥을 두들기며 걸었다. 그것은 무거운 노크처럼 내 가슴도 떨리게 하였다.

3

노인은 믿기지 않게 정확하게 길을 걷고 있었다. 오래 뒤를 밟을수록 그 사실은 뚜렷해졌다. 노인은 두 발을 질질 끌며, 또 약간 절뚝이기까지 했지만 자로 잰 듯 정확한 박자와 보폭으로 걷고 있었다. 예를 들면, 신호등 소리를 듣고 횡단보도를 건너는 데 17걸음, 거기서 왼쪽으로 몸을 틀어 188걸음을 가서 왼쪽 난간을 잡고 계단 11개를 올라가서……. 그런 식이었다. 두 눈이 성한 사람보다 더 정확한 동선으로 걷고 있었지만, 성한 사람이라면 누구도 그렇게 각도와 길이를 맞춰가며 걸을 필요는 없을 것이다. 그것은 일종의 궤도와 같았다. 따라서 조금만 비틀어놓아도 노인은 전혀 엉뚱한 방향으로 엇나갈지도 모른다. 그럼에도 노인은 태연하고 당당하게 보였다. 흡사 선로 위에선 항상 기차가 우선하듯이 말이다.

일정한 간격을 두고 노인을 따라 걸었지만, 노인이 내 존재를 눈치채고 있는지 아닌지 짐작이 가지 않았다. 이치상으로야 노인이 미행을 알아차리긴 어려운 일이겠지만 나는 이제 다분히 그가 의심스러웠다. 보라! 노인은 다스리는 영지를 감시하기라도 하듯 느릿느릿 잠든 도시를 걷고 있었다. 비스듬히 기운 그의 어깨에는 거드름을 빼는 확신이 서려 있었다. 그 절룩이는 걸음이란 꼭 이 도시의 밤을 통째로 쥐고 흔드는 권위의식을 드러내는 것 같았다.

도시의 밤은 낯설게 느껴졌다. 거리는 근교에서 흔히 보는, 이제 막 개발 바람이 스쳐가느라 어수선하고 욕심 사나운 풍경을 하고 있었다. 건물과 논밭이 뒤죽박죽 섞여 있었고 그것들은 조금도 서로를 용납하지 않을 듯 으르렁거리는 부조화를 보이고 있었다. 그러고 보니 어디에도 인기척이 없었다. 밤이 깊었다지만 이럴 수는 없었다. 어딘지 의도적이고 작위적인 냄새가 났다. 도대체 균형이 맞지 않는 거리였다. 아니 도시의 밤 자체가 사개가 틀어진 것처럼 보였다. 그런 느낌이란 마치 오늘밤 전체가 크기가 맞지 않는 상자 속에 억지로 우겨 넣어진 것과 같은 부자유스런 느낌과 같았다.

어이없게도 그런 느낌의 처음과 끝은 모두 나로부터 비롯되었다. 적어도 거기까지는 인정할 수밖에 없었다. 말도 되지 않는다. 스스로 어디서 전철을 탔는지도 생각나지 않다니! 하긴 그런 일이야 '필름이 끊긴' 탓으로 돌릴 수도 있겠지만 문제는 거기서 끝나지 않았다. 황당하게도 내가 어디로 가던 길이었는 지조차 생각이 나지 않는 거였다. 그리고…… 아니! 그만해야겠 다. 자꾸 생각을 키워나가는 것은 좋은 일이 아니다. 적어도 지금처럼 취한 상태에서라면……. 그런데 젠장맞을! 정말 화가 나는 것은 이미 내 몸에 술기운이라곤 한 방울도 남아 있지 않다는 거였다. 도대체 내가 언제 술을 마시긴 마셨단 말인가! 정신은 방금 바다에서 건져 올린 생선처럼 팔팔하기 그지없었다. 고함이라도 질러보고 싶었다.

'내가, 내 자신이 생각나지 않는다니!'

그렇게 외쳐보고픈 하늘가에는 거무튀튀한 반점까지 뚜렷이 보이는 보름달이 걸려 있었다. 어디선가 많이 본 것 같은 달이었다. 그런 내 자신의 생각에 피식 웃음이 나왔다. 그럼 지구의 달이 몇 개쯤 된단 말인가. 이러다 스스로를 자조하는 일이 버릇처럼 될지도 모르겠다. 그럴수록 까닭 모르게 노인을 향한 적개심이 깊어지는 것이었다.

'술이 아니라 기억이 자네를 망칠걸세.'

노인은 분명 그렇게 말했다. 나도 모르는 나를 노인은 과거의 행적에서 미래의 운명까지 송두리째 알고 있는 듯 말하지 않았는가. 생각할수록 괴이쩍은 노인이었다. 모든 것이 불합리했다. 이 낯선 도시의 밤 자체가 기괴하기 짝이 없었다. 노인은 마치 신에게 오늘밤이라는 무대의 전권을 위임받은 사람처럼 의미심장하게 절뚝이고 있었다. 내 생각엔 적어도 그는 각본을 가지고 있는 것이 틀림없었다.

문득 이상한 낌새를 느꼈다. 노인이 골목 어귀에서 멈춰 선 것이다. 노인은 서성이기 시작했다. 노인은 맴맴 돌면서 찬송가의 같은 소절을 몇 번이고 되풀이해서 연주하였다. 흡사 판이 튀는 것처럼 말이다. 지금까지 노인의 행태로 봐선 도무지 있을 수 없는 행동이었다. 그것은 분명한 궤도 이탈이었다. 노인의 절뚝이는 박자도 급격히 엉클어지고 있었다. 노인은 초조해 보였고 무언가 제대로 진행되지 않는다는 불만을 표하는 몸짓으로 골목 어귀를 오락가락하고 있었다.

그러나 내가 이상한 낌새라고 말한 것은 꼭 노인의 일탈 때문만은 아니었다. 초조해하는 노인을 보는 순간 내가 나를 기억하지 못하는 것이 너무도 자연스럽다는 직감이 떠오르는 거였다. 그것은 어떤 반복적인 일, 단순히 한두 번이 아니라 무한히 거듭되고 거듭되는 일의 어느 과정에서 일어나는 순간적인 찬란함과 같은 현상이었다. 예를 들면 지구 주위를 공전하는 달이 밤의 첫 순간에 빛을 내는 것과 같이, 또는 죄를 짓는 순간에 인간이 처음 양심이란 것을 통해 자기 자신을 느끼는 것 따위에 비유함 직한 일이었다. 아무튼 그 순간 나는 모종의 전율에 찬 흥분을 느꼈다. 무릎이 후들거려 서 있기도 힘들었다.

바로 그 찰나 골목으로부터 귀청을 할퀴는 굉장한 소리가 터져 나왔다. 갑자기 가속페달을 밟아 타이어가 지면을 헛돌며 내는 사나운 소음이었다. 타이어 타는 냄새가 내게까지 풍겨온다 싶은 순간 골목에서 튀어나온 소형 트럭은 맹렬한 속도로 달려 그대로 노인을 들이받았다. 비명을 지른 건 바라보고 있던 나였다. 순식간에 노인은 공중을 날아 저만치 나가떨어졌다. 트럭도 뛰쳐나온 속도를 이기지 못하고 곧장 달려가 맞은편 인도의 가로등에 처박혔다. 트럭 엔진룸에선 김이 뿜어져 나왔고 뒤에 실려 있던 크고 작은 봉제인형들이 산지사방 흩어졌다. 운전사가 몸으로 짓누른 경적소리가 적막한 거리에 요요롭게 울려 퍼졌다.

4

 노인을 향해 뛰어가다 우지끈 무언가를 발로 밟았다. 좀 전까지 노인이 연주하던 간이 오르간이었다. 튀어나온 건반 몇 개가 아스팔트 위를 뒹구는 것을 보자 더럭 겁이 솟았다. 저만치 있는 노인은 간헐적으로 경련을 일으키고 있었다. 경적 소리는 계속 이어졌다. 마치 여름이면 마냥 계절을 울리는 매미 소리처럼 경적 소리는 그 무서운 광경의 외피를 자극적인 소리로 감싸고 있었다. 그것은 무심한 배경음에 지나지 않았다.
 그때 노인이 내 쪽으로 고개를 돌렸다. 깨진 색안경 사이로 화상에 이지러진 그의 눈꺼풀 속의 흰자뿐인 눈이 나를 노려보고 있었다. 노인은 내가 보이기라도 하는 것처럼 나를 향해 가까스로 손을 뻗었다. 그러나 그 손짓이란 구원을 바라는 동작이 아니라 한사코 거부하는 몸짓에 가까웠다. 왜 그런 느낌이 들었을까. 자석에 이끌리듯 노인을 향해 걸었다.

　불현듯 경적 소리가 멈췄다. 세상이 얼어붙는 것 같은 고요가 밀어닥쳤다. 본능적으로 고개를 틀었다. 부서진 트럭에서 운전사가, 죽은 자의 몸에서 깨어나는 혼령처럼 부스스 몸을 일으키는 것이었다. 그는 몇 번인가 비틀린 문을 열기 위해 용을 썼다. 문이 꿈쩍하지 않자 마침내 그는 발로 깨진 트럭 앞유리를 걷어차고 뛰어내렸다. 그는 조금의 망설임도 없이 쓰러진 노인을 향하여 일직선으로 걸어갔다. 그의 손에는 섬광을 내는 주머니칼이 번뜩이고 있었다. 모자챙에 그늘져 그의 얼굴은 보이지 않았지만 멀리서도 그의 눈에 진실된 복수심이 이글거리는 것은 똑똑히 확인할 수 있었다.

　알 수 없는 일이었다. 노인은 운전사가 아니라 한사코 내 쪽을 향하여 거부의 손짓을 허우적거리고 있었다. 노인은 이미 자신의 운명을 직감하고 있던 것일까. 노인은 마치 평생을 고대해온 결정적인 순간을 도저히 남과는 나눌 수 없다는 간절함으로 나를 거부하고 있었다.

　사내는 톱니바퀴처럼 정확한 걸음으로 노인을 향해 다가갔다. 그의 눈에는 나 따위는 보이지 않는 것 같았다. 그 순간 그에게서 복수심을 빼낸다면 그는 탈 것은 모두 태워버리고 난 재처럼 바사삭 부서질 듯 보였다. 이윽고 그는 오른손으로 노인의 목을 짓누르고 칼을 든 왼손을 번쩍 치켜들었다. 그 순간적인 동작은 너무도 섬세하고 우아하였고 심지어 원숙해 보이기까지 하였다.

그는 노련한 칼잡이답게 한 치의 망설임도 보이지 않았다.

 이상한 것은 정작 노인을 찌르는 사내를 바라볼 때 내가 느낀 무감각이었다. 노인에 대한 의혹이나 아니면 적어도 실낱같은 인연조차 떠오르지 않았을뿐더러 심지어는 우연한 목격자로서의 당연한 반응 따위도 드러내지 않았다. 어렴풋하게나마 그 장면에 개입해서는 안 된다는 금기와 같은 것만을 느꼈다. 마치 영화를 촬영하는 현장을 지켜보는 행인처럼 그 장면을 마냥 객관적으로 지켜보고 서 있었다.

 그리고 사내는 한 신의 촬영을 마친 배우처럼 긴장이 남아 있는 표정으로 몸을 일으켰다. 노인의 몸에서 뿜어 나온 뜨거운 피가 그늘진 사내의 얼굴선을 따라 뚝뚝 떨어지고 있었다. 그는 지친 어깨를 늘어뜨리고 깊고 가련한 눈으로 나를 바라보는 것이었다. 아직도 그의 칼끝에는 노인의 마지막 체온이 묻어 있을 텐데 그에게서는 좀 전까지의 냉혹한 살인마의 풍모 따위는 남아 있지 않았다. 어처구니없게도 사내는 나를 바라보며 눈물을 흘리고 있었다. 모자챙으로 그늘이 져 있었지만 나는 사내의 우묵한 눈두위에 담긴 절망을 뚜렷이 읽을 수 있었다. 그 눈길은 출렁이고 있었다. 그는 나의 존재를 느끼고서야 이 모든 일이, 제 손으로 저지른 이 극단적인 운명이 믿기지 않는다는 표정을 지어 보였다.

 갑자기 그가 짐승처럼 울부짖는 소리를 질렀다. 칼을 쥔 손을 크게 휘둘러 내게 달려들었지만 그 솜씨는 조금 전 노인을 찔렀던 싸늘하고 정확한 칼놀림이 아니었다. 그는 거의 멍청하게 보이는 동작으로 나를 향해 칼을 휘둘렀고 나는 훌떡 몸을 피했다. 칼은 빗나갔지만 그 동작에 담겨 있는 납득할 수 없는 애증이 내 가슴에 갈퀴가 되어 꽂혔다. 번개처럼 사내의 칼 쥔 손을 걸어찼다. 주머니칼이 핑그르르 공중을 날았다. 반사적으로 손을 뻗어 허공에서 칼을 잡아챘다. 위험한 동작이었음에도 칼자루는 자석처럼 내 손에 달라붙었다. 정확히 사내의 목줄기에 칼날을 들이댄 것은 정말이지 내 의지가 아니라 오로지 본능적인 행동이었다. 스스로 내가 그렇게 날렵한 칼잡이라는 사실에 부르르 전율을 느꼈다. 그런데 더욱 소름이 끼치는 것은 내가 칼을 쥐고 있는 손이 왼손이란 사실이었다. 내가 왼손잡이란 사실은 전혀 뜻밖이었다.

우리는 잠시 씨근덕거리며 서로를 노려보았다. 우리는 서로의 거친 호흡 소리를 듣고 있었다. 사내는 내가 정말 숨을 쉬는 인간인지 확인하려는 것처럼 내 숨결에 귀를 기울였다. 손을 뻗어 사내가 뒤집어쓰고 있는 모자를 벗기려 했을 때 그는 덥석 내 손목을 잡았다. 목에 들이댄 칼날 따위는 조금도 괘념치 않는 행동이었다. 실제로 그는 태연하게 칼 쥔 내 손을 밀쳐내고 나로부터 떨어졌다. 그뿐이었다. 사내는 더 이상 아무런 미련을 보이지 않고, 트럭을 몰고 튀어나왔던 바로 그 골목을 향해 걸었다. 문득 그의 발길에 노인의 부서진 오르간이 밟혔다. 그는 그것을 집어 들고 잠시 바라보는 듯하더니 힘껏 바닥에 팽개쳐버렸다. 오르간은 내 발치께 떨어져 기묘한 소리를 내며 박살이 났다. 사내는 벌써 골목길의 어스름 속으로 빨려 들어가고 있었다.

그때서야 나는 퍼뜩 한 가지 사실을 깨달았다. 어깨에 메고 있던 보스턴백을 풀어 그 안에 있던 옷을 펼쳐들었다. 놀랍게도 그것들은 저 사내가 입고 있던 옷가지들과 정확하게 일치하는 것이었다. 새벽바람에 옷가지가 펄럭였다. 사내의 실체는 사라지고 그의 껍데기만 내 손에 들려 있는 듯한 착각이 들었다. 점퍼 주머니에서 툭하고 예의 수첩이 떨어졌다. 나는 조심스럽게 그것을 집어 들고 첫 장을 펼쳐보았다.

오독을 두려워하지 말지니, 나의 자유로운 영혼이여!

내 손은 심하게 떨리고 있었다. 내용이, 내용이 바뀌어 있었다. 아니, 내가 잘못 기억하고 있는 것인지도 몰라. 그렇지만 그런 거짓은 스스로에게 아무 위안도 되지 못했다. 앞서 읽었던 내용이 정확히 기억나는 건 아니었지만 아무튼 내용이 바뀌어 있는 것만큼은 죽어도 사실이었다.

저 멀리서 경찰차의 사이렌 소리가 들려왔다. 서둘러 그곳을 떠나야 한다는 생각이 들었다. 사내가 사라진 골목을 향하여 뛰어가는 내 머리 위에는 어느새 낡은 등산모가 깊숙이 씌어 있었다.

5

얼마쯤 뛰었을까, 숨을 헐떡이며 왜 뛰는지 스스로 의문이 들었다. 생뚱맞게 제 꼬리를 물겠다고 맴맴 도는 개의 비유가 생각나면서 우울한 기분이 밀려왔다. 뛰던 발길에 힘이 빠지며 터덜터덜 걸음이 늘어졌다. 얼마쯤 걷다 보니 하품이 나왔다. 몸이 젖은 솜처럼 무거웠다. 여관 따위가 눈에 뜨이지도 않았지만 딱히 돈도 없는 처지였다. 잠시 쉴 곳을 찾아 주위를 둘러보았을 때 저기 벌판 가운데 허물어진 건물 하나가 눈에 들어왔다.

건물은 큰 화재를 당한 흔적이 곳곳에 널려 있는 채 버려져 있었다. 안으로 들어서자 고약하고 불결한 냄새가 코를 찔렀다. 깨진 파편 같은 것들이 발밑에 뽀득뽀득 밟혔다. 그래도 한쪽 구석에는 벌써 누군가가 노숙을 했던 흔적이 남아 있었다. 얼기설기 박스로 둘러놓은 바람막이까지 보였다. 그 속으로 들어가 자리를 잡자 마치 관 속에 들어앉은 느낌이 들었다. 그럼에도 묘하게 안락한 분위기가 느껴지는 것이었다. 잠깐만 앉아 있겠다던 것이 어느새 허리를 펴고 길게 눕고 말았다. 늘어지는 신음 소리가 저절로 새어 나왔다. 머리맡의 가방은 베개로서 안성맞춤이었다. 절반쯤 불타서 날아간 지붕에는 골조가 드러나 있었다. 그것은 앙상한 하늘의 갈빗대처럼 보였다. 그 사이로 구름 낀 달이 보였다. 반달은 노래 가사처럼 돛대도 삿대도 없이 검푸른 하늘을 표류하고 있는 것 같았다. 아니면 집요하게 나를 쫓아다니는지도 모르지. 그런 생각을 하면서 나는 너울거리는 상념으로 달을 노려보고 있었다. 무언가 이상하다는 생각이 들었지만 이상한 것으로 치면 오늘 밤 전체가 이상한 거였다. 가방을 뒤적여 수첩을 꺼내 읽기 시작했다.

혼란이란 것 속에도 법칙은 있다. 즉 혼란은 항상 더 복잡한 혼란을 향해 흘러간다는 것이다. 나는 비로소 그것을 깨달았다. 내게 기억이란 것을 부여하기 위하여 시작한 기록이 이제는 도리어 혼란만 가중시키고 있다. 기록의 일관성을 유지한다는 것은 이미 불가능해졌다.

건조한 문장이었음에도 마치 곁에서 속삭이는 것처럼 긴밀한 감정이 느껴지는 건 왜일까. 계속해서 다음을 읽어 내려갔다.

시간은 항상 물과 같다. 다만 이곳의 시간은 흐르지 않고 고여 있다. 어항 속에 고여 있는 시간이 이곳의 환상을 지배한다. 볼록한 어항을 통해 들여다보는 일그러진 세계가 내 앞에 펼쳐져 있다.

통닭 5천5백 원, 담배 2천 원. 그런데 언제 내게 돈이 있었지?

이건 아니야. 날 꺼내줘! 난 결백하다고! ; 결백의 정의—모든 양심을 태우고 난 뒤에 남은 새카만 숯덩이

이로써 기록을 두려워해야 할 이유는 충분한 것 같다. 기록이 나보다 앞서가기 시작했다. 기록으로 기억을 제어할 수 있으리라 믿은 건 정말이지 터무니없는 망상이었다. 기록이 나를 취사선택하기 시작했다. 기록은 무엇이든 할 수 있다. 오늘 내가 죽었다

고 쓰면, 내일 밤이면 난 싸늘한 시체로 버려져 있을 수도 있다. 그럼에도 '나는 구원받았다'라고 수첩에 적어 넣을 수는 없다. 왜냐하면 구원이나 양심, 죄악, 십자가 따위의 시너님은 기록의 영역이 아니기 때문이다.

 그 악마는 돌아볼 때마다 다른 얼굴을 하고 나를 응시한다. 그 악마의 이름은 달이다.

 도대체 수첩 속의 메모는 정신병자의 일기처럼 아무런 일관성도 없는 황당한 생각의 쓰레기에 지나지 않았다. 나는 다시 시큰둥한 기분이 되어 수첩을 팽개쳤다. 박스 밑으로 손을 더듬어 담뱃갑을 찾아 한 개비를 꺼내 물었다. 입 안 가득 모은 연기를 '악마의 얼굴'을 하고 있는 달을 향해 도넛 모양으로 뿜었다. 둥근 연기는 정확히 달무리가 진 듯 보름달 주위를 뭉게뭉게 감쌌다. 그 순간 무언가 석연찮은 느낌이 들었다. 보름달? 보름달? 나는 진짜 악마의 얼굴이라도 보는 기분이 되어 눈살을 찌푸리고 담배 끄트머리를 질겅질겅 씹었다. 그러다 문득 소스라쳐 놀라 담배를 팽개쳤다. 조금 전 손을 더듬거려 담뱃갑을 찾았던 박스 밑을 들춰보았다. 거기엔 분명 한 갑의 담배가 놓여 있었다. 몇 개비 꺼내지 않고 고스란히 남아 있는…… 2천 원짜리 담뱃갑. 나는 깊은 들숨을 삼켜 삐져나오려는 비명을 참았다. 나는 도대체 그 자리에 담배가 있다는 사실을 어떻게 알고 있던 것일까. 그때까지 연기를 내며 타고 있는 담배꽁초를 무슨 징그런 벌레처럼 몇 번씩 짓밟아 꼈다. 쿵쾅거리는 가슴의 고동을 가라앉히기 위해 심호흡을 몇 번 되풀이해보았다. 이윽고 가슴은 그런대로 진정이 되었지만 알 수 없는 불쾌한 감정은 좀처럼 사라지지 않았다. 우울한 상실감과 불온한 공포감이 뒤섞인 예감이 먹구름처럼 밀려드는 느낌이었다.

6

나를 잠에서 깨운 것은 어떤 소리나 기척이 아니었다. 냄새가, 고소한 튀김기름 냄새가 나를 깨웠다. 한참을 잔 듯한데도 여전히 밤이었다. 아직도 사위는 어두웠고 퀴퀴한 공기에 둘러싸여 있었다. 누군가 내 발치께 앉아 있는 걸 깨닫고 흠칫 놀랐다. 그는 바로 노인을 살해한 그 사내였다.

사내는 한 손으로는 닭튀김을 뜯으며 한 손으로는 내 수첩을 넘겨가며 읽어 내려가고 있었다. 물론 엄밀하게 내 것이라곤 할 수 없었지만, 그 수첩은 이 밤에 내가 느낀 혼란과 절대적으로 연관이 있었다. 그것은 오늘 밤의 유일한 증거물이나 마찬가지였다.

수첩을 넘기던 사내는 기름 묻은 손을 옷자락에 아무렇게나 닦고는 수첩에 무언가를 끄적이기 시작했다. 누군가 내 영혼의 거처에 멋대로 들어온 것 같은 불쾌감이 들었다. 그러나 정말 나를 괴롭힌 것은 다름 아니라 그가 먹다 만 닭튀김이었다. 그 냄새는 내 존재 전체를 굶주림으로 뒤흔드는 충격이었다. 일생의 배고픔이란 걸 한꺼번에 느낀 듯 나는 걷잡을 수 없는 허기에 시달렸다. 사내가 나를 알아챈 것도 배 속에서 울리는 꼬르륵 소리 때문이었다.

힐긋 나를 바라본 사내는 빙긋이 웃음을 건넸다. 그뿐이었다. 그는 아무렇지도 않게 계속해서 내 수첩 위에 무언가를 써내려갔다. 나는 헛기침을 하며 그의 손에 들린 수첩을 가리켜 보였다.

"저…… 그것은……."

"뭐, 이거?"

비로소 사내는 수첩을 들어 보였다. 그의 눈가엔 보일 듯 말 듯한 미소가 어려 있었다. 사악하달 정도로 달콤한 미소가 잔잔한 물결처럼 사내의 얼굴 가득 퍼졌다. 그는 느물거리는 목소리로 다시 물었다.

"이게 뭔지 알고나 있나?"

"그건 내 거요."

"하하!"

사내는 너털웃음을 터뜨렸다. 마치 수첩의 내막을 모두 알고 있는 듯한 웃음이었다.

"천만에! 이건 내 거야."

그리고 사내는 앉은걸음으로 바짝 내게 다가왔다. 박스로 만든 바람막이를 거칠게 흔들면서 그는 버럭 언성을 높였다.

"게다가 여기도 내 자리란 말이지."

"그, 그건 미안하게 되었소. 하지만 수첩은……."

나는 금방 기가 죽었다. 사내는 그런 내 모습이 한없이 재미있는 모양이었다. 그는 마냥 빙글거리는 얼굴을 불쑥 내게 들이밀고 이렇게 물었다.

"너 얼마 안 됐지?"

"……."

선뜻 그의 질문을 이해하지 못했다. 사내는 그럴 줄 알았다는 식으로 가볍게 고개를 끄덕여 보였다.

"내 말은 그러니까, 네가 이곳에 들어온 지 얼마 되지 않았잖느냔 뜻이야. 그렇지?"

"이곳이라면……."

"이건 완전히 생판 초짜로군."

그는 가볍게 혀를 찼다.

"첫날인가 보군. 림보 역에서 오늘 내린 게 맞지, 응?"

내가 고개를 끄덕이자 사내는 다시 잔잔하게 미소를 지었다. 지옥에 온 걸 환영한다는 인사처럼 불쾌한 미소였다.

"날 본 적이 있나?"

뜻밖에 사내는 그렇게 묻고는 절레절레 고개를 저었다.

"흥, 하긴 이렇게 묻는 내가 우습지. 네 표정을 보니까 이미 만났던 적이 있던 것 같군. 그렇담 이렇게 물어보지. 내가 무얼 하는 걸 보았나?"

그가 지껄이는 말을 납득할 수 없었다. 몇 시간 전에 목에 칼을 들이댔던 일조차 잊어버렸단 말인가. 사내는 나의 그런 의문을 이해한다는 표정으로 다시 말을 이었다.

"벌써 보았군, 그렇지? 그 노인네를 죽이는 걸 말이야. 어떻게 죽이던가? 잔인했나? 충분히 통쾌하더냐고? 암, 그랬겠지, 응, 응?"

사내는 숨결이 느껴질 만큼 바짝 얼굴을 들이댔다. 나는 위협을 느낀 나머지 슬그머니 손을 바지춤으로 가져갔다. 주머니칼을 손에 잡았을 때 사내는 싸늘하게 말했다.

"허튼 수작 부리지 마."

그는 태연하고 냉혹한 목소리로 명령했다.

"궁금하지, 내가 누군지? 홍, 하지만 그 전에 네 자신부터가 누군지 그걸 더 궁금해하는 게 순서가 아닐까?"

하면서 사내는 품속에서 무언가를 꺼냈다. 순간적으로 나는 그가 흉기를 꺼내는 줄 알고 질끈 눈을 감았다. 그러나 뜻밖에도 그것은 거울이었다. 사내는 내 멱살을 잡고 거칠게 벽으로 밀어붙였다. 하고는 정확히 거울을 내 눈앞에 들이밀었다. 그것은 어떠한 흉기보다도 끔찍한 충격을 내게 가져다주었다. 그 속에는 또 다른 '그'가 놀란 눈으로 '나'를 바라보고 있었다.

7

얼마 동안 우리는 아무 이야기도 나누지 않았다. 그는 (아니, 다시 말해서 나는, 아니 그건 틀린 말이다, 아니, 정확히는 나와 똑같은 그는……. 아아, 모르겠다) 아무런 이야기도 꺼내지 않고 남은 닭튀김을 우적우적 뜯었다. 심통맞게 닭뼈를 우물거리며 그가 내게 물었다.

"먹고 싶지?"

나는 절실하게 고개를 끄덕였다. 그것은 이 밤을 통틀어 내가 보인 가장 진심 어린 행동이었다. 그러나 사내의 대꾸는 싸늘했다.

"어림없어. 너같이 허기진 배로 난 며칠을 견뎠지. 이 통닭 한 마리를 구하기 위해 내가 무슨 짓을 했는지 모르지? 아마 알지 못하는 편이 나을 거야."

그렇게 말해놓고 그는 내가 달려들기라도 할까 봐 내 쪽으로 등을 돌린 채 꾸역꾸역 통닭을 먹어치우기 시작했다. 갑자기 그의 웅크린 등의 곡선이 말할 수 없이 처량하게 보였다. 내 배가 고플수록 그의 무서운 허기를 짐작할 수 있을 것 같았다. 그는 샅샅이 뼈를 발라 먹으면서 이따금 나를 힐끔거렸다. 그러다 한순간 그가 컥컥대며 숨 넘기는 소리를 질렀다. 그는 순식간에 얼굴이 하얗게 질렸다. 얼른 다가가 그의 등을 힘껏 두들겨주었다. 이윽고 기도가 트이면서 그는 돼지 먹따는 소리와 함께 기껏 먹어치운 것들을 한꺼번에 게워내고 말았다. 잠시 후 그는 자기가 게워낸 토사물 앞에 주저앉아 엉엉 울기 시작했다. 나는 좀 천천히 먹지 그랬느냐고 다독였지만 그는 토라진 아이처럼 내 손을 뿌리쳤다. 나는 다시 주섬주섬 다가가 그의 어깨를 두들기며 말했다.

"이봐. 우린 잠시 악몽을 꾸고 있는 거라고."

"악몽? 그렇지. 이건 악몽에 다름 아니야."

그는 크게 고개를 주억거렸다. 그러더니 불끈 저주 섞인 목소리로 허공을 향하여 이렇게 중얼거렸다.

"하지만 내 충고도 잘 새겨두라고. 진정한 악몽이란 거기서 깨어났을 때 아침 햇살이 아니라 또 다른 악몽이 아가리를 벌리고 있다는 되풀이되는 절망이지. 적어도 이곳 림보*에선 그 절망이 절대적 법칙이라고. 언제고 아침이란 없지. 눈을 뜨면 새로운 밤이 침을 질질 흘리며 네 주위를 어슬렁거리고 있는 걸 제일 처음 보게 되는 거야. 날마다 새로운 악몽이 기다리고 있을 뿐이지."

그는 분노로 부들거리는 얼굴로 바닥을 응시하며 또박또박 말했다. 나는 흥분해서 소리쳤다.

"말도 안 되는 소리야. 잠을 깨면 꿈도 끝나는 거야. 우리의 분열도 절망도 끝나는 거지."

"흥!"

그는 가볍게 콧방귀를 뀌었다.

"자꾸 우리, 우리 그러는데, 그걸 먼저 분명히 해둬야겠군. 잘 들어두라고. 우리란 없어, 응? '우리'가 아니라 '나들'이지. 수많은 나들이 흩어져 있는 거라고. 그것은 절대로 분열이 아니야. 나들은 모두 각각의 삶을 가지고 있지만 그것들은 몹시 유

---

* Limbus Patrum이라는 라틴어는 '지옥의 변방'이라는 뜻이다. 자꾸 반복되는 림보란 단어에 친숙해지기 위해선 단테의 『신곡』을 읽어보길 권한다.

무명씨를 위한 밤인사 293

사하지. 원인과 결과를 공유한다는 말일세. 다른 말로 하면 하나의 운명이란 말이야. 마치 여럿이 '나'라는 하나의 배 위에 올라탄 것처럼……. 따라서 '나들'이 남들의 집합인 '우리'가 아닌 것은 이곳 림보가 나들의 운명으로 모자이크를 이루고 있는 세상이기 때문인 거야."

"도대체 네가 하는 말을 납득할 수가 없군."

"젠장. 이제 와서 납득이라니? 그런 말 자체가 여기선 아무 쓸모없는 단어라니까. 여긴 아무것도 납득할 게 없는 세상이고 납득할수록 허우적거리게 되는 악몽일 뿐이라고. 예측하고 경험할 수 있는 세상이 아니라 오로지 겪어나가고 두려워하고 절망해야 하는 세계일 뿐인 거야. 믿지 못하겠다면 언제고 저 달을 보라고. 볼 때마다 다른 모양을 하고 있는 저 태연한 악몽의 증거를 말이야. 저 달은 이 림보라는 공간이 '나들'이 꾸는 다양한 악몽의 몽타주라는 것에 대한 증거인 게야."

나는 그가 가리키는 대로 하늘을 올려다보지는 않았다. 왜냐하면 그의 말은 틀림없는 사실이었고, 그 두려운 사실을 똑바로 바라볼 용기가 없었기 때문이었다.

"나들의 삶과 운명은 아주 유사하지. 모두 거기서 거기 같지만 또 미묘한 차이가 있어. 그 차이가 내가 또 다른 나를 위협하는 수단인 거야. 흡사 한 박자 늦게 움직이는 거울 속의 상처럼 서로가 서로를 공포스럽게 만들지. 우리는 결국 약간씩 다르게 빚어진 시행착오들이야. 그렇지만 그 사실만 가지고는 완벽한 악몽을 만들어낼 순 없지. 진정으로 악몽이 순환되는 세계를 만들기 위해선 나들을 모두 하나의 긴 쇠사슬에 엮어놓아야 하는 거야. 뫼비우스의 띠와 같은 돌고 돌고 또 도는 영원히 도착(倒錯)된 시간의 띠가 그것이라고. 알겠나? 이곳 림보란 네가 죽을힘을 다해 뛰다 보면 어느 순간 네 앞을 뛰어가는 너의 뒤통수를 볼 수 있는 곳이란 말이야. 그 말은 지금 내가 저지른 작은 죄악이 알지도 못하는 사이에 너의 목을 매다는 무서운 형벌이 될 수도 있다는 뜻이야. 왜냐고? 우린 우리가 아니라 나들이기 때문이지. 나들이란 결국 타인에겐 모두 똑같은 나에 불과하니까."

"결국 나들은 실험실에서 내버린 복제생명들 같은 존재들이란 말인가?"

"뭐, 비유야 아무렇게나 갖다 붙인들 대수겠나."

그는 어깨를 한 번 으쓱해 보였다. 그는 긴장한 얼굴로 내 쪽으로 무릎을 당겨 앉았다. 그리고 행여 누가 들을까 두려워하는 목소리로 내게 속삭였다.

"그렇지만 좀 더 정확히 표현을 하려고 들면, 복제품이라기보다는 실패한 '이야기들'이라고 하는 것이 옳을 거야."

그는 다시 한 번 주위를 두리번거리고 나직하게 말을 이었다.

"누군가 끊임없이 '나'를 상상하고 있는 거야. '나'가 등장하는 이야기를 만들어내고 있단 말이지. 그런데 그 상상이 마음에 들지 않으면 간단히 폐기시켜버리고 또 다른 '나'를 등장시켜 또 다른 이야기, 그렇다고 별로 새로울 것도 없는 진부한 이야기를 마냥 뺑뺑이 돌리듯 하고 있는 것이지. 결국 그렇게 폐기된 상상의 쓰레기들이 너나 나 같은 '나들'의 정체란 것이야. 흥, 우습지 않나, 우리 신세가!"

"네 말대로라면 그 이야기가 끝나면 우리의 악몽도 끝나야 하는 것 아닐까? 끝없는 이야기는 없을 테니까 말이지."

그는 측은한 눈으로 나를 바라보았다. 마치 철모르는 아이를 험한 곳에 남겨두어야 하는 아버지의 슬픔과 같은 눈이었다.

"이보라고. 어른이 되면 우주의 온갖 비밀까지 다 알게 된다고 믿는 순진한 소년 같은 질문일랑 집어치우라고. 나 역시 온갖 의문에 싸여 있다고. 나 역시 너처럼 불안하고 두려워. 여기서 오래 썩을수록 불안은 더 커지지. 이것 봐. 참된 불안이란 절대로 만성이 되지 않는 것이라고."

그렇게 말하며 그는 내 콧잔등에 손가락을 튕겼다.

"그렇지만 이렇게 생각을 바꿔본다면 어떨까. 즉, 우주란 끝이 없을 것 같지만 그것은 우리가 이 우주의 안쪽에 있기 때문에 그렇게 생각되는 거라더군. 똑같이 나들도 이야기의 안쪽에 있는 한 영원히 그 이야기는 끝나지 않을걸세. 하지만 반대로 그 이야기란 것의 바깥에 설 수만 있다면? 그땐 과연 무슨 일이 일어나겠나?"

"무슨 일이 일어나는데?"

"당연히 모르지!"

허탈하게 그렇게 내뱉고서 그는 커다란 눈으로 나를 잡아먹을 듯 쏘아보았다. 그가 바짝 내게 다가왔다. 그의 입에서 시큼한 위액 냄새가 풍겼다. 그는 달빛처럼 차갑게 빛나는 눈동자를 하고 내 귓불에 입김이 느껴질 만큼 가까이서 속삭였다.

"다만…… 다만 말이야……. 적어도 그 바깥이 최소한 악몽의 세계가 아니란 건 확실하겠지?"

이상한 일이었다. 그의 눈동자 깊은 곳에서 거짓이 일렁이고 있었다. 그로부터 억지로 눈길을 돌렸다. 직감적으로 벗어나야 한다는 심정이 들었다. 그 순간의 느낌은 공포감이었다. 그가 말한 대로, 한 박자 어긋나게 움직이는 거울을 들여다보고 있는 기분이 들었다. 잠자는 내 얼굴을 들여다보는 내 그림자를 본 것처럼 섬뜩한 느낌이 들었다.

그는 잠시 나를 무시한 채 다시 수첩에 무언가를 적기 시작했다. 내가 무얼 적고 있느냐고 물었지만 그는 적는 일에만 몰두했다. 나는 약간 화난 목소리로 재우쳐 물었다.

"잠깐만……. 이제 다 끝났어. 별거 아냐. 지금까지 있었던 너와 나의 환각에 대해 적어두었어."

"그런 일을 반복하는 까닭이 무언가? 네 말대로라면 우리는 내일 밤 다시 여기서 만나 또 비슷한 이야기를 나눌 것이 뻔한데."

"그럴 수도 있고 아닐 수도 있지. 어쩌면 내일 밤엔 너와 내가 자리를 바꿔서 난 해결할 수 없는 질문을 하고 넌 납득할 수 없는 경험에 대해 이야기를 하고 있을지도 모르지. 바로 그런 상황을 위해서 이 수첩이 필요하단 말이지. 이건 기록이니까. 우리가 겪은 것은 허상일지라도 그 허상을 적은 이 기록 자체는 진실일 테니까 말일세."

"그 수첩의 내용조차도 바뀌던걸?"

"흐흐. 이봐, 난 진실이라고 말했지, 절대적 진실이라고는 말하지 않았어. 분명히 해두자고. 이곳 림보에서 절대적인 것이라곤 아무것도 없어. 왜냐하면 여긴 절대자에게 버림받은 땅이니까. 철저하게 철저한 것이라곤 없는 중간 지대란 뜻이야."

나는 그의 말장난을 제대로 이해할 수 없었다. 그럼에도 그는 아무것도 이해하지 말라고 나를 세뇌시키고 있었다. 마침내 나는 치미는 화를 이기지 못하고 내 손으로 내 머리를 마구 쥐어박았다.

"흐흐……."

그는 매우 기괴하게 웃었다. 불현듯 그 웃음을 듣고서야 그가 나를 어떤 의미심장한 분수령 너머로 이끌었다는 사실을 느낄 수 있었다. 그의 웃음인즉 되돌아갈 수 없고 더군다나 뒤돌아보아서도 안 된다는 계시적인 웃음이었다. 뒤통수에 서늘한 바람이 일었다.

"이봐. 자넨 나들 중에서도 좀 별종이로군. 내가 만나본 헤아릴 수 없는 나들 중에서도 가장 순진해. 그만큼 스스로에게 교묘하게 속아 넘어갔다는 사실이기도 하겠지."

그는 너무 혼란스러워 말라며 내 어깨를 두들겼다.

"수첩의 기록이 바뀐 걸 경험했다는 건 아무튼 특이한 경우지. 이제는 그런 비겁한 수법까지 쓴단 말이지!"

그는 살쾡이 같은 눈을 하고 빠드득 이빨을 갈았다.

"도대체 무슨 소린지 차근차근 설명해줄 순 없겠나?"

"어허! 아직도 자신에게 차근차근이란 말이 어울린다고 생각

하나? 그런 정연한 질서에서 벗어나는 게 이 지옥의 변방에서 살아가는 첫걸음이라고 몇 번을 강조해야 되겠나?"

그는 버럭 소리를 질렀다. 그리고 제가 지른 호통에 제 자신이 놀라서 더 심하게 소리를 지르는 거였다. 그는 화를 참지 못했고 심지어 수첩으로 내 정수리를 몇 번 내리치기까지 했다. 나는 움찔 놀라고 금방 풀이 죽고 말았다. 이내 그는 측은해하는 목소리로 내게 다가왔다.

"수첩의 내용이 바뀌었다는 것은 네가 모르는 사이 네 자신이 바뀌었다는 걸 뜻하는 거야. 수많은 나들 중 어느 하나로 교체되어버린 거지. 적어도 지금까지는 나들과 수첩은 정확히 일대일대응을 이루고 있었지. 이 수첩이란 말이지, 나의 정체 그 자체였단 말이야. 적어도 지금까지는……. 그런데 이제 상대는 점점 더 교묘해지고 있는 거야."

그는 뿌드득 소리가 들리게 이를 갈았다. 어금니에서 불꽃이라도 튈 것 같았다.

"그러니까 그 상대란 게 대관절 누구냐고?"

8

"누구긴 누구야 바로 그 늙다리 작화증(作話症) 환자지!"

그는 비명을 지르듯 나를 향해 외쳤다. 칼로 뇌리를 긁는 것 같은 날카롭기 그지없는 외침이었다.

"아직도 모르겠어? 너나 나나 모두 그 노인의 헛되기 짝이 없는 작화증의 부산물이란 사실을! 이제 그 노인은 작화증을 넘어서 오독을 유발하고 있는 거라고."

"그렇다면 상상으로 끊임없이 나들을 생산하는 장본인이 바로 그 장님 노인이란 말인가?"

"제길! 너에겐 장님이었나 보군. 하지만 다른 나들에겐 앉은 뱅이일 수도 있고 언청이일 수도 있겠지. 그런 미세한 세부 따위에 현혹되지 말라고. 중요한 건 그 미치광이 노인이 바로 너를 이 악몽 속에 끌어들인 장본인이란 사실이야."

"왜? 도대체 무엇 때문에?"

"왜냐고? 노인은 자기가 외로워지는 게 싫은 게지. 오직 그 이유뿐이라고. 끊임없는 이야기로 영원히 우리를 없애지 않으려 하는 거지. 그 미친 머릿속에서 아무렇게나 꾸며낸 이야기 속을 나들은 미로처럼 헤매 다니고 있는 거야. 미로란 앞도 뒤도 없는 길이야. 앞으로 나간다고 걸었는데 뒤로 물러난 꼴이 될 수 있는 곳이 미로이지. 해결하려고 벌인 일이 문제를 더 꼬아버릴 수 있는 곳이 이곳 림보라는 땅이야. 너와 나는 그 미로의 길 위에 굴러다니는 악몽의 파편들이라고."

"그만해. 머리가 아파. 그만하라고. 제발……."

걷잡을 수 없는 현기증을 느꼈다. 뇌수가 소용돌이치는 느낌이었다. 머릿속이 수챗구멍에 빨려 들어가는 기분과 함께 구역질이 솟았다. 난 땅바닥에 대고 몇 번인가 생목을 올렸다. 입에선 시큼한 침만 흘러나왔고 허한 배 속이 요동을 쳤다. 이젠 입장이 바뀌어 그가 내 등을 두들겨주고 있었다. 그가 말했다.

"하지만 말이지, 난 설령 누가 나를 이 왜곡된 악몽 속에서 꺼내준다고 해도 거부할 거야. 왜 그런 줄 아나? 적어도 이 악몽 속에선 나는 매일 밤 그 악랄한 노인네가 죽어 자빠지는 걸 즐길 수 있거든."

그의 목소리는 더 이상 내게 건네는 대화가 아니었다. 그것은 가없는 밤하늘을 향하여 홀로 뱉어내는 저주처럼 아득하고 공허하게 들렸다.

"내가 얼마나 오래 이 몽타주된 악몽 속에 갇혀 있었는지 짐작할 수 있겠나? 아마 어쩌면 그 노인보다 더 오랜 세월을 나는 그의 터무니없는 기억 속에서 살았는지도 모르겠어. 어느 날 자고 일어났을 때 문득 하얗게 세어버린 내 머리통을 보게 될는지도 모르지. 그 노인네처럼 말이야."

그는 문득 한숨을 쉬었다.

"아아! 너에게도 저 달이 보이나? 초승달로 보이냔 말일세."

나는 조심스럽게 하늘을 올려다보았다. 달은 초승달로 보였다. 나는 그에게 그 사실을 이야기해주었다. 그는 나를 향해 미소를 지어 보였다. 그것으로 그와 나는 하나가 된 것 같은 일치감을 느꼈다. '나들'에서 비로소 '우리'가 된 것 같은 뭉클한 유대가 그의 미소 속에 깃들어 있었다. 그가 나라는 사실을 실감할 수 있었다. 세상에 이 이상의 완벽한 동정심이 또 있을 수 있을까? 그는 수첩을 내게 건네주면서 내 손을 꼭 잡아보았다. 간절한 악력이 생생히 내게 전해졌다. 그는 자리를 털고 일어났다.

"이제 난 가보아야겠네. 어차피 너의 악몽은 네가 감당해야 할 몫이니까. 꿈꾸는 걸 도와줄 수 있는 친구란 세상에 없는 법이지. 그래도 너무 고통스러워하진 말라고. 그 악몽에 대항할 수 있는 길이 없는 건 아니야. 명심해! 우주의 속에 갇혀서는 우주는 끝이 없는 허공인 거야. 미로는 그 속을 걷는 한 영원히 미로인 거고, 뫼비우스의 띠는 돌고 돌아도 끝나지 않는 반복인 거야. 항상 유념하라고. 이곳을 지배하는 것은 시간이 아니라 이야기, 정확히는 납득할 수 없는, 혹은 납득할 필요가 없는 이야기란 것을. 그 말은 문단이 바뀌면 우주가 바뀐다는 뜻과 같지. 그 악몽을 거부하는 길은 오로지 너의 이야기를 수미일관하게 유지하는 것뿐이야. 알겠어? 그 사악한 미치광이 노인은 특유의 저주받은 작화증으로 너를 흩뜨려놓으려 하고 있는 거야. 수첩을 잘 보존하라고. 아무리 작은 것도 적어놓는 걸 빼놓지 말아야 해. 너와 내가 몽타주된 악몽이 아니라 완벽하게 시작과 끝을 갖춘 이야기가 될 때 밤의 끝에는 새벽이 올는지도 모르지."

거기까지 말하고 그는 밖으로 걸어 나갔다. 그의 발길에 부서진 건물의 잔해가 빠드득 밟혔다. 그는 내가 들어온 방향과 다른 곳으로 나갔다. 아무래도 상관없었다. 어디가 입구고 어디가 출구여도 좋은 곳이 이곳이라는 걸 나는 비로소 수긍하고 있었다. 나는 허물어진 창틀에 기대서 그의 뒷모습을 바라보았다. 달빛에 비친 건물의 그림자가 그의 발걸음 뒤로 어렴풋이 드리워져 있었다. 건물의 그림자는 뾰족한 첨탑 위에 십자가가 붙어 있는 형상이었다. 그제야 나는 이 불타버린 건물이 교회의 잔해라는 사실을 깨달았다.

이윽고 그가 완전히 시야에서 사라지자 나는 천천히 그 불탄 건물을 나섰다. 얼마쯤 거리를 두고 불탄 교회를 바라보았다. 시린 은빛 보름달빛을 받은 교회의 잔해는 은은하고 아름답게 보였다. 그것은 달빛보다 훨씬 교교한 빛을 내고 있었다. 그때서야 나는 내가 지은 죄가 새하얀 울림이 되어 은하수처럼 흐르는 것을 느낄 수 있었다.

'저 교회에 불을 지른 것은 바로 나였군.'

9

나는 아름답게 고백하듯 그렇게 내 자신에게 속삭였다. 수첩을 펼쳤다. 그리고 조금 전 사라진 그가 적어놓은 구절을 찾았다. 그것은 지나간 미래 혹은 다가올 과거에 내가 지은 죄에 대한 내 가슴의 설렘이었다.

몇 번을 돌이켜 생각해보아도, 이 아름다운 폐허에 돌아올 수 있었던 것은 너무도 큰 영광이다. 과거는 신기루처럼 반투명한 빛을 내며 내게 다시 돌아오라 손짓하고 있다. 저 삭은 나무십자가를 보라! 죄를 지었다면 그것도 내가 이룩한 것 중의 하나라는 애틋한 향수가 느껴지지 않는가. 틀림없이 나는 그 죄의 한가운데를 향해 다가가고 있다는 희망을 느낀다. 죄의 무덤이 된 폐허 위에 앉아 나는 잊어버린 나를 향해 사랑을 속삭이고 있다.

순간적으로 울고 싶은 심정이 들었다. 수첩 속의 알 수 없는 과거가 가슴 깊은 곳에서 용암처럼 들끓어 오르는 열기를 느꼈다. 그러나 안타깝게도 내가 어떤 죄를 지었는지 끝내 연상이 되지 않았다. 아무튼 이 세상 무엇과도 비길 수 없는 치열하고 아름답고 격렬하였을 사연이 이 폐허 속에 스러져 있는 것이다. 나는 전혀 엉뚱한 길을 가로질러 그 결정적인 내 삶의 진수를 슬그머니 비껴 지나온 거였다. 돌아가야 했다. 내가 우회하였던 내 기억의 중심으로 되돌아가서 그 작열하는 순간을 겪어내는 것이 그 순간 이후 내가 할 유일한 일이 되었다. 왜냐하면 그것은 오직 나의 사랑, 누구의 것도 아닌 나만의 죄였기 때문이다. 나는 수첩을 움켜쥔 주먹을 하늘의 달을 향하여 부르르 떨었다. 떨어져 나가고 없는 수첩의 앞부분. 틀림없이 거기에 내 참회의 기록이 있을 것이다. 그것을 찾아야 했다.

'과거로 가는 길은 어느 쪽인가?'

나는 고개를 들고 사방을 흘겨보았다. 어느 방향인지는 모르지만 틀림없이 어느 쪽인가는 과거로 나를 데려다줄 방향이 있을 것이었다. 그 믿기지 않는 사실이 가슴을 뛰게 하였다. 그것은 정말이지 절망의 늪지에 피어난 가녀린 꽃봉오리였다. 나는 그 꽃을 피워낸 나의 죄가 사랑스러워 비명이라도 지르고 싶은 심정이었다.

그때 저 멀리서 열차의 경적이 울었다. 그것은 새로운 밤을 일깨우는 자명종 소리와 같았다. 머지않은 곳에 선로가 있었다. 나는 그 선로를 따라 전력을 다해 질주하기 시작했다. 이윽고 열차가 내 곁을 스쳐갔다. 지축을 뒤흔드는 소리와 휘몰아치는 바람이 나를 터뜨릴 것처럼 부풀게 하였다. 그렇게 새로운 밤이 시작되었다. 아니 얼마나 많은 쳇바퀴 같은 밤을 돌고 돌아 다시 이 자리로 왔는지 모를 일이었다.

10

림보의 밤거리는 안개에 싸여 있었다. 음울한 바람이 불었고 여전히 인적은 없었다. 거리는 아까 (혹은 언젠가) 내가 지나온 그 거리가 틀림없었다. 안개에 의해 도시는 절반쯤 허물어진 것처럼 보였고 훨씬 스산한 느낌을 풍겼다. 전에는 도시의 사람들 모두가 잠든 것 같았는데 이제는 도시 전체가 묘지로 쓰이고 있는 것처럼 을씨년스럽기 짝이 없었다. 안개 너머는 모두 낭떠러지일 것 같은 지독한 거짓말 속에 빠져 있는 느낌이 들었다. 나는 오랫동안 그 거리를 헤매고 있었다. 마치 거짓말하는 안개의 테두리를 확인이라도 하겠다는 듯 무작정 이 가로등에서 저 가로등을 향해 걸었다.

너울진 안개바람이 몇 차례 나를 쓸고 지나갔다. 때마다 나는 내 몸의 체적을 느꼈다. 바람은 '나'라는 환상의 부피를 일깨우듯 허황한 촉감을 남기고 사라졌다. 안개 낀 밤 전체가 거대한 짐승 떼처럼 우우 휘몰리곤 했다. 숨 막히도록 길고 지루한 전주곡이었다. 아마 그 전주곡이 끝나기 전에 내가 먼저 죽을지도 모를 일이었다.

 문득 멀리서 서툰 솜씨로 연주하는 오르간 찬송가 소리가 들렸다. 그 작은 소리가 화살처럼 내 심장에 꽂혀 부르르 떨렸다. 그 소리를 향하여 천천히 걸어갔다. 그곳은 삼거리였다. 삼거리의 맞은편 가로등 아래 노인이 오르간을 켜며 앉아 있었다. 그곳은 바로 그 거지 노인이 트럭에 받혀 죽어 나자빠진 바로 그 자리가 틀림없었다. 노인은 전에 제 몸이 산산이 부서졌던 바로 그 자리에 앉아 찬송가를 켜고 있었다. 그 장면 어디에도 어색한 곳은 없었다. 완벽한 환상이었다. 나는 더 이상 놀라지 않았다. 하나의 시간이라는 몸통에 붙어 있는 참과 거짓이라는 두 개의 가면이 나를 바라보고 있을 뿐이었다.

 노인의 오르간은 건반 몇 개가 고장 나 있었다. 미 음과 시 음의 건반을 누를 때마다 헛바람이 빠지는 듯한 소리가 새어 나왔다. 그 탓에 찬송가는 몹시 귀에 거슬렸다. 나는 골목의 그늘에 숨어 그 불협화음을 들었다. 이가 빠진 음계는 썩은 출렁다리를 건너듯 불안하게 들렸다. 어디선가 절름발이 운명이 절뚝절뚝 다가오고 있는 느낌이었다. 어느새 나는 들릴 듯 말 듯한 목소리로 노인의 반주에 맞춰 찬송을 읊조리고 있었다. 알 수 없는 눈물이 흘렀다.

주의 귀한 은혜 받고 일생 빚진 자 되네
주의 은혜 사슬 되사 나를 주께 매소서

  찬송가가 끝났을 때 노인은 힘든 코스를 달려온 마라토너처럼 지친 모습을 보였다. 어깨에 멘 오르간을 내려놓으며 노인은 길고 긴 한숨을 불었다. 노인은 지친 얼굴로 먼 산을 바라보고 있었다. 그러나 그 표정을 자세히 살피면, 아무것도 보고 싶지 않은데도 불구하고 모든 것이 보인다는 식의 짜증이 섞여 있는 걸 확인할 수 있었다. 노인은 확실히 무언가 한바탕 쓸고 간 뒤의 숙지막해진 얼굴로 내가 숨어 있는 골목의 어둠을 향하고 있었다. 그 눈길은 텅 비고 무서웠기에 나는 연거푸 스스로에게 노인은 소경이라는 말을 되풀이해야 했다.
  이윽고 노인은 등에 진 무언가를 내려놓았다. 어처구니없게도 그것은 나의 보스턴백이었다. 나는 좌우의 어깨를 쓸어보았지만 가방은 잡히지 않았다. 노인은 손길을 더듬어 가방을 열었다. 노인이 가방에서 꺼낸 것은 틀림없이 나의 수첩이었다. 노인은 무게라도 달아보듯 잠시 수첩을 손바닥 위에 올려놓고 있었다. 안개바람이 불어 차르르 책장이 넘어갔다. 노인은 점자책을 읽듯 그 펼쳐진 면을 손바닥으로 쓸었다. 그의 얼굴에 잿빛 안개 같은 회한이 스쳐 지났다. 노인은 와락 종잇장을 쥐어뜯었다. 그것을 조각조각 찢발겼다. 잘게 찢긴 종잇장이 안개바람에 실려 꽃잎처럼 흩어졌다. 그것이 환상의 실체였다. 노인은 또 한 장의 종이를 뜯었다. 그리고 또 그것을 찢발겼다. 그것이 진실의 실체였다.

노인은 시종일관 내가 숨어 있는 어둠에서 한 치도 눈길을 돌리지 않았다. 비로소 그런 식으로 노인이 나를 불러내고 있다는 사실을 알아차렸다. 나는 분노로 후들거리는 걸음으로 그늘에서 걸어 나왔다.

"그만둬요. 그건 내 것이란 말이오."

나는 똑바로 노인 앞으로 걸어가 전율하는 목소리로 명령했다. 노인은 귀머거리처럼 아무 반응도 보이지 않고 묵묵히 수첩을 찢는 동작을 계속했다. 점점 거세지는 바람이 찢어진 수첩을 더 먼 곳으로 흩날리고 있었다. 안타깝게도 그것은 모두 나의 기록이었다. 그곳엔 나의 운명이 적혀 있었다. 노인이 찢발기고 있는 것은 바로 나도 모르는 나의 정체였다. 나는 거칠게 노인의 손에서 수첩을 낚아챘다. 그러나 노인의 얼굴에 씌운 그 뻣뻣한 무표정까지 낚아채지는 못하였다. 나는 못내 그 사실이 원통해 미칠 것만 같았다. 노인은 무표정으로 내 마음속을 낱낱이 들여다보고 있었다.

"자네 이름이 무언가?"

노인은 그렇게 묻고는 혼자 너털웃음을 터뜨렸다.

"웃어서 미안하이. 하지만 저가 누군지도 모르면서 제 소유를 주장한다는 게 좀 우스웠네."

거리낌 없이 껄껄거리며 노인은 못다 웃은 웃음을 털어냈다.

"여기까지 왔을 땐 자넨 거쳐야 할 길을 거쳐서 왔을 텐데, 그런데도 바보처럼 이 수첩을 자네 것이라고 주장을 하는군그래."

노인은 내 눈 앞에 대고 수첩을 팔랑팔랑 흔들어 보였다. 노인의 과장된 동작에 소름이 끼쳤다.

"뭐라고 말해도 이젠 더 이상 당신의 헛된 작화증 속에서 놀아나지는 않을 거요."

"보게. 자넨 이미 그 친구를 만났어. 그렇지? 그가 모든 것에 대해 이야기해주었겠지. 잊지 않고 자네 가슴 깊이 나에 대한 증오의 불씨도 심어 넣었을 테고. 하지만 말일세……."

"닥치시오! 더 이상 아무 이야기도 듣지 않겠소."

"해도 이 한 가지 사실은 들어두는 게 좋을걸세. 자네가 누구인지에 관해서일세."

"나는, 나요. 나일 뿐이오. 당신의 이야기로 나를 결정짓게 놔두지는 않을 거란 말이오."

"암 그렇고말고. 자넨 자네지. 그건 너무도 당연한 사실일세. 그따위 수첩 따위가 자네를 결정할 수는 없는 게지."

노인은 눈이 튀어나올 것 같은 나의 분노를 고스란히 보고 있는 것 같았다. 그는 여유로운 미소를 지으며 말을 이었다.

"도대체 자네가 만난 또 다른 자네의 이야기를 어디까지 믿고 있는 겐가? 그가 아닌 또 다른 자네의 분신을 만났을 땐 또 어떤 이야기를 듣게 되는지 궁금해한 적은 있는가?"

등골에 얼음이 맺히는 말이었다. 또 다른 달빛 아래, 또 다른 누구를 만날 때마다 나의 진실은 달라질 것이었다. 노인은 더 목소리를 낮추어 말했다. 그것이 도리어 나의 공포심을 극대화시켰다.

"그가 뭐라고 말했건 이 한 가지만은 분명히 알아두게. 그가 말하길 자네는 내 심각한 작화증이 꾸며낸 허튼 기억의 존재라고 했겠지. 하지만 그도 모르는 것이 있지. 아니 모르는 것이 아니고 엄밀하게는 강력하게 부인하고 있는 것이겠지만……. 그것은 바로 자네가 나의 기억이 아니라 오히려 나의 망각 쪽에 가까운 존재란 사실일세."

나는 숨소리도 내지 않고 노인의 입술이 움직이는 것을 바라보고 있었다. 아니, 정확히는 그 더러운 입이 지껄일 추악함이 끝나면 내가 무슨 짓을 저지를지 그것에 호기심을 느끼고 있었다.

"흔히들 기억과 망각은 전혀 반대의 개념이라고 이해하고 있지만 실은 그 둘은 몸이 붙은 쌍둥이처럼 끔찍하게 가까운 사이라네. 핏줄까지 함께하는 친숙한 사이이면서도 상대가 없어지지 않으면 영영 괴물로 남아 있을 수밖에 없는 기형의 인연을 지닌 사이란 말일세."

그렇게 말하는 노인의 얼굴에서 흉터가 살아 꿈틀거리고 있었다. 웬일인지 노인은 북받치는 무언가를 가라앉히려는지 잠시 틈을 두고 이야기를 했다.

"기억이란, 특히 희미한 기억이란 안개에 비유할 수 있을 것 같네."

노인은 도시를 둘러싼 안개를 예시하듯 손바닥으로 허공을 휘젓는 시늉을 해 보였다.

"무엇을 위해서인지도 모르면서 심각한 집착으로 그 속을 헤매고 다녀야 하는 오리무중의 상태가 곧 자네가 자네의 정체로 믿고 싶어하는 기억이라는 걸세. 좀 더 솔직하게 말하라고 한다면 자네의 태생은 속죄받지 못한 죄의 덩어리라고 할 수 있겠지. 그럼에도 왜 지옥에 떨어지지 않고 림보의 수레바퀴 속을 맴도느냐고? 그게 바로 자네의 본질이 기억이 아니라 망각에 가깝다는 증거일세. 기억하지도 못하는 죄는 처벌받지도 못하는 것일세. 처벌의 의미가 없거든. 신이 되었건 양심이 되었건 궁극적으로 벌을 내리는 존재는 어쩔 수 없이 가학적이기 마련이라네. 그런데 기억하지 못하는 죄란 그 처벌자의 취향에 영 어울리지 않는 거지."

"결국 당신은 망각을 통해서 지옥의 처벌을 피하려 했던 것이로군."

노인은 얼굴의 흉터를 일그러뜨리며 씁쓸하게 웃을 뿐 긍정도 부정도 하지 않았다. 노인은 나직하게 말을 이었다. 그의 목소리에서 오랜 세월의 주름 같은 거친 감촉이 느껴졌다.

"망각이란 신의 선물이기는 하지만 그렇게 쉽게 얻을 수 있는 건 아닐세. 간절히 원하면 원할수록 멀어지는 게 망각의 속성이기 때문일세."

노인은 짧은 한숨을 뱉었다.

"후유…… 그런데 말일세, 뜻밖에 내가 잊어버렸다는 생각조차 잊고 있던 망각이 어느 날 불쑥 이렇게 나를 찾아온다는 건 참으로 짐작도 못했던 공포라네. 더구나 되살아난 기억이 원래의 사실과 전혀 다른 흉터가 되어 내게 걸어오는 꼴이라니!"

노인은 맹인용 지팡이의 낭창거리는 끄트머리로 내 몸을 더듬기 시작했다. 지팡이는 살아 있는 더듬이처럼 유연하고 정확하게 내 몸의 윤곽을 훑었다. 어느 순간 그 감촉이 너무도 징그러워 나는 거칠게 지팡이를 뿌리쳤다.

"당신이 뭐라고 말하든 내 증오심을 잠재울 수는 없을 거요. 나는 무슨 짓을 해서라도 이 엉터리 같은 시간의 항아리 속에서 **빠져나갈 테니까.**"

"자네가 무엇을 생각하건 더 이상 내 허락을 받을 필요는 없네. 자네 말마따나 자네는 자네일 뿐이니까. 다만 굳이 자네의 정체를 말하라고 한다면 자네는 내가 살면서 지은 죄의 망령이라고 할 수 있겠지. 너무도 많은 죄를 지어서 정확히 어떤 죄목에 해당하는지는 모르겠지만 아무튼 가능하다면 난 그 모든 것들이 깡그리 내 머릿속을 떠나버렸음 좋겠네. 염통에 불을 지를 것 같은 그 고통스런 기억을 내가 굳이 붙들고 있을 까닭이 무엇이겠나. 아무튼 내가 자네에게 이름표를 달아주기보다는 자네 자신이 정체를 규정하도록 노력하는 것이 더 효과적으로 나를 괴롭히는 방식이라는 것만 알려줌세. 그렇다네. 자네를 보고 있는 나는 죄악으로 찬 내 과거가 악몽의 방식으로 재현되는 것을 지켜보고 있는 셈이지. 자네의 존재는 자네에게나 나에게나 모두 기형적이라네. 자네의 기록이 자세할수록 나의 고통은 더 기괴하고 더 또렷해진다네. 그러니까 제발 나를 탓할 생각일랑 말게나. 이 모든 악몽은 나를 밀쳐내고 떨어져 나간 죄의식이 꾸민 한 편의 드라마일세. 글쎄, 누가 이런 기막힌 무대로 우리를 불러냈는가는 나 역시 알지 못한다네. 그것이 신이건 양심이

건 그 따위야 사실 대수겠나. 중요한 건 우리가, 즉 내 자신과 내가 지은 모든 죄들이 똑같이 영원히 죽지 않는 이름이 되어 무한히 고통을 받고 있다는 사실이겠지. 나를 어떻게 하건, 부디 자네나 나나 같은 이름으로 불렀다는 사실만은 잊지 말게나. 결국 수첩 속의 이야기는 자네만의 이야기가 아니라 우리의, 정확히는 나의 기억일세. 나는 인생의 꽤 많은 시간을 그 죄 지은 아픔을 잊으려고 노력해왔다네. 끊임없이 자네라는 기억을 지우고 다녔지. 작화증 환자라는 비난을 감수하며 나는 내 자신을 잊기 위해 무진 애를 써왔네. 하지만 앞서 말했듯 망각은 쉽게 도달할 수 있는 경지는 아닐세. 무한히 반복되는 죄의식의 지옥 속에서 작화증은 나의 생존본능이었네. 사람들은 비겁하다고 손가락질할 테지만 나는…… 나는…… 자네 같은 악몽이 뚜벅뚜벅 내 앞에 걸어오는 것을 더는 견딜 수 없다네. 견딜 수 없기에 그것을 두고 운명이라고 불러야겠지. 자네가 돌고 돌아서 다시 내 앞에 서게 되는 그 알 수 없는 과정 말일세. 잊지 말게. 자넨 자기 죄의 기억을 견디지 못하고 스스로 두 눈을 찌르고 스스로를 불태우려 했던 한 사내의 잊어버린 기억의 한 조각에 불과하다는 것을! 자고 일어나면 자기가 자기 자신이라는 사실이 세상에서 가장 끔찍한 일이었던 한 사내였다는 것을!"

11

그쯤에서 나는 슬그머니 손을 뻗어 노인의 목을 움켜쥐었다. 노인은 별다른 반항을 보이지 않았다. 다만 그는 무언가 한마디쯤 더 말하고 싶은 듯 보였다. 나는 틈을 주지 않고 온몸의 힘을 손가락에 몰아서 목을 졸랐다. 노인의 입에서 신음도 아니고 비명도 아닌 소리가 거품에 섞여 부글부글 끓어 나왔다. 나는 그 더러운 배설물들이 삐져나오는 것이 견딜 수 없어 더욱 손아귀에 힘을 주어야 했다. 노인은 마지막 살아 있는 값어치를 하느라 파득파득 경련을 일으켰다. 노인의 색안경이 흘러내리면서 흰자만 둥둥 떠 있는 것 같은 그의 눈이 커다랗게 나를 바라보고 있었다. 그 눈은 거짓말같이 측은하게 나를 홉떠 보고 있었다.

'애처로운 망각의 자유여. 사랑하는 나의 죄악이여.'

흉터로 일그러진 그의 턱을 타고 흘러내린 게거품이 내 손등을 뜨뜻하게 적셨다. 그리고 노인의 몸은 정말로 바람이 빠지는 것 같은 소리를 내면서 순식간에 늘어졌다.

나는 허리띠를 목에 매어 노인의 죽은 몸뚱이를 가로등에 걸어놓았다. 이윽고 몇 걸음 물러나 내가 저지른 짓을 바라보았다. 이따금 안개바람이 흩날릴 때마다 노인의 시체는 나무토막처럼 가로등에 부딪혀 둔탁한 소리를 냈다.

그 풍경을 보았을 때 불현듯 폐허의 교회를 떠나던 내 모습이 기억에 떠올랐다. 결국 지난밤 미치광이 노인을 쳐 죽이라고 속삭이던 그 사내는 바로 저 노인이었던 것이다.

또 바람이 불었다. 노인의 어깨에 걸려 있던 오르간이 스르르 바닥으로 미끄러져 경쾌한 소리를 내었다. 나는 그것을 집어 들어 처절하게 바닥에 내팽개쳤다. 오르간은 산산이 부서졌다. 나는 그 파편을 발로 짓밟고 또 짓밟았다.

고개를 들었을 때 저만치서 나를 노려보고 있는 눈길과 마주쳤다. 정말이지 나는 눈물이 날 정도로 그가 반가웠다. 이제 내일 밤에는 저 녀석이 내게 죽음을 가져다줄지도 모를 일이었다. 그러나 당장은 한순간도 그와 함께 있고 싶지 않았다. 골목길을 향해 무작정 걸어갔다. 가로등 밑에는 노인의 시체에서 흘러내린 그림자가 안개바람을 따라 맴돌고 있었다. 그것은 이해할 수 없는 궤적이었다.

(『현대문학』 2004년 9월호)

불의 꽃 타는 길

해가 지고 있었다. 두어 시간 남짓밖에 되지 않는 짧은 밤으로 백야의 세상은 빠르게 침몰해가고 있었다. 황혼이 깃든 뜰에는 추장의 깃털머리 그림자가 길게 뻗쳐 있었다.

모텔 파이어워드는 오는 사람보다는 떠나는 사람을 위한 집이었다.

모텔을 얼마 앞두고 도로 위에는 다음과 같은 표지판이 서 있었다. '다음 숙박시설까지 5시간'. 그 표지판 밑에 누군가 '쉬지 않고'라고 낙서를 해놓았다. 표지판이 거짓말이 아니란 것은 지금까지 달려온 길이 증명을 해주었다. 전나무와 삼나무 그리고 만년설밖에는 아무것도 보이지 않는 가도 가도 끝이 없는 산간 도로였다.

회랑처럼 이어지는 짙은 회청색 편마암 산줄기의 풍경은 보는 이를 압도했다. 안개와 구름이 쉴 새 없이 교차하는 평균 고도 1,500미터 고지의 날씨는 종잡을 수 없었다. 설산에서 부는 찬바람을 타고 독수리가 솟아오르면 멀리서 아련히 낙석 소리가 울리곤 했다. 그 길에 익숙한 트러커일수록 그 지둥 소리를 두려워했다. 산사태로 길이 끊겨 오도 가도 못 하는 일이 간혹 벌어지곤 했다. 한번 길이 끊기면 언제 구조대가 도착할지 알 수 없었다. 때로는 트럭을 버리고 걸어서 탈출을 시도하다 산속에서 실종되는 사람도 있었다. 이상하게도 그렇게 사라진 이의 흔적은 어디서도 찾을 수가 없었다. 마지막까지 머물던 트럭엔 그의 일상이 고스란히 남아 있었다. 어디 그늘진 곳에서 잠깐 눈이라도 붙이고 곧 되돌아올 것처럼 말이다.

그런 실종을 두고 원주민 인디언들은 이승과 저승을 오가는 독수리 날개바람을 타고 '우는 뿔' 능선을 넘은 경우라고 했다. 한번 넘어가면 되돌아올 수 없는 산마루라고 믿었다. 원주민 샤먼은 오렌지 빛 황혼으로 붉은 아지랑이가 피어오르는 산릉선을 향하여 까마귀의 깃털을 태워 올렸다.

샤먼의 신음 같은 단조로운 기도 소리를 듣고 있노라면 생과 사의 경계가 실로 대수롭잖게 여겨졌다. 트러커들이 가슴 밑바닥으로 두려워하는 것은 바로 그런 우주의 크기와도 같은 태연함이었는지도 몰랐다. 그런가 하면 샤먼의 기도는 세상의 끄트머리에 있는 출렁다리까지 내몰렸다는 느낌을 일깨웠다. 그만큼 산이 높았고 그만큼 길이 멀었다. 인디언 플루트의 고독한 음률이 소리개보다 더 높은 하늘로 퍼지는 곳, 그곳에 모텔 파이어위드가 있었다.

김(Kim) 부인은 누구보다 그 플루트 소리를 사랑했다. 그녀에 따르면 플루트는 파이어위드크릭의 숨소리 자체라는 거였다. 피아니스트로서 그녀는 독특한 음악적 감성을 지니고 있었다. 예를 들면 그녀가 가장 흥분을 느끼는 것은 플루트의 음률

보다 사이사이 들숨을 빨아들이는 원주민 연주자의 가쁜 호흡이라는 거였다.

모텔 파이어위드는 오는 사람보다는 떠나는 사람을 위한 집이었다. 때문에 그녀와 같은 장기 투숙객은 드문 경우였다. 그녀는 인류학 교수인 남편 킴 박사와 함께 원주민 음악을 채록하러 북국을 여행하는 중이었다. 남편이 녹음을 하면 그녀는 그것을 채보(採譜)하는 일을 맡았다.

원주민 전통음악은 그 부족보다 더 빠르게 사멸되어가고 있었다. 원주민 언어로 기도를 올릴 줄 아는 샤먼은 소수만이 살아 있었다. 개중에 그 기도의 뜻을 온전히 아는 샤먼은 더욱 소수였다. 때문에 킴 부부의 작업은 보기엔 느긋해 보여도 기실 시간에 쫓기는 일이었다. 킴 부부는 뒤꽁무니에 사륜구동 지프를 매단 커다란 RV를 끌고 벌써 사 년째 대륙을 누비며 살았다. 중심이 되는 마을에 RV를 세워두고 작은 지프를 타고 그 주변을 탐사하는 형식의 여행이었다. 열흘이고 보름이고 남편이 채록을 위해 떠나 있는 동안 킴 부인은 주차장에 피아노를 내려놓고 마을 사람들과 어울려 콘서트를 펼치곤 했다.

킴 부부의 RV는 지금 모텔 파이어위드의 주차장에 아홉 달째 머물고 있었다. 그녀의 피아노도 모텔의 펍 안으로 옮겨와 있었다. 아홉 달 전 킴 박사가 채록을 위해 지프를 끌고 나간 것이 마지막이었다. 그렇지만 부인은 지프가 일으키는 흙바람 너머로 손을 흔드는 남편의 뒷모습이 마지막이었다는 걸 인정하려 들지 않았다. 그녀는 남편이 결코 우는 뿔 능선을 넘어갔다고 믿지 않았다. 그녀는 오늘도 칠이 벗겨진 낡은 피아노 앞에 앉아 남편이 수록해놓은 녹음테이프를 악보로 옮기는 일을 하고 있었다. 속심이 길게 드러나게 깎은 연필이 오선지 위에 사각이는 소리를 그녀는 사랑했다.

*

파이어위드크릭의 여름은 짧지만 그만큼 강렬했다. 백야로 희붐한 밤이 이어지기 시작하면 모텔 파이어위드의 투숙객들은 쉬 잠을 이루지 못했다. 눈 녹은 물로 불어난 계곡에서는 우렁찬 낙수 소리가 마을 뒤의 협곡을 흔들었다.

신록은 첫눈처럼 밤사이 찾아왔다. 마법과 같았다. 묵은 겨울에 대한 혁명처럼 들판은 순식간에 푸른빛에 잠겼다. 협곡이 끝나는 서북쪽 벌판의 지평선에는 갓난 새끼를 거느린 순록 떼의 실루엣이 길게 그림자를 뉘였다.

순록을 따라서 해마다 세 그룹의 사람들이 모여들었다. 하나는 사냥꾼이었고 또 하나는 모피 상인 그리고 마지막으로 순록을 따라 생활하는 나하니 유목민들이었다. 세 부류의 사람들은 모두 이 협곡의 역사만큼 오래된 인류라 할 수 있었다. 이제 그들은 하나같이 늙었고 인종에 상관없이 오랜 바람결에 색이 날아가 똑같이 검고 주름진 얼굴을 하고 있었다.

그들이 산야를 누비며 살아왔다고 해서 구름처럼 떠도는 삶은 아니었다. 오히려 그들의 삶은 틀에 박힌 것이라 보는 편이 옳았다. 다만 그 틀이 아주 크고 넓었을 뿐이다. 따지고 보면 그들은 별자리처럼 정확하게 지구의 공전에 맞춰 움직이는 사람들이었다. 계절에 따라 언제나 있어야 할 그곳을 찾아 움직였다. 파이어위드크릭은 바로 그들이 여름을 보내는 곳이었다.

사냥꾼 쿠피(Coppy)와 실비(Silvy)는 쌍둥이 형제였다. 엄마 말고는 구분을 못할 정도로 본을 뜬 일란성 쌍둥이였는데 대개의 쌍둥이는 나이가 들수록 외양이 달라지게 마련이었지만 쿠피와 실비는 정반대였다. 그들은 생김새뿐 아니라 인생의 모든 부분을 공유했다. 똑같이 불행한 결혼 생활을 한 것도 아마 그들이 형제를 아내로부터 독점하고픈 마음 때문이었을 것이다.

너무도 닮은 쌍둥이였기에 혼동을 느낀 아버지는 아홉 살 생일에 각각 뚜렷이 구분이 되는 라이플을 선물로 주었다. 형에게는 총신과 장미나무 개머리판이 구릿빛으로 어울리는 윈체스터를, 동생에게는 약실에서 견착대까지 은색으로 꿈틀거리는 용을 새겨 주문 제작한 브로닝을 하나씩 안겨주었다. 그들에게 총은 일종의 유전형질이었다. 마치 매부리코나 대머리를 아버지로부터 물려받는 것처럼 말이다. 운명적으로 그들은 평생 라이플과 더불어 살았다. 각자의 라이플 색깔에 따라 쿠피와 실비라는 별명을 얻었고 그것이 곧 그들의 이름을 대신하게 되었다.

오늘도 쌍둥이 사냥꾼은 각자의 명패와도 같은 라이플을 등 뒤에 기대어두고 파이어위드 모텔의 식당이자 선술집이자 사무실 앞의 널찍한 테라스에 앉아 버번을 홀짝이고 있었다. 그들의 총은 여전히 반짝였지만 이제 그들은 늙은이가 되었다. 동생 실비는 형 쿠피를 바라볼 때마다 그 사실이 새삼 마음 쓰였다. 챙이 넓은 모자 밑으로 탐스럽게 흘러내린 갈색의 구레나룻이 탈색되어가듯 그들의 존재감도 희미해져가고 있었다. 세상과 그들 사이에 희미한 먼지가 끼는 것을 느꼈다.

그런 느낌이 들 때마다 실비는 철컥하고 어깨에 와 닿는 라이플의 반탄력이 그리워지곤 했다. 그것은 심장박동보다 더 생생한 생명력이었다.

새벽에 실비가 홀로 말을 타고 나갔던 것은 코요테라도 한 마리 잡겠다는 욕심 때문은 아니었다. 그저 협곡에 메아리치는 총소리와 코를 후벼 파는 화약 냄새, 개머리판이 철커덕 어깨에 묻히는 그런 느낌이 그리웠던 거였다.

방을 나설 때 형 쿠피가 깨어 있다는 사실을 그도 알고 있었다. 뜰에 울리는 말굽 소리가 잠들지 못한 쿠피의 가슴을 아프게 할 거란 사실도 잘 알고 있었다. 실비는 무심한 얼굴로 터덜터덜 말이 걷는 새벽 속으로 스며들어갔다.

형 쿠피가 뇌출혈로 반신불수가 된 것은 지난겨울이었다. 그 후로 그가 홀로 할 수 있는 일은 안타까운 눈으로 동생을 바라보는 것뿐이었다.

*

모텔 파이어워드는 오는 이보다는 가는 이를 위한 집이었다.

그런 사실은 파이어위드크릭이란 마을에 들어서면 누구나 수긍이 갈 것이다. 거칠고 불규칙하고 위협적이기까지 한 두 줄기 산맥이 폭주하는 기관차처럼 서로를 향해 달려오다가 충돌하여 함몰된 듯 생긴 협곡 지형이 파이어위드크릭이었다. 험준한 산세 중 그나마 유일하게 뚫린 고갯길이 검은소용돌이 고개였다. 수천 킬로미터의 한량없는 고산 지대를 뚫고 와 고개를 넘으면 그때부터는 고개 이름마따나 소용돌이에 빨려드는 것 같은 내리막을 타고 곤두박질을 치는 급경사로였다. 휩쓸리는 내리막이 간신히 끝나는 곳에 모텔 파이어위드가 자리 잡고 있었다.

극심한 경사 탓에 오래전부터 브레이크 파열로 사고를 당한 트럭들이 적지 않았다. 트러커들은 압축 브레이크에서 압력이 빠져나가는 소리가 들릴 때마다 간담이 서늘해지곤 했다. 브레이크 파열에 대비해서 고갯길에는 비상 대피로가 마련되어 있었다. 트러커들은 그 대피로를 러너웨이(활주로)라고 불렀다. 여름이 시작되면 제일 먼저 러너웨이 위로 민들레가 불처럼 번졌다. 멀리서 보면 황금빛 융단이 깔려 있는 것 같은 아름다운 대피로였다. 그러나 가까이 다가가면 그 금빛을 짓이기며 움푹 팬 타이어 자국을 볼 수 있었다. 트러커들은 그 자국에 대고 성호를 긋곤 했다.

따라서 모텔 파이어위드에서 잠을 자는 사람들은 대개 극도의 피로에 곯아떨어지는 편이었다. 아침에 일어나 그들이 가야 할 길은 이제 북서쪽으로 광활하게 펼쳐진 초원의 길이었다. 초원의 지평선은 안정감을 주었고 새로운 희망을 품게 했다. 떠나는 이들은 저도 모르게 힘차게 내달았다. 아마 파이어위드크릭의 두 협곡날개가 새몰이를 하듯 쏟아져 내리는 간밤의 악몽에 쫓겨 그런지도 모를 일이었다.

모텔 파이어위드의 북서쪽 지붕 위엔 멀리서도 눈에 뜨이게 'Bon Voyage(무사히 가시길)!'라고 커다란 사인이 붙어 있었다. 방향을 놓고 보면 오는 이가 아니라 가는 이를 위한 간판인 셈이었다. 희한한 것은 길을 나선 사람 누구나가 한 번쯤은 고개를 돌려 그 사인을 읽게 된다는 거였다. 그 사인은 모텔 파이어위드를 처음 세운 샤트너(Shatner) 씨가 직접 그려 넣은 것이었다. 그러니까 무려 백 년도 넘은 유적인 셈이었다.

모텔 파이어위드가 처음 개업한 것은 클론다이크 골드러시가 시작된 19세기 말이었다. 그 자신 역시 노다지를 좇는 금쟁이였던 샤트너 씨도 새로 금맥이 터졌다는 소문을 듣고 무작정 북국으로 가는 광부들의 행렬에 동참했다. 금쟁이들은 길도 없는 수천 킬로의 산야를 맨몸으로 헤쳐나갔다. 빗물에 멱을 감고 바람에 빗질하는 금쟁이 삶이라지만 북국행은 영원히 끝이 없는 길이었다.

샤트너 씨가 검은소용돌이 고개를 넘어 파이어위드크릭에 닿았을 때는 짧은 여름이 끝나갈 무렵이었다. 봄에 떠났으니까 꼬박 한 철을 길 위에서 보낸 셈이었다. 곡괭이와 골드팬을 X자로 등에 지고 살아온 일생이었지만 이번 북국행은 가장 괴로운 걸음이었다. 짐 실은 노새 두 마리 중 하나는 산비탈에서 쓰러졌다. 노새 미간에 박아 넣은 총소리가 메아리처럼 산길 내내 그를 괴롭혔다. 해도 때는 골드러시였다. 걸음에서 늦으면 운에서도 늦기 마련이었다. 샤트너 씨는 노새 한 마리의 짐을 통째로 끌고 검은소용돌이 고개를 넘었다.

그렇지만 파이어위드크릭의 느낌은 달랐다. 여름 끝물이라고 했지만 산 위에는 벌써 눈발이 날리기 시작했다. 협곡이 끝나고 초원이 시작되는 강둑에 이르렀을 때 불현듯 샤트너 씨는 자신이 금광을 찾아 나선 것이 아니라 환상을 찾아 나선 것이란 자각이 들었다. 동시에 샤트너 씨는 이제는 자신이 늙었다는 사실도 비로소 깨달았다. 초원에는 파이어위드라고 불리는 붉은 야생화가 문자 그대로 들불처럼 타오르고 있었다.

파이어위드는 여름 한 철 기다란 꽃대를 타고 아래서부터 위로 불이 붙듯 꽃들이 피었다 지는 들풀이었다. 원주민들은 그 꽃대를 보고 여름이 얼마나 남았는지 헤아렸다. 샤트너 씨를 홀린 붉은 꽃물결은 꽃대 끝에 겨우 몇 송이 꽃잎만 남아 있던 때였다.

샤트너 씨는 거기서 여행을 끝내기로 마음먹었다. 돌아갈 엄두도 나지 않았다. 그는 마지막으로 간직하고 있던 한 줌 남짓의 사금으로 터를 닦고 막사를 차렸다. 지나가는 금쟁이와 초원의 원주민의 도움을 받아 얼기설기 숙소가 지어졌다. 엉터리 시설이었지만 곧 모텔 파이어위드는 산맥을 넘어온 금쟁이들에겐 오아시스 같은 존재로 자리매김되었다.

샤트너 씨는 매일 아침 커다란 들통 가득 스프를 끓였다. 온갖 재료를 뒤섞은 잡탕이었지만 초원을 건널 나그네에겐 따끈

불의 꽃 타는 길 327

한 위안이었음은 말할 필요도 없었다. 국물을 퍼줄 때마다 샤트너 씨는 'Bon Voyage!'라는 인사를 건넸다.

모텔 파이어워드는 손님으로 바글거렸다. 샤트너 씨는 행복했다. 다만 그 행복이 오래도록 꿈꾸던 노다지의 꿈과 정착의 꿈을 동시에 이루었기 때문은 아니었다. 그는 그저 금쟁이들과 어울려 막사 안 화롯가에서 직접 증류한 호밀 위스키를 권커니 잣거니 금광 이야기를 떠벌리는 것만으로 진실된 행복을 느꼈다. 산맥을 넘느라 지친 금쟁이들은 얼마 못 가 곯아떨어졌다. 마지막까지 남는 건 언제나 샤트너 씨였다. 그는 화로 속 화톳불에 대고 건배를 했다.

"이게 바로 내가 원하던 행복이지! 보난자(bonanza)!"

그러나 샤트너 씨의 행복은 그렇게 오래가진 못하였다. 그해 겨울은 혹한이었다. 노다지를 찾아가는 길은 동사자와 아사자의 시체로 순식간에 지옥도로 변했다. 남들보다 조금이라도 빨리 금맥을 찾으려는 욕심에 변변한 준비도 없이 달려온 금쟁이들에게 어울리는 불행하고도 허망한 종말이었다.

비극의 겨울을 겪고 난 뒤 샤트너 씨는 모텔의 지붕 위에 그렇게 무사히 가라는 사인을 내걸게 되었던 것이다.

샤트너 씨 본인 역시 그렇게 원하던 정착생활을 얼마 누리지 못하였다. 이태가 지난 여름, 알코올이 출렁이는 눈으로 파이어워드의 붉은 물결이 일렁이는 초원을 바라보며 샤트너 씨가 숨을 거둔 자리는 바로 'Bon Voyage!'라 쓰인 지붕 밑이었다.

*

 요즘 들어 킴 부인의 불면증은 정도가 더 심해지고 있었다. 겨우내 그녀는 RV를 놔두고 모텔의 로비를 서성이며 지냈다. 끝없는 터널 같은 극야(極夜)의 어둠에 그녀는 텅 빈 RV가 감옥처럼 느껴졌던 것이다. 이제 여름이 되어 상황은 반대가 되었지만 그래도 그녀는 편한 마음으로 RV로 돌아갈 잠들 수 없었다.
 선선한 밤이 되었지만 그녀는 여전히 모텔 펍의 활짝 열린 서쪽 창가에 앉아 몇 시간째 피아노를 치고 있었다. 백야의 밤은 밝았다. 그녀의 피아노는 줄곧 밝고 경쾌한 리듬을 타고 있었다. 사뿐한 재즈는 다분히 의도적인 선곡이었다. 할 수만 있다면 피아노로 밤을 건너뛰고 곧장 아침으로 시간을 바꿔버리고 싶었다. 그녀는 침대에 누워 잠을 청하는 시간을 단 1분도 견딜 수 없던 거였다. 지쳐 쓰러져 잠이 들거나 혹은 술에 취해 정신을 잃는 편이 나았다. 아니면 영원히 밤이 없는 백야가 계속 되든가……. 그녀의 연주는 더 밝고 더 경쾌하게 리듬을 탔다.
 저녁나절 맥주를 홀짝이며 그녀의 연주를 듣던 손님들은 모두 자리를 뜨고 이제 남아 있는 청중이라곤 바의 구석 자리에 처박혀 있는 젊은 청년 하나뿐이었다. 그는 사흘째 그 자리를 지키고 있었다. 몰고 온 고물 픽업이 퍼지는 바람에 뜻하지 않게 모텔에 머물게 된 처지였다. 방도 잡지 못하고 모텔 뒤 숲속에 픽업을 대고 적재함 안에 침낭에 들어가 자는 처지였다.
 모텔 주인 샤트너 씨는 벌써 그에게 '픽스춰(붙박이)'라는 닉

네임을 붙여주었다. 사흘 동안 청년은 거의 아무것도 하지 않고 바의 구석 자리에 처박혀 멍하니 시간만 죽였다. 바 너머의 벽에는 커다란 무스 사슴의 박제머리가 박혀 있었는데 널찍한 뿔이 어찌나 크고 위협적인지 흡사 살아 있는 무스가 벽을 뚫고 달려드는 느낌이 들었다. 또 옆 창밖으로는 벼락에 타버린 삼나무 고목이 시커멓게 조망을 가로막고 있어서 그 자리부터가 음산하고 울적한 분위기를 풍기는 자리였다.

우울한 분위기는 청년도 마찬가지였다. 낡아서 맨질맨질 윤이 나는 스웨이드 재킷에 빛바랜 청바지 차림의 남루한 행색이 그의 처지를 대변해주고 있었다. 위스키 한두 잔이 하룻밤 바에서 쓸 수 있는 여유의 전부이긴 했겠지만 청년은 정말 마시다 만 술잔을 앞에 놓고 몇 시간씩 창밖만 내다보곤 했다. 흥미로운 것은 모텔 파이어우드엔 해년마다 그런 픽스쳐들이 하나둘씩은 꼭 지나간다는 사실이었고, 더욱 흥미로운 것은 그들이 앉는 자리는 약속이나 한 듯 똑같은 그 자리라는 사실이었다.

청년은 바에 팔꿈치를 받치고 상체를 구부정 숙인 자세로 앉아 있었다. 청년의 매끈한 등의 곡선을 타고 창밖 고목의 그림자가 어른거렸다. 마른손 같은 나뭇가지 그림자는 청년을 어루만지는 것 같기도 했고 혹은 자꾸 그를 잡아채는 것처럼 보이기도 했다. 역시 붙박이 장식처럼 돼버린 킴 부인의 피아노 소리가 어둑한 실내에 하염없이 출렁였다.

산들바람에 마당의 풍향계는 단조로운 소리를 내며 돌고 있었다. 솜털 같은 홀씨가 난분분 날리는 탓에 뜰의 풍경은 어딘지 꿈결 같은 느낌이 들었다.

마당에는 여름철 별자리 같은 길손들이 모두 모여 시간을 죽이고 있었다. 춥지도 않았고 어둡지도 않았지만 그들은 버릇처럼 모닥불을 피워놓았다. 쌍둥이 동생 실비는 이따금 구상나무 솔방울을 장작 속에 던져 넣었다. 송진이 타며 매캐한 연기가 한 줄기 피어올라 풍향계의 바람개비 속으로 빨려 들어갔다. 그러면 잠시 후 모텔 뜰은 형언하기 어려운 향긋하고도 신선한 냄새로 휘감기곤 했다. 유목민 블랙워터(Blackwater) 씨는 새로 산, 독수리깃으로 만든 깃털관을 머리에 고정시키느라 아까부터 애를 쓰고 있었다. 묶는 방식이 낯설었기 때문이었다. 역시 새로 산 무두질한 녹비 재킷에서 나는 화공약품 냄새는 이 늙은 추장의 눈살을 찌푸리게 했다.

"핼러윈 코스튬을 입기엔 좀 이르지 않나?"

사냥꾼 실비가 조롱조로 약을 올렸다. 사실 블랙워터 씨가 원주민 언어로 기도를 올릴 줄 아는 극소수의 샤먼 중 하나이긴 했지만 굳이 그런 요란한 코스튬이 필요한 건 아니었다. 더욱이 새로운 복장 자체가 그의 부족 전통과 별 상관있는 것도 아니었다.

"가죽도 여기저기 해지고…… 장식에 깃털도 다 빠지고…… 아들이 벌써부터 바꾸라고 성화였는데……."

추장은 공연한 변명을 웅얼거렸다. 그런데 정작 아들이 원하는 것은 가능한 한 낡고 오랜 것이었다. 아들은 파일럿으로 일대의 연락선 역할을 하는 경비행기를 몰았다. 몇 년 전 관광회

사와 계약을 맺고 극지방 관광단을 실어 나르면서부터 어느 순간 나하니족의 샤먼 의식은 관광 스케줄의 하나가 되어버렸다. 방송사에서 다큐멘터리까지 찍어가면서 조금은 유명세까지 얻었지만 그것이 더욱 블랙워터 씨에게는 고역스런 결과를 초래했다. 신령하지 않은 일에 신을 부르는 것에서부터 남세스러운 옷차림을 하는 일까지, 마다하려야 마다할 수 없는 지경이 된 거였다. 그렇다고 블랙워터 씨가 아들의 사업에 토를 달 입장도 아니었다.

모피 상인 리우(Liu)씨는 말없이 추장의 하는 양을 바라보고 있었다. 추장의 부탁으로 코스튬을 사다준 이가 리우 씨였다. 처음부터 그는 어떤 물건을 구해다 주어도 추장이 달가워하지 않을 것이란 사실을 짐작하고 있었다. 그는 구할 수 있는 한 가장 정통적인 장인으로부터 최고가의 물건을 받았다. 그게 최선이고 최선을 다한 이상 손을 떼면 그만이었다.

리우 씨는 둘러앉은 일행 중 가장 젊은 축에 속했다. 중국계인 그의 집안은 남쪽에 철도가 놓일 시절에 쿠리(苦力−막노동꾼)로 이민을 왔다. 모피상의 급사로 일을 시작한 리우 씨의 선조는 골드러시 시절 특유의 빠른 발과 억척스러움으로 초원과 산길을 마다치 않고 오간 덕에 상당한 재산을 이룩할 수 있었다. 모텔 파이어워드의 설립자 샤트너 씨와 인연을 맺은 것도 그때의 일이었다. 골드러시가 끝나고 리우 집안은 남녘 대도시에 양행을 차리고 자리를 잡았지만 골드러시 트레일과의 인연은 무언중에 조상의 유지로 받아들여졌다. 예전에는 리우 가문의 가족으로서, 양행의 직원으로서 수천 킬로미터에 달하는 트레일을 통째로 걸어보는 것이 일종의 수업이자 통과의례였었다. 세월이 흐르면서 그 전통은 점차 약해져서 지금의 리우 씨 대에 이르러서는 이렇게 여름휴가를 모텔 파이어위드에서 보내는 것으로 축소되고 만 거였다.

리우 씨는 도회인이었다. 선조들처럼 노새를 끌고 산을 넘고 카누를 타고 물을 건너던 모피 상인은 더 이상 아니었다. 그는 아버지가 어린 자신을 억지로 끌고 다니며 이곳 궁벽한 산간에서 여름을 나게 했던 기억을 그다지 좋아하지 않았다. 리우 씨는 모텔 파이어위드에 아들을 데리고 온 적이 없었다. 이젠 아무도 강제하지 않는데도 해년마다 이곳을 찾는 이유가 스스로도 의아했다.

리우 씨는 둘러앉은 일행을 둘러보았다. 그들은 확실히 자신과는 달랐다. 그들은 노마드였다. 순록을 치건 사냥을 하건 하는 문제를 떠나서 그들은 노마드였다. 의문은 무엇을 따라 유목을 하느냐는 거였다. 그 의문에 대한 답을 모른다는 사실이 리우 씨가 그들에게 느끼는 아득한 이질감이었다. 아득했다. 파이어위드 초원을 일렁이게 하는 바람처럼 아득했다. 모텔 파이어위드는 붉은 초원을 떠다니는 뗏목이었다. 리우 씨는 다시금 의자에 깊숙이 몸을 묻고 대마에 불을 댕겼다.

청년은 겨우 바닥에 남은 위스키를 마지막 방울까지 마시느라 잔시울을 소리를 내어 빨았다. 그는 바에서 일어나 아주 천천히 마당까지 걸어와 위스키 한 잔을 더 주문했다. 모텔 주인 샤트너 씨는 거구를 일으키느라 무릎을 짚고 신음 소리까지 내며 자리에서 일어섰다. 바로 돌아온 샤트너 씨는 새로운 위스키 잔과 얼음통을 내주었다.

"세 잔을 마시면 한 잔은 덤으로 주는 게 우리 집 전통이오. 그러니까 다음 한 잔은 일부러 날 부르지 말고 직접 저 병에서 따라 마셔도 좋소."

청년은 마당으로 돌아가려는 샤트너 씨를 불러 세웠다.

"트럭 부품회사에 다시 한 번 독촉을 해주시면 안 될까요?"

샤트너 씨는 대답 대신 벽시계를 가리켜 보였다. 백야일지라도 자정은 자정이었다. 등을 돌리고 너덧 걸음 걷던 샤트너 씨가 다시금 고개를 돌리고 씨익 웃으며 이렇게 말했다.

"산맥 너머 사람들에게 이곳은 일종의 도원향 같은 곳이라서 여기서 보내는 소식을 종종 꿈결에 들은 것으로 착각을 하긴 한다오."

샤트너 씨가 자리로 돌아오자 의자 등받이 너머로 깃털관을 늘어뜨리고 시거를 껌벅이던 추장이 물었다.

"도망자?"

"글쎄······."

샤트너 씨가 어깨를 한 번 으쓱해 보였다. 사냥꾼 동생 실비가 끼어들었다.

"불안한 냄새가 나긴 나. 다른 무리의 짐승들 속에 섞여 있을 때 나는······."

"그런 냄새도 있나?"

"암, 진정한 사냥꾼만이 맡을 수 있는 냄새가 따로 있는 법이지."

실비는 곁에 놓인 브로닝을 쓰다듬으며 으스댔다. 바로 그때 사냥꾼 형 쿠피가 뭐라고 토를 달았다. 중풍으로 어눌해진 탓에 그의 발음은 제대로 알아들을 수 없었다.

"뭐라고?"

동생이 귀를 바짝 대고 물었다.

"쭈쿤루헤(Zugunruhe)……."

"뭐야? 그게 무슨 소린데?"

"무리에서 낙오된 철새가 보이는 불안한 행동을 뜻하는 말이라더군. 디스커버리채널에서 보고 외워뒀지. 사냥꾼이 기억해둘 만한 말 같아서."

"TV에서 봤다구? 네가? 언제?"

동생이 놀란 것은 형이 외국어로 된 어려운 학술용어를 운운한 게 아니라 TV를 봤다는 사실이었다. 그들 형제가 평생 정을 붙이지 못한 기계가 있다면 바로 TV였다. 형 쿠피가 형수에게 이혼을 당한 직접적인 계기가 TV를 총으로 쏘아 박살내버린 사건이었다.

"며칠 전 새벽에. 네가 말을 타고 나갔을 때."

동생은 덤덤하게 대답하는 형의 눈을 뚫어져라 바라보았다. 형 쿠피는 모른 척 동생의 눈길을 피했다. 마비된 얼굴과 틀어진 입 탓에 형의 표정은 흡사 원주민의 목각가면처럼 딱딱했다.

불의 꽃 타는 길　335

동생 실비는 형의 굳은 표정 속에 숨어 있는 낙오된 철새 같은 불안을 본능적으로 읽어냈다.
"쿠피가 하는 말이 무언지 나도 알 것 같아."
어떤 눈치를 챈 것인지 추장 블랙워터 씨가 불쑥 끼어들었다.
"몇 달 전쯤 내가 만난 사람도 아마 그에 해당할지도 모르겠네. 가을이 깊어가던 때였어. 헤리엇 고원에 평소보다 너무 이르게 눈이 내려 서둘러 순록을 몰고 하산하던 길이었지. 지름길로 간다고 북쪽 애스터 고개로 길을 잡았지. 눈에 루트가 지워졌지만 언제나 그렇듯 대장 순록만 믿고 걸었다네. 자네들 희한한 게 뭔 줄 아나? 이 대장 순록이 가는 길을 잘 관찰하면 반드시 방향이 있다는 걸세. 말하자면 순록의 길이 있고 그 길이 아무리 오래되어 대지 위에서 지워져도 순록은 찾으려만 들면 정확히 그 길을 되짚는 능력이 있다는 거지. 내 생각에 적어도 이곳 북쪽 지대의 모든 길은 사람보다 순록이 먼저 낸 길일 거야. 애스터 고갯길만 해도 그래. 난 아주 어렸을 적에 할아버지와 한 번 그 고개를 건넌 적이 있었지. 그 말은 몇십 년 이래 사람의 발길이 닿지 않은 곳이라는 뜻 아니겠나. 우리 말고 또 누가 그 땅을 걸을까 말일세. 나는 그 길을 가면서 식구들과 함께 이눅슉(Inuksuk-사람의 형상으로 쌓은 돌탑)을 쌓았네. 그 대부분은 우리 조상님들이 쌓은 것이 허물어진 걸 되쌓은 거였지. 개중엔 바람과 세월에도 아랑곳하지 않고 늠연히 서 있는 것도 있었어. 그런 이눅슉을 볼 때마다 난 조상신의 현신을 뵙는 것 같아 가슴이 떨렸다네. 아무튼 그렇게 사흘째 고원을 내려가던 길에 그자를 마주쳤지. 나는 너무 놀랐어. 설마 그 길에서 사람을, 그것도 외지인을 만나리라곤 꿈에도 생각지 못했거든. 그는 아시안이었네. 좀 어눌하고 억양이 약한 영어를 썼지. 몹시 지치고 추위에 피폐해져 있었지만 피곤하다거나 절망적으로 보이진 않았어. 데운 순록 우유 한 잔만으로도 그는 금세 원기를 회복하는 듯 보였네. 어떻게 여기까지 왔냐는 질문에 자신 역시 허물어진 이눅슉을 따라 걸었다고 하더군. 어디로 가는 길이냐고 물어도 그저 이눅슉을 따라 계속 걸어가는 길이라고만 답하더군. 그 순간 나는 왜 그런 짓을 하느냐고 물으려던 걸 목구멍으로 다시 삼켜야 했네. 그는 내게 기도를 할 줄 아느냐고 묻더군. 그렇다고 답하자 녹음기를 들이대며 기도를 청하는 거야. 얼마 못 가 배터리가 떨어져 녹음기는 무용지물이 되었지만 나는 그자를 위해서라면 간곡한 기도가 통할 거라고 믿고 모처럼 진지한 기도를 올릴 수 있었지. 우리는 하룻밤을 텐트에서 같이 보냈어. 새벽 어스름에 벌써 밖으로 나서는 그를 잠시 바라보다가 급기야 나는 붙들어야겠다는 생각에 뒤를 쫓았다네. 그런데 그가 이렇게 묻더군. 더는 이눅슉을 찾을 수 없는 곳까지 가보았냐고. 난 결국 한숨을 쉬고 그를 놓아주어야 했다네."

추장 블랙워터 씨는 꺼두었던 시가를 다시 물었다. 모텔주인 샤트너 씨가 화톳불에서 잉걸을 집어 들어 건넸다. 사냥꾼 실비는 다시 솔방울 하나를 장작 위에 던져 넣었다. 샤트너 씨는 솔방울을 화톳불 깊숙한 곳에 쑤석이며 말했다.

"그래, 그치들에겐 어떤 공통점이 있지. 꼬집어 말로 실명할 순 없지만 축축하게 와 닿는 느낌 같은 게 있다구. 아! 이 사람에겐 인생이 곧 길이로구나 하는 느낌 말이야."

"그러니까 저 청년에게도 그런 느낌을 받았단 말인가?"

블랙워터 씨의 질문에 샤트너 씨는 바로 대답하지 않았다. 대신 술병 마개를 열어 버번 한 잔을 따라 블랙워터 씨에게 건네주었다.

"솔직히 저 젊은 친구를 보고 있자니 예전 누군가의 모습이 자꾸 떠올라."

"누구?"

"데이븐(Daven) 부인을 데려왔던 이가 바로 저 젊은이와 영락없이 닮았다는 생각이 내내 떠나질 않는군. 처음 보았을 때부터 말일세."

데이븐 부인이란 이름은 이상한 마법으로 좌중을 침묵에 빠져들게 했다. 리우 씨는 갑자기 마음에 안개가 끼는 것 같은 갑갑함을 느꼈다. 손가락에 끼우고 있던 대마를 비벼 껐다. 왠지 모르게 불경하고 죄악에 찬 느낌이 들었기 때문이었다.

데이븐 부인은 모텔에서 허드렛일을 보는 메이드였다. 그녀 역시 십수 년이 넘은 모텔 파이어위드의 오랜 식구였다. 리우 씨가 그녀를 처음 본 것도 그가 고등학교를 마친 그해 여름이었다. 날마다 나들이를 갔다 오면 모텔방은 말끔히 단장이 되어 있었는데 리우는 그것을 당연한 모텔의 서비스로 알았지 한 번도 그 일을 해주는 사람을 생각해본 적은 없었다. 하지만 그 날은 조금 일찍 돌아왔던 모양이었다. 메이드가 청소를 하고 있었다. 리우는 조금 떨어진 곳에서 그녀가 청소를 끝내길 기다렸다.

그녀가 하얀 침대보를 펄럭였을 때였다. 바짝 마른 리넨이 바람에 펄럭이는 소리에 리우는 저도 모르게 그녀에게 눈길이 갔다. 그녀는 이상한 차림을 하고 있었다. 머리서부터 발끝까지 검은색 일색으로, 머리에 쓴 검은색 미사보부터 해서 손끝 발끝을 덮는 긴 검은색의 상복을 입고 있었다. 열어놓은 창을 통해 쏟아지는 역광에 찬란하게 펄럭이는 하얀 침대보를 배경으로 그녀의 검은 실루엣은 흑백사진 같은 이미지가 되어 그의 머릿속에 프린트되었다.

리우는 끌리듯 방으로 들어섰다. 그녀는 인기척을 들었지만 고개를 숙인 채 침대를 다듬는 일만 계속했다. 리우는 검은 미사보와 높은 목칼라 사이로 언뜻 드러난 투명한 그녀의 목덜미에서 눈을 뗄 수 없었다. 그녀가 몸을 일으켜 방을 나설 때 역시 스치듯 드러난 이마와 콧날의 섬세한 곡선에 홀려 리우는 청소카트를 밀고 가는 그녀의 뒤를 무심결에 따라가고 있었다.

그녀는 뒤도 돌아보지 않고 뒤켠의 세탁실로 들어갔다. 리우는 하얗게 비워진 머릿속을 하고 그녀를 따라 세탁실로 들어서려고 했다. 그때 그의 앞을 가로막는 이가 있었다. 샤트너 씨였다. 리우는 사람 좋은 엉클 샤트너가 그렇게 단호한 표정을 짓고 있는 것을 처음 보았다.

그날 오후부터 리우는 초조한 가슴을 가누지 못하였다. 그 아름답고 신비한 미녀를 다시 한 번 보지 못해서? 처음엔 그런 줄만 알았다. 하지만 시간이 멈춘 듯한 백야의 끝없는 오후가 계속될수록 리우는 가슴에 끓고 있는 불안이 그녀를 보지 못해서가 아니라 오히려 그녀를 보았기 때문이라는 걸 조금씩 자각해 나갔다.

뜬눈으로 밤을 새운 다음 날 아침 리우는 배낭을 꾸려 모텔을 나섰다. 산 위로 트래킹을 간다고 말했지만 어떻게든 그 순간만은 모텔 파이어우드를 떠나 있고 싶었다. 모를 일이었다. 어째서 그토록 아름다운 미녀에 대한 감정이 하룻밤 사이 인간세에 대한 환멸로 둔갑을 했는지 납득이 가지 않았다.

"상황은 그때와 비슷한 데가 많아."

샤트너 씨는 회상에 잠기며 아는 이는 알고 모르는 이는 모르는 이야기를 풀어나갔다.

"데이븐 부인을 이곳으로 데려온 이는 제프(Jeff)라는 트러커였지. 그 친구 생김새가 아마 저 청년과 많이 닮았던 것 같네."

가끔 모텔에 묵곤 해서 안면은 있지만 샤트너 씨도 제프의 성(姓)조차 모르는 그런 사이였다. 데이븐이란 성은 그러니까 부인의 처녀 적 성이었고 따라서 그녀는 어디까지나 처녀인 셈이었다. 그럼에도 사람들은 그녀를 데이븐 양이 아니라 데이븐 부인이라고 불렀다.

"제프는 한마디로 허황된 건달이었지. 도회풍으로 폼을 내고 다녔지만 아무리 해도 대처를 동경하는 촌뜨기 냄새를 어쩌지는 못했단 말이지. 한번은 몰래 바에서 술을 훔치다가 나한테

된통 혼이 난 적도 있었지. 징징 짜더군. 얼굴에 난 주근깨가 빠지지도 않은 철부지에 지나지 않았어. 어디를 봐도 완고한 메노나이트 교도인 데이븐 부인을 홀려 밤도망을 칠 그런 주변머리 따윈 없었다 이거지."

"남녀 사이란 모를 일 아닌가."

실비가 토를 달자 샤트너 씨는 즉시 고개를 저었다.

"아니, 그런 건 아냐. 남녀 사이의 문제였다면 과연 제프가 부인을 지나가는 길에 물건 던져놓듯 그렇게 내버려두고 홀로 떠났을까? 두 사람 사이엔 두 사람만의 문제가 아닌 어떤 다른 것이 개입되어 있었을 거야."

"예를 들면?"

"예를 들면…… 글쎄, 이런 말을 이해할지 모르겠는데 우리와는 종(種) 자체가 다르다고 할까? 철새와 텃새의 차이 같은 거. 우리는 이해할 수 없어도 자기들끼리만 통하는 날갯짓 같은 게 있는 건 아닐까 말이야. 다만 제프는 제가 감당할 수 없는 동행을 만났던 거겠지."

"흠……. 하긴 남자들이란 담배 한 대 피우고 오겠다며 식당 문을 나갔다가 그 길로 영영 사라지는 족속이긴 하긴. 그렇다고 그가 운명적인 사랑을 하지 않았다고 비난할 수는 없지 않겠나?"

실비가 묻자 샤트너 씨는 고개를 저었다.

"모를 일이지만 설령 두 사람이 스치듯 만나 사랑을 했다손 치더라도 그들 간의 사랑이란 아마 같은 본능을 지니고 있다는 동병상련 이상은 아니었을걸세. 철새의 비유로 돌아가자면, 평생 텃새 속에서 텃샌 줄만 알고 살던 한 마리 새가 문득 날아가는 한 마리 철새의 날갯짓을 보고 잃어버린 어미와 고향을 그리워하게 된 경우에 빗댈 수 있지 않을까. 데이븐 부인의 경우엔 그 그리움이란 본능에 제프란 철새를 따라 먼 곳까지 왔지만 그것이 꼭 사랑이었다곤 보기 어려울걸세. 설령 사랑이었다 해도 데이븐 부인 같은 청교도인은 그런 충동적 사랑을 영원히 수긍하지 못할 테니까……."

"자네 말투가 꼭 데이븐 부인이라면 그럴 것이다,가 아니라 그래야만 한다고 단정을 짓고 있는 것 같구먼. 아무리 그래도 스파크가 튀기는 경우란 게 있잖나. 사랑에 눈이 멀었다는 둥, 하는 경우 말이야."

"그렇지요. 딥 임팩트란 것도 있죠. 거대한 별도 작은 혜성과 충돌해서 얼마든지 폭발될 수도 있고…… 잘못 튀긴 물감 한 방울에 거대한 명작을 찢어버리는 화가도 있는 법이죠."

리우 씨가 끼어들었다. 그날 밤 그가 꺼낸 유일한 말이었다.

"설령 두 사람이 별이었다 해도 전혀 다른 별자리에 속한 별이었을 거야."

"방랑자별이란 것도 있다더군. 성운 속에서 주된 그룹에 따르지 못하고 홀로 떨어져 낙오되는 별도 있다는 거야. 그런 별은 유난히 푸른빛을 낸다더군. 옛날 사람들은 그런 별이란 다른 별빛에 취해서 제 갈 길을 잃었다고 해서 방랑자별이라 불렀다는 거야."

쌍둥이 형 쿠피가 말했다. 동생 실비가 황당한 표정을 지어보였다.

"도대체 TV를 얼마나 본 거야?"

"자, 자, 쓸데없는 참견들일랑 그만두고, 부인의 아버지 데이븐 씨 이야기나 들려주게. 사실 난 그 대목이 제일 흥미진진하더라."

추장이 중구난방을 정리하자 샤트너 씨는 다시 목을 틔우고는 장황하게 이야기를 이어갔다.

"제프가 달아나고 사흘 뒤에 바로 데이븐 씨가 나타났지. 데이븐 씨야말로 진정한 메노나이트라 할 만한 신사였어. 그 사람들이 옛날 생활방식을 고집하는 거야 다들 알고 있을 테지만 데이븐 씨가 마차를 타고 나타날 줄은 상상도 못했지. 비록 농장에서 짚가리나 나르는 본때 없는 무개마차였지만 거기서 내리는 데이븐 씨는 정말이지 〈하이눈〉에 나오는 게리 쿠퍼 같더군. 처음 보는 순간 데이븐 양(그때까지는 부인이 아니었네)의 아버지라는 걸 직감할 수 있었지. 그녀의 미모가 부계에서 온 것이란 걸 알 수 있는 그런 미남자였네. 미모뿐 아니라 절제된 걸음걸이며 특유의 무표정까지 모두 핏줄의 내력이더군. 그런 양반은 평생 딱 두 벌의 옷만으로도 족함을 아는 법이지. 농장에서 일할 때 입는 옷과 교회에 갈 때 입는 옷. 검은색 수트는 매우 낡은 것이었지만 기품 있게 맵시가 났네. 훤칠한 키에 오른손에 비스듬히 들고 있는 장총이 딱 적당한 길이로 어울렸지. 리본 타이로 졸라맨 목 위로 각진 턱선은 강인한 성품을 짐작케

했지. 모자를 벗어 어깨에 쌓인 흙먼지를 털어내긴 했어도 마차를 달리느라 쌓인 피로 따위는 조금도 내비치지 않았다네. 말 때문에 쉬어갈 뿐 자신은 끄떡없다는 태도였지. 털끝 하나도 흐트러뜨리지 않는 성품이었다고나 할까. 나는 시원한 얼음물 한 잔을 권하고 말에게 먹일 꼴을 갖다준다는 핑계로 데이븐 양에게 가서 사태를 알려주고 숨어 있으라고 했지. 그런데 웬걸. 정작 말에게 건초를 갖다주고 펍으로 돌아와보니 저 벼락 맞은 삼나무 고목 밑에서 두 부녀가 손을 잡고 마주 앉아 기도를 올리고 있는 게 아니겠나. 알다가도 모를 일이지. 두 시간이 넘게 그렇게 기도를 올리고 나서는 데이븐 씨는 마차로 돌아갔네. 데이븐 양은 떠나려는 아버지를 잠깐 세워놓고 서둘러 부엌엘 갔다오더군. 그녀가 내민 것은 한 덩이 레몬로프였네. 제프를 위해서 만든 빵인데 그가 몰래 떠나는 바람에 주지 못했다고, 그를 만나면 전해달라는 거였네. 아버지는 가타부타 말도 없이 마차를 출발시켜 떠났네. 딸은 아버지의 마차가 사라진 초원길을 지켜보며 움직일 줄 몰랐지."

"그게 끝인가요? 그럼 제프는 어떻게 되었는지 소식을 모르나요?"

미진하다는 표정으로 리우 씨가 물었다. 샤트너 씨는 고개를 가로저었다. 이빨로 물어뜯은 시가의 끄트머리를 화톳불에 뱉어내고는 불을 붙여 천천히 연기를 빨아들였다. 그 다음은 내키지 않는 이야기라는 투였다.

"아버지 데이븐 씨가 돌아온 것은 그로부터 일주일쯤 뒤였네.

돌아온 그를 보고 나는 당혹스러움을 감출 수 없었어. 행색은 떠날 때 그대로였지만 전혀 다른 사람을 보는 느낌이었지. 흡사 그 일주일간 지옥이라도 다녀온 사람처럼 보였다고나 할까. 깔끔한 옷차림은 여전했지만 오히려 그렇게 흐트러짐 없는 행색이 몸과 마음의 초췌한 몰골을 더욱 대비시켜 보여주는 듯하였네. 단 일주일 만에 사람이 그렇게 진이 다할 수 있다니……. 노잣돈으로 영혼을 지불하고 다녀온 것처럼 넋이 빠진 듯 보였네. 쇠사슬이라도 매단 듯 한 걸음 한 걸음이 천근만근 무거워 보였어. 마차에 내려 딸이 묵는 창고방까지도 간신히 걷더군. 하지만 아버지가 아무리 두드려도 딸은 문을 열어주지 않았네. 결국 아버지는 빵은 전해주었노라는 한마디만 남기고 문밖에서 되돌아서야 했다네. 데이븐 씨는 그렇게 떠났지. 올 때는 마차를 끌고 왔다면 갈 때는 마차에 실려갔다고 해도 좋아. 마차가 덜컥이는 대로 건들거리는 것이 얼마 못 가 쓰러질 허수아비만 같더군. 아버지가 떠나고 나서야 딸은 방에서 나왔지. 어느새 그녀는 미망인이 입는 검은 상복을 만들어 입고 있었네. 그 뒤부터 우리는 그녀를 데이븐 부인이라고 부르기 시작한 거야."

해가 지고 있었다. 두어 시간 남짓밖에 되지 않는 짧은 밤으로 백야의 세상은 빠르게 침몰해가고 있었다. 황혼이 깃든 뜰에는 추장의 깃털머리 그림자가 길게 뻗쳐 있었다. 먼 곳으로 날아가는 철새 무리를 연상케 하는 그림자였다.

펍 안에는 킴 부인이 여태 피아노를 치고 있었다. 그녀는 지칠 대로 지쳐 있었다. 건반이 이끄는 대로 기계처럼 움직이는

불의 꽃 타는 길

손가락에 진력이 나 있었다. 이제 그녀는 침대로 돌아가는 대로 곧바로 쓰러질 수 있을 것 같았다. 그녀는 마지막 곡으로 잠든 세상을 위해 녹턴을 연주했다.

단 하나뿐인 청중인 청년은 느리게 바뀐 피아노 소리에 슬며시 눈을 감았다. 다시 눈을 떴을 때 청년의 깊은 눈가에는 언뜻 물기가 비쳤다. 그러나 청년은 곧 무심한 눈으로 되돌아가서 석양이 지는 서쪽 창가를 응시했다. 한동안 음악에 젖어 있던 그는 잠시 후 손수 바 너머의 술병을 집어 들어 제 몫의 공짜 위스키를 챙겼다. 청년은 술잔을 들고 킴 부인을 향해 다가갔다. 술잔을 피아노 위에 올려놓고 부인에게 가벼운 목례를 남기고는 그대로 밖으로 나가버렸다. 부인은 힘겨운 피아노 소리로 홀로 세상에 밤을 불러내고 있었다.

*

밤은 속절없이 짧았다. 좀 전에 서편으로 태양이 넘어갔건만 거짓말처럼 금세 동편 산자락이 희미한 여명으로 물들고 있었다. 늦게 잠든 세상은 그러나 아직은 혼곤했다.

청년은 뒤뜰을 가로질러 걸었다. 이슬에 젖은 잔디가 축축하게 바지 자락을 적셨다. 발소릴 죽여 조용히 트럭을 향해 다가갔다. 쌍둥이 사냥꾼이 말을 싣고 온 트레일러였다. 트럭 곁에 바짝 몸을 붙인 청년은 주머니에서 철사를 꺼내더니 어렵지 않게 차문을 땄다. 그림자처럼 소리 없이 운전석에 올라 나이프로

운전대 밑을 뜯기 시작했다.

바로 그 순간 맞은편 조수석 쪽 창문에서 노크 소리가 울렸다. 흠칫 몸을 일으킨 청년의 눈에 들어온 것은 라이플의 기다란 총신이었다. 청년은 서서히 두 손을 들고 운전석에서 내려섰다. 맞은편에서 나타난 것은 휠체어에 앉은 쌍둥이 형 쿠피였다.

쿠피는 상대를 향했던 총구를 내려 라이플을 무릎 위에 얹어놓고 무언가를 청년을 향해 던졌다. 청년이 받아든 것은 트럭의 키였다.

"나와 말을 초원까지 데려다주면 그 뒤로 트럭은 자네 것일세."

청년은 고개를 끄덕였다. 청년이 울타리에 매어놓은 고삐를 풀자 쿠피의 팔로미노는 콧소리를 내며 머리를 저었다. 워 워…… 쿠피가 달래는 소리를 내자 멀리서 쿠피를 알아본 말은 그제야 청년이 이끄는 대로 트레일러에 올랐다.

"말이 놀라지 않도록 되도록 천천히 몰아야 해."

청년이 트럭의 시동을 걸자 쿠피는 그렇게 주의를 주었다. 하고는 늙은 사냥꾼은 부드럽게 윈체스터를 껴안고 의자 깊숙이 몸을 실었다. 트레일러는 소리를 죽여 출발했다. 어둑한 초원 사이로 길은 휘우듬한 궤적으로 빨려 들어가고 있었다. 작은 강을 건너 초원의 길로 들어서자 쿠피는 비스듬히 모자를 기울여 썼다.

동생 실비는 TV를 보고 있었다. 아무런 의미를 느낄 수 없는 화면이 홀로 넘어가고 있었다. 짧은 밤이 이상하게 지루하게 느꺼졌다. 밤사이 쿠피를 기다렸지만 형은 들어오지 않았다. 조금 전에 들린 짧은 말 울음소리는 이상하게 불안한 본능을 자극했다. 그는 빠끔히 커튼을 젖히고 창밖을 훔쳐보았다. 트레일러가 떠나고 있었다.

실비는 한동안 TV 앞에 앉아 있었다. 이윽고 깊은 날숨을 내쉰 그는 부츠를 찾아 신고 탄띠를 꺼내 허리에 찼다. 가능한 한 천천히 그리고 꼼꼼히 사냥도구 일습을 챙겼다. 완벽한 사냥꾼으로 모자람 없이 채비를 했다. 마지막으로 침대 밑에서 브로닝을 집어 들었다.

말은 그를 보자 콧김을 뿜으며 반겼다. 안장의 복대끈을 조일 때도 세심하게 매듭을 지었다. 처음 승마를 배울 때 아버지로부터 안장을 제대로 고정시키지 못한다고 종종 타박을 받았었다. 마지막으로 굴레를 씌우고 나서 그는 어떤 작품을 들여다보는 예술가처럼 말을 살펴보았다. 말은 스스로를 뽐내듯 옆걸음을 몇 발짝 걸었다. 실비는 가볍게 안장에 뛰어올랐다. 말잔등에서 실비는 총의 약실을 열어 장전을 확인했다. 철커덕 약실을 닫자 이윽고 실비는 등자쇠로 말의 배를 가볍게 찼다. 말은 경쾌하게 나아갔다. 실비는 3박자에 맞춰 몸을 흔들었다. 본능이었다. 말은 차가운 새벽공기를 가르며 초원의 길을 따라 뛰었다. 실비는 바람에 자신의 호흡이 뜨겁게 구레나룻에 감기는 것을 느꼈다. 뒤를 돌아보았을 때 희붐한 여명 속에 모텔 지붕의 'Bon Voyage!'라는 사인이 어렴풋이 보였다.

산등성이를 타 넘은 아침노을이 초원으로 벌겋게 번져가고 있었다. 쿠피는 불의 꽃으로 훨훨 타오르는 초원의 냄새를 가슴 가득 담고자 한껏 들숨을 삼켰다. 야생의 풀냄새가 그의 가슴을 벅차게 부풀게 했다. 청년은 쿠피가 말에서 떨어지지 않도록 그의 몸을 단단히 밧줄로 묶어주었다. 두 사람은 불타는 들꽃 한가운데서 작별을 했다. 청년이 슬며시 손을 흔들자 쿠피 역시 총신을 까딱여 인사를 했다. 청년이 엉덩이를 치자 풀을 뜯던 말이 고개를 들고 느릿느릿 꽃수풀 속으로 걸어 들어갔다.

 청년은 쿠피가 멀어질 때까지 자리를 지키고 있었다. 쿠피는 몸을 가누느라 말잔등에 바짝 엎드려야 했다. 처음엔 힘을 쓸 수 있는 몸의 반편으로 최대한 말과 밀착하려 애를 썼지만 조금씩 시간이 지날수록 늙은 사냥꾼은 말과 호흡이 맞는 것을 느꼈다. 말잔등에 뺨을 대고 엎드리자 바람에 날리는 말갈기가 감미롭게 얼굴을 간질였다.

 쿠피를 실은 말은 야트막한 구릉을 넘어가고 있었다. 말은 점점 멀어져 청년의 눈에 사람과 말이 구분이 되지 않았다. 그렇게 멀어진 말이 작은 점이 되어 구릉 위 능선을 조물조물 기어가고 있는 것처럼 보일 때까지 청년은 그 자리를 지키고 있었다. 이윽고 그도 다시 트럭에 올라 시동을 걸었다. 타이어가 흙모래를 차는 소리가 요란하게 울렸다. 한바탕 먼지가 피어올랐다. 트럭이 일으키는 바람을 타고 불타는 꽃대들이 먼 곳을 향해 누웠다.

 실비는 그 모든 광경을 멀리서 망원경을 통해 지켜보았다. 트럭이 사라져 보이지 않을 즈음 실비는 엎드려 있던 수풀에서 조심스레 몸을 일으켰다. 그는 다시 한 번 라이플의 약실을 열었다. 장전된 총알을 꺼내 길고 따스하게 입을 맞추었다. 총알을 재장전하고 개머리판을 어깨에 밀착시켰다. 조준경에 눈을 대자 파이어위드 꽃대들이 출렁이며 시야를 가렸다. 그는 눈을 떼고 허공에 눈길을 씻었다. 조준경에 다시 눈을 붙였다. 형 쿠피를 태운 말은 황금색 갈기를 휘날리며 언덕을 넘어가고 있었다. 황갈색 몸에 금빛 갈기가 아름다운 팔로미노는 참으로 형의 자랑이었다. 파이어위드가 붉은색으로 파도치는 언덕에 금빛 말갈기가 너울을 이루며 흘러가고 있었다. 실비는 불타는 꽃들을 향하여 방아쇠를 당겼다.

처음에 총소리는 외줄기로 뻗어갔다. 면도칼처럼 날카롭게 적막을 가르는 소리. 그러다 어느 순간 총소리는 온 허공으로 산산조각이 나며 흩어지게 마련이었다. 실비는 그 찰나 지간을 구분할 줄 알았고 그 순간에 맞춰 질끈 눈을 감았다. 총소리는 초원의 꽃잎을 모두 떨어뜨리며 바람을 따라 여울졌다.

*

파이어위드 꽃잎이 다 떨어지면 여름도 끝이었다. 강에는 연어가 올라올 것이고 곰은 숲에서 나와 연어를 취할 것이다. 모텔 파이어위드는 다시 기나긴 겨울을 채비해야 했다. 겨울은 가차 없고 혹독했기에 한 치도 머뭇거릴 새가 없었다.

샤트너 씨는 저장고 울타리를 손보아야 했다. 아무 장치도 없는 빈 사각의 울타리에 불과했지만 겨울이 되어 눈이 오면 그 속에 우유나 치즈 따위를 왕창 얼려놓았다. 그래야 폭설에 길이 달포씩 끊겨도 걱정이 없었다. 킴 부인은 나하니족 아이들에게 피아노를 가르치고 그 대가로 인디언 플루트를 배웠다. 그녀에게 그 신비한 소리는 남편이 지둥 소리에 홀려 우는 뿔 능선을 넘었느냐 아니냐 하고 묻는 수수께끼처럼 들렸다. 모텔을 떠날 때 리우 씨는 데이븐 부인이 그가 묵던 방을 정리하던 것을 창틀 너머로 스치듯 보았다. 그는 일부러 눈길을 피하여 성큼성큼 걸었다. 그래도 열어젖힌 창문 너머 데이븐 부인이 펼치는 하얀 침대보가 펄럭이는 소리까지 피할 순 없었다. 리우 씨는 내년에도 그녀를 만날 수 있을까,라고 스스로에게 물었다. 순간 리우 씨는 인생은 고해이며 세상은 추한 것이라는 케케묵은 생각에 분노를 느꼈다. 새끼 순록들은 아직도 여물지 못했다. 그런 여린 생명이 어떻게 고원의 황무지를 넘을 수 있을지 블랙워터 씨는 그것이 걱정이었다. 해마다 하는 걱정이지만 순록은 인간보다 강하고 위대했다. 왜냐하면 나하니족에게 순록은 선조의 혼령이 후손들이 굶지 말라고 윤회하여 태어난 존재이기 때문이었다.

순록을 따라 산맥을 넘기 전 추장은 모텔 파이어워드의 뒤뜰 한가운데 있는 삼나무 고목을 혼령나무로 삼아 나무둥치 가운데 쌍둥이 사냥꾼 동생 실비의 이름을 새겨놓았다. 자살한 실비의 시체를 장사 지내준 것도 추장이었다. 그러나 같은 날 사라진 형 쿠피는 초원 어디에서도 그 흔적을 찾지 못하였기에 쌍둥이의 이름은 하나의 혼령나무에 나란히 올라가지 못하였다. 순록을 따라 유목을 떠나기에 앞서 추장은 고목에 대고 커다란 목소리로 기도를 고했다.

이뻬아예에에에! 이뻬아요오오오!

(『문예중앙』 2008년 여름호)

이눅슉을 따라가는 길,
찬란하게 불 오르는 길

해설 | 홍기돈(문학평론가)

재미있고 슬프고 경이롭게

독자의 말 | 이진영

해설 | **홍기돈**(문학평론가)

이눅숙을 따라가는 길, 찬란하게 불 오르는 길

1. 민경현의 '불타는 문장'

보르헤스는 꿈에 관해서 퍽 흥미로운 에세이를 남겨놓았다. "어느 몽골 황제가 13세기에 한 궁궐을 꿈꾸고 그는 꿈에 나타난 대로 궁전을 짓는다. 18세기에는 이 건축이 꿈에서 비롯되었다는 사실을 알 리 없었던 어느 영국 시인이 그 궁궐에 대한 한 편의 시를 꿈에서 본다."[1] 잠든 인간의 영혼들 사이에 역사(役事)하며 대륙과 세기를 포괄하는 이 꿈의 대칭성을 어떻게 이해할 수 있을까. 보르헤스는 이러한 대칭이 앞으로 다시 반복될 수 있으리라고 풀어나간다. "만일 구도가 빗나가지 않는다

---

[1] 보르헤스, 김춘진 옮김, 「코울리지의 꿈」, 『바벨의 도서관(새로 읽는 세계문학 2)』, 글, 1992, 118쪽.

면, 수 세기쯤 지난 어느 밤에, 누군가가 똑같은 꿈을 꿀 것이요, 다른 사람들이 그 꿈을 꾸었다는 사실을 전혀 눈치채지 못한 채, 자신의 꿈에도 대리석이나 음악의 형식을 부여할 것이다."[2] 그러니까 궁궐에 관한 이 꿈은 아직도 끝나지 않았다는 것이다. 몽골 황제 쿠빌라이 칸, 영국 시인 콜리지의 몸을 빌려 드러낸 바 있듯이, 그 꿈은 다시 누군가를 통하여 현현하리라는 입장이다. 따라서 보르헤스에게는 그 꿈이 주체요, 꿈을 꾼 인물들은 객체에 불과한 셈이라고 할 수 있다.

민경현은 이러한 보르헤스의 관점에 동의하는 듯하다. 우선 「만복사 트릴로지」를 보자. 이 소설에는 만복사를 배경으로 하여 세 개의 사건이 펼쳐지고 있다. 각각의 사건들을 시간 순으로 배열하여 정리하면 다음과 같다. i)설잠의 소설을 읽은 양생은 만복사 불상에 목을 매어 자살하였다. 이때 불상의 오른팔이 떨어져 나가고 만다. ii)林노인은 전기수로 한 생을 살았다. 그는 손도끼로 자신의 오른팔을 잘라내어 부처의 떨어진 손이 있던 자리에 끼워 넣으면서 죽음을 맞이한다. iii)실서증(失書症) 환자 김경렬은 간호사 S를 통해서만 말문이 트이는 인물이다. S가 죽자 그는 시신을 탈취하여 시나리오의 내용처럼 처리하고, 자신의 팔을 잘라 돌부처의 손이 떨어진 자리에 끼워 넣는다. 여기서 알 수 있듯이, 세 개의 사건에는 반복되는 모티프

---

2) 앞의 책, 119쪽.

가 있다. 바로 떨어져 나간 돌부처의 오른팔이다. 어깨 높이로 들어 손바닥을 펼쳐 보였던 오른손은 원래 "시무외(施無畏)라 하여 중생이 두려움을 떠나고 우환과 고난을 벗어나는 대자(大慈)를 베풀겠노라는 뜻"이다. 그렇다면 일체 중생이 우환과 고난을 벗어나지 못하는 한편 두려움에 오들오들 떨고 있기 때문에 이러한 사건이 벌어졌다는 이야기인가. 프롤로그에서 작가가 육성으로 밝혀놓은 바, "작난(作亂)과 적멸이 부처한테야 눈을 감고 뜨는 일에 불과하지만 인간세에는 상전이 벽해가 되는 일"인 만큼, 무한한 시간 속에서 보자면 우환과 고난으로 빚어진 이러한 사건들은 어쩌면 덧없는 인간사의 한 장면에 불과한지도 모른다.

의미야 어찌 되었든 간에, 분명한 사실은 세 사건에 등장하는 인물들이 전사(前史)를 알지 못하면서 비슷한 행위를 반복하고 있다는 점이다. 인물들로 하여금 이러한 방향으로 이끌고 있는 힘은 대체 무엇일까. 그것은 바로 신탁(神託)처럼 인물의 행위에 선행하고 있는 어떤 문장이다. iii)을 보면, 실서증 환자 김경렬에게는 S에게 구술하여 완성한 한 편의 시나리오가 있다. "이 사건이 자기가 쓴 영화 시나리오의 한 장면을 흉내 낸 거란 말인가요?"라는 추궁에서 알 수 있듯이, 사건이 벌어지기 전에 먼저 문장이 존재한다. 퍼뜩 정신이 돌아온 순간 그가 진술해나간 그 시나리오의 내용은 대체 어디서 흘러나온 것일까. i)에는 다음과 같은 문장이 나타난다. "결국 양생을 죽음으로 이끈 것은 설잠의 소설이었던 것이다." 설잠의 소설이 양생의 행위

앞에 신탁처럼 자리하는 셈인데, 설잠은 그 소설을 과연 어디에서 끌고 왔을까. 이는 작가조차도 도대체 해명할 수 없는 물음이다. "설잠의 가슴엔 오래전부터 문장이 불타고 있었다. 아마도 그 불은 그가 태어나기 전부터 누군가의 가슴에서 계속 타오르던 불이었을 것이다. 그 불씨가 전해지고 전해져 결국 그에까지 이르렀을 터였다." ii)의 林노인은 전기수로 평생을 살았으니 그의 삶과 그가 풀어낸 이야기는 완전히 밀착된 양상이다. "이놈의 뱃속엔 동명왕의 호연지기가 있고 가슴엔 인당수 뛰어드는 심청의 비통이 있질 않겠습니까. 밤이면 『요재지이(聊齋志異)』 속 갖은 요괴의 잔치판이요 새벽이면 『홍루몽』의 인생무상에 잠이 드니 외로울 새가 없습지요." 그러한 그가 아들과 딸을 차례로 잃고 자살하기 직전 떠올린 문장은 다음과 같다. "소설로 꿈꾸는 자는 모두 쇠망할지니(小家珍說之所願皆衰矣, 「正名」, 『荀子』)." 그러니까 그 문장이 林노인을 죽음으로 이끌었던 것이다.

인간이 '불타는 문장'을 쓰는(書) 것이 아니라, '불타는 문장'이 인간을 쓴다(用). 양생도, 林노인도, 김경렬도 '불타는 문장'에 의하여 죽음에 이르렀다. 그러니 '불타는 문장'이야말로 진정한 주체이고, '불타는 문장'에게 부림을 당하는 인간이란 한낱 노예에 불과한 존재가 아니겠는가. 세 개의 사건을 아무런 연관 없이 작가가 병렬 배치한 까닭은 바로 이를 환기시키기 위한 설정이라 할 수 있다. 이처럼 민경현의 「만복사 트릴로지」는 일반적인 관념을 전복(顚覆)하고 있는 작품이다. 보다 정확하게 말한다면, 작품집 『이상한 만곡을 걸어간 사내의 이야기』 전체가 그러한 세계에 뿌리내리고 있다. '만곡(彎曲)'이라고 하면 굴곡의 방향이 바뀌는 지점을 가리키는 단어이니 벌써 제목에서부터 작가는 그러한 의도를 노출하고 있는 셈이다. 일반적인 관념은 『이상한 만곡을 걸어간 사내의 이야기』에서 여지없이 일그러지고, 그렇게 일그러진 끝에 마주하는 세계는 상당히 낯설고 기이한 모양으로 다가온다. 특히 '말하는 벽' 3부작이 더욱 그러한데, 마치 "시간은 설명할 수 없는 것이며, 설명되어서도 안 되는 것"[3]이라는 주장에 반발이라도 하는 것처럼, 과거에서 현재 그리고 미래로 흐르는 시간의 흐름에 정면으로 충돌해나가며, 시간을 다루고 있기 때문이다. 그러니 우선 '말하는 벽' 3부작에 속하는 「이상한 만곡을 걸어간 사내의 이야기」, 「무명씨를 위한 밤인사」로 논의를 계속 이어나가는 편이 효율적일 것이라 판단된다.

2. 지옥의 변방 림보(limbo), 그 망각의 세계

'말하는 벽' 3부작의 첫번째 작품 「말하는 벽」은 『붉은 소묘』(문학동네, 2002)에 이미 수록되었다. 여기서 주인공은, 마치

---

3) 김춘진, 「보르헤스의 픽션」, 『보르헤스』, 문학과지성사, 1996, 14쪽.

"모든 인간은 감방 안에 갇힌 사형수"라는 카뮈의 『이방인』의 진술을 확인이라도 하듯이, "0.75평의 어두운 독방"에 갇혀 있다. 그리고 스스로의 존재를 확인하는 방식은 과거와의 적극적인 단절이다. "기억을 잃어버린 것이 아니고 애초부터 잃어버릴 기억이 없었던 모양"이라는 상태로 주인공을 설정한 것은 바로 그러한 까닭이다. 아무런 기억이 없으니 현재는 과거로부터 자유로워진다. "현재는 스스로 존재하기 시작했고 따라서 그것은 어떠한 시간의 인과법칙과도 무관한, 본래부터의 혼돈이라는 것"이라는 인식은 이와 같은 맥락에서 배태되었다. 이를 통해서 작가가 의도했던 것은 무엇일까. 죽어 있는 의식에 생명을 불어 넣는 일이다. 일상 속에서 우리의 의식은 죽어 있는 상태를 유지하기 일쑤이다. 어제와 같은 오늘, 오늘과 같은 내일에 길들여져서 자동 반응하는 의식으로는 현재의 충만함을 제대로 감싸 안을 수 없기 때문이다. 그래서 작가는 다음과 같이 이야기하고 나섰다. "이틀 전 그는 넥타이공장(죽음―인용자)으로 끌려갔지만 그 전에 이미 그는 죽어 있던 셈이오. 영원과 다름없는 시간을 보내며 그는 이미 어둠에 절여질 대로 절여져 바짝 응고된 상태가 돼버리고 말았소." 그러니, 기형도의 목소리로 진술한다면, 작가는 "살아 있으라, 누구든 살아 있으라."(「비가2―붉은 달」, 『입 속의 검은 잎』, 문학과지성사, 1994)라고 독자들에게 당부하고 있는 셈이다.

「이상한 만곡을 걸어간 사내의 이야기」는 '말하는 벽' 3부작의 두번째 작품이다. 주인공은 이제 출옥하였다. 하지만 어떠한 기억조차 없으니 딱히 찾아갈 곳이 있을 리 만무하다. 그럼에도 불구하고 최소한의 서사는 확보하고 있는데, 이는 망각에 잠긴 '또 다른 나'를 복원하여 살아 있는 현재의 '나'와 맞대면시킴으로써 가능해지고 있다. 기실 인간의 의식에는 망각으로 통하는 구멍이 수없이 숭숭 뚫려 있다. 이에 따라 과거—현재—미래로 이어지는 직선적인 시간관념 위에서 현재의 '나'는 살아서 존재할 수 있지만, 곧게 뻗은 시간 위에 배열되지 못한 '또 다른 나'는 망각의 구멍 속으로 떠밀려 사라지게 된다. 이 순간 현재의 '나'는 '살해자인 나'이고, 망각에 잠긴 '또 다른 나'는 '피살자인 나'로 전락하게 된다. 그러니까 '이상한 만곡'이란 시간이 낯설게 구부러져서 '살해자인 나'와 '피살자인 나'가 대면하는 지점이라고 할 수 있다. 바로 그러한 만곡에서 작가는 이야기한다. "피살자인 나와 살해자인 나의 둘로 나뉜 우리는 상살(相殺)의 순간에 서로의 기억의 그믐을 상쇄하고 하나로 합쳐져야 한다." 하지만 인간에게 이는 불가능한 요구이다. 인간은 망각하는 동물이 아니던가. 관념으로 무장하여 인간의 불가능에 맞서는 데서 「이상한 만곡을 걸어간 사내의 이야기」의 난해함이 발생한다. 그뿐이 아니다. 「만복사 트릴로지」에서 분석한 바 있는 '불타는 문장'은 이 소설에서 수첩의 글귀로 변형되어 나타난다. 인간의 운명을 먼저 결정하여 계시해나가는 문장으로 인해 난해한 시간의식은 더욱 복잡해진다는 것이다.

  물론 이러한 난해함은 작가가 의도한 결과이다. 우리는 흔히 어떤 일이 발생하면 그 원인을 찾아내어 인과의 틀로 파악하곤

한다. 그렇지만 결과를 야기한 어떤 원인이란 다른 가능성을 배제하면서 이성에 기대어 직선적인 시간으로 꿰어 맞춘 것일 수도 있다. 즉 원인이 결과를 빚어내는 것이 아니라, 이미 벌어진 사건(결과)이 원인을 만들어낸다는 것이다. 작가가 망각에 잠긴 '또 다른 나'와 현재의 '나'를 맞대면시킨 까닭은 시간의식의 그러한 측면을 부각시키기 위해서라고 할 수 있다. 망각 속에서 걸어 나온 '또 다른 나'가 다음과 같이 말하는 장면은 그러한 사실을 뒷받침한다. "오래전 망각된 기억을 현재의 사건으로 복원하기란 조각그림 맞추기처럼 질서정연할 순 없는 거야. 그리고 난 절대로 낱장의 조각그림 따위로 전락하고 싶은 마음은 없어." 그리고 수첩에 적힌 '불타는 문장'은 시간의 연쇄에 붙들리지 않는 각각의 현재를 일깨우는 기능을 수행하고 있다. 가령 "그래, 그때는 그 달을 가리켜 '초승달'이 아니라 '초생달'이라고 불렀던 것 같다. 초생(初生)! 불현듯 이 낱말의 어감이 싱싱하게 살아나는 것 같다"라는 문장. 매 순간이 새롭게 태어난다면 '初生', 그러한 시간이란 과거에 의해 결정되는 현재, 미래에 영향을 끼칠 현재라는 식으로 구성될 수 없는 것이다. 그러니까 「이상한 만곡을 걸어간 사내의 이야기」는 이러한 시간의식을 실험하는 소설이라고 할 수 있다. 이로써 작가의 의도가 존재에 대한 낯선 인식을 창출하는 데 놓인다는 사실은 분명하게 드러난다.

'말하는 벽' 3부작의 마지막 작품 「무명씨를 위한 밤인사」에서는 '림보(limbo)'라는 공간이 펼쳐진다. 이는 가톨릭에서 천

국과 지옥 사이의 경계 지역을 이르는 용어인데, 작가는 "라틴어로 Limbus Patrum. '지옥의 변방'이라는 뜻"이라고 각주를 달아놓았고, 이 작품에서는 미로의 이미지로 활용되고 있다. 「무명씨를 위한 밤인사」가 「이상한 만곡을 걸어간 사내의 이야기」의 연작이라는 점을 상기한다면 이는 당연한 수순으로 이해하게 된다. 원인을 파악할 수 없는 결과라는 시간의식을 공간으로 치환하면 바로 미로가 되기 때문이다. "이곳 림보란 네가 죽을힘을 다해 뛰다 보면 어느 순간 네 앞을 뛰어가는 너의 뒤통수를 볼 수 있는 곳이란 말이야"라는 문장은 이러한 사실을 방증한다. 이러한 사실을 들려주는 이가 망각 속으로 가라앉은 '또 다른 나'인 만큼 초생(初生)이라는 시간의식이 여전히 이어지고 있음은 분명하다. 그리고 다음과 같은 문장을 보면, 상황을 규정하는 수첩 속 '불타는 문장'의 역할도 변함 없음을 확인할 수 있다. "이곳의 시간은 흐르지 않고 고여 있다. 어항 속에 고여 있는 시간이 이곳의 환상을 지배한다. 볼록한 어항을 통해 들여다보는 일그러진 세계가 내 앞에 펼쳐져 있다."

하지만 「말하는 벽」, 「이상한 만곡을 걸어간 사내의 이야기」와의 차이 또한 나타난다. 「무명씨를 위한 밤인사」의 '나'는 망각/림보 속으로 가라앉은 무수한 '또 다른 나(들)'의 하나라는 사실. 그러니까 이 소설은 망각으로 가라앉은 '또 다른 나'의 입장에서 전개된다는 것이다. 림보에 들어온 지 얼마 되지 않는 '나'에게 '또 다른 나'가 "우리는 결국 약간씩 다르게 빚어진 시행착오들"이라고 알려주는 장면에 주목해야 하는 까닭이 여기에 있다. 또한 수첩에 적힌 문장이 다소 달라지는 까닭도 이를 통하여 설명할 수 있다. 그 수첩의 소유자가 바로 망각 속으로 가라앉은 '또 다른 나'라는 점이 해명의 열쇠이다. 소설의 처음 부분에서 수첩에 적힌 첫번째 문장은 "부디 지금이라도 되돌아가기를, 그대가 처한 오독(誤讀)의 위기로부터……"였으나, 어느 순간 이는 "오독을 두려워하지 말지니, 나의 자유로운 영혼이여!"로 바뀌어 나타난다. 착오를 거쳐 점차 망각에 이른 경우가 될 터인데, 이 또한 '또 다른 나'의 처지에서 보면 가히 얄궂은 운명이라 이를 만하다. 그렇다면 '또 다른 나'의 기원은 어디에 놓여 있을까. '또 다른 나'는 다음과 같이 인식하고 있다.

"누군가 끊임없이 '나'를 상상하고 있는 거야. '나'가 등장하는 이야기를 만들어내고 있단 말이지. 그런데 그 상상이 마음에 들지 않으면 간단히 폐기시켜버리고 또 다른 '나'를 등장시켜 또 다른 이야기, 그렇다고 별로 새로울 것도 없는 진부한 이야기를 마냥 뺑뺑이 돌리듯 하고 있는 것이지. 결국 그렇게 폐기된 상상의 쓰레기들이 너나 나 같은 '나들'의 정체란 것이야. 흥, 우습지 않나, 우리 신세가!"

그렇다면 이야기 만들기를 멈추면 '가해자인 나'와 '피해자인 나' 사이의 복잡한 게임은 끝나는 것일까. 논리적으로야 맞을 수 있지만, 실상 이는 불가능하다. 인간은 본디 불안 속에 내던져진 존재이며, 그러한 불안이 인간으로 하여금 이야기를 만들도록 종용하기 때문이다. "이것 봐. 참된 불안이란 절대로 만성이 되지 않는 것이라고." 그래서 망각 속으로 가라앉은 '또 다른 나'들은 망각 바깥으로 빠져나가기 위하여 기억을 구축하고 있는 존재를 매일 밤 살해하고자 나선다. '또 다른 나(들)'가 살해해야 하는 존재는 림보의 입구에서 '나'를 이끌었던 장님 노인이다. 그는 퍽 신비로운 인물이라고 할 수 있는데, 지난밤 '또 다른 나'에게 살해를 당했어도 오늘은 다시 살아서 등장하고 있기 때문이다. 기실 그가 비범한 속성을 지니고 있음은 진작부터 암시되고 있다. "노인은 마치 신에게 오늘밤이라는 무대의 전권을 위임받은 사람처럼 의미심장하게 절뚝이고 있었다. 내 생각엔 적어도 그는 각본을 가지고 있는 것이 틀림없었다." 각본을 가지고 있는 그 노인은 이야기의 발원을 가능케 하는 시간의 상징이며, 동시에 '피해자인 나'가 보기에는 기억을 관장하는 '가해자인 나'이기도 하다. 그러한 그가 얘기한다. '가해자인 나'와 '피해자인 나'가 일견 대립하는 것처럼 보이지만, 실상은 떨어질 수 없는 하나의 쌍이라고 말이다. "흔히들 기억과 망각은 전혀 반대의 개념이라고 이해하고 있지만 실은 그 둘은 몸이 붙은 쌍둥이처럼 끔찍하게 가까운 사이라네. 핏줄까지 함께하는 친숙한 사이이면서도 상대가 없어지지 않으면 영영 괴물로 남아 있을 수밖에 없는 기형의 인연을 지닌 사이란 말일세."

'말하는 벽' 3부작은 이러한 지점에서 끝을 맺는다. 그러니 기억과 망각을 통한 시간의 진행은 어찌할 수 없이 계속될 수밖에 없다. 이것이 작가가 시간과 맞서서 얻어낸 인식이다. 시간을 향해 정면에서 육박해나가는 이 도저한 관념성은 최근 우리 문학에서 거의 발견할 수 없는 특징이다. 그리고 3부작을 써 내려가면서 획득한 깊이도 결코 만만치 않다. 그러니 긍정적으로 평가하는 데 인색할 필요는 없을 것이다. 다만 작가의 치열한 관념이 문면 아래로 스며들어 한 발짝 물러서고, 대신 보다 풍부한 상징이라든가 형상화가 동반되었다면 어떠했을까,라는 아쉬움이 약간 남는다. 그러한 부분만 보충된다면 한국문학사에 당당하게 기재할 만한 작품으로 꼽을 수도 있으리라는 판단이 따라붙기 때문이다.

3. 끊임없이 변주되는 운명의 표정

『이상한 만곡을 걸어간 사내의 이야기』에 실린 작품들 가운데 가장 먼저 발표된 작품은 「이상한 만곡을 걸어간 사내의 이야기」(『문학사상』, 2002년 12월호)이며, 가장 나중에 발표된 작품은 「만복사 트릴로지」(『실천문학』, 2008년 여름호)와 「불의 꽃 타는 길」(『문예중앙』, 2008년 여름호)이다. 「불의 꽃 타는 길」을 예외로 하고, 맨 앞과 맨 뒤에 각각 「이상한 만곡을 걸어간 사내의 이야기」와 「만복사 트릴로지」가 온다는 사실은 작품집을 묶어내는 기간 동안 작가의 관심이 어디로 향해 있는가를 암시적으로 드러낸다. '지옥의 변방 림보(limbo), 그 망각의 세계'에서 '불타는 문장'까지, 그러니까 불가역적인 시간성과 신탁처럼 예시하는 이야기를 두 축으로 하여 인간 존재의 문제를 탐구해 나갔다는 것이다. 따라서 그사이에 창작된 작품들은 이러한 자장 안에 놓이게 된다.

「복화술 듣는 저녁」을 보자. i)고아 徐는 고독을 견디는 방편으로 그림을 그려나갔다. 가톨릭 시설에 보내진 소년기에 벌써 그 수준은 어느 궤도에 올라서기에 이르렀다. 그래서 그가 그려준 철조망에 수용된 행려시설 인물들의 초상은 상당한 인기를 끌 수 있었다. 그런데 그 그림에는 대상과 화가 사이의 철조망까지 '사실적'으로 그려져 있다. 훗날 徐의 여자 친구가 이를 다음과 같이 해석하였다. "당신이 그린 그림은 너무도 먼 곳을 넘겨다본 풍경화였어요. 당신은 영원히 그곳에 갈 수 없다는 운명을 그린 거라구요. 당신 그림 속 철조망은 그런 당신의 운명의 상징인 거예요. 갇혀 있는 건 그림 속의 인물이 아니에요. 그들이 갇혀 있는 당신을 보고 있는 거라니까요!" ii)이소(爾小)는 한국화단의 태두로 은수재(隱樹齋)에 거하고 있다. 은수재의 긴장감은 처음을 여는 일획(一劃)에서 빚어진다. "흡사 블랙홀이 무한한 중력으로 온갖 빛을 빨아들이듯 그렇게 천지만물의 기운을 모아들여 거대한 압력의 덩어리를 이루는 작업이 곧 그 '일획'이었다. (중략) 평생을 낡은 집에 버티고 앉아 그 자리를 우주의 중심축으로 만들겠다는 미학이었다. 우주를 가르는 일획을 절차탁마하는 그치지 않는 영원한 긴장, 그 고독한 혼이 수묵의 본질이었다." iii)이소는 무명에 불과한 徐의 작품을 한눈에 알아보았다. 이소는 당연하다는 투로, 徐에게 당신을 따라

나서라고 했다. 徐는 다소 어안이 벙벙한 얼굴을 하고 노대가의 제자가 되었다. 호사가들은 "도가 통한 사람들 사이의 교감"이라고 떠들어대었다. 하지만 은수재의 긴장감을 견디지 못한 徐는 어느 날 줄행랑을 놓아버렸다.

자, 사건은 이소가 이석을 시켜 徐를 찾아오도록 하는 데서 시작한다. 왜 하필 徐여야만 하는가. 그것은 누구도 알지 못한다. 운명이기 때문이다. 작품의 마지막 대목은 그러한 사실을 환기시킨다. "당신은 일생 붓으로 검고 흰 것을 그렸다. 그것은 검고 흰 것으로 돌아가는 우주였다. 이소라는 사람은 처음 붓을 쥔 순간부터 쉼 없이 그렇게 우주를 돌려야 하는 운명이었다. 그 운명 앞에 왜 하필 나인가,라는 의문은 성립할 수 없었다. 우주는 일순간도 멈출 수 없는 것이기 때문이다. 이제 그는 그 위대한 노역에서 자기를 풀어줄 이를 애타게 기다리고 있었다." 이즈음 되면 徐의 그림 속에 등장했던 철조망이 운명을 계시하는 상징이었음을 확인하게 된다. 이소가 徐를 알아본 것도 그와 관계가 있다. 이소에게서 徐로 이어지는 이러한 운명은 「만복사 트릴로지」에 등장하는 '불타는 문장'의 변형 아닌가. 그러니까 복화술을 감행하는 주체는, 이석을 보내 徐를 불러들이고자 하는 이소가 아니라, 바로 그들을 감싸고 있는 운명이라고 할 수 있다.

「그대의 남루한 평화를 위하여」 역시 같은 독법으로 읽어나갈 수 있다. 申의 그림 능력은 출중하다. 예컨대 불모(佛母―불화작가) 노사의 선방 심검당(尋劍堂) 그림을 보라. 그는 "괴팍하고 고집스럽게 일생을 붓이라는 화두 하나에 매달려 살아온 노사의 모든 것이 응축되어 있는 이미지의 집"을 그려내었다. 이는 "사람의 집이 아니라 존재의 집"이라는 판단을 내리게 만들 수준이다. 평생 단청을 펼치면서 살아온 노사에게 申의 그림이 무겁게 다가서는 이유는 분명하다. 申의 그림에는 실존이 실려 있는 만큼 초월의 세계로 가볍게 떠오를 수 없도록 펼쳐지는 것이다. 그런 申이 "작품을 벼랑 끝까지 몰고 가서, '네가 살아 있느냐 죽어 있느냐?' 하고 물어보아야겠다는 충동에 전율"하고 그림을 그려나갔다. 첫번째 그린 누드관음상은 어린 비구니 원지(圓智)와 화승 심조(尋照)를 세속으로 쫓겨나도록 만든다. 두번째 그린 지옥도 혹은 보살탱화는 원지를 자살로 몰고 가는 한편, 심조를 시골 장터에서 떠도는 광대 분장의 황아장수로 이끌어버린다. 申 자신은 심조 주위를 따라다니며 그림 그리는 이로 전락하고 만다. 누드관음상은 "어떤 저편의 세계"를 느끼도록 만드는 작품이며, 지옥도/보살탱화는 "세 중생만의 것이라도 그 윤회를 모두 그려낸 것"이라고 말이 되는 작품이다. 존재의 본질을 파악할 수 있는 이러한 申의 재능이 모든 결과를 자아냈으며, 이는 거듭하는 윤회의 고통을 환기시키고 있다. 이 또한 운명인 셈이다. 그래서 申은 자신의 재능을 증오하는 것이 아니겠는가. "스스로의 목을 졸라버리고 싶을 만큼 가증스런 스스로의 재능."

「만복사 트릴로지」가 문학의 영역에 닿아 있다면, 「복화술 듣는 저녁」과 「그대의 남루한 평화를 위하여」는 미술의 영역을 바탕으로 하고 있다. 문학이나 미술이나 모두 예술의 범주에 놓이는데, 「서북능선」은 예술을 매개하지 않고 온몸으로 삶의 극한과 대결하는 양상으로 전개되고 있다. 그래서 이 소설은 "그 산은 우리들에겐 일종의 묵시록이었던 것이다"라는 문장이 들어가는 문단으로 시작하고 있다. 여기에 '에피파니(epiphany-초자연적인 존재의 顯現)'라는 용어까지 결합시키고 있으니 그 산은 당연히 '어떤 저편 세계'에 대응한다. 그리고 그러한 '어떤 저편의 세계'와 일상의 이곳을 연결하는 매개는 죽은 테드(Ted)가 남긴 수첩이다. 이 수첩은 '불타는 문장'의 역할을 감당하고 있다. 「그가 잠들 때까지의 서사시」에는 도박사가 등장한다. 그런데 흥미로운 사실은 이 인물이 도박을 하는 이유이다. "'내가 운명을 결정했는가 아니면 운명이 나를 골라잡았는가?'/그런 의문을 품고 있는 한 그는 계속해서 포커를 칠 수밖에 없는 것이다." 그러니까 여기 등장하는 카드는 운명과 그를 매개하는 역할을 떠맡게 된다. 그렇다면 이는 「서북능선」에 등장하는 '테드가 남긴 수첩'의 변형에 해당한다. 더군다나 운명의 확인이 아니라 황금을 위한 도박 행위에 대하여 다음과 같이 단정하고 있는 것을 보면, 주인공은 퍽 실존적이라고 판단하게 된다. "진짜 도박사라면, 그런 신기루에 판돈을 걸지는 않는다. 아무리 눈물 나게 아름다운 환상이라도 확률 '0'의 게임에 달려드는 짓은 해서는 안 되는 법이다." 그렇다면 이러한 도박사는 예술을 매개로 운명을 발견하고자 길을 나선 예술가의 초상과 그리 다를 바 없는 인물이 된다.

「만복사 트릴로지」, 「복화술 듣는 저녁」, 「그대의 남루한 평화를 위하여」와 마찬가지로 「서북능선」, 「그가 잠들 때까지의 서사시」는 예술가소설의 범주로 묶을 수 있다. 등장인물들이 글을 쓰든, 그림을 그리든 혹은 산에 오르든, 도박을 하든지 이는 모두 예술가로서의 자신의 운명을 발견하고, 그 운명에 이끌려 "가볼 수 있는 세상의 끝" 혹은 "어떤 저편의 세계"로 나아가는 과정을 드러내고 있기 때문이다. 그리고 '말하는 벽' 3부작에 속하는 「이상한 만곡을 걸어간 사내의 이야기」와 「무명씨를 위한 밤인사」는 이야기(운명의 발견)와 시간의 관계를 전복적으로 사유하는 소설이다. 이야기(운명의 발견)와 시간의 관계가 예술의 바탕이 되는 만큼 이들 작품은 예술가소설의 밑그림에 해당한다고 할 수 있다. 그렇다면 『이상한 만곡을 걸어간 사내의 이야기』는 결국 하나의 내용을 다양하게 변주하고 있는 소설집이라고 판단할 근거가 충분하다. 작가는 예술과 실존의 문제를 이렇게까지 천착하고 있다. 『이상한 만곡을 걸어간 사내의 이야기』 이전에도 민경현은 꾸준히 그 길을 걸어왔다. 작품에 등장하는 인물들 위에 작가의 얼굴을 그대로 포개놓아도 무방한 까닭은 여기에 있다.

4. "Bon Voyage(무사히 가시기를)!"

모든 인간은 나서 죽는다. 나기 전에는 '아직' 인간이 아니요,

죽은 이후에는 '이미' 인간이 아니다. 인간은 '아직'과 '이미' 사이에 놓인 유한한 존재인 것이다. 어디 그뿐인가. 유한성은 부단한 변화를 동반하기까지 한다. 아침에는 네 발로 걸었으나, 낮에는 두 발로 걷고, 저녁에는 세 발로 걸을 수밖에 없는 것이 인간에게 주어진 공통 운명이다. 그래서 유한성에 맞닥뜨린 인간은 나름의 의미를 확인하고자 버둥거린다. 혹자는 불멸(不滅)을 찾아 길을 나서기도 한다. 물론 인간이 결코 피할 수 없는 운명을 망각하거나 먼 미래의 일로 치부할 수도 있다. 그렇지만, 민경현의 주장처럼, 진정한 도박사는 그러한 사실 바깥에서 피어오르는 신기루에 판돈을 걸지 않는다. 아무리 아름다운 환상일지라도 그것은 확률이 '0'에 불과한 게임에 불과하다. 여기에 동의할 수 없는가. 그렇다면, 당신은, 아직도 이상한 만곡을 지나쳐오지 못하였다.

『이상한 만곡을 걸어간 사내의 이야기』에는 '아직'과 '이미' 사이에 낀 존재의 긴장이 충만하다. 2000년대 한국문학에서 이러한 진중하고 도저한 의식은 의미 있게 기억할 만하다. 그저 가볍고 경쾌하게 부유(浮遊)하는 세계가 미덕인 양 부풀려지는 문학 풍토에서 비껴나서, 실존의 성채를 굳건하게 세워나가고 있기 때문이다. 그러한 까닭에 나는 민경현의 이번 작품집을 후하게 평가한다. 다만 그러한 고투가 치열했기 때문에 여기서 파생하는 아쉬움도 피할 수 없다. 말하자면 이런 것이다. 존재에 관한 문제는 복잡한 의식을 동반하는 법이다. 존재에 관한 의식이 일단 내면에서 크게 한번 요동을 치면, 이는 이후 점점 증폭

되면서 꼬리에 꼬리를 물고 난해해진다는 것이다. 그래서 이러한 문제를 다루다 보면 어느새 자신도 모르게 미로 속으로 빠져들기 십상이다. 그러한 까닭에 존재 문제를 다루기 위해서는 나름의 관점을 정리하고 난 후 높은 곳에서 미로를 내려다보듯이 써 내려가야 한다. 이렇게 보자면 『이상한 만곡을 걸어간 사내의 이야기』는 미로 안에서 창작되었다는 혐의를 벗어던지기가 어려울 성싶다. 물론 의도적으로 택한 시도이기는 하지만, 가령 '수첩'의 문장을 통하여 작가의 견해를 여과하지 않고 직접 표출하는 방식은, 미로 안에서 길을 찾으려는 노력에 확신을 더하려는 바람의 결과가 아닐까. 아무리 관념적인 소재라고 하더라도, 문학이 철학과 다른 점은 형상화에 달려 있을 텐데, 어쩔 수 없이 철학에서 문학으로 건너오는 어떤 측면이 문득 떠오르는 이유는 여기서 찾을 수 있으리라 생각된다.

아직 제대로 거론하지 않은 「불의 꽃 타는 길」은 그러한 사실을 배경으로 하여 단연 우뚝한 작품으로 다가온다. 물론 주제 면에서 보자면 다른 작품들과 다를 바 없다. 하지만 치열한 의식을 내면에서 커다란 울림으로 공명시키는 것이 아니라, 외부 세계의 독특한 상징과 치밀한 구성을 통하여 한 차원 높은 수준으로 올라서고 있다. 치열한 의식을 놓치지는 않았으되 한 발짝 떨어져서 파악할 정도의 여유를 확보했다는 것이다. 자, 여기 길이 있다. 나하니족의 추장이자 샤먼인 블랙워터(Blackwater)는 이 길을 다음과 같이 설명한다. "눈에 루트가 지워졌지만 언제나 그렇듯 대장 순록만 믿고 걸었다네. 자네들 희한한 게 뭔

줄 아나? 이 대장 순록이 가는 길을 잘 관찰하면 반드시 방향이 있다는 걸세. 말하자면 순록의 길이 있고 그 길이 아무리 오래되어 대지 위에서 지워져도 순록은 찾으려만 들면 정확히 그 길을 되짚는 능력이 있다는 거지. 내 생각에 적어도 이곳 북쪽 지대의 모든 길은 사람보다 순록이 먼저 낸 길일 거야." 여기서 말하는 방향과 길은 철새의 이동 행로와 일치할 것이다. 무리에서 낙오된 철새가 보이는 불안한 행동 '쭈쿤루헤(Zugunruhe)'는 그 길에서 이탈한 데서 빚어진다. 반면 "평생 텃새 속에서 텃새 줄만 알고 살던 한 마리 새가 문득 날아가는 한 마리 철새의 날갯짓을 보고 잃어버린 어미와 고향을 그리워하게 된 경우"도 있다. 아마 인간은 텃새인 줄 알고 살아가는 철새에 해당할 것이다. 그래서 인간이 일단 한번 그 길로 나선다면, 그리움에 취한 그는 이미 일상이라는 텃밭으로 돌아오지 못하고 영원 속으로 지워지고 만다.

    산사태로 길이 끊겨 오도 가도 못 하는 일이 간혹 벌어지곤 했다. 한번 길이 끊기면 언제 구조대가 도착할지 알 수 없었다. 때로는 트럭을 버리고 걸어서 탈출을 시도하다 산속에서 실종되는 사람도 있었다. 이상하게도 그렇게 사라진 이의 흔적은 어디서도 찾을 수가 없었다. 마지막까지 머물던 트럭엔 그의 일상이 고스란히 남아 있었다. 어디 그늘진 곳에서 잠깐 눈이라도 붙이고 곧 되돌아올 것처럼 말이다.
    그런 실종을 두고 원주민 인디언들은 이승과 저승을 오가는 독수리 날개바람을 타고 '우는 뿔' 능선을 넘은 경우라고 했다. 한 번 넘어가면 되돌아올 수 없는 산마루라고 믿었다. 원주민 샤먼은 오렌지 빛 황혼으로 붉은 아지랑이가 피어오르는 산릉선을 향하여 까마귀의 깃털을 태워 올렸다.

샤먼, 순록, 철새, 군데군데 세워진 이눅숙(Inuksuk-사람의 형상으로 쌓은 돌탑) 등을 거느리면서 그 길은 신비감을 획득하고 있다. 본능에 입각한 자연 이미지 계열로 이미지를 형성해 낸 것이다. 그렇다면 그 길의 초입에 있는 '모텔 파이어위드'는 어떤 곳이겠는가. 이곳에 모여든 사람들을 보면 그 상징을 파악할 수 있다. 인류학 교수인 킴(Kim) 박사는 그 길을 떠돌고 있고, 킴 부인은 아무런 기약 없이 그러한 박사를 기다리고 있다. 모피상인 리우(Liu)는 "이곳을 찾는 이유가 스스로도 의아"한 사람이다. 데이븐(Daven) 부인은, 비유컨대, 텃새 속에서 살다가 문득 자신이 철새임을 깨달은 존재이다. 그러한 깨달음이 신비감을 끌어내고 있다. 트럭을 몰고 그길로 사라지는 청년은 철새와 닮았다고 하겠다. 모텔 주인 샤트너(Shantner)는 그저 그 길에 대해 떠벌리는 것만으로도 행복을 느끼는 존재이다. 쿠피(Coppy)와 실비(Silvy)는 쌍둥이 형제인데, 형 쿠피는 뇌출혈로 반신불구가 되었다. 그러니 쿠피로서는 떠나고자 하나 떠날 수가 없다. 반면 실비는 떠날 수 있으나 형 때문에 떠날 수 없다. 이렇게 살펴보면, 이들은 그 길에 대한 대응 방식으로 유형화되어 있음을 알 수 있다. 뿐만 아니라 그 길-'운동'-이 자연 이미지 계열로 이미지를 형성하였으니, 이와 변별되는 모델―'정지'―의 의미는 일상(텃새)의 측면으로 축조되게 마련이다. 그러니까 영원(운명)과 일상 사이의 긴장을 이렇게 두 개의 계열로 묶거나 풀면서 획득해나간다는 것이다.

아마도 대부분의 인간은 쌍둥이 형제 쿠피와 실비의 관계와 비슷하지 않을까. 떠나고자 하나 떠나기가 쉽지 않고, 머무르고자 하나 머무르기는 싫고. 이러한 딜레마 속에서 서성대면서 우리는 우리의 의식을 죽음의 방향으로 밀고 나가는 것인지도 모른다. 동생 실비가 형 쿠피를 죽이고 자살한 까닭은 여기에 놓일 성싶다. 작가가 몇 번에 걸쳐 반복하는 바, "모델 파이어위드는 오는 이보다는 가는 이를 위한 집"이고 보면, 그가 길을 나서는 데 주저하지 말라고 등 떠밀 가능성은 적지 않기 때문이다. 이렇게 등을 떠밀면서 작가는 마지막에 자신감을 불어넣어주기를 잊지 않고 있다. "순록은 인간보다 강하고 위대했다. 왜냐하면 나하니족에게 순록은 선조의 혼령이 후손들이 굶지 말라고 윤회하여 태어난 존재이기 때문이었다." 그리고 샤먼의 기도까지 여기에 더하여 준다. "순록을 따라 유목을 떠나기에 앞서 추장은 고목에 대고 커다란 목소리로 기도를 고했다./이뻐아예에에에! 이뻐아요오오오!"

이뻐아예에에에! 이뻐아요오오오! 이러한 기도는 작가의 내면에서 울리는 것이 아니라, 광야를 향하여 울리고 있다. 민경현은 한국문학에서 자신의 존재감을 이러한 방향으로 하여 확실하게 자리매김해나가리라고 판단하게 된다. 그러한 방향으로의 울림이 신화적인 상징과 치밀한 구성을 요구하여 훌륭한 작품을 낳고 있기 때문이다. 그래서 이제까지 그가 걸어온 길보다 앞으로 그가 걸어갈 길에 더 많은 기대를 갖게 된다. 자, 다시, 모든 인간은 나서 죽는다. 작가는 그 자리에 서서 "Bon Voyage(무사히 가시기를)!"라고 손 흔들고 있다. 「불의 꽃 타는 길」로 들어서고 있는 사람에게는 아마 그러한 인사가 예사롭게 다가서지는 않을 것이다.

홍기돈 | 문학평론가. 1999년 『작가세계』로 등단. 평론집 『페르세우스의 방패』, 『인공낙원의 뒷골목』, 『근대를 넘어서려는 모험들』 등. 현재 가톨릭대학교 국어국문학과 교수.

독자의 말 | 이진영

재미있고 슬프고 경이롭게

당신은 이 책을 샀는가?
공짜로 얻었는가?
그래서…… 읽었는가?
읽었다면, 나는 지금 당신이 세상에서 가장 부럽다.

그는 '작가의 말'을 쓰는 것이 힘들다고 했다. 그것을 대신할 수 있는 '독자의 말'이란 있을 수 없을 것이다. 더구나 나는 품위 있고 점잖게 말하는 법을 모른다. 굳이 어렵고 세련된 말이 아니더라도 내 속에 담긴 진심을 적절하게나마 표현할 수 있다면 그래서 작가의 소박하지만 위대한 소설들에 미약하나마 힘이 될 수 있다면 좋으련만 '폐지의 양산'만을 하는 것이 아닌가 걱정된다.

작가는 내게 작품에 대한 프로페셔널한 분석이나 비평을 금지시켰다. (사실은 '안 해도 된다'고 했다.) 하고 싶은 이야기를 그저 자유롭고 편하게 써보라고 했는데, 사실 제의 자체보다는 이유가 더 궁금하다. 그렇지만 따질 시간이 없다. 내가 알기론 벌써 나왔어야 하는 책인데 작가는 서두르는 기색조차 없으니 그의 새로운 소설들을 하루라도 빨리 만나려면 가문에 망신살 뻗치는 한이 있어도 뭐든 쓸 것이다. 내가 민경현의 열혈 독자라는 점은 틀림이 없는 사실이나, 이토록 어수선한 잡문이 그의 소설 말미에 끼워질 만큼 오래 두고 절친해온 사이라거나 돈을 꾸거나 빌려줘 울며 겨자 먹어야 하는 사이는 결코 아니다. 나는 그를 '몇 번' 만났을 뿐이다. 질문 보따리와 함께 작정하고 그의 앞에 앉았지만 많은 이야기를 들을 수는 없었다. 책에 관한 얘기를 꺼낼 때마다 그는 쑥스러워했고 얼버무렸고 나중엔 회피한다는 느낌마저 들었다. 그리고 그 모든 것 위에서 회의적이었다. 문학이, 문학계가, 이 나라의 이 바닥이, 그의 열정에 찬물을 부은 게 확실했다. 그러나 그의 문장을 보라. 하늘에서 떨어진 얼음 바위에 맞는다 한들 식거나 부서질 수 있는 게 아님을……. 그의 문장은 쉽지가 않다. 두 줄짜리 문장에 모르는 단어가 반이다. 불교용어와 미술용어들은 죄 모른다. 기묘한 것은 그럼에도 그의 문장은 무식한 독자의 손을 마지막까지 놓지 않고 어딘가로 이끌고 있으며 이해를 못 하는 와중에도 그가 이끄는 어딘가에 다다르는 것이다.

나는 작가 민경현의 일명 "화승연작"이라고 불리는 단편들을 묶어 독일어로 번역해 독일에서 출간하는 꿈을 가지고 있다. 더

불어 국가지정 중요무형문화재 48호 단청기능보유자(단청장)였던 만봉 스님의 탱화전을 출간과 함께 여는 것인데, 지원은 천태종 종단에서 해주길, 돈은 민경현이 벌길, 뭐 이 정도가 내가 꾸는 잠 같은 꿈이다.

문제는 두 가지다. 단청 불사 이야기를, 석이의 마음을, 순우리말로 서술된 문장들을, 그 따분하고 골치 아픈 독일어로 번역할 수 있느냐가 첫번째 문제다. 번역에 대한 문제를 해결한 뒤에는 두번째 문제가 생긴다. 그 단편들은 오랜 한국의 이야기다. 외딴섬의 종교와도 같은 풍어제며, 반생을 다가구 반지하에서 향이나 피우며 살다 간 만신이며, 벽화를 그리다 그림 속으로 들어가버리는 화승이며…… 우리가 과연 그것들을 가지고 있느냐가 두번째 문제다. 이건 정말이지 작가도 나도 당신도 해결할 수 없는 서글프고 중대한 문제이고 잘하면 사기다.

이제 태백엔 번지르르한 카지노와 그림 같은 폐광만이 남았단다. 외도에서 풍어제를 모시는 큰 무당은 서울 살면서 제삿날에만 다녀가신단다. 작가는 곳곳을 다니며 잊히고 지워져가는 모습을 보았을 것이다. 안타까웠는지도 모르겠다. 붙들고 싶었는지도 모르겠다. '우리 것'이었으나 제대로 보존하지 못했고, 알려고 하지 않았으며, 보려고 하지 않았기에, 지금도 조금씩 잃어가고 있는, 피처럼 명료한 그것, '우리 것', '우리들의 것', 그리고 그것에 삶을 바쳐 혼을 담아낸 사람들. 민경현은 그에 관한 이야기를 재미있고 슬프고 경이롭게 들려주는 작가이다.

그중에서도 내가 진실로 마음을 빼앗겼던 인물은 '석이'였다.

그 대사만으로도 경지와 내공이 느껴지는 노인네 화승을, 우직하고 발칙하게 쫓는 석이 말이다. '석이는 화승연작의 주인공이다'라고 나는 말하련다. 어느 해설에 따르면 노승은 완성된 결정체요, 석이는 미완이며 미성숙의, 하여 노승과 대립구조를 이루는 인물이란다.

그러나 나는 그들이 노상 거니는 그 길 위, 앞자락과 뒷자락에, 두 사람을 두고 싶지 않다. 석이는 노승의 뒤를 따르며 그렇게 되고자 하는 존재가 적어도 내게는 아니다. 마음껏 펼쳐지지 않는 석이의 진정은 노승의 단청 불사에서 보여지고, 노승의 말 아낌과 무심함 속에 숨은 삶에 대한 고뇌와 성찰은 석이의 행보를 통해 드러나기 때문이다. 그 둘은 공존하는 하나다. 그래야만 한다. 그래야만 예술이라는, 인간이 창조하고 신이 머무는 거처, 그 신비로운 세계가 열리는 것이다.

화가나 음악가, 테니스 선수보다 작가를 존경한다. 그들의 겸손과 그들의 외로움과 그들의 도구를 사랑한다. 어린 시절, 아버지는 책이라는 걸 굳이 읽으려고 애쓰지 말라고 하셨다. 돈을 주고 사서 '내 것'이 되었으면 일단 반은 읽은 것이고, 그 책을 펼치는 '때'는 나에게 가장 필요하고 적절한 순간에 올 것이니, 책을 마구 '읽어'대지 말라는 뜻이었다. 하여 나는 사놓고 책장에 반듯하게 꽂혀만 있는 책들이 부끄럽지 않다. 아, 책 좀 읽어야지 하는 생각도 안 한다. 아버지의 말씀은 귀신같이 맞아떨어졌다. 나는 지금껏 그래왔듯 앞으로도 그렇게 소설을 만나고 작가를 만날 것이다. 언제나 절묘한 타이밍에 말이다. 우연처럼 운명처럼.

이제 그만 써야겠다. 독자이기만 한 것이 참으로 다행이다. 눈이라도 내리면 좀 덜 민망하려나…….

이진영 │ 분당에서 악기와 관련된 일을 하며 민경현의 작품들을 찾아 읽어온 그의 독자이다. 2000년도에 그의 첫 소설집을 구입한 이래 민경현의 열혈 독자가 되었다. 단편 「꽃으로 짓다」에 나오는 연호사에 대한 묘사를 보며 머릿속에 그려보기를 수백 번. 결국 작년에 다섯 살 난 딸아이를 데리고 경남 합천에 있다는 연호사를 찾아 나섰다. 함벽루에 앉아 굽어 흐르는 황강의 금모래와 강물 속에 든 노을을 보았다. 그로부터 약 6개월 뒤 나는 '우연처럼 운명처럼' 민경현과 만나게 된다. 한마디로 "앗싸뵤!"였다.

이상한 만곡(彎曲)을 걸어간 사내의 이야기

2008년 12월 31일 초판 1쇄 펴냄
2009년 5월 15일 초판 3쇄 펴냄

지은이 | 민경현
펴낸이 | 김영현
기획실장 | 손택수
편집 | 김혜선, 진원지
디자인 | 이선화
관리 · 영업 | 김경배, 이용희

펴낸곳 | (주)실천문학
등록 | 10-1221호(1995.10.26.)
주소 | (121-820) 서울시 마포구 망원1동 377-1 601호
전화 | 322-2161~5   팩스 | 322-2166
홈페이지 | www.silcheon.com

ⓒ민경현, 2008

ISBN 978-89-392-0608-3 03810